한 국 어

韓國語
詞彙分類學習小詞典

漢—韓—英對照 韓漢詞彙表

[中] 楊 磊　編譯
[韓] 李光雨　審校

雙色印刷
查檢便捷
韓國語學習工具書之首選

收詞量大，超過8000句詞彙
收詞面廣，涵蓋50個主題類別
收錄最新詞彙，包括生活、科技、社會等領域新鮮詞彙
便於攜帶、方便檢索，快速拓展各類別常用詞彙及片語

U0082525

目 錄

三、自然與物質

四、人

五、交流

六、日常生活

七、業餘生活

八、旅行與交通

九、教育

十、工作與商界

十一、科學技術

十二、政治、法律、宗教與歷史

十三、緊急情況

十四、重點問題

編寫說明

本書是一本韓國語學習者的必備工具書!

　　如果你是一位韓國語學習者,除了應當必備一套按照音序排列的"韓 - 漢"、"漢 - 韓"詞典外,還應當必備一本韓國語分類詞典。對於學習者和使用者來說,在韓國語的語言學習過程中,往往是根據談論或者研究的話題產生詞彙需求,分類詞典能夠很好地解決這種需要,因此本書應當是韓國語學習者和使用者必備的一本工具書。

本書的編寫特色

- 本書收詞量大,收入 8000 多個韓國語單詞,為讀者提供了有效的詞彙框架,是獲得韓國語基本詞彙的工具。

- 本書收詞面廣,涵蓋十四大主題類別,分類科學合理。如果你已經有了一定的韓國語基礎,就會發現本書詞彙的組織模式對於提升或鞏固所掌握的詞彙有極大的幫助;如果你是韓國語專業的大學生,就會發現在準備口語課堂任務和就某一特定話題做書面表達時,本書能夠給你提供卓越成效的幫助;如果你正在韓國工作或者探親訪友,就會發現本書能幫助你迅速查找到所要表達的詞彙。

- 本書收錄最新詞彙,包括生活、科技、社會、政治、經濟等領域的新鮮詞彙,是一本比較"時尚"的詞彙工具書。

- 本書小巧精緻,便於攜帶;在大的主題類別中,嚴格按照音序排列,易於檢索。本書採用雙色印刷,版式設計美觀大方,條理清晰。

本書的內容結構

　　本書包括發音簡表、十四大主題分類詞彙（數量與度量，空間與時間，自然與物質，人，交流，日常生活，業餘生活，旅行與交通，教育，工作與商界，科學技術，政治、法律、宗教與歷史，緊急情況，重點問題等），以及按音序排列的韓 - 漢詞彙表等。

- 發音簡表教你如何讀出單詞、短語和句子，幫助你贏在語音入門的起跑線上。
- 分類詞彙的十四大主題部分又分成五十個次主題，例如，"人"的這個大主題分為五個次主題：身體、描述人、醫療與健康、家庭和朋友、民族。每個次主題又分成更具體的主題，如"描述人"又分成外貌特徵、年齡、描述性格等）。如此設計是為了幫助你系統地掌握各種詞彙，在你使用韓國語時滿足你的各種需要。
- 韓 - 漢詞彙表用來幫助讀者在使用過程中快速查找詞彙。

本書正文編排說明

　　漢語詞條列在每頁的左側，韓國語對應詞列在中間，英語對應詞語在右側。

漢語	韓國語	英語
五	오 (다섯)	five

　　選收的詞條包括單字、片語以及一些常用短句。詞條的選收以韓國語詞彙為基礎，漢語和韓國語意思互為參考。漢語詞條一般只列出單個詞語，但有時也根據所屬類別給出兩三個詞語，以對應於韓國語。考慮到韓國語單字的詞性，為方便學習，部分漢語詞條也相應地加上了詞性的標誌，即表示形容詞詞性的"的"和表示副詞詞性的"地"，這對豐富詞彙和擴充詞彙量有很大的幫助。

　　漢語詞條一般按照拼音音序排列，或者根據分類本身的特點按照一定的邏輯關係排列。相關條目或詞語歸列在一起，放在主詞條下用"‧"標明。例如：

漢語	韓國語	英語
帳戶	계좌	account
• 儲蓄帳戶	보통 예금 계좌	savings account
• 開立帳戶	계좌를 개설하다	open an account
• 往來帳戶	당좌 계좌	current account
• 取消帳戶	계좌를 취소하다	close an account
• 現金帳戶	현금 계좌	cash account
• 支票帳戶	당좌 예금 계좌	checking account

詞性辨別

　　韓國語有一個特點，所有的動詞和形容詞都是以 하다 結尾 하다 以前的部分叫做詞幹，在動詞和形容詞充當定語的時候，需要在詞幹上進行變形。

　　韓國語的數詞有兩套，一套為漢字詞，一套為固有詞。根據後面接的量詞不同，所選用的數詞也不一樣。不過固有詞只到 99，100 以上的數字需要用漢字詞來表示。

　　本書對慣用語表達和其他有助於韓國語詞彙學習的提示都特別標明，便於檢視。部分詞彙重複出現在不同類別，或者提示參見相關類別。

　　本書的英語對應詞語對於學習第二外語的學習者可以達到事半功倍的作用。

本書的使用對象

- 韓國語專業的學生和教師
- 把韓國語當做第一外語或者第二外語的學生
- 自修韓國語的學生
- 即將到韓國工作的人
- 即將到韓國旅遊或者探親訪友的人

編譯者簡介

楊磊

　　1978 年出生於河北省承德市。北京第二外國語大學韓國語系教師。北京大學在讀博士，韓國國立首爾大學文學碩士，對外經濟貿易大學經濟學學士。

　　曾出版教材《新基礎韓國語聽力》（上、下）（2008 年北京高等教育精品教材），《簡明韓國語》（上、下）與《希頓動物記》，《從平凡走向輝煌》，《無情》（合譯）等譯著，發表多篇論文。

發音簡表

字母	注音	分類	發音要領
ㅏ	Y	單元音	非圓唇音，發音時口腔較大，舌尖位於下齒後，舌面和雙唇呈自然狀態。
ㅓ	ㄛ		非圓唇音，發音時口腔自然張開，舌後部稍微靠近軟顎，雙唇呈自然狀態。
ㅗ	ㄡ		圓唇音，發音時口腔半開，舌向後縮，舌尖平，遠離下齒，舌後部向軟顎隆起。
ㅜ	ㄨ		圓唇音，發音時口腔開口較小，舌向後縮，舌後部向軟顎隆起，雙唇向外突出。
ㅡ	ㄜ		非圓唇音，發音時與 "ㅜ" 的舌位基本相同，只是雙唇向兩側拉開，呈扁形。
ㅣ	ㄧ		非圓唇音，發音時口腔開口較小，舌尖接觸下齒背，舌向上稍隆起，雙唇向兩側拉開。
ㅐ	ㄝ		非圓唇音，發音時口腔半開，上下齒不接觸，舌尖接觸下齒背，舌前部微隆起，雙唇向兩側拉開。
ㅔ	ㄝ		非圓唇音，發音時舌位比 "ㅐ" 稍高。
ㅚ	ㄨㄝ		圓唇音，發音時舌位與 "ㅔ" 相同，只是嘴唇要圓。
ㅟ	ㄨㄧ		圓唇音，發音時舌位與 "ㅣ" 相同，只是嘴唇要圓。

字母	注音	分類	發音要領
ㅑ	一Ｙ		"ㅣ"與"ㅏ"的複合體，發音時先發"ㅣ"，而後自然地滑向"ㅏ"。
ㅕ	一ㄛ		"ㅣ"與"ㅓ"的複合體，發音時先發"ㅣ"，而後自然地滑向"ㅓ"。
ㅛ	一ㄡ		"ㅣ"與"ㅗ"的複合體，發音時先發"ㅣ"，而後自然地滑向"ㅗ"。
ㅠ	一ㄨ		"ㅣ"與"ㅜ"的複合體，發音時先發"ㅣ"，而後自然地滑向"ㅜ"。
ㅒ	一ㄝ	雙元音	"ㅣ"與"ㅐ"的複合體，發音時先發"ㅣ"，而後自然地滑向"ㅐ"。
ㅖ	一ㄝ		"ㅣ"與"ㅔ"的複合體，發音時先發"ㅣ"，而後自然地滑向"ㅔ"。
ㅘ	ㄨＹ		"ㅗ"與"ㅏ"的複合體，發音時先發"ㅗ"，而後自然地滑向"ㅏ"。
ㅙ	ㄨㄝ		"ㅗ"與"ㅐ"的複合體，發音時先發"ㅗ"，而後自然地滑向"ㅐ"。
ㅝ	ㄨㄛ		"ㅜ"與"ㅓ"的複合體，發音時先發"ㅜ"，而後自然地滑向"ㅓ"。
ㅞ	ㄨㄝ		"ㅜ"與"ㅔ"的複合體，發音時先發"ㅜ"，而後自然地滑向"ㅔ"。
ㅢ	ㄜ一		"ㅡ"與"ㅣ"的複合體，發音時先發"ㅡ"，而後自然地滑向"ㅣ"。

字母	注音	分類	發音要領
ㄱ	ㄍ	鬆音	舌根向軟顎隆起，阻擋氣流並發音。
ㄲ	ㄍ	緊音	舌位與"ㄱ"相同，只是聲門緊閉，發音部位緊張。
ㄴ	ㄋ	鼻音	舌尖頂住上齒，氣流帶動鼻腔共鳴發音。
ㄷ	ㄉ	鬆音	舌尖頂住上齒，而後迅速離開發音。
ㄸ	ㄉ	緊音	舌位與"ㄷ"相同，只是聲門緊閉，發音部位緊張。
ㄹ	ㄌ	流音	舌尖頂在硬顎前部，隨氣流在上齒後輕彈一下。
ㅁ	ㄇ	鼻音	雙唇緊閉，氣流經口、鼻共鳴發音。
ㅂ	ㄅ	鬆音	雙唇緊閉，而後突然打開。
ㅃ	ㄅ	緊音	舌位與"ㅂ"相同，只是聲門緊閉，發音部位緊張。
ㅅ	ㄙ	鬆音	舌靠近上齒或硬顎形成窄腔，摩擦氣流發音。
ㅆ	ㄙ	緊音	舌位與"ㅅ"相同，只是聲門緊閉，發音部位緊張。
ㅇ		鼻音	出現在章節首位時不發音，出現在韻尾位置時發後鼻音ㄥ。
ㅈ	ㄗ	鬆音	舌靠近上齒或硬顎形成窄腔，而後稍微離開，摩擦氣流發音。
ㅉ	ㄗ	緊音	舌位與"ㅈ"相同，只是聲門緊閉，發音部位緊張。
ㅊ	ㄘ	送氣音	舌位與"ㅈ"相同，只是發音時要送氣。

字母	注音	分類	發音要領
ㄎ	ㄎ	送氣音	舌位與"ㄍ"相同，只是發音時要送氣。
ㄊ	ㄊ	送氣音	舌位與"ㄉ"相同，只是發音時要送氣。
ㄆ	ㄆ	送氣音	舌位與"ㄅ"相同，只是發音時要送氣。
ㄏ	ㄏ	送氣音	氣流經聲門摩擦發音。

一、數量與度量

1・數量

1.1 度量衡

長度	장도, 길이	length
高度	고도, 높이	height
寬度	폭, 너비	width
・千米	킬로미터	kilometer
・米	미터	meter
・厘米	센티미터	centimeter
・毫米	밀리미터	millimeter
・英尺	피트	foot
・英寸	인치	inch
面積	면적	area
・公頃	헥타아르	hectare
・平方千米	평방 킬로미터	square kilometer
・平方米	평방미터	square meter
・平方厘米	평방 센티미터	square centimeter
・平方毫米	평방 밀리미터	square millimeter
速度,速率	속도	speed, velocity
・每小時	시간당	per hour
・每分鐘	분당	per minute
・每秒	초당	per second
體積,容積	체적, 용적	volume
・立方千米	입방 킬로미터	cubic kilometer
・立方米	입방미터	cubic meter
・立方厘米	입방 센티미터	cubic centimeter
・立方毫米	입방 밀리미터	cubic millimeter
・升	리터	liter
・夸脫	쿼트	quart
重量	중량, 무게	weight
・千克（公斤）	킬로그램	kilogram

· 百克	헥토그램	hectogram
· 克	그램	gram
· 磅	파운드	pound

1.2 描述數量

半	반	half
薄的，細的	얇다，가늘다	thin, fine
部分	부분	part
· 部分的	부분의	partial
長的	길다	long
· 最長的	가장 긴	the longest
尺寸，尺碼，大小	치수，크기，사이즈	measure, size
· 測量，度量	측량	measure
· 捲尺	미터자	measuring tape
充足	충족	sufficient
· 充足	충족하다，넉넉하다	be sufficient
大的	크다	big, large
· 變大	커지다	become big
· 放大	확대하다	make bigger
短的	짧다	short
· 縮短，使變短	짧아지다	shorten
堆	더미	pile
對，雙	짝，쌍	pair
公噸	톤	ton
多少	얼마	how much
份	분	portion
高的	높다	high, tall
和…一樣多	수량은…와 같다	as much as
厚	두꺼움，두께	thickness
· 厚的	두껍다	thick
幾個	여러	several
幾乎，差不多	거의	almost, nearly
減少	감소하다	decrease
· 減少	줄이다	decrease
件	개	piece
較多	좀 많다	more
較少	좀 적다	less
空的	비다	empty

寬的	넓다	wide
・寬度	폭, 너비	width
擴展	확장하다	expand
・擴展	확장	expansion
兩者	양쪽	both
滿	가득	fullness
・滿的	가득하다	full
・填滿	가득 차 있다	fill
滿足	만족시키다	satisfy
沒有任何	아무것도 없다	nothing
沒有一個	하나도 없다	no one
每個	N+ 마다	each, every
・每個人	사람마다	everyone
密的	빽빽하다	dense
・密度	밀도	density
平的	평평하다	level
輕的	가볍다	light
容量	용량	capacity
三倍的	세배의	triple
少的	적다	little
・一點	조금	a little
少數，少量，一把	소수, 소량, 한줌	handful
數量	수량	quantity
雙倍的	더블	double
・加倍	배가하다	double
縮減	줄다	reduce
・縮減	감소	reduction
所有，一切	모든	all, everything
太多	너무 많다	too much
天平，秤	천평	balance, scale
維	차원	dimension
小的	작다	small
・變小	작아지다	become small
小巧的	작고 정교하다	compact
許多的	대량의	a lot, much
一些	얼마간	some
・其中一些	그 중의 조금	some of it
・我要一些。	저에게 좀 주세요.	I want some.

約，大約	약 , 대략	approximately
增補	증보 , 보충	supplement
增加	증가하다	increase
・增加	증가	increase
增長	성장하다	grow
・增長	성장	growth
窄的	좁다	narrow
整個的	전체의	entire
中等的	중등 , 중간	medium
眾多的	대량의 , 수많은	massive
重量	무게	weight
・稱重	무게를 달다	weigh
・重的	무겁다	heavy
總計的	총	total
足夠	족하다	enough
・足夠	충분하다	be enough
最大的	최대	maximum
最小的	최소	minimum

2・數學

2.1 數字概念

基數

韓國語的數詞有兩套：漢字詞和固有詞。根據後面的量詞不同，採用不同的數詞。固有詞只到99，100以上的數字全部使用漢字詞。

零	영 (공)	zero
一	일 (하나)	one
二	이 (둘)	two
三	삼 (셋)	three
四	사 (넷)	four
五	오 (다섯)	five
六	육 (여섯)	six
七	칠 (일곱)	seven

八	팔 (여덟)	eight
九	구 (아홉)	nine
十	십 (열)	ten
十一	십일 (열하나)	eleven
十二	십이 (열둘)	twelve
十三	십삼 (열셋)	thirteen
十四	십사 (열넷)	fourteen
十五	십오 (열다섯)	fifteen
十六	십육 (열여섯)	sixteen
十七	십칠 (열일곱)	seventeen
十八	십팔 (열여덟)	eighteen
十九	십구 (열아홉)	nineteen
二十	이십 (스물)	twenty
二十一	이십일 (스물하나)	twenty-one
二十二	이십이 (스물둘)	twenty-two
二十三	이십삼 (스물셋)	twenty-three
二十四	이십사 (스물넷)	twenty-four
二十五	이십오 (스물다섯)	twenty-five
二十六	이십육 (스물여섯)	twenty-six
二十七	이십칠 (스물일곱)	twenty-seven
二十八	이십팔 (스물여덟)	twenty-eight
二十九	이십구 (스물아홉)	twenty-nine
三十	삼십 (서른)	thirty
三十一	삼십일 (서른하나)	thirty-one
三十二	삼십이 (서른둘)	thirty-two
三十三	삼십삼 (서른셋)	thirty-three
四十	사십 (마흔)	forty
四十一	사십일 (마흔하나)	forty-one
四十二	사십이 (마흔둘)	forty-two
四十三	사십삼 (마흔셋)	forty-three
五十	오십 (쉰)	fifty
五十一	오십일 (쉰하나)	fifty-one
五十二	오십이 (쉰둘)	fifty-two
五十三	오십삼 (쉰셋)	fifty-three
六十	육십 (예순)	sixty
七十	칠십 (일흔)	seventy
八十	팔십 (여든)	eighty

九十	구십 (아흔)	ninety
一百	백	one hundred
一百零一	백일	one hundred and one
一百零二	백이	one hundred and two
二百	이백	two hundred
二百零一	이백일	two hundred and one
三百	삼백	three hundred
一千	천	one thousand
一千零一	천일	one thousand and one
二千	이천	two thousand
二千零一	이천일	two thousand and one
三千	삼천	three thousand
四千	사천	four thousand
五千	오천	five thousand
一萬	만	ten thousand
十萬	십만	one hundred thousand
二十萬	이십만	two hundred thousand
一百萬	백만	one million
二百萬	이백만	two million
三百萬	삼백만	three million
一億	억	one hundred million
十億	십억	one billion
二十億	이십억	two billion

序數

韓國語的序數詞是在相應的基數詞（固有詞）後面加上"째"構成的。有時候會在"째"的前面加一個"번"。

第一	제일 (첫째)	first
第二	제이 (둘째)	second

第三	제삼 (셋째)	third
第四	제사 (넷째)	fourth
第五	제오 (다섯째)	fifth
第六	제육 (여섯째)	sixth
第七	제칠 (일곱째)	seventh
第八	제팔 (여덟째)	eighth
第九	제구 (아홉째)	ninth
第十	제십 (열째)	tenth
第十一	제십일 (열한째)	eleventh
第十二	제십이 (열둘째)	twelfth
第十三	제십삼 (열셋째)	thirteenth
第二十三	제이십삼 (스물셋째)	twenty-third
第三十三	제삼십삼 (서른셋째)	thirty-third
第四十三	제사십삼 (아흔셋째)	forty-third
第一百	백째	hundredth
第一千	천째	thousandth
第一百萬	백만째	millionth
第十億	십억째	billionth

常用的表達

二倍	두 배
一打	한 타 (다스)
約二十	한 이십
約三十	한 삼십
一百左右	백정도
二百左右	이백정도
三百左右	삼백정도
一千左右	천정도
二千左右	이천정도
三千左右	삼천정도

分數

| 二分之一 | 이분의 일 | one-half |

三分之一	삼분의 일	one-third
四分之一	사분의 일	one-quarter
三分之二	삼분의 이	two-thirds
五分之二	오분의 이	two-fifths
十一分之三	십일분의 삼	three-elevenths
二十五分之三	이십오분의 삼	three-twenty-fifths

2.2 數的種類

數，數字	숫자	number
・計數	수를 세다	number
・數詞	수사	numeral
・數目	숫자	number
・數字	숫자	digit
阿拉伯數字	아라비아 숫자	Arabic numeral
羅馬數字	로마 숫자	Roman numeral
倒數	역수	reciprocal number
分數	분수	fraction
負數	음수	negative number
複數	복수	complex number
基數	기수	cardinal number
偶數	짝수, 우수	even number
平方數	평방, 제곱	square number
奇數	기수, 홀수	odd number
實數	실수	real number
素數，質數	소수	prime number
無理數	무리수	irrational number
小數，十進小數	소수, 십진수	decimal (number/ fraction)
虛數	허수	imaginary number
序數	서수	ordinal number
有理數	유리수	rational number
整數	정수	integer
正數	정수, 양수	positive number

2.3 數學運算

算術運算	사직산	arithmetical operations

加	더하다	add
· 加	더하기	plus
· 加法	덧셈	addition
· 加上	더하다	add on
· 二加二等於四	이 더하기 이는 사	two plus two equals four
減	감하다	subtract
· 減	빼기	minus
· 減法	뺄셈, 감법	subtraction
· 減去	빼다	subtract
· 三減二等於一	삼 빼기 이는 일	three minus two equals one
乘	곱하다	multiply
· 乘法	승법, 곱셈	multiplication
· 乘法表	구구표	multiplication table
· 乘以	곱하다	multiplied by
· 三乘以二等於六	삼 곱하기 이는 육	three times two equals six
除	나누다	divide
· 除法	나눗셈, 제법	division
· 除以	나누다	divided by
· 六除以三等於二	육을 삼으로 나누면 이가 된다	six divided by three equals two
乘方	제곱하다	raise to a power
· 冪	멱	power
· 平方	제곱, 평방	squared
· 立方	입방, 세제곱, 삼승	cubed
· …的四次方	…의 네제곱, 사승	to the fourth power
· …的 n 次方	…의 n 제곱, n 승	to the nth power
· 二的平方是四	이의 제곱은 사이다	two squared equals four
開方	개방	extract the root
· 根	근	root
· 平方根	평방근	square root
· 立方根	입방근	cube root
· n 次方根	n 방근	nth root
· 九的平方根是三	구의 평방근은 삼이 다	the square root of nine equals three

| 比，比例 | 비례 | ratio, proportion |

算術運算練習

加法 덧셈
2+3=5 → 이 더하기 삼은 오

減法 뺄셈 / 감법
9-3=6 → 구 빼기 삼은 육

乘法 승법 / 곱셈
4×2=8 → 사 곱하기 이는 팔

除法 나눗셈 / 제법
10÷2=5 → 십 나누기 이는 오

乘方 제곱하다
$3^2=9$ → 삼의 제곱은 구
$2^3=8$ → 이의 삼승은 팔
$5^4=625$ → 오의 사승은 육백이십오

開方 개방
$\sqrt{4}=2$ → 사의 평방근은 이
$\sqrt[3]{27}=3$ → 이십칠의 입방근은 삼

2.4 數學的基本概念

百分比，百分數	백분율	percentage
· 百分之	퍼센트	percent
變量	변량，변수	variable
差	차	difference
常數	상수	constant
乘	곱하기	multiple
代數	대수	algebra
· 代數的	대수의	algebraic
等式	등식	equality
· 大於	…보다 크다	be greater than
· 等於	…와 같다 / 맞먹다	be equal to
· 近似於	…와 비슷하다	be similar to
· 相當於	…와 같다	be equivalent to
· 小於	…보다 작다	be less than

對數	대수	logarithm
・對數的	대수의	logarithmic
方程式	방정식	equation
・一元一次方程	일원일차 방정식	equation in one unknown
符號	기호 , 표기 , 부호	symbol
公理，定理	공리	theorem
函數	함수	function
和	합	sum
・和數	합계하다	sum up
積	적	product
集合	집합	set
計數	헤아리다	count
計算	계산하다	calculate
・計算	계산	calculation
加	더하기	plus
減	빼기	minus
解答	해답하다	solve
・解答	해답 , 대답	solution
命題	명제	proposition
平均數	평균수	average
商	몫 , 상	quotient
數學家	수학가	mathematician
算法	산법 , 산술	algorithm
算術	산수	arithmetic
・算術的	산수의	arithmetical
統計的	통계의	statistical
未知數	미지수	unknown
問題	문제	problem
・要解的題	해제	problem to solve
因子	인수	factor
・分解…的因子	…의 인수를 나누다	factor
・因子分解	인수분해	factorization
指數	지수	exponent

2.5 數學的分支學科

代數	대수	algebra

・集合代數	집합대수	set algebra
・線形代數	선형대수	linear algebra
幾何	기하	geometry
・非歐幾里德幾何	비유클리드 기하	non-Euclidean geometry
・畫法幾何	화법 기하	descriptive geometry
・解析幾何	해석 기하	analytical geometry
・立體幾何	입체 기하	solid geometry
・歐幾里德幾何	유클리드 기하	Euclidean geometry
・射影幾何	사영 기하	projective geometry
會計，會計學	회계	accounting
三角學	삼각법，삼각학	trigonometry
數學	수학	mathematics
算數	산수	arithmetic
統計學	통계학	statistics
拓撲學	위치 기하학，위상 기하학	topology
微積分	미적분학	calculus
・微分	미분학	differential calculus
・積分	적분학	integral calculus

3 · 幾何

3.1 幾何圖形

幾何圖形	기하도형	figure
平面圖形	평면도형	plane figure
三角形	삼각형	triangle
・不等邊的	부등변의	scalene
・等邊的	등변의	equilateral
・等腰的	이등변의	isosceles
・鈍角的	둔각의	obtuse-angled

· 銳角的	예각의	acute-angled
· 直角的	직각의	right-angled
四邊形	사변형	quadrilateral
· 矩形	직사각형 , 장방형	rectangle
· 菱形	마름모 , 능형	rhombus
· 平行四邊形	평행 사변형	parallelogram
· 梯形	제형	trapezium
· 正方形	정방형 , 정사각형	square
多邊形	다변형	polygon
· 五邊形	오변형	pentagon
· 六邊形	육각형 , 육변형	hexagon
· 七邊形	칠각형 , 칠변형	heptagon
· 八邊形	팔각형 , 팔변형	octagon
· 十邊形	십각형 , 십변형	decagon
圓	원	circle
· 半徑	반경	radius
· 弧	호	arc
· 切線	접선	tangent
· 圓心	원심	center
· 圓周	원주	circumference
· 直徑	직경	diameter
拋物線	포물선	parabola
立體圖形	입체도형	solid figure
立體	입체	solid
立方體	입방체	cube
平行六面體	평행 육면체	parallelepiped
四面體	사면체	tetrahedron
八面體	팔면체	octahedron
十二面體	십이면체	dodecahedron
二十面體	이십면체	icosahedron
多面體	다면체	polyhedron
棱柱	각기둥	prism
· 正棱柱	직각뿔	right prism
棱錐	각뿔 , 각추	pyramid
球體	구체	sphere
柱體	주면체 , 원기둥	cylinder
錐體	원뿔체	cone

3.2 幾何的基本概念

點	점	point
度	도	degree
對角線	대각선	diagonal
勾股定理	피타고라스 법칙	Pythagorean theorem
幾何	기하	geometry
· 幾何的	기하의	geometrical
角	각	angle
· 邊	변	side
· 補角	보각	supplementary angle
· 等分線	등분선	bisector
· 頂點	정점	vertex
· 對角	대각	opposite angle
· 鈍角	둔각	obtuse angle
· 劣角	열각	concave angle
· 鄰角	인접각	adjacent angle
· 平角	평각	straight angle
· 銳角	예각	acute angle
· 優角	우각	convex angle
· 餘角	여각	complementary angle
· 直角	직각	right angle
空間	공간	space
三角幾何	삼각기하	trigonometry
· 三角幾何的	삼각기하의	trigonometric
· 正割	정할 , 시컨트 , 세크	secant
· 餘割	코시컨트	cosecant
· 正切	탄젠트	tangent
· 餘切	코탄젠트	cotangent
· 正弦	사인	sine
· 餘弦	여현 , 코사인	cosine
矢量	벡터	vector
弦，斜邊	현 , 빗변	hypotenuse
線	선	line
· 垂線	수선	perpendicular line
· 橫線	횡선	horizontal line
· 平行線	평행선	parallel line

・曲線	곡선	curved line
・豎線	수직선	vertical line
・折線	꺾은선	broken line
・直線	직선	straight line
線段	선분	segment
製圖	제도	draw
製圖儀	제도의	drawing instruments
・尺	자	ruler
・鋼筆	만년필	pen
・量角器	각도기 , 분도기	protractor
・模板	형판	template
・鉛筆	연필	pencil
・橡皮擦	지우개	eraser
・圓規	컴퍼스	compasses
周長	둘레	perimeter
軸	축	axis
坐標	좌표	coordinate
・橫坐標	가로 좌표	abscissa
・縱坐標	세로 좌표	ordinate

二、空間與時間

4・空間

4.1 地點與方位

北	북	north
・北方的	북방의	northern
・向北方	북쪽으로	to the north
邊	쪽	edge
表面	표면	surface
部分	부분	section
長度	길이	length
・加長	길게 하다	lengthen
穿過	…를 / 을 꿰뚫고	through
垂直的	수직적	vertical
從	부터	from
底部	밑	bottom
・在底部	밑에	at the bottom
地點	곳	place
地區，地帶	지구, 지대	zone
頂部	정상	top
・在頂部	정상에	on top
東	동	east
・東北	북동	northeast
・東方的	동방적	eastern
・東南	남동	southeast
・向東方	동방으로	to the east
方向	방향	direction
後面	뒤	back
・向後面	뒤로	backward
・在後面	뒤에	behind
幾乎	거의	nearly
近	가깝다	near

距離	거리	distance
空間	공간	space
寬敞的	넓다	spacious
寬的，闊的	넓다	wide, broad
擴散，展開	확산 , 전개	diffusion, spread
離	떨어지다	away
沒有任何地方	아무 데도…없다	nowhere
某地	어딘가	somewhere
哪裡	어디	where
那裡	거기	there
南	남	south
・南方的	남방의	southern
・向南	남쪽으로	to the south
平面	평면	level
前面	앞	front
・向前面	앞으로	ahead, forward
・在前面	앞에	in front
・在…前面	…앞에	in front of
深的	깊다	deep
・深度	깊이	depth
水準的	수평적	horizontal
往上	위로	up
往下	아래로	down
位置	위치	position
西	서	west
・西北	서북	northwest
・西方的	서방의	western
・西南	서남	southwest
・向西	서쪽으로	to the west
向，朝	…로	toward
向，去，在	…에	to, at
・到某人處	…에게 가다	to someone's place
英里，哩	마일	mile
右	오른쪽	right
・在右邊，向右	오른쪽으로	to the right
遠	멀다	far

在對面	반대편에 , 맞은편에	across
· 在…對面	…의 맞은편에	in front of (facing)
在那邊	거기에	beyond
在裡面，在…裡	…안에	inside, in
在…旁邊，靠近	…옆에	beside, next to
在上面，在…上面	…위에	above, on
在外面，在…外面	…밖에	outside
在下面，在…下面	…아래에	under
在…之間	…가운데에	among, between
在…中心	…의 가운데에	in the center of
這裡	여기	here
指南針	나침판	compass
中間	중간	middle
· 在中間	중간에	in the middle
左	왼쪽	left
· 在左邊，向左	왼쪽으로	to the left

4.2 物體的運動

避開	피하다	avoid
步行	걷다	walk
· 步行去	걸어가다	go on foot
擦過，觸及	닿다	brush against
出去	나가다	go out
處理，搬動	처리하다 , 옮기다	handle
達到	닿다	reach
觸摸	접촉하다	touch
匆忙去	서둘러 가다	hurry
打	때리다	hit
打招呼	인사하다	greet
到達	도착하다	arrive
點頭	머리를 끄덕이다	nod
踮腳尖走	발끝으로 걷다	tiptoe
蹲	쪼그리고 앉다	squat
躲避	피하다	dodge
返回	돌아가다	return
放	놓다	put
· 放下	내놓다	put down

撫摸	만지다	stroke
跟著	따르다	follow
滑動	미끄러지다	slide, slip
環繞	둘러싸다	circulate
・環繞	둘러쌈	circulation
寄	보내다	send
加速	가속	accelerate
駕駛	운전하다	drive
接近	접근하다	get near
緊靠	바짝 붙어 있다	cling on
進入	들어가다	enter
經過	지나다	pass by
鞠躬	허리를 굽혀 하는 절	bow
・鞠躬	허리를 굽혀 절하다	bow
靠近	접근하다	approach
磕絆，絆倒	넘어지다	stumble
快的	빠르다	fast
・快地	빨리	quickly
拉	끌다	pull
拉直，伸長	길게 늘이다	stretch
來	오다	come
來回	왔다갔다하다	back and forth
離開，出發	떠나다 , 출발하다	leave, depart
落下	떨어지기	fall
・落下，跌倒	걸려 넘어지다	fall down
・下落	떨어지다	fall
慢的	느리다	slow
・慢慢地	천천히	slowly
・慢下來	늦추다	slow down
漫遊	헤매다	wander
擰	비틀다	pinch, twist
爬行	기어가다	crawl
拍打	두드리다	clap
攀登	등반하다	ascend
攀爬，上	붙잡고 기어 오르다	climb, go up
跑	뛰다	run
・跑開	뛰어가다	run away
・跑來跑去	뛰어 다니다	bustle about

起來，起床	일어나다	get up, rise
前行，推進	전행하다 , 추진하다	precede
搶	빼앗다	rob
敲	두드리다 / 노크하다	knock
去	가다	go
扔，擲	던지다	fling
散步	산책하다	stroll
塌落	무너져 내리다	collapse
躺下	눕다	lie down
踢	차다	kick
提高	높이다	raise
提起	들다	lift
跳	뛰다	jump
跳躍	뛰어오르다	leap
停	멈추다	stop
投，甩	던지다	throw
推	밀다	push
彎腰，屈身	허리를 굽히다	bend
往前邁	앞으로 넘어가다	step forward
握，甩	쥐다	shake
握手	악수하다	shake hands
・握住手	손을 잡다	hold hands
下	내리다	descend
・下	내리기	descent
下跪	꿇어앉다	kneel down
行進	행진하다	march
搖頭	고개를 젓다	shake one's head
倚靠	기대다	lean against
擁抱	안다	embrace, hug
運動，移動	운동하다 , 이동하다	move
・運動，移動	운동하기 , 이동하기	movement
眨眼	눈을 깜짝거리다	blink
站立，起來	일어나다	stand up, get up
抓住	잡다	catch, grab
轉	돌다	turn
・迴轉	돌아가다	turn around
・向右轉	오른쪽으로 돌다	turn right
・向左轉	왼쪽으로 돌다	turn left

撞到	부딪치다	bump into
追	쫓다	chase
墜毀，猛撞	추락하여 부서지다	crash
姿勢	자세	gesture
走	걷기	walk
・四處走	여기저기 다니다	go around
・往回走	뒤로 가다	go backwards
・往前走	앞으로 가다	go forward
・走過	거치다	go across
・走開	떠나다	go away
・走向	…로 가다	go toward
坐下	앉다	sit down

5・時間

5.1 述說時間

幾點了？	몇 시예요?	What time is it?
・一點了。	한 시예요.	It's 1:00.
・兩點了。	두 시예요.	It's 2:00.
・三點了。	세 시예요.	It's 3:00.
・三點整。	딱 세 시예요.	It's 3:00 on the dot.
・一點十分。	한 시 십 분이에요.	It's 1:10.
・四點二十五。	네 시 이십오 분이에요.	It's 4:25.
・三點十五分。	세 시 십오 분이에요.	It's 3:15.
・三點半。	세 시 반이에요.	It's 3:30.
・兩點四十五分。	두 시 사십오 분이에요.	It's 2:45.
・五點五十分。	다섯 시 오십 분이에요.	It's 5:50.
・五點(凌晨五點)。	새벽 다섯 시예요.	It's 5:00 A.M.
・十七點(下午五點)。	오후 다섯 시예요.	It's 5:00 P.M.
・十點(上午十點)。	아침 열 시예요.	It's 11:00 A.M.
・二十二點(晚上十點)。	밤 열 시예요.	It's 10:00 P.M.

在幾點？	언제？ 몇 시예요？	At what time?
・在一點。	한 시예요.	At 1:00.
・在兩點。	두 시예요.	At 2:00.
・在三點。	세 시예요.	At 3:00.

5.2 時間的劃分

白天	낮	day
半夜	한밤중	midnight
・在半夜	한밤중에	at midnight
次數	횟수	time (occurrence)
分鐘	분	minute
後天	모레	the day after tomorrow
黃昏	황혼	twilight
今天	오늘	today
黎明	새벽	dawn
秒	초	second
明天	내일	tomorrow
年	년	year
・每年	매년	yearly
片刻	곧	instant
千年	천년	millennium
前天	그저께	the day before yesterday
日出	일출	sunrise
日落	일몰	sunset
十年	십년	decade
時	시	hour
時間	시간	time (in general)
時刻	시각	moment
世紀	세기	century
天，日	일	day
・整天	온종일	all day
・每天	매일	daily
晚上	밤	evening
・今天晚上	오늘 밤	this evening
・明天晚上	내일 밤	tomorrow evening
・在晚上	밤에	in the evening

下午	오후	afternoon
· 今天下午	오늘 오후	this afternoon
· 明天下午	내일 오후	tomorrow afternoon
· 在下午	오후에	in the afternoon
小時	시간	hour
星期	주일	week
· 每星期	매주일	weekly
夜裡	밤	night
· 今天夜裡	오늘 밤	tonight
· 明天夜裡	내일 밤	tomorrow night
· 在夜裡	밤에	at night
· 昨天夜裡	어젯밤	last night
月	월	month
· 每月的	매달의	monthly
早晨，上午	아침	morning
· 今天早晨，今天上午	오늘 아침	this morning
· 明天早晨，明天上午	내일 아침	tomorrow morning
· 在早晨，在上午	아침에	in the morning
中午	점심	noon
· 在中午	점심에	at noon
昨天	어제	yesterday
· 昨天早晨，昨天上午	어제 아침	yesterday morning
· 昨天下午	어제 오후	yesterday afternoon

5.3 時間的表達

不時發生的	때때로 일어나는	sporadic
· 不時發生地	간혹	sporadically
曾經	이전에	once
長期的	장기적	long-term
· 長期地	장기적으로	in the long term
持續	계속하다	last
· 持續長時間	오래되다	last a long time
· 持續短時間	얼마 안 되다	last a short time
從不	는/ㄴ 적이 없다	never
· 幾乎從不	거의…지 않다	almost never

等待	기다리다	wait (for)
當…時	…ㄹ 때	when
定期的	정기적	regular
・定期地	정기적으로	regularly
短期的	단기적	short-term
・短期地	단기적으로	in the short term
短暫的	단시간의	brief
・短暫地	단시간으로	briefly
二分點，晝夜平分時	주야 평분시	equinox
發生	발생하다	happen, occur
過去	과거	past
很快	이윽고	soon
很少	드물게	rarely
花（時間）	걸다	spend (time)
還	아직	yet
及時	제때에	in time
即將	곧	be on the point of
即刻	즉각	presently
將要	하려고 하다	be about to
結束	끝나다	end, finish
・結束	끝	end
經常	자주	often
馬上	곧	right away
那時	그때에	then
偶爾	가끔	once in a while, occasionally
頻繁的	잦다 / 빈번하다	frequent
期待	기대하다	look forward to
期間	기간	duration
去年	작년	last year
仍然	여전히	still
上一個的	지난	last
・上個月	지난 달	last month
少有的	드물다	rare
時間表	시간표	timetable, schedule
守時	시간을 지키다	be punctual
通常	보통	usually
同時的	동시에	simultaneous

· 同時地	동시	simultaneously
晚，遲	늦다	late
· 晚	늦다	be late
未來	미래	future
現在	지금	now
· 從現在起	지금부터	from now on
· 到現在	지금까지	by now
· 現如今	이제	nowadays
· 現在，目前	지금	present
一…就	…자마자	as soon as
一個小時的時間	한 시간	in an hour's time
· 兩個小時的時間	두 시간	in two hours time
已經	이미	already
· 已經三天	벌써 삼일	for three days
以前	이전	ago
· 兩年前	이 년전	two years ago
又，再	또	again
與此同時	동시에	in the meanwhile
在…期間	…동안	during
在…之後	…뒤에	after
在…之內	…내에	within
· 在兩天之內	이틀동안에	within two days
在…之前	…기 전에	before
在同時	동시에	at the same time
早	일찍	early
· 早	일찍하다	be early
自從	…이래	since
· 從星期一	월요일부터	since Monday
· 從昨天	어제부터	since yesterday
正好，剛好	알맞게	just, as soon as
正當…時	바야흐로…한 때에 이르다	while
早晚	조만간	sooner or later
準時	정시에	be on time
之後	그전에	posterior
之前，先前	전에	anterior, before
直到…	…까지	until
直到今天，直到現在	지금까지	to this day, till now

總是，一直	줄곧	always
・幾乎總是	거의	almost always
最近的	최근	recent
・最近	최근에	recently

慣用語表達

時間就是金錢！	시간은 금.
日月如梭	시간은 화살과 같다.
光陰似箭	시간은 쏜 화살처럼 빠르다.
千載難逢	천재일우
正是時候！	아 / 어야 할 때다.
晚做總比不做強！	안 하는 것보다 늦더라도 하는 것 낫다.

5.4 計時工具

錶	시계	watch
・錶帶	시계줄	watchband
・手錶，腕錶	손목시계	wristwatch
・手錶電池	시계 배터리	watch battery
・電子手錶	디지털 손목시계	digital watch
錶快了。	시계가 빠르다.	The watch is fast.
錶慢了。	시계가 느리다.	The watch is slow.
錶盤	문자판	dial
鬧鐘	자명종	alarm clock
日晷，日規	해시계	sundial
上弦	태엽을 감다	wind
指針	지침	hand *(of a clock, watch)*
鐘	종	clock

6・日期、月份和季節

6.1 星期

星期	요일	days of the week

· 星期一	월요일	Monday
· 星期二	화요일	Tuesday
· 星期三	수요일	Wednesday
· 星期四	목요일	Thursday
· 星期五	금요일	Friday
· 星期六	토요일	Saturday
· 星期日	일요일	Sunday
· 每星期一	월요일마다	every Monday
· 每星期六	토요일마다	every Saturday
工作日	작업일	workday
節假日	휴일	holiday
· 今天是假日。	오늘은 휴일이에요.	Today is a holiday.
週末	주말	weekend
今天星期幾?	오늘은 무슨 요일입니까?	What day is today?

6.2 月份

月	월	month
· 一月	일월	January
· 二月	이월	February
· 三月	삼월	March
· 四月	사월	April
· 五月	오월	May
· 六月	유월	June
· 七月	칠월	July
· 八月	팔월	August
· 九月	구월	September
· 十月	시월	October
· 十一月	십일월	November
· 十二月	십이월	December
每月	매월	monthly
日曆	달력	calendar
閏年	윤년	leap year
學年	학년	school year
現在是幾月份?	지금 몇 월입니까?	What month is it?

6.3 季節

季節	계절	season
・ 春	봄	spring
・ 夏	여름	summer
・ 秋	가을	autumn
・ 冬	겨울	winter
地球	지구	Earth
太陽	태양	sun
星星	별	star
行星	행성	planet
月亮	달	moon
至日，至點	지일 , 지점	solstice

6.4 星象

星象	성상	horoscope
黃道帶	황도대	zodiac
・ 黃道十二宮，星座	성좌 / 별자리	signs of the zodiac
・ 水瓶座	물병자리	Aquarius
・ 雙魚座	쌍고기자리	Pisces
・ 牡羊座	양자리	Aries
・ 金牛座	황소자리	Taurus
・ 雙子座	쌍둥이자리	Gemini
・ 巨蟹座	게자리	Cancer
・ 獅子座	사자자리	Leo
・ 處女座	처녀자리	Virgo
・ 天秤座	천칭자리	Libra
・ 天蠍座	전갈자리	Scorpio
・ 射手座	사수자리	Sagittarius
・ 摩羯座	염소자리	Capricorn

6.5 表達日期

> 月使用 "월"，日使用 "일"，前面均加漢字詞數字。
>
> 1 月 1 號　일월일일
>
> 5 月 7 號　오월칠일
>
> 但是需要注意的是六月和十月兩個月份屬於特殊，
> 不是使用 "육월" 和 "십월"，而是 "유월" 和 "시월"。

今天是幾號？	오늘은 며칠입니까?	What's the date today?
・十月一號	시월 일일입니다.	October first
・九月十五號	구월 십오일입니다.	September 15th
・六月二十三號	유월 이십삼일입니다.	June 23rd
今年是哪年？	올해는 몇년도이에요?	What year is it?
・2008 年。	이천팔년입니다.	It's 2008.
你什麼時候出生的？	언제 태어났어요?	When were you born?
・我生於 1994 年。	1994 년에 태어났어요.	I was born in 1994.

常用的表達

下一個	다음
下個星期	다음 주
下個月	다음 달
上一個	지난
上個星期	지난 주
上個月	지난 달
白天	낮
一白天	대낮에
晚上	밤
一晚上	한밤에
前天	그저께
昨天	어제
今天	오늘
明天	내일
後天	모레

6.6 重要的日子

春節	설날	Lunar New Year's Day
復活節	부활절	Easter
假期	휴가	vacation
節假日	명절과 휴가	holidays
節日	명절	holiday
聖誕節	크리스마스	Christmas
· 聖誕節快樂!	메리 크리스마스!	Merry Christmas!
新年	새해	New Year
· 除夕	섣달 그믐날	New Year's Eve
· 元旦	신정	New Year's Day
· 新年快樂!	새해에 복 많이 받으세요!	Happy New Year!
中秋	추석	Mid-Autumn Fesfival

三、自然與物質

7 · 天氣

7.1 基本天氣詞彙

冰	얼음	ice
冰雹	우박	hail
· 下冰雹	우박이 내리다	hail
潮濕	습기	humidity
· 潮濕的	축축하다	humid, damp
大豪雨	호우 , 억수	cloudburst
大氣	대기	atmosphere
· 大氣狀況	대기조건	atmospheric conditions
滴	방울	drop
風	바람	wind
· 風暴	폭풍	storm
· 颳風	바람이 불다	The wind blows.
· 強風	강한 바람	wind gust
· 颱風	태풍	typhoon
乾的	마르다	dry
海	바다	sea
黑暗的，陰暗的	어둡다	dark
滑的	미끄럽다	slippery
結冰	얼음이 얼다	freeze
· 結冰的	결빙하다	frozen
颶風	허리케인	hurricane
空氣	공기	air
雷	천둥	thunder
· 打雷	천둥치다	thunder
· 雷雨	뇌우	thunderstorm
冷的	춥다	cold

· 天冷	춥다	It's cold.
涼的	서늘하다	cool
· 天涼	서늘하다	It's cool.
亮,光	밝다	light
龍捲風	토네이도	tornado
露水	이슬	dew
悶熱	무덥다	mugginess
· 悶熱的	무더운	muggy
氣候	기후	climate
· 大陸性	대륙성	continental
· 地中海式	지중해성	Mediterranean
· 乾燥的	건조하다	dry
· 熱帶的	열대의	tropical
· 濕潤的	축축하다	humid
晴朗的	맑다	clear
· 天空晴朗	하늘이 맑다	The sky is clear.
熱的	덥다	hot
· 天熱	날씨가 덥다	It's hot.
融化	녹다	thaw
· 融化	융해	thaw
閃電	번개	flash of lightning
· 打閃	번개치다	flash
霜	서리	frost
· 白霜	흰서리	hoarfrost
太陽	태양, 해	sun
· 日光	해빛	sunlight
· 日光浴	일광욕	sunbathe
· 太陽眼鏡	색안경, 선글라스	sunglasses
· 陽光明媚	맑다	sunny
天空	하늘	sky
天氣	날씨	weather
· 壞天氣	나쁜 날씨	bad/awful weather
· 好天氣	좋은 날씨	good/beautiful weather
溫和	따뜻하다	mild
· 天氣溫和	날씨가 따뜻하다	The weather's mild.
霧	안개	fog
· 有霧的	안개가 있다	foggy

小雨	이슬비	drizzle
· 下毛毛雨的	이슬비가 오다	drizzly
星星	별	star
雪	눈	snow
· 冰雪覆蓋的	눈으로 덮인	snow-capped
· 下雪	눈이 내리다	snow
· 雪暴，暴風雪	눈보라	snowstorm
· 雪花	눈꽃	snowflake
· 雪球	눈뭉치	snowball
· 雪人	눈사람	snowman
影子	그림자	shadow, shade
雨	비	rain
· 傾盆大雨	억수로 쏟아지는 비	pouring rain
· 下大雨	큰비 내리다	rain heavily
· 下雨	비가 오다	rain
· 有雨的	비가 있는	rainy
雨夾雪，凍雨	진눈깨비	sleet
雲	구름	cloud
· 有雲的，陰天的	흐리다	cloudy
月亮	달	moon
· 月光	달빛	moonbeam
陣雨	소나기	shower

7.2 描述天氣

出汗	땀이 나다	perspire
感覺冷	춥다	feel cold
· 我受不了冷。	나는 추위를 참을 수 없다.	I can't stand the cold.
· 我喜歡冷。	나는 추운 것을 좋아합니다.	I love the cold.
感覺熱	덥다	feel hot
· 我受不了熱。	나는 더위를 참을 수 없다.	I can't stand the heat.
· 我喜歡熱。	나는 더운 것을 좋아합니다.	I love the heat.
感覺涼	쌀쌀하다	feel cool
暖起來	따뜻해지다	warm up

受涼	감기에 걸리다	catch a chill
天氣怎麼樣？	날씨가 어떻습니까？	How's the weather?
· 天氣潮濕。	습기가 있습니다.	It's humid.
· 天氣好。	날씨가 좋습니다.	It's nice (weather).
· 天氣很好。	날씨가 아주 좋습니다.	It's pleasant.
· 天氣冷。	춥습니다.	It's cold.
· 天氣很冷。	아주 춥습니다.	It's very cold.
· 天氣有點冷。	좀 춥습니다.	It's a bit cold.
· 天氣涼。	쌀쌀합니다.	It's cool.
· 天氣悶熱潮濕。	무덥고 습기가 많습니다.	It's muggy and humid.
· 天氣熱。	덥습니다.	It's hot.
· 天氣很熱。	아주 덥습니다.	It's very hot.
· 天氣有點熱。	좀 덥습니다.	It's a bit hot.
· 天氣溫和。	따뜻합니다.	It's mild.
· 天氣糟透了。	날씨가 나쁩니다.	It's bad (weather).
· 天陰。(陰天。)	흐립니다.	It's cloudy.
· 天在打雷。	천둥치고 있습니다.	It's thundering.
· 天在閃電。	번개치고 있습니다.	There's lightning.
· 天在颱風。	바람이 불고 있습니다.	It's windy.
· 天在下雪。	눈이 내리고 있습니다.	It's snowing.
· 天在下雨。	비가 내리고 있습니다.	It's raining.
· 陽光明媚。	맑습니다.	It's sunny.

7.3 天氣觀測儀器

度	도	degree
沸點	비등점	boiling point
負號	마이너스 부호	minus
恆溫器	항온기	thermostat
華氏	화씨	Fahrenheit
零	영	zero
· 零上	영상	above zero
· 零下	영하	below zero
氣壓表	기압계	barometer

・大氣壓	대기압	barometric pressure
熔化	용해하다	melt
・熔點	용해점	melting point
攝氏	섭씨	Celsius, centigrade
水銀	수은	mercury
天氣公告	날씨 공고	weather bulletin
天氣預報	일기예보	weather forecast
天氣狀況	날씨 상태	weather conditions
溫度計	온도계	thermometer
正號	플러스 부호	plus
最低	최저	minimum
・最低氣溫	최저 기온	minimum temperature
最高	최고	maximum
・最高氣溫	최고 기온	maximum temperature

8・顏色

8.1 基本顏色

這是什麼顏色？	이것은 무슨 색입니까？	What color is it?
白	백색 , 흰 색	white
橙色	등색 , 주황색	orange
純色	순색	pure
粉紅	분홍색	pink
褐	갈색	brown
黑	흑색	black
・漆黑	칠흑색	pitch-black
紅	홍색 , 빨간	red
黃	황색 , 노란	yellow
灰	회색 , 잿빛	gray
・珍珠灰	진주 회색	pearl gray
金色	금색 , 황금색	gold
藍	남색 , 파란	blue

・淡藍	연 남색	light blue
・深藍	짙은 남색	dark blue
綠	녹색 , 푸른	green
・海軍綠	해군 녹색	military green
木槿紫	무궁화색	mauve
檸檬黃	레몬색	lemon
巧克力色	초콜릿색	chocolate
青綠色 , 綠松石色	청록색 , 터키색	turquoise
象牙白	상아백	ivory
銀色	은색	silver
紫	자주색	purple, violet
紫紅色	자홍색	plum

8.2 描述色彩

暗的 , 深的	어둡다 , 짙다	dark
筆	펜	pen
・蠟筆	크레용	crayon
・毛筆	붓	brush
・鉛筆	연필	pencil
・氈筆	펠트 펜	felt pen
不透明的	불투명하다	opaque
不鮮明的 , 無光澤的	선명하지 않다	dull
淡的 , 淺的	옅다	light
畫	그림	painting
・畫布	캔버스	canvas
・畫家	화가	painter
・水彩	수채	watercolor
・顏料	그림 물감	paint
・作畫	그리다	paint
色澤	색조	tint
・著色	염색하다	tint
透明的	투명하다	transparent
鮮亮的	밝다	bright
鮮豔的	선명하다	lively
顏色	색 , 색깔	color
・彩色的	채색	colored
・上色	착색하다	color

9 · 物質

9.1 宇宙

飛彈	미사일	missile
光	빛 , 광	light
· 光年	광년	light year
· 紅外線	적외선	infrared light
· 紫外線	자외선	ultraviolet light
軌道	궤도	orbit
· 沿軌道運行	궤도에 따라 운행하다	orbit
黑洞	블랙홀	black hole
彗星	혜성	comet
流星	유성 , 별똥별	meteor
食	식	eclipse
· 日食	일식	solar eclipse
· 月食	월식	lunar eclipse
世界	세계	world
太空 , 空間	우주 공간	space
· 太空梭	스페이스 셔틀	space shuttle
· 三維空間 , 三度空間	삼차원 공간	three-dimensional space
太陽	태양 , 해	sun
· 太陽光線	태양 광선	sun ray
· 太陽系	태양계	solar system
· 陽光 , 日光	햇빛	sunlight
天文學	천문학	astronomy
衛星	위성	satellite
星	별 , 성	star
行星	행성	planet
· 水星	수성	Mercury
· 金星	금성	Venus
· 地球	지구	Earth
· 火星	화성	Mars
· 木星	목성	Jupiter

• 土星	토성	Saturn
• 天王星	천왕성	Uranus
• 海王星	해왕성	Neptune
銀河系	은하계	galaxy
宇宙	우주	cosmos, universe
月亮	달	moon
• 滿月	보름달	full moon
• 新月	초승달	new moon
• 月光	달빛	moonbeam
重力 , 地心引力	중력 , 인력	gravity

9.2 環境和物質

暗礁	암초	reef
壩 , 堰	댐 , 둑	dam
板塊	판상 표층	plate
半島	반도	peninsular
邊 , 岸	기슭	edge, bank
冰	얼음	ice
波浪	파도	wave
草	풀 , 초	grass
草場	초원	field of grass
草地	풀밭	meadow
層 , 地層	층 , 지층	layer, stratum
潮 , 潮汐	조수 , 조석	tide
池塘	못	pond
叢林 , 密林	밀림 정글	jungle
大氣 , 大氣層	대기층	atmosphere
• 大氣的	대기의	atmospheric
島 , 島嶼	섬 , 도서	island
地震	지진	earthquake
頂 , 絕頂	꼭대기 , 정상	summit
洞 , 穴	동굴	cave
風景	풍경	landscape
溝壑 , 溪谷	계곡	gully
谷 , 峽	골 , 골짜기	valley
關口 , 河口	하구	pass
海	바다	sea
• 海底	해저	seabed

中文	韓文	英文
• 海的，海上的	바다의 , 해상의	maritime
海岸，海岸線	해안	coast, coastline
海角，岬	곶 , 갑 , 해각	cape, promontory
海灘，沙灘	비치 , 모래톱	beach
海灣	만	gulf, bay
海峽	해협	strait, channel
河，江	강	river
• 河岸	강기슭	river bank
• 可航行的，可通船的	항해할 수 있다	navigable
• 流，流過	흐르다	flow
河灣，小海灣	하만 , 물굽이	cove
洪水	홍수	flood
湖	호수	lake
環礁湖，潟湖	개펄 , 석호	lagoon
環境	환경	environment
火山	화산	volcano
• 噴發	분출하다	eruption
• 熔岩，火山岩	용암	lava
激浪	해안에 밀려드는 파도	surf
峻峭的，險峻的	험준하다	steep
裂隙	틈	crevasse
陸地	육지	land
泥，泥沙	진흙	mud, silt
• 泥濘的	진흙투성이의	muddy
農田	농지	farmland
泡沫	거품	foam
盆地	분지	basin
平原	평원	plain
坡，斜坡	비탈 , 언덕	slope
瀑布	폭포	waterfall
峭壁，絕壁	절벽	cliff
群島	군도	archipelago
河口	하구	estuary
森林	삼림	forest
• 熱帶雨林	열대우림	tropical forest
沙	모래	sand
沙漠，荒漠	사막	desert

山	산 , 언덕	mount
山，山岳	산 , 산악	mountain
· 山多的	산이 많다	mountainous
· 山系，山脈	산맥	maintain chain
· 山峰	산봉 , 산봉우리	peak
海水	해수 , 바닷물	salt water, seawater
卵石	조약돌	pebble
石，石頭	돌	stone
樹林，森林	숲	woods
水路，渠	수도	channel
天空	하늘	sky
田地，原野	들판	field
小山	언덕	hill
懸崖，絕壁	현애 , 절벽	precipice
漩渦	소용돌이	whirlpool
岩，岩石	바위 , 암석	rock
洋	대양 , 해양	ocean
· 北冰洋	북극해	Arctic Ocean
· 大西洋	대서양	Atlantic Ocean
· 太平洋	태평양	Pacific Ocean
· 印度洋	인도양	Indian Ocean
運河	운하	canal
沼澤，濕地	습지 , 늪 , 소택	marsh, swamp
· 沼澤地	소택지	wetland
支流	지류	tributary
植被，植物	식생 , 식물	vegetation
自然	자연	nature
· 自然的	자연적	natural

9.3 物質和材料

氨	암모니아	ammonia
白堊，粉筆	분필	chalk
冰點	빙점	freezing point
丙烯酸的	아크릴성의	acrylic
玻璃	유리	glass
玻璃纖維	유리 섬유	fiberglass
鉑，白金	백금	platinum

薄紗，羅紗布	엷게 뜬 고급 안피	gauze
材料，原料	재료 , 원료	material, stuff
瓷	자기	porcelain
磁帶	테이프	tape
大理石	대리석	marble
氮	질소	nitrogen
稻草	볏짚	straw
燈芯絨	코르덴	corduroy
碘	요드	iodine
電	전기	electricity
・電的	전기의	electrical
鍛鐵，熟鐵	연철	wrought iron
法蘭絨	플란넬	flannel
防腐劑	방부제	resistant
紡織品	방직품	texture, textile
廢鐵	고철	scrap iron
沸點	비등점	boiling point
分子	분자	molecule
・分子的	분자의	molecular
・分子式	분자식	molecular formula
・結構	구성	structure
・模型	모형	model
輻射	복사	radiation
・放射性的	방사하다	radioactive
鈣	칼슘	calcium
鋼	강	steel
・不鏽鋼	스테인리스강	stainless steel
工業，產業	공업 , 산업	industry
・工業的，產業的	공업적 , 산업적	industrial
汞，水銀	수은	mercury
固體	고체	solid
合成纖維	합성 섬유	synthetic
紅木，桃花心木	마호가니	mahogany
花邊，飾邊	레이스	lace
花崗岩，花崗石	화강석	granite
化合物	화합물	compound
化石	화석	fossil
化學	화학	chemistry

・化學的	화학의	chemical
黃銅	황동	brass
混凝土	시멘트	concrete
火	불	fire
甲烷，沼氣	메탄	methane
鉀	칼륨	potassium
膠泥，灰泥	점토	plaster
焦油，柏油	타르	tar
結，繩結	매듭	knot
・有節的，有結的	매듭이 있는	knotty
金	금	gold
金屬	금속	metal
金屬板	금속판	sheet metal
空氣	공기	air
礦物	광물	mineral
瀝青，柏油	아스팔트	asphalt
粒子，微粒	입자	particle
磷酸鹽	인산 염	phosphate
硫磺	류 , 유황	sulfur
・硫磺酸	유황 산	sulfuric acid
濾器，濾紙	여과지	filter
氯	염소	chlorine
麻袋	마대	burlap bag
毛氈	모전	felt
煤	석탄	coal
・採煤	석탄 채굴	coal mining
・煤礦	탄광	coal mine
鎂	마그네슘	magnesium
棉，棉花	솜	cotton
木	나무	wood
鈉	나트륨	sodium
能，能量	에너지	energy
黏土	점토 , 진흙	clay
鎳	니켈	nickel
皮，皮革	가죽	leather
氣體，煤氣	가스	gas
汽，水蒸氣	수증기	vapor
鉛	연	lead

青銅	청동	bronze
氫	수소	hydrogen
燃料	연료	fuel
・礦物燃料	화석 연료	fossil fuel
熱	열	heat
軟木，軟木塞	코르크 나무	cork
砂石，礫	모래와 자갈	gravel
繩	줄	rope
石棉	석면	asbestos
石油	석유	petroleum
・汽油	휘발유	gasoline
・天然氣	천연 가스	natural gas
鱗	비늘	scale
實驗室，化驗室	실험실	laboratory
試管	시험관	test tube
樹脂，松脂	수지	resin
水	물	water
絲，綢	실	silk
絲絨，天鵝絨	벨벳	velvet
塑膠	플라스틱	plastic
酸的	시다	acid
燧石，打火石	부싯돌	flint
太陽能	태양 에너지	solar energy
碳	탄소	carbon *(element)*
搪瓷，琺琅	법랑 , 에나멜	enamel
鐵	철	iron
銅，紫銅	자동	copper
網	그물	net
微波	마이크로웨이브	microwave
溫度計，體溫計	온도계	thermometer
溫室效應	온실효과	greenhouse effect
烏木，黑檀	흑단	ebony
污染	오염	pollution
・污染	오염시키다 / 오염하다	pollute
物理的，物質的	물질적	physical
物理學	물리학	physics
物質	물질	matter

錫	주석	tin
纖維	섬유	fiber
顯微鏡	현미경	microscope
線，繩子	실	string
橡膠	고무	rubber
壓力，壓強	압력	pressure
亞麻布，亞麻線	아마포	linen
煙	연기	smoke
鹽	소금	salt
羊毛	양털	wool
・未加工的羊毛	가공하지 않은 양털	virgin wool
無機的	무기의	inorganic
氧	산소	oxygen
液體	액체	liquid
以太，能媒	에테르	ether
銀	은	silver
硬木	단단한 나무	hardwood
硬紙板，卡紙	마분지	cardboard
有彈力的	탄력성이 있다	elastic
有機的	유기적	organic
元素	원소	element
原子	원자	atom
・電荷	전하	charge
・電子	전자	electron
・核	핵	nucleus
・核的，核子的	핵의	nuclear
・質子	프로톤	proton
・中子	중성자	neutron
織物，布類	직물	cloth
鑄鐵	주철	cast iron
磚	벽돌	brick
・砌磚工	벽돌을 쌓는 사람	bricklayer
自然資源	자연 자원	natural resources

9.4 物體的形狀

筆畫	필획	stroke
邊	가, 가장자리	margin

邊界，界限	한계	boundary
不規則的	불규칙적	irregular
不平的	평탄하지 않다	uneven
佈局	구조	layout
測量	측량	surveying
長方形的	장방형적	rectangular
大理石花紋的	대리석 무늬의	marbled
點	점	dot
浮雕	부조	relief
格子圖案	체크 , 바둑판 무늬	check
・ 有格子圖案的	바둑판 무늬가 있다	checked
軌道	궤도	orbit
劃線的	줄을 친	lined
環，圈	고리	ring
環形	회로	circuit
・ 環形的，圓形的	원형의	circular, round
徽章	휘장	emblem
剪影	실루엣	silhouette
框架	틀	frame
棱錐的，金字塔形的	피라밋의	pyramidal
犁溝，車轍	바퀴 자국	furrow
略圖	약도	schema
輪廓	윤곽	outline, profile
螺旋的	나선의	spiral
迷宮	미궁	labyrinth, maze
排	열	row
片	조각	slice
平的	평탄하다	even
崎嶇的	기구하다	tortuous
起伏的	기복하다	wavy, undulating
球形的	구형의	spherical
曲折的，彎曲的	굽다	twisting, winding
三角形的	삼각형의	triangular
十字	십자	cross
條紋	줄무늬	stripe, streak

· 有條紋的	줄무늬 있는	streaked, striped
圖案	도안	pattern, design
· 有圖案的	무늬가 있는	patterned
· 用圖案裝飾	…에 무늬를 넣다	pattern
外圍，四周	외위, 주위	periphery, outskirts
蜿蜒的，Z字形的	구불구불하다, 지그재그	zigzag
圍欄	울타리	enclosure
· 封閉的，圍住的	밀폐적	enclosed, surrounded
線條	선	graph
形狀	형상	form
有點子的	반점이 있다	spotted
有紋理的	무늬가 있다	veined, grainy
圓盤	원반	disk
圓柱形的	원주형의	cylindrical
正方形	정방형	square
柱形	기둥형	column
錐形	원추형	conical

9.5 容器

包，袋	봉지	bag, sack
包裝箱	포장용 상자	packing crate
保險箱	소형 금고	safe, strongbox
大箱子，旅行箱	트렁크	trunk
工具箱	공구상자, 툴박스	toolbox
罐，聽	깡통	jar, tin
盒	갑	box
· 方盒	네모진 합	square box
· 木盒	나무 상자	wood box
· 鐵盒	철 깡통	tin box
· 圓盒	둥근 합	round box
· 紙板盒	판지갑	cardboard box
籃	바구니	basket
· 果籃	과일바구니	fruit basket
· 花籃	꽃바구니	flower basket
盆，缸	물통	tub
容器	용기	container, receptacle

· 盛	담다	contain
· 內容	내용	contents
手提袋	손가방	handbag
水池	못 / 저수지	water tank
水庫	저수지 , 댐	reservoir
桶	통	barrel
· 酒桶	술통	cask
· 水桶	물통	bucket
玩具盒	장난감 상자	toy box
箱，櫃	장	tank
箱，盒	상자	case

9.6 地理

半球	반구	hemisphere
· 半球的	반구의	hemispheric
北	북쪽	north
· 北方的	북쪽의	northern
邊界，國界	국경 , 변경	border (political)
城市	도시	city
赤道	적도	equator
大陸	대륙	continent
· 大陸的，大陸性的	대륙성의	continental
帶，地帶	지대	zone
地方，地域	지방	region
地理	지리	geography
· 地理的	지리적	geographical
地球儀	지구의	globe (object)
地區	지구	area
地圖	지도	map
地圖集	지도첩	atlas
東	동	east
· 東北	동북쪽	northeast
· 東方的	동쪽의	eastern
· 東南	동남쪽	southeast
國家	국가	country
海灣	만	gulf

回歸線	회귀선	tropic
· 北回歸線	북회귀선	Tropic of Cancer
· 南回歸線	남회귀선	Tropic of Capricorn
· 熱帶的	열대의	tropical
極，極地	극지	pole
· 北極	북극	North Pole
· 北極圈	북극권	Arctic Circle
· 南極	남극	South Pole
· 南極圈	남극권	Antarctic Circle
經度	경도	longitude
緯度	위도	latitude
領土	영토	territory
民族，國家	민족	nation
· 民族的，國家的	민족의	national
南	남	south
· 南方的	동남쪽의	southern
氣候	기후	climate
人口統計（學）的	인구 통계학의	demographic
省	성	province
首都	수도	capital
天體，星球	천체	globe *(planetary)*
位置	위치	location
· 確定…的位置	…의 위치를 정하다	locate
· 位於	…에 위치하다	be located
西	서쪽	west
· 西北	서북	northwest
· 西方的	서쪽의	western
· 西南	서남	southwest
指南針	지남침 , 나침반	compass
州	주	state
子午線	자오선	meridian
· 本初子午線	본초 자오선	prime meridian

10.1 基本詞彙

蓓蕾	꽃봉오리	bud
· 含苞未放	아직 피지 않다	in bud
菜園	채소밭	vegetable garden
草地，草坪	잔디밭	lawn
草地，草原	초원	meadow
鏟子，鐵鍬	대패	shovel, spade
成熟的	성숙하다, 익다	ripe
鋤頭	괭이	hoe
· 鋤（地）	김을 매다	hoe
儲藏室，庫房	곳간	storage room, shed
刺，荊棘	가시나무	thorn
大麥	보리	barley
稻草，麥稈	밀짚	straw
發酵	발효	fermentation
肥料	비료	manure
· 糞肥	똥거름	dung
· 化肥	화학 비료	fertilizer
腐爛的	썩어 문드러지다	rotten
乾草	건초	hay
乾草叉，草耙	초파	pitchfork
割草機	제초기	lawn mower
根	뿌리	root
耕種，翻耕	경작하다	till
耕種，耕作	경작	cultivation
穀倉，糧倉	곡창	granary
穀物，糧食	곡식, 곡물	grain
灌溉	관개	irrigation
灌木	관목	bush
光合作用	광합성	photosynthesis
害蟲	해충	pest
花	꽃	flower
花瓣	꽃잎	petal
花粉	꽃가루	pollen
花園，花床	화원	flower garden, flower bed
混合肥料	혼합 비료	compost

莖，幹	줄기	stem
開花	꽃이 피다	bloom, flower
枯萎，凋謝	시들다	wilt
犁	쟁기	plow
・犁，耕	밭을 갈다	plow
鐮刀	낫	sickle
苗床，苗圃	묘포	nursery
膜	꺼풀, 막	membrane
泥刀，泥鏟	흙손	trowel
黏土，泥土	점토	clay
農田	농경지	farmland
農業	농업	agriculture
耙子	갈퀴	rake
・用耙子耙	갈퀴질하다	rake
噴壺，灑水裝置	물뿌리개	sprinkler
噴射	분사	spraying
葡萄樹，藤	포도나무, 덩굴	vine
球根	알뿌리	bulb
殺蟲劑，農藥	농약	pesticide
生殖，繁殖	번식하다	reproduce
・生殖，繁殖	번식	reproduction
收割	수확하다	mow
收割，採收	채취 수확하다	reap
收獲，收割	수확	harvest
・收獲，收割	수확하다	harvest
樹	나무	tree
樹幹	나무 줄기	trunk
樹籬	나무 울타리	hedge
樹皮	나무 껍질	bark
樹葉	잎	foliage
樹枝	나무 가지	branch
水溝，渠	도랑	ditch
水龍帶，軟管	호스	hose
飼料	사료	fodder
穗	이삭	ear (of corn)
庭園，園子	정원	garden
・庭園座椅	정원 장의자	garden seat

土塊	흙덩이	clod
脫粒，打穀	탈곡하다	thresh
挖，掘，鑿	파다	dig
溫室	온실	greenhouse
物種	종	species
細胞	세포	cell
細胞核	세포핵	nucleus
小麥	소매 , 밀	wheat
小園子，小菜園	작은 정원	small garden
休閒中的（田地）	미개간 휴한지	fallow, uncultivated
修剪	전지하다	prune, trimmer
燕麥	귀리	oats
葉綠素	엽록소	chlorophyll
葉子	잎	leaf
移植，移接	이식하다	transplant
有機體，微生物	미생물	organism
玉米	옥수수	corn
園丁，花匠	정원사	gardener
園藝	원예	horticulture
雜草	잡초	weed
摘取，採集	따다 , 뽑다	gather
照顧	보살피다	look after
植物	식물	plant
植物學	식물학	botany
・植物學的	식물학적	botanical
種子	씨	seed
・播種	씨를 뿌리다	seed, sow
種植	심다	plant

10.2 花卉

百合花	백합꽃	lily
常春藤	담쟁이덩굴	ivy
雛菊，延命菊	데이지	daisy
大波斯菊	코스모스	cosmos
大麗花，天竺牡丹	달리아	dahlia
風信子	히아신스	hyacinth
花	꽃	flower

・花床	꽃집	flowerbed
・花束	꽃다발	bouquet of flowers
・枯萎的花	시든 꽃	wilted flower
・摘花	꽃을 따다	pick flowers
槲寄生	겨우살이	mistletoe
劍蘭	글라디올러스	gladiolus
金盞花，萬壽菊	금잔화, 천수국, 만수국	marigold
荊棘	가시	thorn
金達萊	진달래 (꽃)	azalea
菊花	국화	chrysanthemum
康乃馨	카네이션	carnation
蘭草	난초	orchid
牡丹	모란	peony
木蘭，木蘭花	목란	magnolia
蒲公英	민들레	dandelion
牽牛花	피튜니아	petunia
蕁麻	쐐기풀	nettle
薔薇，玫瑰	장미꽃	rose
・野玫瑰，野薔薇	들장미	wild rose
三色堇，三色紫羅蘭	팬지	pansy
山茶花	동백나무	camellia
芍藥	작약	peony
矢車菊	수레국화	cornflower
水田芥	금련화	nasturtium
水仙	수선화	daffodil
天竺葵	제라늄	geranium
鐵線蓮	클레마티스	clematis
無窮花	무궁화	azalea
勿忘我	물망초	forget-me-not
仙客來	시클라멘	cyclamen
仙人掌	선인장	cactus
向日葵	해바라기	sunflower
繡球花	수국	hydrangea
雪花蓮	스노드롭, 아네모네	snowdrop
罌粟	양귀비	poppy
櫻草花	앵초	primrose
迎春花	개나리 (꽃)	winter jasmine

櫻花	벚꽃	cherry blossom
鬱金香	튤립	tulip
紫羅蘭	제비꽃	violet
紫藤	등나무	wisteria

10.3 樹木

白楊	포플러	poplar
柏樹	사이프러스	cypress
常綠樹	상록수	evergreen
楓樹	단풍나무	maple
橄欖樹	올리브나무	olive
果樹	과수	fruit tree
・橙樹	오렌지나무	orange
・核桃樹	호두나무	walnut
・梨樹	배나무	pear
・栗樹	밤나무	chestnut
・檸檬樹	레몬나무	lemon
・蘋果樹	사과나무	apple
・桃樹	복숭아나무	peach
・無花果樹	무화과나무	fig
・櫻桃樹	앵두나무	cherry
・榛子	개암	hazelnut
樺，白樺	자작나무	birch
冷杉	전나무	fir
櫟樹，橡樹	오크	oak
櫟子，橡子	도토리 , 상수리	acorn
柳樹，垂柳	버드나무	willow, weeping willow
山毛櫸	너도밤나무	beech
樹	나무	tree
樹苗，幼樹	묘목	sapling
松樹	소나무	pine
烏木，黑檀	흑단	ebony
榆	느릅나무	elm
棕櫚樹	종려나무	palm

10.4 乾果和水果

鳳梨	파인애플	pineapple
草莓	딸기	strawberry
柳橙	오렌지	orange
乾果	건조과	dried fruit
橄欖	올리브	olive
核桃	호두	walnut
黑莓	검은딸기	blackberry
花生	땅콩	peanut
開心果	피스타치오	pistachio
藍莓	블루베리	blueberry
梨子	배	pear
李子，梅	자두	plum
・李脯，梅乾	말린 자두	prune
栗子	밤	chestnut
檸檬	레몬	lemon
蘋果	사과	apple
葡萄	포도	grape
葡萄柚	그레이프프루트	grapefruit
水果	과일	fruit
桃子	복숭아	peach
甜瓜	참외	melon
無花果	무화과	fig
西瓜	수박	watermelon
香蕉	바나나	banana
杏仁	살구	apricot
懸鉤子，覆盆子	나무딸기	raspberry
櫻桃	앵두	cherry
柚子	유자	pemelo
棗	대추	date
中國柑橘	중국 오렌지	mandarin orange

10.5 蔬菜

菠菜	시금치	spinach
薄荷	박하	mint
菜豆	강낭콩	string bean
菜花	꽃양배추	cauliflower
蔥頭，洋蔥	양파	onion

大黃	대황	rhubarb
豆	콩	bean
豆芽	콩나물	bean sprouts
橄欖	올리브	olive
胡椒	후추	pepper
胡蘿蔔	당근	carrot
黃瓜	오이	cucumber
茴香	회향	fennel
韭菜	부추	leek
卷心菜，圓白菜	양배추	cabbage
辣椒	고추	pepper
蘆筍	아스파라거스	asparagus
羅勒	나릅풀	basil
迷迭香	로즈메리	rosemary
蘑菇	버섯	mushroom
南瓜	호박	pumpkin
歐芹	파슬리	parsley
茄子	가지	eggplant
芹菜	셀러리	celery
青椒	피망	green pepper
沙拉	샐러드	salad
生菜，萵苣	상추	lettuce
蔬菜	야채	vegetables, greens
蒜，大蒜	마늘	garlic
甜菜	비트	beet
土豆	감자	potato
豌豆	완두	pea
蕃茄	토마토	tomato
西葫蘆，美洲南瓜	주키니	zucchini
西藍花，球花甘藍	브로콜리	broccoli
小扁豆	렌즈콩	lentil
小蘿蔔	무	radish
雪豆	리마콩	lima bean
洋蔥	양파	onion
洋薊	아티초크	artichoke
鷹嘴豆	이집트콩 , 병아리콩	chick pea
紫菜	김	laver

11 · 動物

11.1 一般動物和哺乳動物

斑馬	얼룩말	zebra
豹	표범	leopard, panther
北極熊，白熊	북극곰	polar bear
蝙蝠	박쥐	bat
哺乳動物	포유동물	mammal
捕獸機，陷阱	함정	trap
倉鼠	햄스터	hamster
長頸鹿	기린	giraffe
寵物	애완동물	pet
臭鼬	스컹크	skunk
刺	고슴도치	hedgehog
大猩猩	고릴라	gorilla
袋鼠	캥거루	kangaroo
動物	동물	animal
・動物學	동물학	zoology
・動物學的	동물학적	zoological
・動物園	동물원	zoo
狒狒	비비	baboon
孵化，繁育	번식	breeding
狗	개	dog
・長卷毛狗	푸들	poodle
・德國牧羊犬，狼狗	독일 세퍼드	German shepherd
・惡犬	불독	bulldog
・吠，叫	짖다	bark
・狗窩	개집	kennel
・嚎，嗥叫	긴 소리로 짖다	howl
・獵犬	사냥개	hound
・母狗	암캐	female dog
・公狗	수캐	male dog
・小狗	강아지	puppy
海狸，海獺	해리 , 비버	beaver
海獅	강치	sea lion
海象	바다코끼리	walrus

豪豬，箭豬	호저	porcupine
河馬	하마	hippopotamus
猴子	원숭이	monkey
胡狼	자칼	jackal
虎	호랑이	tiger
獾	오소리	badger
浣熊	미국너구리	raccoon
家畜，牲畜	가축	livestock
角	뿔	horn
・多叉鹿角	가지진 뿔	antler
海豹	바다표범	sea dog
鯨	고래	whale
狼	이리 , 늑대	wolf
獵人	사냥꾼	hunter
・追獵，獵取	사냥하다	hunt
鬣狗	하이에나	hyena
羚羊	영양	antelope
鹿	사슴	deer
驢子	당나귀	donkey
騾子	노새	mule
駱駝	낙타	camel
馬	말	horse
・母馬	암말	mare
・嘶	울다	neigh
・蹄	발굽	hoof
・鬃毛	갈기	mane
貓	고양이	cat
・喵喵地叫	야옹하고 울다	meow
・小貓	새끼고양이	kitten
嚙齒動物	설치류의 동물	rodent
牛	소	ox
・公牛	수소	bull
・母牛	암소	cow
・小牛	송아지	calf
・哞哞地叫	음매하고 울다	moo
獅子	사자	lion
・吼，咆哮	포효하다	roar
獸穴，地洞，窩	굴	burrow, den

鼠	쥐	rat
水貂	밍크	mink
水牛	물소	buffalo
水獺	수달	otter
飼養場，畜牧場	농장	farm
・廄，穀倉，糧倉	헛간	barn
・農場主	농장주	farmer
・柵欄，籬笆	울타리	fence
松鼠	다람쥐	squirrel
土撥鼠，旱獺	마멋	marmot
兔，家兔	토끼	rabbit
・野兔	산토끼	hare
尾巴	꼬리	tail
喂草，放牧	방목하다	graze
犀牛	코뿔소	rhinoceros
象	코끼리	elephant
・象牙	상아	tusk
熊	곰	bear
熊貓	판다	panda
馴鹿	순록	reindeer
馴養	길들이다	tame
鼴鼠	두더지	mole
羊，綿羊	양 , 면양	sheep
・羔羊，小羊	새끼양	lamb
・公羊	숫양	ram
・山羊	염소	goat
野豬	멧돼지 , 산돼지	wild boar
猿，猴子	원숭이	ape, monkey
豬	돼지	pig
・母豬	암돼지	sow

11.2 禽鳥

斑鳩	호도애	turtledove
蒼頭燕雀	되새	chaffinch
巢，窩	둥우리 , 둥지	nest
翠鳥	물총새	kingfisher
杜鵑，布穀鳥	뻐꾸기	cuckoo
鵝	거위	goose

鴿	비둘기	dove
• 信鴿	전서 비둘기	homing pigeon
鸛	황새	stork
海鷗	갈매기	seagull
候鳥	철새	migratory bird
火雞	칠면조	turkey
火烈鳥	홍학	flamingo
雞	닭	chicken, hen
雞冠	볏	crest
金絲雀	카나리아	canary
孔雀	공작	peacock
麻雀	참새	sparrow
貓頭鷹	올빼미	owl
猛禽	맹금	bird of prey
鳥，禽	새	bird
鳥籠	새장	birdcage
企鵝	펭귄	penguin
鵲	까치	magpie
隼，獵鷹	송골매	falcon
鵜鶘	펠리컨	pelican
天鵝	백조	swan
鴕鳥	타조	ostrich
禿鷹，禿鷲	독수리	vulture
小雞，小鳥	병아리	chick
雄雞	수닭	rooster
鴉，烏鴉	까마귀	crow
鴨	오리	duck
燕子	제비	swallow
夜鶯	나이팅게일	nightingale
一窩	한 배 새끼	brood
翼，翅膀	날개	wing
鸚鵡，虎皮鸚鵡	앵무새	parrot, budgie
鷹	독수리	eagle
羽毛	깃털	feather
雲雀	종다리	lark
鷓鴣	목도리뇌조	partridge
知更鳥	울새	robin

雉，野雞	꿩	pheasant
啄木鳥	딱따구리	woodpecker
嘴，喙	부리	beak

11.3 水生動物

鱉，龜	거북	turtle, tortoise
蟾蜍，癩蛤蟆	두꺼비	toad
大螯蝦，龍蝦	바닷가재	lobster
鯡魚	청어	herring
蛤	대합조개	clam
蛤貝，貽貝	홍합	mussel
鮭魚（三文魚）	연어	salmon
海馬	해말	seahorse
甲殼，貝	조개	shell
箭魚，旗魚	황새치	swordfish
金槍魚	다랑어	tuna
金魚	금붕어	goldfish
蝌蚪	올챙이	tadpole
鰻魚，鱔魚	뱀장어	eel
明太魚	명태	walleye pollack
明蝦，對蝦，河蝦	참새우 무리	prawn, shrimp
牡蠣	굴	oyster
螃蟹	게	crab
鰭，闊鰭	지느러미	fin, flipper
青蛙	개구리	frog
• 呱呱地叫	끼악끼악하다	croak
鯖魚	고등어	mackerel
軟體動物	연체 동물	mollusk
有殼類水生動物	갑각류 동물	shellfish
沙丁魚	정어리	sardine
鯊魚	상어	shark
扇貝，貝	조개	scallop, shell
水母，海蜇	해파리	jellyfish
鰨魚，比目魚	혀가자미	sole
鱈魚	대구	codfish
魷魚	오징어	squid
魚	물고기	fish

・ 捕魚，釣魚	낚다	fish
・ 釣魚，捕魚	낚시질	fishing
・ 釣魚竿	낚싯대	fishing rod
・ 釣魚者	낚시꾼	angler
・ 魚鉤	갈고리, 낚시바늘	hook
・ 魚鱗	비늘	scale
・ 魚鰓	아가미	gill
章魚	낙지	octopus
鯔魚	숭어	mullet
鱒魚	송어	trout

11.4 爬行動物和兩棲動物

鱷魚	악어	crocodile
奎蛇	복살무사	viper
蟒蛇	왕뱀	boa
爬行動物	파충류 동물	reptile
蛇	뱀	snake
蜥蜴	도마뱀	lizard
響尾蛇	방울뱀	rattlesnake
眼鏡蛇	코브라	cobra

11.5 昆蟲和其他無脊椎類動物

白蟻	흰개미	termite
壁蝨	진드기	tick
扁蟲	편형동물	flatworm
蠶	누에	silkworm
・ 蠶繭	고치	cocoon
蟲，昆蟲	곤충	insect
臭蟲	빈대	bedbug
大黃蜂	말벌	hornet
蝶蛹	번데기	chrysalis
蝴蝶	나비	butterfly
黃蜂	장수말벌	wasp
家蠅	집파리	housefly
甲蟲	투구벌레	beetle
螞蟻	개미	ant
・ 蟻塚	개미흙더미	ant hill

毛蟲	모충	caterpillar
蜜蜂	벌	bee
• 蜂巢，蜂房	꿀벌통	hive
• 蜂群	벌떼	swarm
• 螫，叮	찌르다	sting
瓢蟲	무당벌레	ladybug
蜻蜓	잠자리	dragonfly
蠕蟲	벌레	worm
虱子	이	louse
跳蚤	벼룩	flea
蚊子	모기	mosquito
• 嗡嗡叫，營營響	윙윙거리다	buzz
蟋蟀	귀뚜라미	cricket
蠍子	전갈	scorpion
螢火蟲	개똥벌레	glowworm
蚱蜢，蝗蟲	메뚜기	grasshopper
蟑螂	바퀴	cockroach
蜘蛛	거미	spider
• 蜘蛛網	거미집	spider web

四、人

12 · 身體

12.1 身體部位和組織系統

背,背部	등	back
鼻	코	nose
鼻孔	콧구멍	nostril
臂	팔	arm
· 前臂	팔뚝	forearm
扁桃腺	편도선	tonsil
腸,腸子	장	intestines
膽,膽囊	담낭	gall bladder
動脈	동맥	artery
肚臍	배꼽	navel, bellybutton
肚子,腹	배	belly
額,額頭	이마	forehead
上顎	구개	palate
耳,耳朵	귀	ear
耳鼓	고막	eardrum
肺,肺臟	폐	lung
肝,肝臟	간	liver
肛門	항문	anus
膈,橫膈膜	격 , 횡경막	diaphragm
跟腱	아킬레스건	Achilles tendon
骨,骨頭	뼈	bone
骨骼	골격	skeleton
骨盆	골반	pelvis
骨髓	골수	bone marrow
關節	관절	joint
頜,顎	합	jaw
頜骨	아래턱뼈 , 하악골	jawbone

喉嚨，咽喉	목구멍, 인후	throat
呼吸系統	호흡기 계통	respiratory system
鬍子	수염	beard, moustache
踝，足踝	복사뼈	ankle
肌肉	근육	muscle
脊骨，脊柱	척추골, 등뼈	spine
肩，肩膀	어깨	shoulder
肩胛骨	어깨뼈, 견갑골	shoulder blade
腱	힘줄, 건	tendon
腳，足	발	foot
腳底，腳掌	발바닥	sole
腳跟	발꿈치	heel
腳趾	발가락	toe
頸，脖子	목	neck
頸背，後頸	목뒤, 뒷덜미, 목덜미	nape
脛	정강이	shin
靜脈	정맥	vein
酒窩，靨	보조개	dimple
髖	관, 관골	hip
肋骨	늑골, 갈비뼈	rib
臉，面孔	얼굴	face
臉頰，面頰	볼, 뺨	cheek
• 頰骨，顴骨	광대뼈	cheekbone
膀胱	방광	bladder
淋巴系統	림프 계통	lymphatic system
顱骨，頭骨	두개골	skull
毛	털	hair *(bodily)*
毛孔	모공, 털구멍	pore
泌尿系統	비뇨기 계통	urinary system
免疫系統	면역 계통	immune system
面色，膚色	안색	complexion
內臟	내장	guts
腦	뇌	brain
皮，皮膚	피부	skin
脾，脾臟	비장	spleen
屁股，臀部	엉덩이, 둔부	buttocks, bottom
氣管	기관	windpipe

器官	기관	organ
丘疹，粉刺	여드름	pimple
軀幹，身軀	몸통, 신체	torso, trunk
拳，拳頭	주먹	fist
肉體，肌膚	육체	flesh
乳房	가슴, 유방	breast
乳頭	젖꼭지, 유두	nipple
軟骨	연골, 물렁뼈	cartilage
舌，舌頭	혀	tongue
身體	몸	body
神經	신경	nerve
神經系統	신경 계통	nervous system
腎，腎臟	신장	kidney
腎上腺素	아드레날린	adrenaline
聲帶	성대	vocal cord
食道	식도	esophagus
手	손	hand
手掌，手心	손바닥	palm
瞳孔	눈동자, 동공	pupil
頭	머리	head
頭髮	머리카락	hair *(head)*
頭皮	두피, 머릿가죽	scalp
腿	다리	leg
・大腿	허벅지	thigh
・小腿	장딴지	calf
唾液，涎	타액, 침	saliva, spit
腕	팔목, 손목	wrist
胃	위	stomach
膝，膝蓋	무릎	knee
細胞	세포	cell
下巴，頦	턱	chin
腺	선	gland
消化管	소화관	alimentary canal
消化系統	소화계통	digestive system
心，心臟	심장	heart
心跳	심장의 고동	heartbeat
胸，胸部，胸脯	가슴, 흉부	breast, chest
血，血液	피, 혈액	blood

• 血管	혈관	blood vessel
• 血型	혈액형	blood group
• 血壓	혈압	blood pressure
循環系統	순환 계통	cardiovascular system
眼睛	눈	eye
• 眉毛	눈썹	eyebrow
• 眼瞼	눈꺼풀	eyelid
• 眼睫毛	속눈썹	eyelash
四肢	사지	limbs
腰，腰部	허리	waist
腋窩	겨드랑이	armpit
胰腺	췌장	pancreas
指甲	손톱	fingernail
指頭，手指	손가락	finger
• 拇指	엄지 , 엄지손가락	thumb
• 食指	식지 , 집게손가락	index finger
• 無名指	무명지	ring finger
• 小指	새끼손가락	little finger
• 中指	중지 , 가운뎃손가락	middle finger
肘	팔꿈치	elbow
組織	조직	tissue
嘴，口	입	mouth
嘴唇	입술	lip
坐骨神經	좌골 신경	sciatic nerve

12.2 身體狀態和身體活動

病的，生病的	아프다	sick
吃	먹다	eat
打嗝	트림하다	burp, belch
• 打嗝	딸꾹질하다	burp, belch
膽固醇	콜레스테롤	cholesterol
感到，感覺	감각 , 느낌	sense, feel
• 感覺不適	편찮다 , 아프다	feel bad
• 感覺餓	배고프다	be hungry
• 感覺渴	목마르다 , 목 타다	be thirsty
• 感覺冷	춥다	be cold

· 感覺良好	좋다, 괜찮다	feel well
· 感覺疲倦	피곤하다	be tired
· 感覺熱	덥다	be hot
感知，察覺	느끼다	perceive
喝，飲	마시다	drink
呼吸	숨쉬다, 호흡하다	breath
· 呼氣	숨을 내쉬다	exhale
· 呼吸	숨쉬다	breathe
· 吸氣	숨을 들이쉬다	inhale
飢，飢餓	굶다	hunger
健康	건강	health
· 健康的	건강하다	healthy
渴	목마르다	thirst
尿	오줌, 뇨	urine
· 小便，排尿	배뇨하다	urinate
跑	뛰다, 달리다	run
疲乏	힘들다, 피곤하다	tiredness, fatigue
起床	일어나다	get up
氣喘	숨차다	lack of breath
睡覺	잠자다	sleep
· 打瞌睡	졸다	be sleepy
· 入睡	잠들다	fall asleep
· 睡覺	자다	sleep
排便	배변하다	defecate
疼，痛	아프다	hurt
頭皮屑	비듬	dandruff
消化	소화하다	digestion
醒來，弄醒	깨다	wake up
休息，放鬆	쉬다	rest, relax
噎，哽	목에 걸리다, 목이 메다	choke
走，步行	걷다	walk

12.3 感官和感覺

聽覺

爆炸	터지다, 폭발하다	explode, blast

嘈雜的，喧鬧的	시끄럽다	noisy
吹口哨	휘파람을 불다	whistle
叮噹	댕그랑	jingle, clink, jangle
咚咚，噹噹	쿵, 콩	bang
發出回聲	메아리, 에코	echo
格格響	덜걱덜걱, 우르르	rattle
回響	메아리	resonate
尖叫	잔지러지다	squeal, shriek
濺，潑	튀다, 쏟다	splash
聾的	귀먹다	deaf
鳴，響	울리다	ring
碰撞	부딪치다	clash
噼噼啪啪	짝짝	crackle
沙沙	바삭	rustle
聲音	소리	sound
聲音刺耳	소리가 귀에 거슬리다	grate
聽	듣다	listen, listen to
聽見	들리다	hear
聽覺	청각	sense of hearing
嗡嗡	부엉부엉	hum
噪聲	소음	noise
吱吱嘎嘎	덜컥	creak

視覺

盯視	주시하다, 쳐다보다	stare at
發光，發亮	발광하다, 빛나다	shine, glow
反射	반사하다	reflection
光明的，明亮的	밝다	bright, clear
黑暗的	어둡다	dark
環顧	둘러보다	look around
角膜	각막	cornea
近視的	근시안적	short-sighted
晶狀體	수정체	lens of the eye
看	보다	look at, watch
看見	보다, 보이다	see
瞥視	힐끗 보다	glance, glimpse
• 瞥一眼	한눈 훑어 보다	cast a glance

· 撇一眼某人	- 를 / 을 한눈에 훑어 보다	glance at someone
閃亮，閃耀	눈부시다	sparkle
閃爍	반짝이다	twinkle
失明的，瞎的	실명하다, 시력을 잃다	blind
視覺	시각	sense of sight
視力，視界	시력	sight
視力測試	시력 검사	sight test
偷看，窺視	훔쳐보다	peep, peer
消失	사라지다	fade, disappear
眼鏡	안경	eyeglasses
隱形眼鏡	렌즈	contact lens
遠視的	원시안적	far-sighed
眨眼睛	눈을 깜빡거리다	blink
照明，光照	비추다	illumination

味覺、觸覺和嗅覺

觸覺	촉각	sense of touch
· 觸，碰	닿다	touch
刺鼻的	코를 찌르다, 자극하다	acrid
粗糙的	거칠다	rough
多刺的	가시가 많다	prickly
惡臭，臭氣	악취	stink
· 臭的，有臭味的	악취적	stinky
· 發出惡臭	악취를 풍기다	stink
· 發臭的，腐臭的	악취가 나다	fetid, putrid
芳香，香味	방향, 아로마	aroma, fragrance
· 馥郁的，芳香的	향기롭다	scented
滑的	미끄럽다	slippery
滑溜的，平滑的	평활하다	smooth
苦的	쓰다	bitter
沒有味道的，不好吃的	맛없다	insipid, tasteless
美味的，鮮美的	맛있다	delicate, delicious
黏的	끈적하다	sticky
氣味	냄새	smell, odor

軟的，柔軟的	부드럽다	soft
酸的	시다	sour
甜的	달다, 달콤하다	sweet
味道，滋味	맛	taste, flavor
味覺	미각	sense of taste
鹹的	짜다	salty
辛辣的	맵다	spicy
新鮮的	싱싱하다	fresh
嗅覺	후각	sense of smell
・聞，嗅	맡다	smell
癢，發癢	간지럽다, 가렵다	itch
・發癢的	가렵다	itchy
硬的	딱딱하다	stiff

13 · 描述人

13.1 外貌特徵

矮的	작다	short
矮胖的	땅딸막하다	stocky
矮子	난쟁이	dwarf
表情	표정	expression
醜的	밉다	ugly
脆弱的	허약하다, 깨지기 쉽다	frail
大的	크다	big, large
・巨大的	엄청나다	huge, giant
大腹便便的	올챙이배	paunchy, pot-bellied
多毛的	털이 많다	hairy
多肉的	육질의	fleshy
額頭	이마	forehead
・低額頭	낮은 이마	low forehead
・高額頭	높은 이마	high forehead
・寬額頭	폭이 넓은 이마	broad forehead
髮型	헤어 스타일	hairstyle
豐滿的	풍만하다	plump

高的	높다	tall
好氣色	좋은 안색	good complexion
好身材	좋은 몸매	good figure
機警的	기민하다	alert
肌肉發達的	튼튼하다, 힘세다	muscular
肌肉結實的	근육이 억세다	brawny
健康	건강	health
・ 健康的	건강하다	healthy
精力充沛的	활발하다	energetic
精力旺盛的	강건하다	vigorous
皸裂了的手	거칠어진 손	chapped hands
可愛的	귀엽다	cute
寬肩的	폭이 넓은 어깨	broad-shouldered
臉, 面孔	낯	face, countenance
・ 和藹的面孔	우호적인 얼굴	friendly face
・ 快樂的面孔	기쁜 얼굴	happy face
・ 憔悴的臉	독기가 서린 얼굴	haggard face
・ 圓臉	둥근 얼굴	round face
臉頰	뺨	cheeks
・ 蒼白的面頰	창백한 뺨	pale cheeks
・ 紅潤的面頰	건강하게 보이는 장미빛 뺨	rosy cheeks
臉紅, 害臊	얼굴을 붉히기, 부끄러움	blush
蘿蔔腿	안짱다리	bow legs
美女	미인	beauty
迷人的	마음을 사로잡다	fascinating
敏捷的	민첩하다	agile
男孩	남자아이	boy
男人	남자	man
男性	남성	male
・ 男性的	남성적	masculine
年輕的	젊다	youthful
女人, 婦女	여자	woman
女士	여사	lady
女性	여성	female
・ 女性的	여성적	feminine
胖的	뚱뚱하다	fat

· 發胖	살 찌다	become fat
· 肥胖的	뚱뚱하다	corpulent, obese
皮膚	피부	skin
· 粗糙的皮膚	거친 피부	rough skin
· 乾燥的皮膚	마른 피부	dry skin
· 橄欖色皮膚	올리브 피부	olive skin
· 光潔的皮膚	매끄러운 피부	clear skin
· 褐色的皮膚	갈색 피부	brown skin
· 黝黑的皮膚	까무잡잡한 피부	dark skin
漂亮的	예쁘다	beautiful, pretty
強健的	체격이 크다	hefty
強壯的	튼튼하다	robust, strong
強壯結實的	굵고 튼튼하다	husky, manly
憔悴的	몹시 야위다	emaciated
丘疹, 面皰	구진 , 뾰루지	pimple
雀斑	주근깨	freckles
· 有雀斑的	주근깨가 있다	freckled
柔弱的	약하다	weak
弱小的	작고 가냘프다	puny
身高	신장 , 키	height
· 矮個子	키가 작다	short
· 高個子	키가 크다	tall
· 中等個的	중간정도	of medium height
· 平均身高	평균 키	average height
· 你有多高 ?	키가 얼마나 되세요 ?	How tall are you?
· 我身高…	제 신장은…	I'm…tall.
身體	몸	body
· 身體健康	몸이 건강하다	be in good health
紳士	신사	gentleman
瘦的	마르다	lean
· 變瘦	살 빠지다	become thin
· 骨瘦如柴	앙상하다	skin and bones
· 苗條的	날씬하다	slim
· 皮包骨的	마르다	skinny
· 瘦長的	가늘고 길다	lanky
體格	체격	build
· 體格健美	건강하고 아름답다	well-built
· 體格強健	튼튼하다	be strongly built

· 體格文弱	연약하다	be slightly built
體重	체중	weight
· 稱體重	체중을 재다	weigh oneself
· 減輕體重	살 빼다	lose weight
· 你有多重？	체중이 얼마예요？	How much do you weigh?
· 我的體重是…	제 체중은…	I weigh…
· 重的	무겁다	heavy
頭髮	머리카락	hair
· 分頭	가리마 탄 머리	parted hair
· 黑髮	검은 머리, 흑발	dark hair
· 紅髮	붉은 머리	red hair
· 花白的頭髮	흰 머리	streaked hair
· 灰白頭髮	반백 머리	gray hair
· 卷髮	파마, 고수머리	wavy hair
· 卷髮的	머리가 곱슬곱슬하다	curly
· 亂蓬蓬的頭髮	덥수룩한 머리	disheveled hair
· 染髮	머리카락을 염색하다	color one's hair
· 脫髮，掉髮	머리털이 빠지다	lose one's hair
· 直髮	생머리	straight hair
禿頭的	머리카락이 없다, 대머리의	bald
駝背的	곱사등이	hunched
外貌	외모	physical appearance
微笑	미소	smile
· 微笑	미소짓다, 미소하다	smile
無齒的	이가 없다	toothless
吸引人的	매력적이다	attractive
下巴	턱	chin
· 寬下巴	폭이 넓은 턱	broad chin
· 雙下巴	쌍턱	double chin
纖弱的	섬약하다	slender
小的	작다	small, little
小姐	아가씨	young lady
小鬍子	코밑 수염	mustache
性別	성별	sex
眼睛	눈	eye

・ 褐色眼睛	갈색 눈	brown eyes
・ 斜眼	기울어진 눈	slanting eyes
腰身纖細	허리가 가늘다	have a slim waist-line
腰圍	허리 품	waistline
英俊的	예쁘다, 멋있다	handsome
優雅	우아	elegance
・ 不優雅的	우아하지 않다	inelegant
・ 優雅的	우아하다	elegant
・ 優雅地	우아하게	elegantly
殘疾的，殘障的	신체적 장애가 있다	handicapped
誘惑的	유혹적이다	seductive
圓胖的	오동통하다	chubby
髒的	더럽다	dirty
值得敬慕的	귀엽다	adorable
皺紋	주름	wrinkles

13.2 年齡

成年	성년	adulthood
・ 成年人	어른	adult
成熟	성숙하다	maturity
・ 成熟的人	성숙한 사람	mature person
孩子	아이	child
・ 孩子們	아이들	children
老年，晚年	늙은이	old age
・ 變老	늙어지다	become old
・ 老年的	노인의	senile
男孩	남자아이	boy
年齡	연령	age
・ 大	나이가 많다	big (in the sense of old)
・ 年老的	늙다	old
・ 年長者	연장자	senior
・ 你多大了？	몇 살이에요?	How old are you?
・ 您高壽啊？	연세가 어떻게 되십 니까?	How old are you?
・ 二十歲。	스무 살입니다.	twenty years old
・ 兩歲。	두 살입니다.	two years old
・ 我…歲了。	저는…살입니다.	I'm…years old.

• 我 55 歲。	저는 오십오 살이에 요.	I am 55 years old.
年輕的	젊다	young, youthful
年輕人	젊은이	young person
年紀小的	젊다	younger
• 弟弟	남동생	younger brother
• 妹妹	여동생	younger sister
年長的	나이가 많다	older
• 哥哥	형 , 오빠	elder brother
• 姐姐	누나 , 언니	elder sister
女孩	여자아이	girl
青春	젊음	youth
青春期	사춘기	puberty
青年	청년	youth
青年期	사춘기	adolescence
青少年	청소년	adolescent, teenager
童年	어린 시절	childhood
小姑娘	젊은 숙녀	young lady
小伙子	총각	young man
新生的	갓 태어나다	newly-born
嬰兒	영아 , 갓난애	infant baby
嬰兒期	영아기	infancy
嬰兒期的	영아기의	infantile
長大，成人	자라다	grow up
中年	중년	middle age

13.3 描述性格

傲慢的	거만하다	arrogant, insolent
保守的	보수적	conservative
報復心強的	보복심리가 강하다	vengeful
卑鄙的	비열하다	bad, mean
悲哀的	슬프다 , 상심하다	sad
悲觀的	비관적이다	pessimistic
悲傷的	슬프다	sorrowful
• 悲觀主義	비관주의	pessimism
• 悲觀主義者	비관주의자	pessimist
博學的	박학하다 , 박식하다	erudite

不負責任的	무책임하다	irresponsible
不感興趣的	시들먹하다, 무관심 하다	disinterested
不敬的	불경하다	irreverent
殘酷的	잔혹하다	cruel
沈著的	침착하다, 차분하다	calm
誠實的	성실하다	honest
· 不誠實的	불성실하다	dishonest
遲鈍的	무디다, 둔하다	obtuse
衝動的	충동적이다	impetuous, impulsive
愁眉不展的	눈썹을 찡그리다	sullen
傳統的	전통적이다	traditional
純粹的，貞潔的	순수하다	pure
聰慧的	슬기롭다, 지혜롭다	intelligent
聰明的	총명하다, 똑똑하다	wise
聰明伶俐的	총명하고 영리하다	smart
粗暴的	거칠다	rough, rude
粗心大意的	경솔하다	careless, negligent
脆弱的	나약하다, 연약하다	vulnerable
大膽的	대담하다	bold
大驚小怪的	하찮은 일에 지나치 게 놀라다	fussy
擔憂的	걱정스럽다	worried
膽小的	겁많다, 소심하다	timid
道德敗壞的	부도덕하다	corrupt
獨創的	독창적이다	original
獨立的	독립하다	independent
多才多藝的	다재다능하다, 다예 하다	versatile
多愁善感的	늘 애수에 잠기고 감 상적이다	sentimental
多情的	다정하다	romantic
惡意的	악의적이다	malicious
反叛的	반역하다	rebellious
放肆的	난폭하다, 무엄하다	presumptuous
瘋狂的	열광적이다, 미치다	crazy, mad
諷刺的	풍자하다	ironic, sarcastic
富有的	부유하다	rich

富裕的	부유하다	affluent
乾淨的	깨끗하다	neat
感覺遲鈍的	무디다	insensitive
感情深厚的	애정이 깊다	affectionate
高尚的	고상하다	refined
個人主義的	개인주의적이다	individualist
個性	개성	personality
古板的	고루하다	precise
古怪的	이상하다	eccentric
固執的	고집하다	tough
詭計多端的	권모술수가 많다	wily
過分講究的	까다롭다	picky, fastidious
過分拘謹的	고지식하다	prudish
過於自信的	정도에 지나치게 자신을 갖다	self-sufficient
害怕的	무섭다	fearful
好鬥的	침략적이다	aggressive
人格	인격	personality
好心情	좋은 기분	good mood
好發牌氣的	성급하다	brash
好奇的	호기적이다	curious
好爭吵的	말다툼을 좋아하다	quarrelsome
合情合理的	합리적이다	sensible
和藹的	상냥하다	affable
壞心情	나쁜 기분	bad mood
活潑的	활발하다	lively
機敏的	눈치 빠르다, 교활하다	astute
機智的	슬기롭다	witty
積極的	적극적이다	active
急躁的	급하다, 조급하다	impatient
嫉妒的	질투하다	envious, jealous
堅定的	굳다, 확고하다	insistent, unrelenting
堅強的	굳세다, 꿋꿋하다	strong
簡單的	간단하다	simple
焦慮的	불안하다	anxious
狡猾的	교활하다	sly

結結巴巴的	더듬거리다	stuttering
矜持的	품위를 지켜 조심하다	reserved
緊張不安的	불안하다	nervous
精力充沛的	정력이 넘치다	energetic
舉止得體的	예절 바른	well-mannered
開朗的	외향적이다	outgoing
慷慨的	강개하다	generous
考慮不周的	경솔하다	inconsiderate
可愛的	사랑스럽다, 귀엽다	likable, nice
可恨的	밉살스럽다	hateful
可憐的	불쌍하다, 가엾다	poor
快活的	즐겁다	jovial
快樂的	행복하다	joyous
邋遢的	불결하다, 깔끔하지 못하다	untidy
懶惰的	게으르다	lazy
懶散的	산만하다	sloppy
樂觀的	낙관적이다	optimistic
・樂觀主義	낙관주의	optimism
・樂觀主義者	낙관주의자	optimist
禮貌的	예의 바르다	polite, courteous
・沒禮貌的	예의를 모르다	impolite
・有禮貌的	예의 바르다	courteous
理想主義	이상주의	idealism
・理想主義的	이상주의적	idealistic
・理想主義者	이상주의자	idealist
理智的	이성적이다	rational
利他主義	이타주의	altruism
・利他主義的	이타적이다	altruistic
・利他主義者	이타주의자	altruist
廉潔的	청렴하다	incorruptible
吝嗇的	인색하다	stingy
靈活的	재빠르다	flexible
令人不快的	단작스럽다	unpleasant
令人煩惱的	귀찮다	annoying
令人厭煩的	얄밉다	bothersome, irksome
令人作嘔的	메스껍다	disgusted

流利的	유창하다	voluble
魯莽的	경솔하다	reckless
滿意的	만족하다	satisfied
• 不滿意的	불만족하다	unsatisfied
沒耐心的	참을성 없다	impatient
迷信的	미신적이다	superstitious
敏感的	예민하다	sensitive
敏捷的	민첩하다	shrewd
明理的	사리에 밝다	reasonable
漠不關心的	무관심하다	indifferent
墨守成規的	순응적이다	conformist
• 不墨守成規的	일반 사회 규범에 따 르지 않다	nonconformist
能適應的	적응할 수 있다	adaptable
平靜的	차분하다	tranquil, calm
氣量大的	마음이 넓다	broad-minded
謙卑的	겸손하다	humble
怯懦的	비겁하다	cowardly
勤奮的	근면하다 , 노력하다	diligent
勤勉的	근면하다	hardworking
輕率的	경솔하다	impudent
輕佻的	경박하다	frivolous
情願的	진심으로 원하다	willing
熱誠的	정열적이다 , 열성적 이다	zealous
熱心的	열정적이다	zealous
認真負責的	성실하다 , 책임감 있 다	conscientious
軟弱的	약하다	weak
傻的	멍청하다 , 어리석다	silly
善良的	착하다	virtuous
慎重的	신중하다	prudent
生氣的	노하다	angry
失禮的	실례적이다	discourteous
失望的	실망적이다	desperate
勢利的	속물적이다	snobbish
守信的	충실하다	faithful
死板的	딱딱하다	punctilious

貪心的	욕심스럽다	greedy
唐突的	거스르다	brusque
淘氣的	장난이 심하다	mischievous
特點	특점	characteristic
· 有特點的	독특하다	characteristic
特性	특성	character
天真的	천진난만하다	naïve
恬靜的	평안하고 고요하다	quiet
甜蜜的	달콤하다	sweet
挑剔的	까다롭다	critical
徒然的	괜하다	vain
完美的	완벽하다	perfect
頑固的	완고하다, 고집스럽다	stubborn, obstinate
溫和的	온화하다	gentle
溫柔的	부드럽다	tender
溫順的	온순하다	gentle
無辜的	무고하다	innocent
無賴的	무뢰하다	scoundrel
無能的	무능하다, 능력이 없다	incompetent
無情的	무정하다, 감정이 없다	ruthless
無憂無慮的	근심이나 걱정이 없다	carefree
無知的	무식하다	ignorant
無組織性的	조직의 규율을 무시하다	disorganized
吸引人的	매력적이다	charming, fascinating
細緻的	섬세하다, 세심하다	meticulous
現實的	현실적이다	realistic
想像的	상상적이다	imaginative
小心謹慎的	조심스럽다	careful
心不在焉的	넋나가다	absent-minded
心胸狹窄的	꽁하다	narrow-minded
幸福的	행복하다	happy
性格內向的	내향적이다	introverted
性格外向的	외향적이다	extroverted

性情粗暴的	거칠다	grumpy
羞怯的	부끄럽다	shy
嚴厲的	엄하다, 매섭다	severe
嚴肅的	근엄하다, 엄숙하다	serious
野心勃勃的	야심을 품다	ambitious
藝術的	예술적이다	artistic
異常的	이상하다	extraordinary
異想天開的	보통 사람이 짐작할 수 없을 만큼 기발 (奇拔) 하다	whimsical
抑鬱的	우울하다	depressed
易怒的	쉽게 화내다	irascible, irritable
引誘的	유혹하다	seductive
勇敢的	용감하다, 용기 있다	courageous
優美的	우미하다, 아름답다	graceful
優柔寡斷的	우유부단하다	indecisive
優雅的	우아하다	elegant
憂悶的，憂鬱的	골머리를 앓다	gloomy
幽默的	유머스럽다, 유머러스하다	humorous
· 幽默感	유머감	sense of humor
友好的	우호적이다	friendly
友善的	사이가 좋다	good (at heart), kind
有創造性的	창조적이다	creative
有口才的	언변이 뛰어나다	eloquent
有耐心的	인내심이 있다, 끈기 있다	patient
有能力的	능력이 있다, 유능하다	competent, skilled
有趣的	재미있다	funny
有外交手腕的	외교적 수완이 있다	diplomatic
有吸引力的	매력적이다	attractive
有修養的	교양 있다, 수양 있다	cultured
愉快的	즐겁다	pleasant
愚蠢的	어리석다	stupid, foolish
鬱悶的	답답하다	morose
佔有慾強的	소유욕이 강하다	possessive

真摯的	진지하다	sincere
正直的	정직하다, 성실하다	honest
・ 不正直的	성실하지 않다	dishonest
執迷不悟的	고집불통하다	bigoted
直率的	솔직하다	ingenuous
鍾愛的	사랑하는	loving
注意的	주의 깊다, 세심하다	attentive
卓越的	탁월하다	brilliant
自負的	자부하다	pretentious
自豪的	자랑하다	proud
自私自利的	이기적이다	selfish
自我主義	에고이즘	egoism
・ 自我主義的	이기적이다	egoistic
・ 自我主義者	이기주의자	egoist
自信的	자신있다	self-confident
自由的	자유스럽다	liberal
足智多謀的	지혜가 풍부하고 계략이 많다	ingenious
坐臥不寧的	안절부절하다	restless

13.4 個人訊息

工作和職業，見 42.1。

兵役	병역	military services
稱謂，頭銜	호칭	title
・ 博士	박사	Ph.D
・ 大夫，醫生	의사	Doctor
・ 工程師	엔지니어, 기술자	Engineer
・ 會計	회계사	Accountant
・ 教授	교수	Professor
・ 律師	변호사	Lawyer
・ 女士	여사	Ms
・ 太太，夫人	부인	Mrs
・ 先生	미스터, 선생	Mr.
・ 小姐	미스	Miss
出生	출생	birth

・出生地點	출생지	place of birth
・出生日期	생년월일	date of birth
地址	주소	address
・大街	큰길, 대로	avenue
・廣場	광장	square
・寄送地址	우편 배송 주소	forwarding address
・街, 街道	거리	street
・街區	블록, 동네	block
・門牌號	주택 번호	house number
・在城裡	도시에서	in the city
・在郊區	교외에서	in the suburbs
・在商業區	다운타운에서	downtown
・在鄉下	시골에서	in the countryside
・住, 居住	살다	reside
・住在某處	…에 살다	live somewhere
・住宅	주택	residence
電話號碼	전화번호	phone number
・區號	구역 번호	area code
個人訊息	개인 정보	personal information
工作經歷	취직 경험	work experience
・工作	일하다	work
・僱用	고용하다	employment
・僱員	고용인	employee
・僱主	고용주	employer
・職業	직업	profession
・職業生涯	직업 생애	career
國籍	국적	nationality
婚姻狀況	결혼여부	marital status
・分居的	별거하다	separated
・寡婦	과부, 미망인	widow
・鰥夫	홀아비	widower
・離婚的	이혼하다	divorced
・未婚的	미혼하다	unmarried
・已婚的	기혼하다	married
教育	교육	education
・畢業生	졸업생	graduate
・畢業證書	졸업증서	diploma

· 大學學位	대학 학위	university degree
· 就學	입학하다	go to school
· 完成學業	학업을 마치다	finish school
· 中學畢業證書	고등학교 졸업증서	high school diploma
身分	신분	identity
· 出身，血統	출신	origin
· 出身於	출신이다	be of...origin
· 公民身份	공민 신분	citizenship
· 來自於	…에서 오다	be from
· 身分證	신분증	identification
推薦信	추천서	references
興趣，愛好	취미	interests, hobbies
姓名	성명	name
· 姓	성	surname
· 名	이름	first name
· 昵稱，愛稱	애칭 , 닉네임	nickname
· 我的名字是…	내 이름은…	My name is...
· 簽名	사인	signature
· 簽名	사인하다	sign one's name

14 · 醫療與健康

14.1 醫院

阿司匹林	아스피린	aspirin
癌症	암	cancer
愛滋病	에이즈	AIDS
愛滋病毒檢驗呈陽性的	HIV 양성의	HIV-positive
安眠藥	수면제	sleeping pill
巴比妥類藥物	바르비투르산염	barbiturate
白內障	백내장	cataract
白血病	백혈병	leukemia
百日咳	백일해	whooping cough
包紮	싸매다	bandage
保險套	콘돔	condom

背痛，腰痛	허리 아픔	backache
繃帶	붕대	bandage
避孕的	피임용	contraceptive
避孕藥	피임약	contraceptive pill
扁桃腺炎	편도선염	tonsillitis
便秘	변비	constipation
病，疾病	질병	disease
・生病	앓다	become ill
・有病的	병에 걸리다	sickly
病毒	바이러스	virus
病毒感染	바이러스 감염	viral infection
病理學家	병리학자	pathologist
病患	병 든 사람	sick person
・患者	환자	patient
病危	병위하다	critical condition
補藥	보약	tonic
不舒服	몸이 아프다	discomfort
蒼白的	핼쑥하다	pale
婦產科醫生	산부인과 의사	obstetrician
超音波	초음파	ultrasound
出血	출혈하다	hemorrhage, bleeding
出診	왕진	house call
傳染，感染	전염	infection
雌性激素	에스트로겐	estrogen
痤瘡，粉刺	여드름	acne
大小便失禁	대소변의 실금	incontinence
帶狀泡疹，纏腰龍	대상포진	shingles
擔架	들것	stretcher
膽結石	담결석	gallstones
膽汁	담즙	bile
滴眼藥	안약	eye-drop
癲癇發作	간질 발작	epileptic fit
碘酊	옥도정기	tincture of iodine
錠劑	정제	pastille
動脈硬化	동맥 경화	arteriosclerosis
竇炎	정맥두염	sinusitis
噁心	메스꺼움	nausea

・感覺噁心	속이 메스껍다	feel nauseous
惡化	악화하다	worsen, deteriorate
惡性的	악성적	malignant
小兒科醫生	소아과 의사	pediatrician
耳病	귓병	ear infection
發冷，發抖	추워서 떨다	chill, shiver
・受寒，發冷	찬바람을 맞다	catch a chill
發燒	열이 나다	fever, temperature
發作	발작	stroke
放射學家	엑스선학 전문가	radiologist
放射照片	방사선 사진	radiography
肺病	폐병	chest infection
肺炎	폐렴	pneumonia
風濕病	류머티즘	rheumatism
婦科	산부인과	gynecology
婦科醫生	산부인과 의사	gynecologist
腹瀉	설사하다	diarrhea
感冒，著涼	감기	cold
高血壓	고혈압	high blood pressure
孤獨症	자폐증	autism
骨折，挫傷	골절	fracture
拐杖	지팡이	crutch
關節炎	관절염	arthritis
過敏	알레르기	allergy
減肥	다이어트	diet
・過敏的	과민한	allergic
汗	땀	sweat
・出汗	땀나다	sweat
好轉	나아지다	to get better
荷爾蒙，內分泌	호르몬	hormone
紅腫，炎症	염증	inflammation
・紅腫的，發炎的	염증이 나다	inflamed
喉炎	후두염	laryngitis
候診室	후진실	waiting room
護士	간호사	nurse
懷孕，妊娠	임신	pregnancy
・懷孕的，有孕的	임신하다	pregnant
壞血病	괴혈병	scurvy

患	걸리다	have…
• 背痛，腰痛	허리아픔	a backache
• 嗓子疼	목이 아프다	a sore throat
• 頭痛	두통	a headache
• 胃疼	위통	a stomachache
恢復，痊愈	나아가다	recover
恢復精力	정신을 차리다	resuscitate
昏昏欲睡	졸음	drowsiness
機能降低，抑鬱症	우울증	depression
雞眼	티눈	corn, callus
劑量，服用量	복용량	dosage
檢查	검사	examine
僵直，僵硬	단단함 ; 딱딱한，빳 빳함 ; 완고함	stiffness
焦慮	불안함	anxiety
接種	예방 접종하다	vaccinate
• 接種	예방 접종	vaccination
結腸炎	결장염	colitis
結石	결석	stone
精神病醫生	정신병 의사	psychiatrist
痙攣，抽搐	경련	spasm
靜脈曲張	정맥노장	varicose vein
康復，恢復	회복하다	convalescence
抗生素	항생제	antibiotic
咳嗽	기침	cough
• 咳嗽	기침하다	cough
• 陣咳	진해	coughing fit
• 止咳糖漿	진해시럽	cough syrup
可體松	코르티손	cortisone
潰瘍	궤양	ulcer
闌尾炎，盲腸炎	맹장염	appendicitis
利尿劑	이뇨제	diuretic
良性的	양성적	benign
療法，療效	요법	therapy
淋病	임질	gonorrhea
流產	유산	abortion
流感	독감	flu, influenza
流行病，傳染病	전염병	epidemic

流行性腮腺炎	이하선염	mumps
輪椅	휠체어	wheelchair
麻痺，癱瘓	마비	paralysis
麻疹，痧子	홍역	measles
麻醉	마비	anesthesia
・麻醉的	마비된	anesthetic
脈搏	맥박	pulse
梅毒	매독	syphilis
泌尿科醫師	비뇨기과 의사	urologist
棉棒	면봉	swab
囊腫	낭종	cyst
腦震盪	뇌진탕	concussion
黏膜炎	점막염	catarrh
檸檬酸鎂	구연산염 마그네슘	magnesium citrate
扭傷	삐다	sprain
・腳踝扭傷	발목이 삐다	ankle sprain
膿，膿液	고름	pus
嘔吐	토하다	vomit
嘔吐物	구토물	vomit
疱疹	포진	herpes
噴嚏	재채기	sneeze
・打噴嚏	재채기하다	sneeze
皮膚炎	피부염	dermatitis
皮疹，疹子	피진	rash
貧血的	빈혈하다	anemic
貧血症	빈혈증	anemia
破傷風	파상풍	tetanus
氣喘	천식	asthma
強壯的，有力的	힘세다	strong
青黴素	페니실린	penicillin
青腫，擦傷	타박상	bruise
祛痰劑	거담제	expectorant
乳劑	크림	cream
軟膏，藥膏	연고	ointment
疝氣，突出	헤르니아	hernia
傷，負傷	부상	wound
傷痕，疤	흉터	scar
腎結石	신장 결석	kidney stone

失眠	불면증	insomnia
失去知覺	의식을 잃다	unconscious
石膏	석고	plaster
石膏繃帶	석고붕대	plaster cast
食物中毒	식물중독	food poisoning
手術	수술	operation
・動手術，開刀	수술하다	operate
・手術室	수술실	operation room
輸精管切除	정관 절제	vasectomy
漱口	양치질하다	gargle
栓塞	새전증	embolism
水痘	수두	chicken pox
水疱，水腫	수포	blister
順勢療法	유사 요법	homeopathy
隨時待命	대기중	be on call
損害 (機體、器官等的)	외상	lesion
探視時間	환자 면회 시간	visiting hours
碳酸氫鈉	중탄산 나트륨	sodium bicarbonate
糖尿病	당뇨병	diabetes
疼痛	아픔	pain
・疼痛的	아프다	painful
體格檢查	신체검사	medical checkup
體溫	체온	a temperature
・量體溫	체온을 재다	take one's temperature
體溫計	체온제	thermometer
停經，絕經	폐경	menopause
頭暈	어지럽다	dizziness
・頭暈，昏過去	혼미하다	faint
脫水	탈수	dehydration
・脫水的	탈수하다	dehydrated
脫位，脫臼	탈구	dislocation
・脫位的，脫臼的	탈구하다	dislocated
失調	불균형	ailment
外科，外科手術	외과 수술	surgery
外科手術器械	수술기구	surgical appliance
外科醫生	외과 의사	surgeon
維生素	비타민	vitamin

胃痛，肚子痛	위가 아프다	stomachache
胃灼熱，心口灼熱	가슴앓이	heartburn
細菌，病菌	세균	bacillus, bacterium
橡膠手套	고무 장갑	rubber gloves
橡皮膏，黏著性繃帶	반창고	adhesive bandage
消化不良	소화불량	indigestion
斜視	사시	squint
瀉藥	완하제	laxative
心電圖	심전도	electrocardiogram
心理治療學家	정신치료학자	psychotherapist
心力衰竭，心臟病發作	심장 발작	heart attack
心律不整	심박 불규칙	arrhythmia
心身的，身心失調的	정신 신체증	psychosomatic
猩紅熱	성홍열	scarlet fever
性病	성병	venereal disease
虛弱的	약하다	weak
懸帶	팔걸이 붕대, 슬리	sling
血	피, 혈액	blood
・輸血	수혈하다	blood transfusion
・驗血	혈액검사	blood test
血腫	혈종	hematoma
壓力，緊張	스트레스	stress
言語治療專家	언어 치료 전문가	speech therapist
眼科醫生	안과 의사	oculist
驗光配鏡師	시력 측정사	optometrist
癢，發癢	가렵다	itch
・癢的，發癢的	가려운	itching
咬，叮，螫	물다	bite
藥方，處方	처방전	prescription
・開藥，處方	처방을 내다	prescribe
藥劑師	약사	pharmacist
藥片	약	tablet
藥瓶	약병	phial
藥丸	알약	pill
藥物	약물	pharmaceutical
一針，縫線	침	stitch
一陣昏厥	기절하다	fainting spell

醫生，大夫	의사	doctor
· 家庭醫生	가정의사	family doctor
· 醫生診療室	치료실	doctor's office
醫治，治愈	고치다	heal
胰島素	인슐린	insulin
移植	이식하다	transplant
癮	중독	addiction
· 吸毒成癮	마약중독	drug addiction
疣，肉贅	혹	wart
預後	예후	prognosis
預約	예약	appointment
· 預約	예약하다	make an appointment
月經	월경	menstruation
早產	조산	miscarriage
針刺	침치료	acupuncture
針探	탐침	probe
診斷	진단	diagnosis
· 診斷	진단하다	diagnose
鎮靜劑，鎮定劑	진정제	tranquilizer, sedative
整形外科	성형외과	plastic surgeon
· 整形外科醫生	성형외과 의사	orthopedic surgeon
症狀，徵候	증세	symptom
支氣管炎	기관지염	bronchitis
脂肪團	셀룰라이트	cellulite
止痛藥	진통약	painkiller
止血帶，壓脈器	지혈기	tourniquet
治標的	완화하다	palliative
治療，醫治	치료하다	cure
治療學家	요법학자	therapist
治愈，醫治	치료	cure
· 治愈	나아지다	become cured
腫瘤	종양	tumor
腫大	붓다	swell
· 腫的	부어오르다	swollen
中風	중풍	stroke
中暑	더위 먹다	sunstroke
加護病房	집중 치료실	intensive care unit

助聽器	보청기	hearing aid
注射	주사	injection
注射器	주사기	syringe
自我檢查	자기진단	self-examination
足癬	무좀	athlete's foot
坐藥，栓劑，塞劑	좌약	suppository

14.2 牙醫診所

X 光	엑스선 / 엑스 – 레이	X-rays
拔牙	이를 빼다	pull a tooth
・拔牙	이를 뽑다	tooth extraction
補牙	이를 해넣다	fill a tooth
補牙填料	충전제	filling
	구개	palate
頜，顎	턱	jaw
假牙	틀니	false teeth
就診時間	진료시간	office hours
口腔	구강	oral cavity
麻醉的	마취의	anesthetic
麻醉藥	마취약	anesthetic
舌	혀	tongue
漱口	입을 가시다	rinse
牙斑	플라그	plaque
牙齒	치아	tooth
・臼齒	대구치	molar
・犬齒	견치	canine
・門齒	앞니 , 문치	incisor
・智齒	사랑니	wisdom tooth
牙齒矯正器	치열 교정기	braces
牙洞	충치	tooth decay
牙膏	치약	toothpaste
牙垢	치석	tartar
牙痛	치통	toothache
・患牙痛	치통에 걸리다	have a toothache
牙根	치근	root
牙醫	치과의사	dentist
牙醫診所	치과병원	dentist office
牙醫助理	치과의사 조수	dental assistant

牙齦	잇몸	gums
牙齒矯正醫師	치열 교정의	orthodontist
鑽頭	드릴	drill
嘴	입	mouth
・張開嘴！	입을 벌려 주세요！	Open!
嘴唇	입술	lip

15・家庭和朋友

15.1 家庭成員

阿姨	아주머니	aunt
爸爸	아버지	dad
伯父	큰아버지	uncle
伯母	백모 , 큰어머니	aunt
伯祖	큰할아버지	great-uncle
伯祖母	큰할머니	great-aunt
大伯	큰아버지	uncle
大伯子	시아주버니	brother-in-law
弟弟	동생	younger brother
弟媳	제수씨	sister-in-law
兒媳婦	며느리	daughter-in-law
兒子	아들	son
父母	부모	parents
父親	부친 , 아버지	father
哥哥	형 , 오빠	elder brother
公公	시아버지	father-in-law
姑父	고모부	uncle
姑母	고모	aunt
姑婆	고모할머니	great-aunt
孩子	아이	child
繼父	계부	stepfather
繼母	계모	stepmother
繼女	의붓딸	stepdaughter
繼子	의붓아들	stepson
家庭	가정	family

教父	교부	godfather
教母	교모	godmother
教女	교녀	goddaughter
教子	교자	godson
姐夫	형부	brother-in-law
姐姐	누나, 언니	elder sister
舅父	외삼촌	uncle
舅母	외숙모	aunt
媽媽	엄마, 모친, 어머니	mom
妹夫	매부	brother-in-law
妹妹	여동생	younger sister
女兒	딸	daughter
女婿	사위	son-in-law
婆婆	시어머니	mother-in-law
妻子	아내	wife
親戚	친척	relative
親屬	가속	family
三胞胎	세 쌍둥이	triplets
嫂子	형수	sister-in-law
嬸母	숙모	aunt
叔父	삼촌	uncle
叔祖	작은할아버지	great-uncle
叔祖母	작은할머니	great-aunt
雙胞胎	쌍둥이	twin
四胞胎	네 쌍둥이	quadruplets
孫女	손녀	granddaughter
孫子	손자	grandson
堂〔表〕兄弟 堂〔表〕姊妹	사촌	cousin
外甥	생질, 조카	nephew
外甥女	생질녀	niece
外孫	외손자	grandson
外孫女	외손녀	granddaughter
外祖父	외할아버지	grandfather
外祖母	외할머니	grandmother
小叔子	시동생	brother-in-law
一家之主	가장	head of the family

姨父	이모부	uncle
姨母	이모	aunt
岳父	장인	father-in-law
岳母	장모	mother-in-law
曾孫	증손자	great-grandson
曾孫女	증손녀	great-granddaughter
曾外孫	외증손자	great-grandson
曾外孫女	외증손녀	great-granddaughter
曾外祖父	외증조부	great-grandfather
曾外祖母	외증조모	great-grandmother
曾祖父	증조부	great-grandfather
曾祖母	증조모	great-grandmother
丈夫	남편	husband
姪女	질녀, 조카딸	niece
侄子	조카	nephew
祖父	할아버지	grandfather
祖母	할머니	grandmother

15.2 婚姻和人生

愛，愛情	사랑	love
· 愛，愛慕	사랑하다	love
· 愛上	반하다	fall in love
· 相愛，戀愛	연애하다	in love
伴郎	신랑 들러리	best man
伴娘	신부 들러리	bridesmaid
財產，房地產	재산	estate
出生	태어나다	be born
· 生	낳다	birth
· 出生證明	출생 증명	birth certificate
戴孝	상복을 입다, 상중	be in the mourning
單身漢	독신남자	bachelor
訂婚	약혼하다	get engaged
· 訂婚	약혼	engagement
· 訂婚戒指	약혼반지	engagement ring
· 未婚夫	약혼한 남자	fiancé
· 未婚妻	약혼한 여자	fiancée

墮胎	낙태	abortion
· 墮胎	낙태하다	abort
分居	별거하다	separate
· 分居	별거	separation
分娩	분만하다	give birth
· 分娩	아이를 낳다	childbirth
· 生孩子	아이를 낳다	have a baby
· 早產	조산	premature birth
撫養	키우다	raise (someone)
孤兒	고아	orphan
· 孤兒院	고아원	orphanage
寡婦	과부	widow
鰥夫	홀아비	widower
懷孕	임신하다	be pregnant
· 懷孕	임신	pregnancy
· 懷孕的	임신하다	pregnant
· 孕婦	임신부	expectant mother
婚禮	혼례식	wedding
· 花環	화환	wreath
· 結婚戒指	결혼 반지	wedding ring
· 結婚禮服	웨딩 드레스	wedding dress
· 結婚請柬	결혼식 초대장	wedding invitation
· 結婚誓言	결혼 서약	marriage vow
· 招待會	초대회	reception
婚姻	혼인	marriage, matrimony
· 婚姻的	결혼의	matrimonial
婚姻狀況	혼인 상황	marital status
· 單身的	독신의	single
· 分居的	별거의	separated
· 離婚的	이혼하다	divorced
· 未婚的	미혼의	unmarried
· 已婚的	기혼의	married
繼承	물려받다	inherit
· 繼承人	상속인	inheritor
家譜	가보	family tree
嫁妝	혼수	dowry
接吻	키스하다	kiss

・ 吻	입맞춤 , 키스	kiss
結婚	결혼하다	get married
・ 和…結婚	…와 / 과 결혼하다	marry
・ 新婚夫婦	신혼부부	newlyweds
・ 已婚夫婦	기혼부부	married couple
離婚	이혼	divorce
・ 與…離婚	…와 / 과 이혼하다	divorce
禮物	선물	gift
・ 送禮物	선물을 주다	give a gift
流產	유산	miscarriage
・ 流產	유산하다	miscarry
蜜月	신혼 여행	honeymoon
面紗	면사포 , 베일	veil
母乳喂養	젖을 먹이다	breast-feed
墓	묘	tomb
・ 墓石，墓碑	묘비	tombstone
奶瓶	우유병	baby bottle
配偶	배우자	spouse
妻子	아내	wife
人工授精	인공수정	artificial insemination
贍養費，撫養費	부양비	alimony
生活	살다	live
・ 生命，生活	삶	life
生日	생일	birthday
・ 過生日	생일을 쇠다	celebrate one's birthday
・ 生日快樂 !	생일 축하합니다 !	Happy birthday!
屍體	시신	corpse
試管嬰兒	시험관 아기	test-tube baby
收養，過繼	양자로 삼다	adopt
・ 繼嗣，過繼	양자로 삼기	adoption
受贍養者	남에게 의지하고 있는 사람	dependent
死	죽다	die
・ 死亡	죽음	death
・ 死亡證書	사망 진단서	death certification
通姦，私通	간통	adultery

同居，同住	동거하다	cohabit, live together
• 同居，同住	동거	cohabitation
頭胎的，最長的	맏이	first-born
新郎	신랑	groom
新娘	신부	bride
新生的	갓 태어난	newborn
遺傳	유전	heredity
遺囑	유언	will
已故的	사망한	deceased, late
再婚	재혼	remarry
葬禮	장례식	funeral
• 棺材	관	coffin
• 火葬	화장	cremation
• 下葬	묻다	bury
• 下葬	묻힘	burial
主婚人	주혼인	witness
週年紀念	주년제	anniversary
• 金婚	금혼식	golden wedding
• 銀婚	은혼식	silver wedding
• 鑽石婚	다이아몬드 혼식	diamond wedding
子女，後代	자녀	offspring
祖先，祖宗	조상	ancestor

15.3 朋友

敵人	적	enemy
男朋友	남자친구	boyfriend
女朋友	여자친구	girlfriend
朋友	친구	friend
• 成為朋友	친구가 되다	become friends
• 家庭朋友	가정친구	family friend
• 朋友之間	친구 사이	between friends
• 親密朋友	친한 벗 , 친한 친구	close friend
情侶，情人	연인	lover
• 戀情，風流韻事	연애 , 도색사건	love affair
人	사람	person
人民，人們	국민	people
熟人	잘 아는 사람	acquaintance

同事，同行	동료，동업자	colleague
未婚夫	약혼자	fiancé
未婚妻	약혼녀	fiancée
友誼	우정	friendship
・斷絕友誼	설교하다	break off a friend-ship

16 · 民族

阿爾巴尼亞人	알바니아인	Albanian
阿爾及利亞人	알제리인	Algerian
阿根廷人	아르헨티나인	Argentinean
阿拉伯人	아라비아인	Arabic
埃及人	이집트인	Egyptian
衣索比亞人	에티오피아인	Ethiopian
愛爾蘭人	아일랜드인	Irish
愛沙尼亞人	에스토니아인	Estonian
奧地利人	오스트리아인	Austria
澳洲人	호주인	Australian
巴基斯坦人	파키스탄인	Pakistani
巴拉圭人	파라과이인	Paraguayan
巴勒斯坦人	팔레스타인인	Palestinian
巴拿馬人	파나마인	Panamanian
巴西人	브라질인	Brazilian
保加利亞人	불가리아인	Bulgarian
北美人	북미인，북아메리카인	North American
比利時人	벨기에인	Belgian
波多黎各人	푸에르토리코인	Puerto Rican
波蘭人	폴란드인	Polish
波斯尼亞人	보스니아인	Bosnian
玻利維亞人	볼리비아인	Bolivian
朝鮮人	조선인	Korean
丹麥人	덴마크인	Danish
德國人	독일인	German
東亞人，東方人	동아시아인	Easterner，Oriental

多明尼加人	도미니카인	Dominican
俄羅斯人	러시아인	Russian
厄瓜多爾人	에콰도르인	Ecuadorian
法國人	프랑스인	French
非洲人	아프리카인	African
菲律賓人	필리핀인	Filipino
芬蘭人	핀란드인	Finnish
剛果人	콩고인	Congolese
哥倫比亞人	콜롬비아인	Columbian
哥斯大黎加人	코스타리카인	Costa Rican
古巴人	쿠바인	Cuban
海地人	아이티인	Haitian
韓國人	한국인	Korean
荷蘭人	네덜란드인	Dutch
宏都拉斯人	온두라스인	Honduran
加勒比人	카리브인	Caribbean
加拿大人	캐나다인	Canadian
高棉人	캄보디아인	Cambodian
捷克人	체코인	Czech
科威特人	쿠웨이트인	Kuwaiti
克羅地亞人	크로아티아인	Croatian
肯亞人	케냐인	Kenyan
寮國人	라오스인	Laotian
黎巴嫩人	레바논인	Lebanese
立陶宛人	리투아니아인	Lithuanian
賴比瑞亞人	라이베리아인	Liberian
利比亞人	리비야인	Libyan
盧森堡人	룩셈부르크인	Luxembourger
羅馬尼亞人	루마니아인	Romanian
馬爾他人	몰타인	Maltese
馬來西亞人	말레이시아인	Malaysian
馬其頓人	마케도니아인	Macedonian
美國人	미국인 , 아메리카인	American
蒙古人	몽골인	Mongolian
秘魯人	페루인	Peruvian
摩爾達維亞人	몰다비아인	Moldavian
摩洛哥人	모로코인	Moroccan
墨西哥人	멕시코인	Mexican

南非人	남아프리카인	South African
南美人	남미인 , 남아메리카인	South American
尼加拉瓜人	니카라과인	Nicaraguan
奈及利亞人	나이지리아인	Nigerian
挪威人	노르웨이인	Norwegian
歐洲人	유럽인	European
葡萄牙人	포르투갈인	Portuguese
日本人	일본인	Japanese
瑞典人	스웨덴인	Swedish
瑞士人	스위스인	Swiss
薩爾瓦多人	살바도르인	Salvadoran
塞爾維亞人	세르비아인	Serbian
塞內加爾人	세네갈인	Senegalese
沙特人	사우디인	Saudi
斯堪的納維亞人	스칸디나비아인	Scandinavian
斯拉夫人	슬라브인	Slavic
斯洛伐克人	슬로바키아인	Slovak
斯洛文尼亞人	슬로베니아인	Slovenian
蘇丹人	수단인	Sudanese
蘇格蘭人	스코틀랜드인	Scottish
索馬利亞人	소말리아인	Somalian
泰國人	태국인	Thai
突尼西亞人	튀니지인	Tunisian
土耳其人	터키인	Turkish
瓜地馬拉人	과테말라인	Guatemalan
威爾士人	웰시인	Welsh
委內瑞拉人	베네수엘라인	Venezuelan
烏干達人	우간다인	Ugandan
烏拉圭人	우루과이인	Uruguayan
西班牙人	스페인인	Spanish
西伯利亞人	시베리아인	Siberian
西歐人	서구인 , 서유럽인	Westerner
希臘人	그리스인	Greek
新加坡人	싱가포르인	Singaporean
紐西蘭人	뉴질랜드인	New Zealander
匈牙利人	헝가리인	Hungarian
敘利亞人	시리아인	Syrian

牙買加人	자메이카인	Jamaican
亞美尼亞人	아르메니아인	Armenian
伊拉克人	이라크인	Iraqi
伊朗人	이란인	Iranian
以色列人	이스라엘인	Israeli
義大利人	이탈리아인	Italian
印尼人	인도네시아인	Indonesian
印度人	인도인	Indian
英格蘭人	잉글랜드인	English
英國人	영국인	British
約旦人	요르단인	Jordanian
越南人	베트남인	Vietnamese
尚比亞人	잠비아인	Zambian
智利人	칠레인	Chilean
中東人	중동인	Middle Easterner
中國人	중국인	Chinese

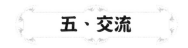

17・語言

17.1 語言

阿爾巴尼亞語	알바니아어	Albanian
阿拉伯語	아라비아어	Arabic
愛沙尼亞語	에스토니아어	Estonian
保加利亞語	불가리아어	Bulgarian
波蘭語	폴란드어	Polish
波斯語	페르시아어	Persian
朝鮮語	조선어	Korean
丹麥語	덴마크어	Danish
德語	독일어	German
俄語	러시아어	Russian
法語	불어	French
佛拉芒語	플랑드르어	Flemish
高棉語	크메르어	Khmer
韓國語	한국어	Korean
漢語	중국어	Chinese
荷蘭語	네덜란드어	Dutch
捷克語	체코어	Czech
克羅地亞語	크로아티아어	Croatian
寮國語	라오스어	Laotian
立陶宛語	리투아니아어	Lithuanian
羅馬尼亞語	루마니아어	Romanian
馬爾他語	몰타어	Maltese
馬來語	말레이시아어	Malaysian

馬其頓語	마케도니아어	Macedonian
蒙古語	몽고어	Mongolian
挪威語	노르웨이어	Norwegian
葡萄牙語	포르투갈어	Portuguese
日語	일본어	Japanese
瑞典語	스웨덴어	Swedish
瑞士語	스위스어	Swiss
塞爾維亞語	세르비아어	Serbian
斯堪的納維亞語	스칸디나비아어	Scandinavian
斯拉夫語	슬라브어	Slavic
斯洛伐克語	슬로바키아어	Slovak
斯洛文尼亞語	슬로베니아어	Slovenian
斯華希里語	스와힐리어	Swahili
蘇格蘭語	스코틀랜드어	Scottish
索馬利亞語	소말리아어	Somalian
他加祿語	타갈로그어	Tagalog
泰語	타이어	Thai
土耳其語	터키어	Turkish
威爾士語	웰시어	Welsh
烏爾都語	우르두어	Urdu
西班牙語	스페인어	Spanish
希伯來語	히브리어	Hebrew
希臘語	그리스어	Greek
匈牙利語	헝가리어	Hungarian
亞美尼亞語	아르메니아어	Armenian
義大利語	이탈리아어	Italian
印地語	힌디어	Hindi
印尼語	인도네시아어	Indonesian
英語	영어	English

17.2 語法

語法術語

比較級	비교급	comparative
賓語，受詞	목적어	object
・直接受詞	직접 목적어	direct object
・間接受詞	간접 목적어	indirect object
代詞	대명사	pronoun
・賓格代詞	목적격대명사	object pronoun
・反身代詞	재귀대명사	reflexive pronoun
・關系代詞	관계대명사	relative pronoun
・人稱代詞	인칭대명사	personal pronoun
・物主代詞	소유격대명사	possessive pronoun
・疑問代詞	의문대명사	interrogative pronoun
・指示代詞	지시대명사	demonstrative pronoun
・主格代詞	주격대명사	subject pronoun
動詞	동사	verb
・變位	활용형	conjugation
・不定式	부정사	infinitive
・規則動詞	규칙동사	regular verb
・不規則動詞	불규칙동사	irregular verb
・及物動詞	타동사	transitive verb
・不及物動詞	자동사	intransitive verb
・詞尾	어미	ending
・情態動詞	서법	modal verb
・自反動詞	재귀동사	reflexive verb
・主動態	능동태	active
・被動態	피동태	passive
動名詞	동명사	gerund
分詞	분사	participle
・過去分詞	과거분사	past participle
・現在分詞	현재분사	present participle
分句，從句	종속절	clause
・從屬的	의존적	subordinate
・關系的	관계적	relative
・主要的	주적	main
副詞	부사	adverb
冠詞	관사	article
・定冠詞	정관사	definite article

・ 不定冠詞	부정 관사	indefinite article
介詞	전치사	preposition
句子	문장	sentence
・ 陳述句	평서문	declarative
・ 疑問句	의문문	interrogative
・ 感嘆句	감탄문	exclamatory
連接詞	접속사	conjunction
名詞	명사	noun
・ 體詞	체언	substantive
拼寫	철자법	spelling
人稱	인칭	person
・ 第一人稱	일인칭	first person
・ 第二人稱	이인칭	second person
・ 第三人稱	삼인칭	third person
時態	시제	tense
・ 現在式	현재 시제	present
・ 過去式	과거 시제	past
・ 將來式	미래 시제	future
・ 完成式	완료 시제	perfect
・ 未完成式	비완료 시제	imperfect
・ 現在完成式	현재완료 시제	present perfect
・ 過去完成式	과거완료 시제	pluperfect
式	법	mood
・ 陳述式	직설법	indicative
・ 命令式	명령법	imperative
・ 條件式	조건법	conditional
・ 虛擬式	가정법	subjunctive
數	숫자	number
・ 單數	단수	singular number
・ 複數	복수	plural number
謂語	서술어	predicate
形容詞	형용사	adjective
・ 品質	묘사	descriptive
・ 物主	소유	possessive
・ 疑問	의문	interrogative
・ 指示	지시	demonstrative
性	성	gender
・ 陽性	남성의	masculine

· 陰性	여성의	feminine
引語	화법	discourse
· 直接引語	직접화법	direct discourse
· 間接引語	간접화법	indirect discourse
語法	문법	grammar
主語	주어	subject
字母表	알파벳	alphabet
· 發音	발음	pronunciation
· 輔音	자음	consonant
· 語音學	음운론	phonetics
· 元音	모음	vowel
· 重音	악센트	accent
· 字母	자모	letter

冠詞

一，一個	한	a, an
· 一個男孩	한 남자애	a boy
· 一個女孩	한 여자애	a girl
· 一位叔叔	한 아저씨	an uncle
· 一個朋友	한 친구	a friend
這，那；這些，那些	이, 그, 저	the
· 這個男孩	그 남자애	the boy
· 這些男孩	그 남자애들	the boys
· 這位叔叔	그 아저씨	the uncle
· 這些叔叔	그 아저씨들	the uncles
· 這位朋友	이 친구	the friend
· 這些朋友	이 친구들	the friends
· 這個女孩	이 여자애	the girl
· 這些女孩	이 여자애들	the girls

表示部分概念的詞

一些	여러	some
· 一些男孩	여러 남자애	some boys
· 一些朋友	여러 친구	some friends
· 一些叔叔	여러 아저씨	some uncles
· 一些女孩	여러 여자애	some girls
一點	약간의	a bit, a little, some
· 一點黃油	약간의 버터	some butter
· 一點糖	약간의 설탕	some sugar

• 一點蛋糕	약간의 케이크	some cake
• 一點水	약간의 물	some water

人稱代詞

我	저	I
• 我	저 (를)	me
• 我自己	제 사진	myself
你	너	you
• 你	너	you
• 你自己	너 자신	yourself
他	그	he
• 他	그 (를)	him
• 他自己	그 자신	himself
她	그녀	she
• 她	그녀 (를)	her
• 她自己	그녀 자신	herself
您	당신	you
• 您	당신 (을)	you
• 您自己	당신 자신	yourself
我們	우리	we
• 我們	우리 (를)	us
• 我們自己	우리 자신	ourselves
你們	당신들	you
• 你們	당신	you
• 你們自己	당신 자신	yourselves
他們，她們，它們	그들 , 그녀들	they
• 他們，她們，它們	그들 , 그녀들	them
• 他們，她們，它們，你們，自己	그들 자신 , 그녀들 자신	themselves

物主代詞

我的	제	my
• 我的書	제 책	my book
• 我的書	제 책들	my books
你的	네	your
• 你的書	네 책	your book
• 你的書	네 책들	your books
他的 / 她的 / 它的，您的	그 / 그녀 , 저쪽의	his/her/its, your

· 他的 / 她的 / 您的書	그 / 그녀 / 저쪽의 책	his/her/your book
· 他的 / 她的 / 您的書	그 / 그녀 / 저쪽의 책들	his/her/your books
我們的	우리의	our
· 我們的書	우리의 책	our book
· 我們的書	우리의 책들	our books
你們的	당신들의	your
· 你們的書	당신들의 책	your book
· 你們的書	당신들의 책들	your books
他們的，她們的，它們的	그들의	their
· 他們的，她們的書	그들의 책	their book
· 他們的，她們的書	그들의 책들	their books

其他代詞

每個人	사람마다	everyone
每件事	모든 것	everything
許多	많은	many
某個	어떤	one *(in general)*
其他的	다른 것들	others
一些	어떤	some
某人，某些人	어떤 사람	some *(people)*
某事，某物	어떤 것	something

介詞

除了	…외에	besides
從	…부터	from
的	…의	of
對於	…에게	for
沒有	…없이	without
同，跟	…와 / 과 / 하고	with
向	…에 / 로	to
在	…에 / 에서	at
在…當中	…가운데에	among
在…裡	…안에	in
在…上	…위에	on
在…上方	…위에	above
在…下面	…밑에	below

| 在…之間 | …사이에 | between |
| 在…之上 | …위에 | over |

連接詞

除非	…지 않으면	unless
但是	그렇지만	but
多虧	덕분에	thanks to
好像	는 / 은 / ㄴ 것 같다	as if
和	…고	and
即便是	비록…더라도	even though
既然	… (으) 니까	since
假設	…면	provided that
儘管	비록…아 / 어도	although
沒有	없이	without
哪怕	…에도 불구하고	despite
然而	그러나	however
如果	…면	if
如同	와 / 과 같이 , 처럼	as
事實上	사실	in fact
所以，以便	그래서	so that, in order to
萬一，一旦	만약에	in the event that
也	도	also
一…就	…자마자	as soon as
因此	그러니까	therefore
因為	…때문에	because
・因為，由於	…아 / 어 / 여서	on account of
正當	(으) ㄹ 때	while
直到	…때까지	until

常用副詞

不幸地	불행하게	unfortunately
差不多	거의	almost
匆忙地	급하게	in a hurry
到現在	지금까지	by now
反而	오히려	instead
接著，隨後	그리고 나서	then, after
今天	오늘	today
今天晚上	오늘 밤에	this evening
今天早上	오늘 아침에	this morning

僅僅，只是	…만	just, barely
近	가까이	near(by)
馬上	곧	right away
明天	내일	tomorrow
那裡	거기 , 저기	there
偶然	우연히	by chance
然後	그 다음에	then
仍然，還	아직	still, yet, again
事實上	사실은	as a matter of fact
首先	먼저	first
同時	동시에	in the meanwhile
晚	늦게	late
現如今	요즈음	nowadays
相當	상당히	rather
也	도	also, too
一會兒	잠깐	in a little while
一起	같이 , 함께	together
已經	이미	already
遠	멀리	far
再	다시	again
糟糕	나쁘게	bad(ly)
早	일찍	early
直到現在	지금까지	until now
只	단 , 오직	only
足夠	충분히	enough

否定

不是那樣	그게 아니라	not really, not quite
不再	다시…지 않다	no more, no longer
從不	결코…지 않다	never
既不…也不…	도…도…아니다	neither…nor
沒有任何	아무것도 없다	nothing
沒有一個	아무 (것) 도 없다	no one
甚至不	심지어…아니다	not even

18・社交

18.1 問候與告別

後會有期。	또 뵙겠습니다 !	See you soon!
回頭見。	다음에 뵙겠습니다 !	See you later!
明天見。	내일 뵙겠습니다 !	See you tomorrow!
你好! /再見!	안녕 !	Hi! /Bye!
你身體好嗎?	건강하셨어요 ?	How are you?
・近況怎樣?	그 동안 잘 지내셨어요 ?	How's it going?
・不錯。	좋았어요 !	Not bad.
・不好。	잘 안 됐어요 .	Bad(ly)!
・好。	잘 지냈어요 .	Fine! Well!
・很好。	아주 잘 지냈어요 .	Quite/Very well!
・一般。	그냥요 !	So-so.
晚安!	안녕히 주무세요 !	Good night!
認識你很高興。	만나서 반갑습니다 !	Pleased to meet you.
請代我向⋯問好。	⋯에게 안부를 전해 주세요 !	Please give my regards to⋯
問候	인사	greeting
・向⋯打招呼	⋯에게 인사하다	greet
握手	악수하다	shake hands
・握手	악수	handshake
・與⋯握手	⋯와 악수하다	shake hands with⋯
午安!	안녕하세요 !	Good afternoon.
一切如意!	행운을 빌어요 !	Best wishes!
再見!	또 만나요 !	Bye!
	안녕히 가세요 !	Good-bye!
	또 봐요 !	See you!
早安!	잘 주무셨어요 ?	Good morning!
週日見。	주말에 뵙겠습니다 !	See you Sunday!
祝你好運!	행운을 빌어요 !	Good luck!

18.2 稱謂與介紹

稱呼，職稱，頭銜	칭호 , 직명 , 칭호	title
· 博士	박사	Doctor
· 工程師	엔지니어	Engineer
· 會計	회계사	Accountant
· 教授	교수	Professor
· 律師	변호사	Lawyer
· 女士	숙녀	Ms.
· 太太	부인 , 사모	Mrs.
· 先生	신사 , 선생	Mr.
· 小姐	아가씨	Miss
· 醫生	의사	Doctor
很高興認識你。	만나서 반갑습니다 !	Nice to meet you.
介紹	소개	introduction
· 介紹	소개하다	introduce
· 認識某人	…를 알게 되다	know someone
· 自我介紹	자기소개	introduce oneself
名片	명함	calling/business card
你叫什麼名字？您貴姓？	성함이 어떻게 되세요 ?	What's your name?
· 我叫…	제 이름은…예요 .	My name is…
· 我是…	저는…예요 .	I'm…
請別客氣！（招待客人用語）	편하게 하세요 !	Make yourself comfortable!
請進！	어서 오세요 !	Come in.
請允許給您介紹…。	…소개해 드릴까요 ?	Allow me to introduce you to…
請允許我給你（您）介紹…	제가 …를 소개해 드려도 될까요 ?	May I introduce you to…?
請允許我介紹一下自己。	제 이름을 소개해 드릴까요 ?	Allow me to introduce myself.
認識	알다	meet
· 遇見	만나다	run into
我來給你（您）介紹…。	제가 …를 소개해 드릴게요 .	Let me introduce you to…
幸會。	만나게 되어 반갑습니다 !	A pleasure.

• 這是我的榮幸。	영광입니다.	The pleasure is mine!
• 同樣。	저도 동감이예요!	Likewise.
正式的稱呼	정식의 칭호	be on a formal basis
• 非正式的稱呼	비정식의 칭호	be on a first-name basis
坐下	앉아!	be seated
• 請坐!	앉으세요!	Be seated.

18.3 常用的詢問方式

詢問	질문	ask (for)
• 提問	질문을 하다	ask a question
回答	대답	answer
• 回答	대답하다	answer
多少錢？	얼마예요？	How much?
哪個？	어느 것입니까？	Which (one)?
哪裡？	어디예요？	Where?
那又怎麼樣？	그래서요？	So?
你（您）能告訴我…？	…알려 주실 수 있나요？	Can you tell me…?
什麼？	네？	What?
什麼時候？	언제요？	When?
誰？	누구세요？	Who?
它是什麼意思？	무슨 뜻이에요？	What does it mean?
為什麼？	왜요？	Why?
我不明白。	이해가 안 갑니다.	I don't understand.
怎麼會？	어떻게 된 거에요？	How come?
怎麼樣？	어떻게？	How?

18.4 感嘆與禮貌用語

哎喲!	아이고!	Ouch!
安靜!	조용하세요!	Be quiet!
保持安靜!	조용히 하세요!	Stay still!
別胡說八道!	엉터리로 말하지 마!	Don't talk nonsense!

別說了!	말하지 마!	Stop it!
不客氣!	천만이에요!	You're welcome.
長命百歲!	오래 사세요!	Bless you!
倒霉!	재수없어요!	A shame!
對不起!	미안해요!	I'm sorry!
多荒謬啊!	엉터리예요!	What a nuisance!
復活節快樂!	부활절 축하해요!	Happy Easter!
該死!	나쁜 자식!	Damn (it)!
恭喜!	축하해요!	Congratulations!
夠了!	됐어요!	That's enough!
好!	좋아요!	Good!
好極了!	아주 좋아요!	Fantastic!
很高興做這件事!	그 일을 해서 기쁩니다.	I'll be glad to do it!
假期愉快!	방학을 잘 보내세요!	Have a good holiday.
借過!	길을 비켜 주세요!	Excuse me (I need to get through)
靜一靜!	조용하세요!	Quiet!
勞駕! 對不起!	실례합니다!	Excuse me!
了不起!	대단해요!	Stupendous!
旅途愉快!	여행 잘 되세요!	Have a good trip!
沒錯! 的確! 可不!	진짜예요!	Yah! Sure! There!
沒關係。	괜찮습니다!	It doesn't matter.
門都沒有! 不行!	안 돼!	No way!
難以置信!	믿을 수 없어요!	Incredible!
你別傻了!	정신 차려!	Don't be silly!
您別傻了!	정신 차리세요!	Don't be silly!
你瘋了嗎?	너 미쳤어?	Are you crazy?
請…	…하세요!	Please...
請享用!	드세요!	Eat up.
如果你不介意…	괜찮으면…	If you don't mind...
生日快樂!	생일 축하해요!	Happy birthday!
聖誕節快樂!	메리 크리스마스!	Merry Christmas!
十分感謝。	정말 감사합니다!	Many thanks.

太棒了！	아주 잘 됐네요！	Marvelous!
太精彩了！	아주 재미있어요！	Magnificent!
太讓人吃驚了！	진짜 믿을 수 없어요！	What a nice surprise!
太幸運了！	재수가 아주 좋아요！	How lucky!
太糟了！	나빴어요！	Too bad!
玩得愉快！	재미있게 노세요！	Have a good time.
我可以進來嗎？	제가 들어가도 되나요？	May I come in?
我可以嗎？	제가 할 수 있어요？	May I?
我能幫忙嗎？	제가 도와 줄 수 있어요？	May I help you?
我希望…	…기 바랍니다．	I wish...
謝天謝地！	다행이에요！	Thank God!
謝謝，您太好了！	감사합니다，너무 친절하시군요！	Thank you. It's very kind of you!
謝謝你！	감사합니다！	Thank you!
新年快樂！	새해 복 많이 받으세요！	Happy New Year!
一切如意！	행운을 빌어요！	Best wishes!
遺憾！	불쌍해요！	Pity!
有意思！	재미있어요！	Interesting!
怎麼可能！	그럴 리가 없어요！	It can't be!
真的？	정말요？	Really?
真煩人！	너무 귀찮아요！	What a bore!
真累贅！	너무 번거롭다！	What a drag!
真傻！	바보야！	What a fool!
真是一團糟！	엉망이다！	What a mess!
注意了！	주의하세요！	Attention!
祝你好運！	행운을 빌어요！	Good luck!
祝你健康！乾杯！	건강하세요！건배！	Cheers!
做得好極了！	아주 잘했어요！	Well done!

19・講話與談話

19.1 言語風格與功能

暗含	암시하다	imply
保持沈默	침묵을 지키다	keep quiet
保證	보증하다	ensure
· 保證	보증하다	guarantee
報告	보고하다	report
抱怨	원망하다	complain
· 抱怨	원망	complaint
比較	비교하다	compare
· 比較	비교	comparison
閉嘴	입 닥치다	shut up
貶低	헐뜯다	speak badly of
辨別	판별하다	identify
辯解	변명하다	excuse
· 為自己辯解	자기를 위해 변명하다	excuse oneself
辯論	변론하다	debate
· 辯論	변론	debate
表達	표현하다	express
· 表達自己	자신의 감정을 표현하다	express oneself
參考	참고하다	refer
查詢	검색하다	consult, look up
嘲笑	조소하다	jeer
沉默	침묵	silence
· 沉默的	잠잠하다	silent
陳述，肯定	진술하다	state, affirm
· 陳述	진술	statement
稱讚	칭찬하다	praise
承諾	승낙하다	promise
· 承諾，諾言	승낙	promise
重覆	반복하다	repeat
· 重覆	중복	repetition
傳閒話	이야기를 퍼뜨리다	spread gossip
詞	단어	word
詞彙	어휘	vocabulary
打斷	방해하다	interruption

・打斷	끊다	interrupt
打哈欠	하품하다	yawn
低語	속삭이다	whisper
嘀咕著說	중얼거리다	whine
定義	정의하다	define
・本義	본의	literal
・喻義	비유의	metaphor
對話，交談	대화하다	converse
・對話，會話	대화	dialogue, conversation
多話的，健談的	수다스럽다	loquacious
惡語	나쁜 말	malicious gossip
發誓，起誓	맹세하다	swear, vow
發音	발음	pronounce
發音清晰地說	정확하게 말하다	articulate
翻譯	번역하다 , 통역하다	translate
・翻譯	번역 , 통역	translation
・口譯	통역	interpret
反駁	반박하다	contradict
反對	반대하다	object
分享	나누다	share
否認	부정하다	deny
改變話題	화제를 바꾸다	change the subject
感謝	감사하다	thank
告知	고지하다	inform
咕嚕咕嚕地說	중얼거리다	mumble
故事	이야기	story
・講故事	이야기하다	tell a story
哈欠	하품	yawn
含沙射影地說	말속에 가시가 돋치다	insinuate
喊，叫	큰 소리	shout
・喊，叫	부르다	shout
歡呼，喝采	환호 , 갈채	cheer, acclaim
謊言	거짓말	lie
・撒謊	거짓말을 하다	lie
回答	대답	answer
・回答	대답하다	answer

回覆	회답하다	reply
匯報	보고	report
記筆記	필기하다	note
堅持，捍衛	지키다	uphold, maintain
間接提到	간접적으로 말하다	allude
建議	건의하다	advice, suggest
・建議	건의	advice, suggestion
講，談	말하다	speak, talk
・講話，發言	말하기	talk, speech
講述	진술하다 , 말하다	relate, tell (a story)
交際	교류하다	communicate
・交際	교류	communication
叫	부르다	call
叫喊	외치다	yell, scream
結論	결론	conclusion
・得出結論	결론을 내리다	conclude
解釋	해석하다	explain
・解釋	해석	explanation
解析	해석하다	decipher
警告	경고하다	warn
・警告	경고	warning
競爭	경쟁하다	contest
肯定	긍정하다	affirm
口述，聽寫	받아쓰기	dictate
口頭	구두	oral
・口頭地	구두로	orally
類比	유추	analogy
離題	주제와 멀다	digress
領會言外之意	암시하는 뜻을 이해 하다	read between the lines
冒犯，衝撞	범하다	offend
描述	서술하다	describe
・描述	서술	description
命令	명령하다	order
・命令	명령	order
喃喃細語	중얼거리다	murmur
祈禱	기도하다	pray
・祈禱人	기도자	prayer

強調	강조하다	emphasize
・強調	강조	emphasis
請求做某事	일을 하기를 청하다	beg to do something
確認	확인하다	confirm
說，告訴	알리다	say, tell
說出	말하다	utter
說話風趣的	재미있는	witty
說教	훈계하다	preach
・說教，講道	훈계	sermon
討論	토론하다	discuss
・討論	토론	discussion
提出	제출하다	put forward
提高嗓門	목소리를 높이다	raise one's voice
提及	제출하다	mention
提議	제의	propose, suggest
聽	듣다	listen to
通告	통지하다	announce
・通告	통지	announcement
同意	동의하다	agree
・不同意	부정하다	disagree
推薦	추천하다	recommend
玩笑	농담	jest
・開玩笑	농담하다	jest
威脅	위협하다	threaten
・威脅	위협	threat
誤解	오해	misunderstanding
閒話	잡담 , 한담	gossip
・說閒話	잡담하다 , 한담하다	gossip
閒談	이야기하다	chat
嫌言怨語，嘮叨	수다	nag
笑話	농담	joke (oral)
・講笑話	농담하다 , 농담을 하다	tell a joke
訊息，消息	정보	information
雄辯的，口才流利的	말재간 좋다	eloquent
修辭	수사	rhetoric
・修辭的	수사적	rhetorical
・修辭問句，反問句	반문구	rhetorical question
修辭格	수사방법	figure of speech

比喻	비유	metaphor
象徵	상징	symbol
宣佈	선포하다	declare
詢問	질문하다	ask for
言語，談話	말	speech, talk
演講，講座	연설 , 강좌	lecture
演講，做講座	연설하다	lecture
邀請	초청하다	invite
邀請	초청	invitation
謠傳	헛소문	rumor
謠傳說…	…헛소문이 떠돌다	Rumor has it that…
要求	요구하다	request
要求	요구	request
意見不一	부정	disagreement
意思	뜻	meaning
意指	뜻하다	mean
猶豫	망설이다	hesitate
猶豫	방황	hesitation
語音	음성	pronunciation
預言，預報	예보	predict
爭論	말다툼하다	argument
爭論	말다툼	argue
直言不諱	솔직하다	outspoken
指出	가르치다	indicate
指出	가르침	indication
指示	지시하다	instruct
指責	지적하다	reproach
質疑	질의하다	interrogate
祝賀	축하하다	congratulate
祝賀	축하	congratulations
敬酒	축배를 들다	toast
敬酒辭	축배사	toast
總結	총괄하다	summarize
總結	총괄	summary
詛咒	저주하다	curse

19.2 會話中的常用表達

不是這樣嗎？	…아니예요？	Isn't it so?
簡而言之	간단히 말하자면	briefly
沒理，錯	틀렸습니다.	be wrong
請繼續！/ 請說!	계속하세요 !	Go ahead!
請聽!	들어 주세요 !	Listen!
然而	그런데	however
實際上	사실	actually
事實上	사실상	as a matter of fact
誰知道？	귀신도 몰라 !	Who knows?
順便說一句	덧붙어 말하자면	by the way
似乎是	…것 같다	It seems that…
我不明白。	이해할 수 없어요.	I didn't understand!
我確定…	저는 …확신해요.	I'm sure that…
顯然…	…분명하다	It's obvious that…
也就是說	다른 말로 하면	that is to say
依我看	제가 보기에는	in my opinion
・按我自己的看法	제 생각에는	in my own opinion
因此	그래서	therefore
有必要…	…필요하다	It's necessary that…
有理，對	맞아요	be right
怎麼說…？	말의 뜻은 무엇입니까?	How do you say…?
・…用韓國語怎麼說？	한국어로 뭐라고 해요?	How do you say… in Korean?
這是真的。	정말이에요.	It's true!
・這不是真的。	사실이 아니에요.	It's not true!
總而言之	한마디로 말하면	to sum up

20 · 電話

20.1 電話與配件

行動電話	휴대전화기	portable phone
插頭	플러그	plug
插座	콘센트	outlet
傳真機	팩시밀리 송수신 장치	fax machine
代幣	토큰	token

中文	韓文	英文
・投幣孔	투입구	slot (for tokens)
電話	전화	telephone
電話按鍵	전화키보드	phone keyboard
電話簿	전화부	phone book
・黃頁電話簿	직업별 페이지	yellow pages
電話答錄機	전화 자동 응답 장치	answering machine
電話卡	전화카드	phone card
電話亭	전화 부스	phone booth
電話帳單	전화요금명세표	phone bill
電纜	케이블	cable
耳機	이어폰	earphone
放大器，擴音器	앰프	amplifier
公共電話	공중전화	public phone
話筒	확성기	speaker
接線員，話務員	전화 교환원	operator
內部通話設備	내부 통화 설비	intercom
手機	핸드폰	cell phone
數字式的	디지털	digital
數據機	모뎀	modem
聽筒，耳機	이어폰	receiver, earphone
通信	통신	telecommunications
通信衛星	통신위성	telecommunication satellite

20.2 使用電話

中文	韓文	英文
撥號	걸다	dial
・直撥	직통	direct dialing
・直接撥號	직통으로 다이얼을 돌리다	dial directly
傳真	팩시	fax
錯誤號碼	틀린 번호	wrong number
・對不起，號碼撥錯了!	미안해요, 잘못 걸었어요 !	I'm sorry, I've dialed the wrong number.
電話	전화	call
・本地電話	시내 통화	local call
・長途電話	장거리 전화	long-distance call

· 國際電話	국제 전화	international call
· 直撥電話	직통 전화	direct call
打電話	전화하기	phone call
· 打一個電話	전화를 하다	make a call
· 金社長在嗎？	김 부장님은 계십니까?	Is Mr. Kim the president in?
· 是哪位？	누구세요?	Who's speaking?
· 喂！	여보세요!	Hello!
· 我可以同…通話嗎？	…와 통화를 할 수 있어요?	May I speak with…
· 我想請…接電話。	…에게 전화를 바꿔 주세요!	I would like to speak with…
· 這裡是…	…예요.	This is…
· …在嗎？	여기는 …계십니까?	Is…in?
電話不通。	통화중이에요	The line is busy.
· 電話通了。	통화를 할 수 있어요.	The line is free.
電話號碼	전화번호	telephone number
· 撥電話號碼	전화를 걸다	dial the number
電話線	전화선	telephone line
對方付費電話	수신자 부담 통화	collect call
掛斷電話	전화를 끊다	hang up
口信	메시지	message
鈴響	전화벨이 울리다	ring
免費電話	무료 전화	toll-free
區號	지역 번호	area code
訊息	정보	information
星號	별표	asterisk
應答	대답하다	answer
#號	우물 정자	sharp button

21 · 信函

正式說法

尊敬的先生	존경하는 신사	Dear Sir:
尊敬的女士	존경하는 숙녀	Dear Madam:
致負責人	관계자에게	To whom it may concern
敬啟者	경청자	Attentively
	경청자 여러분	Attentively yours
您真誠的 / 誠摯的	진심으로 드림	Yours truly/sincerely/cordially
一切如意	다 순조롭게 진행하다	With kind wishes
致以誠摯的問候	진심으로 안부를 드리다	With cordial greetings

非正式說法

親愛的…	사랑하는 …	Dear…
我親愛的…	나의 사랑하는 ...	My dear…
最親愛的…	가장 사랑하는 ...	Dearest…
愛你的…	을 / 를 사랑하는 …	With love…
代問…好	…에게 안부를 드리다	Give my regards to…
你的…	너의 ...	Yours…
你的親愛的…	좋아하는	Affectionately…
十分愛你的…	아주 사랑하는	With much love
吻…	키스	A kiss…
問候…	…에게 안부를 드리다	Greetings…
擁抱…	꺼안기	A hug…

標點	구두점	punctuation
· 大寫字母	대문자	capital letter
· 逗號	콤마 , 쉼표	comma
· 方括號	평방호	square brackets
· 分號	분호	semicolon
· 黑體	굵은활자체 , 볼드체	boldface
· 句號	마침표	period
· 括號	괄호	brackets
· 連字號	하이픈	hyphen
· 冒號	쌍점	colon

· 破折號	대시	dash
· 省文撇，撇號 (')	아포스트로피	apostrophe
· 感嘆號	느낌표	exclamation mark
· 問號	물음표	question mark
· 下劃線	밑줄	underline
· 小寫字母	소문자	small letter
· 斜體	이탤릭체	italics
· 斜線	사선	slash
· 星號	별표	asterisk
· 引號	인용부호 , 따옴표	quotation marks
· 重音	악센트	accent
擦除，刪除	지우다	erase, delete
抄寫	베껴쓰다 , 베끼다	copy
地點	장소 , 위치	place
風格	스타일	style
附有	동봉하다	enclose, attach
· 隨信附有	편지 따위에 동봉하 다	enclosed, attached
複製	복제하다	duplicate
腳註	각주	footnote
結尾	종결	closing
居中	중심에 두다	center
拼寫	철자	spelling
起草	기초하다 , 초안을 잡 다	draft
簽	사인하다	sign
· 簽名	사인	signature
清除	지우다	clear
日期	날짜	date
刪除	삭제하다	delete
問候語	인사말	salutation
信頭，標題	편지 헤딩	heading
頁	페이지	page
頁面設定	페이지 설립	page set-up
正文	정문	body
· 邊	가장자리	margin
· 短語	구	phrase
· 段	절	paragraph

· 句子	문장	sentence
· 縮寫	생략법	abbreviation
· 行	줄	line
· 又及，附言	동봉하다	P.S.
· 字	단어	word
· 字母	문자	letter

21.3 書寫工具與書寫材料

筆	필	pen
· 鉛筆	연필	pencil
· 螢光筆	하이라이트	highlighter
· 原子筆	볼펜	ballpoint pen
· 氈筆	펠트 펜	felt pen
便箋	종이철	pad
標籤	라벨	label
草稿	원고 , 초고	draft
尺	자	ruler
打孔	구멍을 뚫다	punch
印表機	사진 복사기	printer
打字機	타이프라이터 , 타자기	typewriter
· 表格鍵	탭키	tab
· 滑架，托架	캐리지	carriage
· 鍵盤	키보드	keyboard
· 空白	여백	margin
· 空格鍵	스페이스 바	space bar
· 色帶	리본	ribbon
訂書釘	스테이플	staple
訂書機	스테이플러	stapler
廢紙簍	쓰레기통	wastebasket
影印機	복사기	photocopying machine
影印社	복사가게	photocopy shop
活頁本	링바인더	ring-binder
電腦	컴퓨터	computer
剪刀	가위	scissors
膠帶	접착 테이프 , 반창고	adhesive tape

膠水	풀	glue
卡，卡片	카드	card
拷貝	복사 , 카피	copy
・ 兩份	두 부	two copies
名片	명함	business card
墨水匣	카트리지	cartridge
墨水	먹 , 잉크	ink
橡皮筋	고무밴드	rubber band
切碎	찢다	shred
迴紋針	클립	clip
掃描器	스캐너	scanner
書籤	책갈피	marker
圖釘	압정	tack
修正液	수정액	whiteout
文字處理器	워드프로세서 , 문서 작성기	word processor
線，繩	줄	string
橡皮擦	지우개	eraser
信	편지	letter
信封	봉투	envelope
信頭	편지지 위쪽의 인쇄 문구	letterhead
邀請函	초대장	invitation (to a wedding, etc.)
頁	페이지	page
紙	종이	paper
・ 公文紙	공문서	official paper
・ 一頁紙	한 페이지	a sheet of paper
・ 一令紙	종이 한 연	a ream of paper
紙夾，迴紋針	종이 집게 , 클립	paper clip

> 其他電腦用語，見 44.2-44.3。

21.4 郵遞

包	가방	packet
包裹	소포	package
保價的	보험을 든	insured

待取郵件	받을 메일	mail withheld for pick-up
等候	기다리다	wait for
地址	주소	address
・ 回信地址	발신자 주소	return address
遞送急件的信差	급사 , 특사 , 밀사	courier
電報	전보	telegram
副署，會簽	부서하다 , 연서하다	countersign
・ 副署，會簽	부서 , 연서	countersignature
掛號信	등기우편	registered letter
掛號郵件	등기메일	registered mail
國外	국외	abroad
航空郵件	항공우편	airmail
回覆	대답	reply
・ 回覆	대답하다	reply
匯票，郵政匯票	환어음 , 우편환어음	money order
貨到付款，貨到收款	대금상환	COD
機密	기밀이다	confidential
寄	보내다 , 부치다	send
寄信人	발신자	sender
接收	받다	receive
快遞	빠른우편 서비스	express mail
明信片	엽서	postal card
普通平郵	보통우편	regular surface mail
商務信函	비즈니스 편지	business letter
收件人	수신자	addressee, receiver
限時專送	속달 , 지급편	special delivery
通信	통신	correspondence
・ 通信的	통신의	correspondent
寫	쓰다	write
信箱	우체통	mailbox
・ 投入信箱	우체통에 넣다	put into a mailbox
業務窗口	직업부스	clerk's window
印刷品	인쇄물	printed matter
郵包	우편소포	postal package
郵遞	우송	mail delivery
郵差	우편 집배원	letter carrier
郵費	우편요금	postage, postal rate

郵寄	우송하다	mail
郵件	메일	mail
郵局	우체국	past office
郵票	우표	stamp
郵局職員	우체국 직원	postal clerk
郵遞區號	우편번호	postal code
郵政車	메일트럭	mail truck

21.5 電子郵件和網際網路

儲存	저장하다	save
筆記型電腦	노트북	laptop computer
超文本，超文件	하이퍼텍스트	hypertext
磁盤	디스켓	diskette
列印	프린트하다	print
印表機	프린터	printer
・雷射印表機	레이저 프린터	laser printer
・噴墨印表機	잉크젯 프린터	ink-jet printer
導航	유도하다	navigate
點	점	dot
點擊	클릭하다	click
電子郵件	이메일	e-mail
電子郵件地址	이메일 주소	e-mail address
伺服器	서버	server
游標	커서	cursor
交互式	대화식의, 쌍방향의	interactive
空格鍵	스페이스바	space bar
滑鼠	마우스	mouse
搜索	검색하다	search
外圍設備	주변장치	peripherals
網路	인터넷	Internet
網路商	인터넷 서비스 공급자	Internet provider
網站	웹사이트	website
文字處理	워드프로세스	word processing
硬碟	하드 드라이브	hard drive
用戶	사용자	user
用戶友好的	사용하기 쉽다	user-friendly

在（@）	골뱅이	at (@)

22 · 媒介

22.1 印刷媒介

報紙	신문	newspaper
・報導	보도하다	report, reporting
・本地新聞	본지뉴스	local news
・編輯，編者	편집자	editor
・標題，頭版頭條新聞	표제 , 제목	headline
・採訪	인터뷰하다 , 탐방하다	interview
・採訪記者	기자 , 리포터	reporter
・插圖	삽화	illustration
・讀者	독자	readers
・訃告	부고 , 사망통지	obituary
・記者	기자	journalist
・批評	비평하다	criticism
・評論	평론하다	review
・日報	일보	daily newspaper
・社論	사설	editorial
・頭版	（제） 1 면	front page
・文章	글	article
・新聞	뉴스	news
・要聞	중요한 기사	headline
・照片	사진	photo
・重大新聞	빅뉴스	breaking news
編輯	편집하다	edit
編輯部	편집부	editorial office
參考書	참고서	reference book
・百科全書	백과전서 , 백과사전	encyclopedia
・詞典	사전	dictionary
・定義	정의	definition
暢銷書	베스트 셀러	best seller

出版	출판하다	publish
出版商	출판상	publisher
地圖集	지도책	atlas
訂閱	예약 구독하다	subscribe
・訂閱	예약 구독하기	subscription
翻閱，草草瀏覽	대충 훑어보다	leaf through
犯罪報導	범죄 리포트	crime report
誹謗，中傷	중상하다	defame, libel
封面，護封	앞표지 , 책표지	cover, dust jacket
附錄	부록	appendix
公報	성명 , 관보	communiqué
廣告	광고	advertising
話劇，戲劇	연극	play
・喜劇	희극 , 코미디	comedy
・悲劇	비극	tragedy
・正劇	정극	drama
記者室	기자실	press room
欄目，專欄	특별란 , 칼럼	column
・專欄作家，記者	특별란 집필자	columnist, reporter
漫畫書	만화책	comics (book)
排印錯誤	조판과 인쇄 실수	typographical error
批評家	비평가	critic
期刊	정기 간행물	periodical
取消訂閱	예약을 취소하다	cancel a subscription
全國性報刊	전국 간행물	national press
審查	심사하다	censor
・審查	심사	censorship
詩歌	시	poem, poetry
書	책	book
書名	서명 , 책 이름	title
隨筆	수필	essay
索引	색인 , 인덱스	index
特派記者	특파원	special correspondent
體育記者	체육 기자	sports reporter
小冊子	소책자	pamphlet, brochure
小說	소설	fiction, novel
・非小說	비소설	non-fiction

・短篇小說	단편소설	short story
・科幻小說	공상과학소설, SF 소설	science fiction
・浪漫小說	로맨틱소설	romantic novel
・情節	줄거리, 구성	plot
・人物	인물	character
・探險小說	모험 소설	adventure
・懸疑小說	미스테리	mystery
・偵探小說	탐정 소설	detective novel
校對	검사하다, 체크하다	proofread
寫作	글을 쓰다	write
新聞發布會	기자 회견	press conference
通訊社	통신사	press service/ agency
新聞編輯室	편집실	newsroom
印量	인쇄 부수	print run
印刷	인쇄	print
・版式	판식	typography
・絕版	절판되다	out of print
・出版	출판	publication
影評人	영화 평론가	film critic
閱讀	읽다	read
雜誌	잡지	magazine
・插圖雜誌	삽화가 들어있는 잡지	illustrated magazine
・兒童雜誌	아동잡지	kids magazine
・肥皂劇雜誌	홈 시추에이션 잡지	soap-opera magazine
・婦女雜誌	여성잡지	women's magazine
・黃色雜誌	도색잡지	pornographic magazine
・青少年雜誌	청소년 잡지	teen magazine
・時裝雜誌	패션 잡지	fashion magazine
正文, 本文	정문, 본문	text
主要情節	주요이야기	main story
註釋	주석, 노트	note
撰稿人, 投稿人	투고자, 기고가	contributor
作者	작가	author

22.2 電子媒介

傳呼器，B.B. call	삐삐	pager
DJ	DJ	disc jockey
DVD 播放機	DVD 플레이어	DVD player
MP3 播放機	mp3 플레이어	mp3 player
便攜式 CD 播放器	씨디 플레이어	portable CD player
播音員	아나운서	announcer
充電器	충전기	battery charger
打開	켜다	turn on
帶麥克風的耳機（手機用）	핸즈프리이어폰	earphones with microphone (for cell phone)
帶子	테이프	tape
電波	전자파，전파	radio wave
電視	텔레비전	television
・壁掛電視	벽걸이텔레비전	wall type television
・閉路電視	폐쇄 회로 텔레비전	closed-circuit television
・傳送	전송하다	transmission
・電纜電視	유선 텔레비전	cable television
・電視報導	텔레비전 보도	television report
・電視電影	티비영화	television movie
・電視廣播	티비방송	television broadcasting
・電視機	텔레비전	television set
・電視記者	티비기자	television reporter
・電視攝影機	티비카메라	television camera
・電視網絡	시티네트워크	television network
・電視新聞	티비뉴스	television news
・電視演播室	티비 스튜디오	television studio
・電視遊戲節目	티비 오락 프로그램	television game show
・訪問，採訪	인터뷰	interview
・肥皂劇	연속 홈 드라마	soap opera
・高清晰電視	고화질 텔레비전	high-definition television
・公共電視	공공텔레비전방송	public television
・公共頻道	공공채널	public channel
・紀錄片	다큐멘터리	documentary
・家用電視	홈 텔레비전	private television

· 看，收看	보다	look at, watch
· 錄影帶	비디오 테이프	video tape
· 頻道	채널	channel
· 商業廣告	상업광고	commercial
· 商業頻道	상업채널	commercial chan-nel
· 電視遊戲	비디오 게임	video game
· 系列劇，連續劇	드라마	serial, series
· 遙控器	리모콘	remote control
碟片	디스크	disc
短波	단파	short-wave
兒童節目	아동 프로그램	children's program
影印機	복사기	copier
關掉	끄다	turn off
觀眾	시청자	viewer
光纜	광섬유 케이블	optic cable
光纖	광섬유	optic fiber
廣播	방송	broadcast
· 廣播	방송하다	broadcast
· 廣播，播送	전파 송신 매체 ; 라디오 , 텔레비전	air
· 開始廣播	방송하기 시작하다	go on the air
· 正在廣播	방송중이다	be on the air
幻燈片機	슬라이드기	slide projector
演出，節目	쇼 , 프로그램	show
· 實況節目	생방송	live program
· 體育節目	스포츠 프로그램	sports program
· 綜藝節目	버라이어티 쇼	variety program
節目單	상연 종목	program
卡帶	테이프	cassette tape
鋰電池	리튬 배터리	lithium
立體聲裝置	스테레오 장치	stereo equipment
連接，接通	연접하다	make a connection
錄影帶	비디오 테이프	video cassette
錄影機	비디오 카세트 녹화기	VCR
錄音機	녹음기	recorder
民意測驗	투표	poll, rating

全球定位系統	전지구 (全地球) 위치 확인 시스템	GPS (globe position satellite)
攝影師	카메라맨 , 사진사	cameraman
適配器，轉接器	어댑터 , 접속 소켓 , 확장 카드	adapter
收音機	라디오	radio
・電台	방송국	station
・電台廣播網	라디오 방송망	radio network
・電台頻率	라디오 주파수	radio frequency
・電台新聞	라디오 뉴스	radio news
・汽車收音機	카라디오	car radio
・收聽	듣다	listen to
・無線電廣播	라디오 방송	radio broadcasting
・新聞報導	뉴스보도	news report
・新聞廣播	뉴스방송	newscast
・新聞快報	뉴스속보	news flash
・袖珍收音機	소형 라디오	pocket radio
數位攝影機	디지털 캠코더	digital video camera
DVD 光碟片	DVD	DVD
數位影像	디지털화상	digital image
天氣預報	일기예보	weather report
天線	안테나 , 공중선	antenna
投影機	프로젝터	projector
脫口秀	토크쇼	talk show
衛星電視	위성텔레비전	satellite television
衛星天線	위성 안테나	satellite dish
衛星轉播	위성 중계방송	via satellite
無線電話	무선 전화기	cordless phone
無線的	무선	wireless
無線電話	무선전화	wireless phone
遙控器	리모트 콘트롤	remote control
音響設備	오디오 기기	audio equipment
・播放	방송	play
・磁帶，卡式磁帶	테이프	cassette
・錄音帶播放機	테이프 플레이어	cassette player
・調音器，調譜器	튜너	tuner
・耳機	이어폰	headphones
・光碟	씨디	compact disc, CD

· 話筒	마이크로폰	microphone
· 擴音器	증폭기 , 앰프	amplifier
· 錄音	녹음	recorder
· 聽筒	수화기	receiver
· 揚聲器，播音喇叭	스피커 , 확성기	speaker
影碟	비디오 디스크	videodisc

22.3 廣告宣傳

標誌	표지 , 로고	logo
電視廣告	텔레비전 광고	television advertising
電台廣告	라디오 광고	radio advertising
廣告	광고	advertisement, advertising
廣告標誌	광고표지	advertising sign
廣告歌詞	광고가사	jingle
廣告公司	광고회사	advertising agency
廣告攻勢	광고전	advertising campaign
廣告時間	광고시간	advertising break
海報	포스터	poster
口號	구호 , 슬로건	slogan
禮券，購物優惠券	상품권 , 쿠폰	coupon, voucher
免費的	무료	free
· 免費樣品	무료 견품	free sample
品牌，標誌	브랜드	brand, logo
說明書	설명서	directions
小廣告傳單	전단지	flier
樣品	샘플	sample
主辦	주최하다	sponsoring
主辦者	주최자	sponsor

23 · 感受

23.1 心情、態度與情感

愛	사랑	affection
愛打聽的，好管閒事的	참견 잘하다	nosy
愛社交的	사교적이다	sociable
愛炫耀的，虛誇的	허풍치다, 과장하다	pompous
傲慢的	오만하다	haughty
抱怨	원망하다	complain
· 抱怨	원망	complaint
卑鄙，惡劣	비열하다, 졸열하다	vileness, baseness
卑躬屈膝的，奉承拍馬的	비굴하게 남에게 아첨하다	obsequious
卑屈的，屈從的	비굴하다	servile
悲哀，悲傷	슬프다	sorrow, sadness
· 悲哀的，悲傷的	슬프다	sad
背信棄義，不忠貞的	신의를 저버리다	perfidious
不道德的	부도덕하다	immoral
不得不	반드시 해야 하다	have to
不感恩的，忘恩負義的	배은망덕하다	ungrateful
不名譽的	체면을 잃다	dishonorable
不慌張的	당황하지 않다, 침착하다	unflustered
不滿意	불만	dissatisfaction
· 不滿意的	불만하다	dissatisfied
不同意	반대하다	disagree
· 不同意	반대	disagreement
不忠誠的	성실하지 않다	unfaithful
殘忍的	잔인하다, 잔혹하다	merciless
嘲笑的	조소하다	mocking, derisive
吵鬧的	시끄럽다	noisy
誠摯	성실, 진지	cordiality
· 誠摯的	성실하고 진지하다	cordial, sincere
慈善	자선	charity
粗魯	우악스럽다	roughness, rudeness
粗俗，下流	조야하다, 비열하다	vulgarity
· 粗俗的，下流的	조야하다, 비열하다	vulgar
大笑	크게 웃다	laugh
值得讚賞的	칭찬할 만하다, 훌륭하다, 갸륵하다	laudable

擔心，害怕的	무섭다	fearful
墮落的	타락하다	degenerate
反常的	비정상적이다	perverted
反對	반대하다	be against
放肆的，驕傲的	방자하다，제멋대로 하다	cocky
放鬆，減輕	경감하다	relieve
放縱的，放蕩的	방탕하다	dissolute
瘋狂的，狂熱的	열광적이다	maniacal
諷刺的，挖苦的	풍자적이다	sarcastic
奉承	아부하다，아첨하다	flatter
• 奉承	아부，아첨	flattery
服從的，順從的	순종적이다	obedient
腐化的，道德敗壞的	부패타락하다	depraved
敢於	감히…하다	dare
感到傷心	상심하다，슬퍼하다	become sad
感到羞愧	부끄러워하다	be ashamed
感到厭煩	지루하다	become bored
感官的	육체적이다	sensuous, sensual
感激的	감격스럽다	grateful
感覺	느낌	feeling
感謝	감사	thankfulness
• 感謝	감사하다	thank
• 感謝的	감사한	thankful
幸福	행복	happiness
• 高興的	행복하다，즐겁다	happy
高興的，滿意的	기쁘다	happy, content
恭敬的	공손하다，정중하다	deferent
古怪的，奇怪的	기괴하다，기이하다	oddball
鼓勵	격려하다	encourage
• 受鼓勵的	격려를 받다	encouraged
光榮的，體面的	명예롭다，영광스럽다	honorable
詭計多端的	교활한	scheming
害怕	두려워하다，무서워 하다	fear, be afraid
• 害怕，擔心	걱정	fear
毫無顧忌的	파렴치하다	unscrupulous

好色，性慾	호색	libidinous
好色，淫蕩	음탕하다	lascivious
好爭論的，好打官司的	소송하기 좋아하다	litigious
合宜，得體	고상함	decency
・合宜的，得體的	예절바른	decent
壞蛋，惡棍	건달	scoundrel
壞脾氣的	성질이 더럽다	bad-tempered
揮霍的，浪費的	낭비하다	spendthrift
激烈的	격렬하다	fierce
激情，熱情	열정 , 격정 , 정열	passion
極度激動的，發狂的	미치다 , 발광하다	frenetic
躁急不安的	초조하다 , 조급하다	restless
堅定的，堅信的	확고하다	steadfast
講究禮節的	예의 바르다	ceremonious
焦慮	걱정 , 근심	anxiety
・焦慮的	가슴을 태우다 , 걱정하다	anxious
接觸	닿다 , 접촉하다	contact
謹慎的，小心的	신중하다	cautious
驚奇	놀라움	surprise
・使驚奇	놀라게 하다	surprise
・驚奇的	놀랍다	surprised
沮喪，消沈	소침 , 낙심 , 절망	depression
・沮喪的，消沉的	의기가 소침하다	depressed
捐助人	기부자 , 후원자	benefactor
絕望	절망	desperation
・絕望的	절망적인	desperate
覺得	…라고 느끼다	feel
開心的	재미있다 , 웃기다	funny
慷慨	강개하다 , 기개가 있다	generosity
渴望	갈망	eager
哭	울다	cry
・哭	울음	crying
苦澀的	쓰다	bitter
誇獎，讚揚	칭찬하다	praise
誇口的	허풍을 떨다	boastful

快樂	기쁨	joy
寬宏大量	관대	magnanimity
• 寬宏大量的	관대하다	magnanimous
狂怒的	격노하다	furious
狂熱的	열광적이다	fanatic
困惱的，為難的	고뇌하다	worried
懶惰的	나태하다 , 게으르다	indolent
懶散的	한가하다	idle
浪蕩的	방탕하다	vagabond
樂趣，享受	즐거움	fun, enjoyment
樂善好施的，仁慈的	인자하다	philanthropic
冷嘲的，譏諷的，挖苦的	풍자적이다	sardonic, ironic
冷靜的，清醒的	냉정하다 , 침착하다	sober
冷漠	냉담	indifference
• 冷漠的	냉담하다	indifferent
滿意	만족	satisfaction
• 滿意的	만족하다	satisfied
沒精打采的	기운이 없다	slouch, lethargic
迷人的，可愛的	귀엽다 , 매력적이다	captivating
迷人的，吸引人的	사람을 미혹시키다	enchanting
敏感	민감	sensitive
• 敏感的	민감하다	sensitive
耐心	인내성 , 참을성	patience
• 有耐心	참을성이 있다	have patience
能夠	…할 수 있다	be able to
品質	품질	quality
平庸	평범 , 용속	mediocrity
• 平庸的	평범하다 , 용속하다	mediocre
謙虛的	겸손하다	modest
強烈的慾望	강렬한 욕망	strong desire
愛玩耍的	놀기를 좋아하다	playful
輕鬆，寬慰	위로하다 , 경감하다	relief
輕鬆愉快的	기쁘고 즐겁다	light-hearted
情緒	기분 , 정서	mood
情緒低落	기분이 별로이다	be down
情緒高昂	정서가 앙양하다	be up

確定的，肯定的	확정하다	sure, certain
確信	확실하다	assure
惹麻煩的人	말썽꾸러기	troublemaker
仁慈	인자	philanthropy
・仁慈的	인자하다	merciful
容忍	용서	tolerance
・容忍	참고 용서하다	tolerate
色情的，性愛的	성애의	erotic
傻	어리석다 , 멍멍하다	silly
生氣	화내다	anger
・生氣的，繃著臉的	화가 나다	angry, sulky
失望	실망하다	disappoint
・失望的	실망 하다 , 실망스럽다	disappointed
說教的	교훈 적이다	moralistic
鬆弛緊張的情緒，洩怒	노여움을 터뜨리다	let off steam
態度	태도	attitude
貪婪的	탐욕적이다	voracious
精力充沛的	활발하다	lusty
挑釁的，煽動的	도발하다	provocative
同情	동정	sympathy
・同情的	동정하다	sympathetic
同意	동의하다	agree
頭腦冷靜的	냉정하다	level-headed
頭腦清醒的	냉철하다	hard-headed
推托的，逃避的	회피적이다	evasive
頑皮的，淘氣的	장난이 심하다	mischievous, naughty
頑強的，固執的	고집하다	tenacious
溫柔	부드럽다	tenderness
溫順的，順從的	온순하다	malleable
文雅，禮貌	고상하고 우아하다	gentility, politeness
無法忍受的	참을 수가 없다	unbearable
希望	희망	hope
・希望	희망하다	hope
下流的	비열하다	indecent
想要	…하려고 하다	want
小氣的	인색하다	mean-minded

小心謹慎的，細心的	신중하다	scrupulous
笑	웃다	smile
・笑	웃음	smile
・笑聲	웃음소리	laugher
心情不好	나쁜 기분, 우울함	bad mood
情緒不穩的，鬱鬱寡歡的	변덕스럽다, 침울하다	moody
心情好	좋은 기분	good mood
心緒煩亂的	엉망이다	upset
信任	믿음, 신임	faith, trust
・信任	믿다, 신임하다	trust
性感的	섹시하다	sexy
羞恥	부끄러움	shame
・沒有羞恥的	수치를 모르다	shameless
・羞恥的	부끄럽다	shameful
虛偽	위선	hypocrite
・虛偽的	위선적이다	hypocritical
需要	필요	need
・需要	필요하다	need
馴服的，聽話的	온순하다	docile
嚴格的	엄격하다, 엄하다	strict
厭惡	염오하다	disgust
・厭惡	염오	disgust
厭煩	귀찮다	bore
・厭煩	지루함	boredom
・厭煩的	귀찮다	bored
要緊，有重大關係	중요하다	matter
異想天開的	기상천외	whimsical
易變的，變化無常的	변덕스럽다	volatile
易受騙的	속임을 당하기 쉽다	gullible
淫蕩的，下流的	음탕하다	lewd
淫穢的	음란하다, 외설적이다	bawdy
勇猛的，無畏的	용맹스럽다	intrepid
幽默	유머	humor
・幽默的	재미있는, 유머로스한	humorous

猶豫的	망설이다	hesitant
友誼	우정	friendship
有價值的，可尊敬的	존경할 만하다 , 값나가다	worthy
有節制的，遵紀守法的	규율을 준수하다	well-disciplined
有效的	유효하다 , 효력이 있다	effective
有效率的	효율이 높다	efficient
慍怒的，不寬恕人的	노하다 , 화내다	sullen
沾沾自喜，自鳴得意	득의양양하며 스스로 즐거워하다	smug
真誠的，誠懇的	진지하다	devout
爭辯	논쟁하다	argue
・爭辯	논쟁	argument
正派得體，端莊穩重	단정하고 장중하다	decorum
正確的，合適的	어울리다 , 알맞다	correct, proper
直截的	직접적	direct
值得敬重的	존경할 만하다	estimable
專橫的，自行其是的	독단적이다	presumptuous
自卑感	열등감 , 비굴감	inferiority
自發的，不由自主的	자발적이다	spontaneous
自發性	자발성	spontaneity
自負的	자부하다	conceited
自誇者	자랑꾼	braggart
自我娛樂	스스로 즐기다	enjoy oneself
自我主義	에고이즘	egoism
尊敬的	존경을 받다	respectful
作樂，玩樂	오락	have fun

23.2 喜好與厭惡

愛	사랑	love
・愛	사랑하다	love
不喜歡	싫어하다	dislike
・不喜歡	싫어하다	dislike

恨	증오	hatred
・ 恨	증오하다	hate
接受	받다	accept
・ 不可接受的	받을 수가 없다	unacceptable
・ 可接受的	받을 수가 있다	acceptable
偏愛	편애하다	prefer
普普通通的，中等的	평범하다	mediocre
親吻	키스	kiss
・ 親吻	키스하다	kiss
討厭	싫어하다	detest
喜歡	좋아하다	like
・ 喜歡（某事物）	…을 / 를 좋아하다	be fond of (something)
厭惡	염오하다 , 싫어하다	disgust
・ 厭惡的	역겹다	disgusted
愉快	유쾌하다	pleasant
・ 不愉快	유쾌하지 않다	unpleasant
贊同	찬동	approval
・ 贊同	찬동하다	approve

23.3 表達情緒

安靜！	조용히 좀 해주세요 !	Quiet!
閉上嘴！	닥쳐 !	Shut up!
不可能。	그럴 수가 없어요 !	Impossible!
對不起。	미안합니다 . 죄송합니다 .	I'm sorry.
多幸運哪！	운이 얼마나 좋았는지 몰라요 !	How fortunate!
夠了！	됐어 !	Enough!
可憐的女人！	정말 가여운 여자이네요 !	Poor woman!
可憐的人！	정말 가여운 사람이네요 !	Poor man!
沒關係。	괜찮아요 .	It doesn't matter.
難以置信！	믿을 수가 없어요 !	Unbelievable!
你在開玩笑嗎？	지금 농담하는 거예요 ?	Are you joking?
太糟了！	망쳤어 !	Too bad!
天哪！	세상에 !	Good Heavens

我不能忍受他!	제가 더 이상 그를 참을 수가 없어요!	I can't stand him!
我不想…	…고 싶지 않아요.	I don't feel like…
我不相信這事!	믿을 수가 없어요!	I don't believe it!
我是認真的。	제가 지금 농담하는 것이 아니예요!	I'm serious!
我希望…	…기를 바랍니다!	I wish...
小心!	조심하세요!	Be careful!
謝天謝地!	잘 됐다!	Thank goodness!
呀!嘖!	아!야!	Ugh!
真不幸!	불쌍해요!	Unfortunately!
真的?	진짜요?	Really?
真討厭!	정말 싫어!	What a bore!

24 · 思想

24.1 想法

創造力	창조력	creativity
· 有創造力的	창조적이다	creative
存在	존재하다	existence
反思	반성	reflection
複雜	복잡하다	complicated
概念	개념	concept
觀點	입장, 관점	opinion
· 依我看	제가 보기에	in my opinion
懷疑	회의	doubt
· 懷疑的	의심하다	doubtful
機靈, 足智多謀	영리하다, 총명하다, 슬기롭다	ingenuity
· 機靈的, 足智多謀的	영리하다, 총명하다, 슬기롭다	ingenious
記憶	기억	memory
假設	가정하다	hypothesis
簡單的	간단하다	simple
具體的	구체적이다	concrete
困難	어려움, 곤란, 애로	difficult

邏輯	로직 , 논리	logic
夢想	몽상 , 꿈	dream
明白的	각오하다 , 의식하다 , 각성하다 , 자각하다	sensible
判斷，明智	판단 , 명지	judgment, wisdom
容易	쉽다 , 용이하다	easy
思想	사상 , 의식	thought
問題	문제	problem
• 沒問題。	문제가 없다	No problem.
無知	무지하다	ignorance
• 無知的	무지하다	ignorant
想法，主張	생각 , 의견 , 주장	idea, mind
想像，異想天開	기상 천외	imagination, fantasy
信念	신념	belief
意識	의식	conscience
• 有意識的	의식적이다	conscientious
有趣	재미	interest
• 有趣的	재미있다	interesting
原因	원인	reason
知識	지식	knowledge
• 有知識的，精明的	총명하다 , 영리하다	knowledgeable
智慧	지혜 , 슬기	wisdom
智力	지력	intelligence
• 聰慧的	지혜롭다 , 총명하다 , 슬기롭다	intelligent

24.2 思考

存在	존재하다	exist
錯誤	틀리다	be wrong
對…感興趣	…에 관심이 있다	be interested in
反思，反省	반영하다	reflect
構思	구상하다	conceive
懷疑	회의하다 , 의심하다	doubt
記憶	기억하다	memorize
記住	기억하다	remember
解決問題	문제를 해결하다	solve a problem
了解	이해하다	learn

夢想	꿈을 꾸다	dream
明白	이해하다, 알다	understand
你怎麼認為？	어떻게 생각하세요？	What do you think?
判斷	판단하다, 판정하다, 재판하다	judge
勸說	타이르다, 설득하다, 충고하다	persuade
勸阻	충고하며 그만두게 하다	dissuade
說服	설득하다, 설복하다, 납득시키다	convince
思考	사고하다	think
同意	동의하다, 승인하다, 찬성하다	agree
推理	추리하다	reason
忘記	잊어버리다	forget
相信	믿다	believe
想像	상상하다	imagine
研究	연구하다	study
演示	시범을 보이다, 설명하다	demonstrate
正確	옳다, 정확하다	be right
知道	알다, 이해하다	know

六、日常生活

25・家居

25.1 房屋與房屋的類型

把手	손잡이	handle
百葉窗	블라인드	shutter, blind
別墅	별장	villa
・小別墅	작은 별장	small villa
餐具室，配餐室	식기실	pantry
餐室，餐廳	식당	dining room
廁所	화장실	toilet
・馬桶	변기	toilet (bowl)
車庫	차고	garage
廚房	부엌	kitchen
儲藏室	창고	storage space
窗戶	창문	window
・彩色玻璃窗	채색 유리창	stained-glass window
・窗框	창틀	window frame
・窗台	창턱	window ledge, sill
地板	마루	floor
地基	토대, 기초, 초석	foundation
地下室	지하실	basement
電扇	선풍기	fan
防盜警報器	도난 경보기	burglar alarm
房頂，屋頂	지붕	roof
房間	방	room
房屋	집, 가옥	house
扶手（樓梯等的）	손잡이, 난간	handrail
閣樓，頂樓	다락방, 고미 다락방	attic, loft
隔牆，隔板	칸막이	partition, wall

拱道	아치길	archway
拱門	아치	arch
固定裝置	고정장치	fixture
海濱別墅	바닷가의 오두막	beach house
花園	화원	garden
鏡子	거울	mirror
酒窖	포도주 저장실	wine cellar
開關	켜다, 끄다	switch (light)
欄杆，扶手	난간, 손잡이	banister
淋浴器	목욕기	shower
樓梯	계단	stairs
樓梯平台	층계참	landing
毛巾架	수건걸이	towel rack
門	문	door
・合頁	경첩	hinge
・門把手	손잡이	door knob
・門邊框	문설주	jamb
・門鏡，觀察孔	도어 스코프	spy-hole
・門鈴	초인종	doorbell
門廊，入口處	포치	porch
暖炕	온돌	ondol, the Korean floor heating system
起居室，客廳	응집실	living room
前院	앞마당	forecourt
牆	벽	wall
設備	설비	installation
水池	싱크대	sink
水龍頭	수도 꼭지	faucet
台	테라스	terrace
台階	계단, 섬돌	step
天花板	천장	ceiling
推拉門	미닫이 문	sliding door
臥室	침실	bedroom
洗手池	세면기, 세숫대야	washbasin
鑲板	패널	paneling
小屋	오두막	hut

信箱	우편함	mailbox
煙囪	굴뚝	chimney
陽台	베란다	balcony
衣櫃	옷장	clothes closet
衣架	옷걸이	clothes rack
醫藥箱	의약함	medicine chest
走廊	베란다 , 툇마루	veranda
浴缸	욕조	bathtub
浴室	욕실 , 목욕탕	bathroom
預製裝配式房屋，組合屋	조립식 가옥 , 프리패브 주택	prefab
院子，天井	파티오 , 안뜰	patio
正面	정면	facade
住宅	주택	dwelling
莊園	장원	estate
走廊	복도 , 회랑	corridor

25.2 家具與家庭用品

包	가방	bag
被子	이불	quilt
畚箕	쓰레받기	dust pan
壁畫	벽화	wall painting
玻璃櫃	유리장	glass cabinet
抽屜	서랍	drawer
除塵器	먼지 청소기	duster
廚房秤	부엌 저울	kitchen scales
廚房架	주방 선반	kitchen shelf
廚灶，爐灶	화로 , 레인지	cooker, stove
窗簾	커튼	curtain
床	침대	bed
床單	시트	bed sheet
床墊	매트리스	mattress
床頭櫃	협탁	bedside table
床罩	침대 덮개	bedspread
燈	전기 , 램프	lamp
凳子	걸상	stool
電冰箱	냉장고	refrigerator
漏斗	깔때기	funnel

肥皂盒	비눗갑	soap-dish
縫紉機	재봉틀	sewing machine
扶手椅	안락의자	armchair
洗衣店	세탁물	laundry
蓋子，罩	뚜껑	cover, covering
高腳椅	식사용 높은 의자	high chair
購物袋	쇼핑백	shopping bag
掛鉤	갈고리 , 갈고리쇠	hook
盒子	함	box, tin
加熱器	가열기 , 히터	heater
加濕器	가습기	humidifier
家具	가구	furniture
• 一件家具	가구 한 점	a piece of furniture
架子	선반	shelf
烤箱	오븐	oven
垃圾桶	쓰레기통	garbage bin
垃圾箱	쓰레기통	dustbin
蠟	초	wax
籃子	바구니	basket
冷凍櫃	냉동고	freezer
毛巾	수건 , 타월	towel
門墊	(현관의) 구두 흙털개	doormat
寢具	침구	bedding
清潔布	세척포	cleaning cloth
熱水器	온수기	water-heater
暖房裝置	냉각장치	radiator
掃帚	빗자루	broom
沙發	소파	sofa, divan
沙發被覆材料	실내 장식품	upholstery
手推車，活動車	손수레	cart, movable tray
書櫃	책장	bookcase
書架	책꽂이 , 서가	bookshelf
梳妝台	화장대	dressing table
刷子	솔 , 귀얄	brush
檯燈	탁상 스탠드	table lamp
毯子	담요	blanket
躺椅	라운지체어	recliner

燙衣板	다리미판	ironing board
拖把	대걸레 , 몹	mop
碗櫥，碗櫃	식기장 , 찬장	cupboard
微波爐	전자 레인지	microwave oven
衛生紙	휴지	toilet paper
吸塵器	진공 청소기	vacuum cleaner
洗碟布	행주	dish cloth
洗碗機	접시 닦는 기계	dishwasher
洗衣房	세탁장 , 세탁소	laundry
洗衣機	세탁기	washing machine
洗衣籃	빨래 광주리	laundry basket
香皂	비누	household soap
小地毯	깔개 , 융단	rug
寫字台	책상 , 사무용 테이블	writing desk
遙控器	리모컨	remote control
延長線路	연장 코드	extension cord
搖椅	흔들의자	rocking chair
衣服烘乾機	건조기 , 드라이어	clothes dryer
椅子	의자	chair
浴室秤	(욕실에 놓는) 체중 계	bathroom scale
灶具	주방 도구	stove element
折疊椅	접의자	folding chair
枕套	베갯잇	pillowcase
枕頭	베개	pillow
蒸汽熨斗	증기 다리미	steam iron
貯藏櫃	저장함	cabinet
裝飾	장식	decor, decoration
坐墊	방석	cushion

25.3 廚房用具與餐具

杯子	잔	cup
玻璃杯	유리잔	glass
擦菜板，磨碎器	강판	grater
餐巾	냅킨	napkin
叉子	포크	fork
茶杯	찻잔	teacup

茶杯托盤	쟁반	tray
茶碟	받침 접시	saucer
茶匙	찻숟가락	teaspoon
・ 一茶匙	한 찻숟가락의	teaspoonful
茶壺	찻주전자	teapot
長頸大肚水瓶	유리병	carafe
瓷器	도자기	china
打蛋器	달걀교반기	egg-beater
大壺，罐	주전자 , 병	jug
大口酒杯	큰 컵	beaker, tumbler
刀	칼	knife
・ 刀把	칼자루	handle
・ 刀具	칼붙이	cutlery
・ 刀刃	칼날	blade
・ 刀身	칼 몸	blade
搗碎器	매셔	masher
放盤架	접시걸이	plate-rack
蓋子	뚜껑	lid
乾燥器	건조기	dryer
缸子	찻잔	mug
工具	공구	tools
罐頭	깡통	can
罐子	깡통 , 양철통 , 동이 , 단지 , 항아리	pot
胡椒瓶	후추병	pepper container
花瓶	꽃병	vase
家庭用具	가정용품	household articles
煎鍋	프라이팬	frying pan
絞肉機	잘게 써는 기계	mincer
攪拌器	믹서	blender, mixer
酒杯	술잔	drinking glass
酒罐	술단지	drinking can
臼，搗缽	모르타르	mortar
咖啡壺	커피 포트	coffee pot
開瓶器	병따개	bottle opener
開塞鑽	코르크 마개뽑이	corkscrew
砍刀	잘게 써는 식칼	chopping (butcher's) knife

烤麵包機	토스터	toaster
烤盤	프라이팬	pan
量杯	계량컵	measuring cup
量勺	계량숟가락	measuring spoon
濾器，漏勺	여과기	colander
麵包籃	빵 바구니	bread basket
麵粉過濾器	밀가루 체	flour sifter
木塞套	병막개	cork cap
木勺	나무 숟가락	wooden spoon
牛奶罐	우유 단지	milk jug
盤子	접시	dish
烹飪鍋	냄비	cooking pot
平底鍋	팬	pan
瓶子	병	bottle
‧瓶裝的	병에 담은, 병에 든	bottled
葡萄酒杯	포도주 잔	wine glass
器皿	기구	utensil
淺碟	소스 냄비	saucepan
沙拉碗	샐러드용 접시	salad bowl
砂鍋	캐서롤	casserole
勺子	국자	ladle
食譜	요리책	recipe
收音機	라디오	radio
水杯	물잔	water glass
水果盤	과일 접시	fruit bowl
水壺	주전자	kettle
湯匙	숟가락, 스푼	spoon
糖碗	설탕 그릇	sugar bowl
甜食叉	디저트용 포크	dessert fork
甜食盤	디저트용 접시	dessert dish
桶	들통, 버킷	pail
土豆搗爛器	감자 으깨는 기구	potato masher
土豆去皮刀	감자 껍질을 벗기는 기구	potato peeler
托盤，(用來送食物的)小台	쟁반	tray, trolley
碗	그릇	bowl
錫箔紙	은박지	tinfoil

壓力鍋，蒸鍋	압력 솥	pressure cooker, steamer
牙簽	이쑤시개	toothpick
鹽瓶	소금 병	salt container
奶瓶	젖병	baby bottle
鑰匙	열쇠	key
堅果鉗	(호두 까는) 집게	nutcracker
砧板	도마	chopping board
桌布	식탁보	tablecloth

25.4 裝置與工具

扳手	렌치	wrench
保險絲	퓨즈	fuse
· 燒斷保險絲	퓨즈가 타서 끊어지 다	blow a fuse
刨子	대패	plane
壁紙	벽지	wallpaper
插銷	빗장, 빗장쇠	bolt
插頭	플러그	plug
插座	소켓	electric outlet
錘子	망치, 장도리	hammer
銼刀	줄	file
大頭錘	나무메 ; 공치는 망치	mallet
燈泡	전구	light bulb
電	전기	electricity
釘子	못	nail
· 釘	못을 박다	nail
工具	도구, 공구	tool
供暖	난방하다	heating
管線系統	배관	plumbing
光	빛	light
輥子	롤러	roller
換氣扇，排風扇	환기팬, 환기용 선풍 기, 통풍기	stove air vent
夾鉗	펜치	clamp
金屬器件	철물	hardware
金屬絲，電線	철사, 전선	wire
· 線路	회로	wiring

鋸子	톱	saw
絕緣	절연	insulation
空調	에어컨	air conditioning
螺絲	나사	screw
螺絲刀	드라이버 , 나사돌리개	screwdriver
・擰上 , 鎖上	나사로 죄다	screw
・卸下	내리다 , 벗기다 , 떼다	unscrew
煤氣 , 瓦斯	가스	gas
漆	페인트	paint
・亮光漆	마무리용 광택 도료	gloss paint, varnish
・漆刷	브러시	paint brush
・刷漆	페인트를 칠하다	paint
・油漆未乾	칠 주의 !	wet paint
鉗子	집게 , 펜치	pliers, tongs
砂紙	샌드페이퍼	sandpaper
手電筒	손전등	flashlight
・電池	배터리	battery
為家配備家具	가구를 갖추다	furnish one's home
鑿子	끌 , 정	chisel
遮蔽膠帶	마스킹 테이프	masking tape
轉接器	어댑터 ; 접속 소켓	adapter
鑽頭	드릴의 비트	drill

25.5 公寓

出口	출구	exit
・緊急出口	화재 비상구	emergency exit
出租	세주다 , 세를 놓다	lease
・租	임대하다	rent
公寓房間	아파트	apartment
電梯	엘리베이터 , 승강기	elevator
翻修 , 翻新	개축하다	renovate
房客	세 든 사람 , 임차인	tenant
房東	집주인	landlord
承租人	세 든 사람	lodger
房租	집세	rent

中文	韓文	英文
· 逾期房租費	미불임대료	overdue rental
廢物處理	폐기물 처리, 폐기 처분	waste-disposal
公寓樓	아파트 빌딩	apartment building
公寓套間	분양 아파트	condominium
樓層	층수	floor level
· 一樓	1 층	ground floor
樓房	빌딩	building
樓房正門	빌딩의 정문	main door of a building
樓梯間	계단통	staircase, stairwell
內部通話系統	기내 통신	intercom
驅逐(租戶等的)	축출, 쫓아냄	eviction
入口,大門	입구, 대문	entrance
修理	수리하다	repair

25.6 其他家居詞彙

在家	집에 있다	at home
建造	건축하다, 짓다	build
買	사다	buy
打掃,清洗	청소하다	clean
收拾桌子	치우다	clear the table
沖洗	물로 씻어 내다	flush
容納	수용하다, 받아들이다	house
住在	…에서 살다	live in
住戶,屋主	집주인	householder, house owner
熨燙	다리미질하다	iron
鑰匙	열쇠	key
搬,移動	옮기다	move
搬家	이사하다	moving (residence)
褓姆	가정부	nanny
管家	가옥 관리인	housekeeper
賣	팔다	sell
擺桌子	식탁을 차리다	set the table
洗	씻다, 빨래하다, 세탁하다	wash

| 洗碗 | 설거지하다 | wash dishes |

26 · 餐飲

26.1 烹調

菜譜	요리책	recipe
菜單	메뉴	menu
大淺盤	큰 접시	platter
倒，灌	따르다, 붓다, 쏟다	pour
多汁的	즙 많은, 수분이 많은	juicy
飯菜	음식	food
腐爛的	썩다	rotten
醬汁	소스	sauce
煎得嫩的，三分熟的	설익다	rare *(meat)*
攪拌	휘젓다, 반죽하다	stir, mix
開胃品	안주, 전채	appetizer
烤	불에 굽다	roast
烤焙的	굽은	broiled
苦的	쓰다	bitter
辣的	맵다	spicy, hot
裡脊	등심	filet
美味的	맛있다	tasty
牛排	스테이크	steak
排骨	갈비	chop, cutlet
配菜	반찬	side dish
烹調	요리	cuisine
皮	껍질	skin
切，剁	자르다	cut
切成片	썰다	slice
全熟的	잘 익다, 춘분히 요리하다	well-done
沙拉	샐러드	salad
燒烤的	구운, 그을은	grilled

什錦沙拉	갖가지 샐러드	mixed salad
熟的	익다	ripe
酸的	시다	sour
甜的	달다	sweet
填塞	메우다	stuff
腿肉	다리 고기	leg *(chicken, turkey, etc.)*
味淡的	싱겁다	mild
鹹的	짜다	salty
削	깎다 , 벗기다	peel
胸肉	가슴살	breast *(chicken, turkey, etc.)*
宴會	연회	banquet
一餐，膳食	한 끼니	meal
· 吃快餐	스낵을 먹다	have a snack
· 吃午餐	점심을 먹다	have lunch
· 吃早餐	아침을 먹다	have breakfast
· 吃正餐	정찬을 먹다	have dinner
· 快餐	스낵	snack
· 午餐	점심	lunch
· 早餐	아침	breakfast
· 正餐	정찬	dinner
一道菜	한 접시 (의 요리)	course, dish
· 第一道菜	첫번째의 코스 요리	first dish
· 第二道菜	두번째의 코스 요리	second dish
一份	일인분	portion, helping
炸，煎，炒	튀기다 , 볶다	fry
· 炸的，煎的，炒的	튀긴 , 프라이한	fried
炸薯條	감자튀김	French fries
煮	끓다	boil
煮菜	밥하다	cook

26.2 麵食、米飯和湯

大醬湯	된장찌개	bean-paste soup
米糕	떡	rice cake
· 炒年糕	떡볶이	rice cakes in hot sauce

· 年糕湯	떡국	rice-cake soup
速食麵	라면	instant noodles
餛飩	혼돈자	won ton
餃子	물만두	dumplings
饅頭	찐빵	steamed bread
米腸	순대	Korean sausage
米飯	밥	rice
麵類	파스타	pasta
麵條	국수	noodles
濃湯	걸쭉한 수프	soup (thick)
肉湯（稀湯）	고기탕 / 묽은 수프	broth
湯	수프 , 국	soup
鬆餅	송편	half-moon-shaped rice cake
調味汁	조미료	sauce
通心麵	마카로니	macaroni
義大利麵	스파게티	spaghetti

26.3 麵包、穀物與糕點

餅乾	비스킷	biscuit
薄脆餅乾	크래커	cracker
大麥	보리	barley
大米	쌀	rice
蛋糕	케이크	cake
穀物	곡물	grain
果汁牛奶凍	샤베트	sherbet
麵包	빵	bread
麵包棍	가는 막대 모양의 딱딱한 빵	breadstick
麵粉	밀가루	flour
麵條	국수	noodles
派	파이	pie
曲奇，甜餅乾	쿠키	cookie
全麥麵包	통밀빵	whole-wheat bread
漢堡	햄버거	hamburger
三明治	샌드위치	sandwich
小麥	밀	wheat

| 燕麥 | 귀리 , 연맥 | oat |
| 玉米 | 옥수수 | corn |

26.4 肉類

肝	간	liver
火雞	칠면조 고기	turkey
火腿	햄	ham
雞肉	닭고기	chicken
什錦冷盤	얇게 저며 익힌 냉육	cold cuts
牛排	소갈비	steak
牛肉	소고기	beef
培根	베이컨	bacon
肉	고기	meat
香腸	소시지	sausage
小牛肉	송아지 고기	veal
鴨	오리	duck
羊肉	양고기	mutton
豬排骨	돼지갈비	pork chop
豬肉	돼지고기	pork

26.5 魚/海鮮

貝類	조개	shellfish
對蝦	참새우 무리	prawn
鯡魚	청어	herring
蛤	대합조개	clam
鮭魚，三文魚	연어	salmon
海鮮	해산물	seafood
金槍魚	참치 , 다랑어	tuna
龍蝦	바닷가재	lobster
鰻魚，鱔魚	뱀장어	eel
牡蠣	굴	mussel, oyster
沙丁魚	정어리	sardine
鰨魚，比目魚	서대기	sole
鯷魚，鳳尾魚	멸치	anchovy
蝦	새우	shrimp
鱈魚	대구	cod
• 鱈魚乾	말린 대구	dried cod

魷魚	오징어	squid
魚	생선	fish
魚子醬	젓갈	caviere
鱒魚	송어	trout

26.6 蔬菜

> 參見10.5。

26.7 乾果和水果

> 參見10.4。

26.8 奶製品和甜品

冰淇淋	아이스크림	ice cream
布丁	푸딩	pudding
煎蛋餅，煎蛋捲	오믈렛	omelet
蛋	계란	egg
蜂蜜	(벌) 꿀	honey
攢奶油	휘핑 크림	whipping cream
果醬	마멀레이드 , 잼	marmalade, jam
黃油	버터	butter
起司	치즈	cheese
奶油	크림	cream
牛奶	우유	milk
牛奶製品	유제품	dairy product
巧克力糖	초콜릿 캔디	chocolate candy
酸奶，優格	요구르트	yogurt
糖果	캔디	candy
甜食	디저트 , 후식	dessert

26.9 調味品

薄荷	박하	mint
蔥	파	scallion
醋	식초	vinegar
大茴香	팔각 , 아니스	anise

大蒜	마늘	garlic
蛋黃醬，美乃滋	마요네즈	mayonnaise
番茄醬	케첩	ketchup
蜂蜜	벌꿀	honey
果醬	잼	jam
荷蘭芹	파슬리	parsley
胡椒	후추	pepper
薑	생강	ginger
醬油	간장	soy sauce
芥末	겨자	mustard
辣椒醬	고추장	chili sauce
羅勒	나륵풀	basil
迷迭香	로즈메리	rosemary
牛至	오레가노 , 꽃박하	oregano
肉桂	육계피 , 계피	cinnamon
糖	설탕	sugar
香草	바닐라	vanilla
香料，調味品	양념	spice
香葉	제라늄	herb
鹽	소금	salt
油	기름	oil

26.10 酒水飲料

茶	차 , 홍차	tea
• 菊花茶	국화차	chrysanthemum tea
柳橙汁	오렌지 주스	orangeade
果汁	주스	juice
咖啡	커피	coffee
• 加奶咖啡	밀크커피	(coffè) latte
• 卡布奇諾咖啡	카푸치노	cappuccino
• 蒸餾咖啡	에스프레소 커피	espresso coffee
礦泉水	광천수	mineral water
• 非碳酸的	비탄산	non-carbonated
• 碳酸的	탄산	carbonated
可口可樂	(콜카) 콜라	Coca-Cola
烈酒	리큐어	liqueur

檸檬水	레모네이드	lemonade
啤酒	맥주	beer
• 散裝啤酒，鮮啤酒	생맥주	draft beer
葡萄酒	와인	wine
燒酒	소주	liquor
威士忌	위스키	whisky
• 冰塊	아이스 , 얼음덩이	ice cube, ice block
飲料	음료수	drink, beverage
• 酒精飲料	알코올 음료	alcoholic beverage
• 清涼飲料	비알콜성 음료	soft drink
雪碧	사이다	Sprite

26.11　餐桌

杯	잔 , 컵	cup
餐巾	냅킨	napkin
餐具	식기	tableware
餐桌	식탁	table
叉	포크	fork
茶匙	찻숟가락	teaspoon
刀	칼	knife
酒杯	술잔	drinking glass
盤子	접시	plate
瓶	병	bottle
葡萄酒杯	포도주잔	wine glass
淺碟	접시	saucer
水瓶	물병	water bottle
湯匙	스푼 , 숟가락	spoon
托盤	쟁반 , 차반	tray
碗	그릇	bowl
牙籤	이쑤시개	toothpick
銀器	은기 , 은제품	silverware
紙杯	종이컵	paper cup
桌布	식탁보	tablecloth

26.12　在外用餐

菜單內容，見上26.1-2；各種食品選擇，見26.3-10。

擺放餐桌	식사를 챙기다	set the table
披薩餅店	피자점	pizza parlor
菜譜	메뉴	recipe
餐館	식당 , 음식점	restaurant
餐廳	레스토랑	restaurant
稱重	무게를 달다	weigh
吃	먹다	eat
• 吃快餐	스낵을 먹다	have a snack
• 吃晚餐	저녁을 먹다	have dinner
• 吃午餐	점심을 먹다	have lunch
倒	쏟다 , 따르다	pour
點餐	시키다	order
餓	배고프다	be hungry
發票	영수증	receipt
服務	서비스	service
• 服務	서비스하다	serve
服務費	서비스료	cover charge
服務員	종업원 , 웨이터	waiter
• 女服務員	웨이트리스	waitress
喝	마시다	drink
花費	걸리다 , 소비하다	cost
價格	가격	price
酒吧服務員	바텐더	bartender
酒水單	와인 리스트	wine list
開胃	식욕을 돋우다	appetizing
渴	목마르다	be thirsty
快餐店	패스트푸드점	snack bar
食品店	식품점	shop for food
烹飪	만들다 , 요리하다	cook
片	조각	slice
收拾桌子	식탁을 치우다	clear the table
外帶，外賣	배달하다	take out
削皮	껍질을 벗기다	peel
小費	팁	tip
• 付小費	팁을 주다	tip
預訂	예약	reservation
• 預訂的	예약하다	reserved

帳單	계산서 , 명세서	bill, check
祝酒，敬酒	축배 , 건배	toast
自助餐廳	뷔페	cafeteria

26.13 副食商店

保健食品店	건강식품점	health food store
冰淇淋屋，冰店	아이스크림 가게	ice cream parlor
超大型自助商場	하이퍼마켓	hypermarket
超級市場	슈퍼마켓	supermarket
糕點鋪，蛋糕房	케이크 점	pastry shop
酒館，酒店	포도주 전문 술집	wine shop
麵包店，麵包房	빵집	bread store, bakery
肉店	정육점	butcher shop
乳品店	유제품을 파는 집	dairy shop, milk store
商店，商場	가게 , 상점	store
食品店	식품점	food store
熟食店	조제 식품 판매점	delicatessen
魚店	생선가게	fish shop

26.14 描述食品與飲料

貴的	비싸다	expensive
好的	좋다	good
壞的	나쁘다	bad
烤的	굽다	baked
可口的	맛있다	tasty
冷的	차다	cold
便宜的	싸다	cheap
熱的	뜨겁다	hot
適中的	알맞다	mild
酸的	시다	sour
甜的	달다	sweet
鹹的	짜다	salty
炸的	튀기다	fried

27 · 購物

27.1 基本詞彙

百貨商店	백화점	department store
包，袋	백 , 가방	bag
包裝	포장	wrap, pack
報攤	신문 가판대	newspaper stand
倉庫	창고	warehouse
產品	제품	product
· 產品範圍	제품 범위	range of products
陳列，展示	전시하다	display, exhibition
出口	출구	exit
電梯	엘리베이터	elevator
排隊	줄	queue, lineup
付款	계산하다	pay
· 現金	현금	cash
· 信用卡	신용카드	credit card
· 支票	수표	check
更換	바꾸다	exchange
購買	구입하다 , 구매하다	purchase
古董店	골동품점	antique shop
顧客	고객	customer
· 主顧	단골	clientele
櫃檯	카운터	counter
花費	소비하다 , 쓰다	cost
· 多少錢？	얼마예요 ?	How much is it?
· 這個要花多少錢？	이게 얼마예요 ?	How much does it cost?
· 這個值多少錢？	이게 얼마예요 ?	How much does it come to?
價格	가격	price
· 定價	정가 , 가격	fixed price
· 貴的	비싸다	expensive
· 價目表	가격표	price list
· 價簽	정가표	label, price tag
· 減價	할인	reduced price
· 便宜的	싸다 , 저렴하다	inexpensive
· 折扣	할인	discount
· 值錢的	값지다 , 값나가다	costly
競爭	경쟁	competition

禮品	선물	gift
零錢	잔돈	change *(money)*
零售	소매	retail
· 零售價格	소매가격	retail price
買	사다	buy
拿回	가져오다	take back
拿來	가져오다	bring
批發	도매하다	wholesale
· 批發價格	도매가격	wholesale price
品牌	브랜드	brand
缺貨	매진	lack
入口	입구	entrance
商店，店鋪	상점, 가게	store, shop
· 打烊時間	폐점시간	closing time
· 店主	가게주인	shopkeeper
· 購物	쇼핑하다	shopping
· 逛商店	거리 구경을 하다	stroll the store
· 連鎖店	체인 스토어	chain store
· 商店櫥窗	가게의 진열창	shop window
· 售貨員，店員	점원	store clerk
· 停止營業	문을 닫다	closed
· 營業時間	영업 시간, 개점 시간	opening time
· 正在營業，開始營業	영업중, 문을 열다	open
商品	상품	merchandise
商品部	상품부	department
收據	영수증	receipt
收銀機	금전 등록기	cash register
· 收銀員	수납	cashier
送貨	배달	delivery
· 送貨上門	택배	home delivery
條碼	바코드	bar code
條碼掃讀器	바코드 판독기	bar-code reader
跳蚤市場	벼룩시장	flea market
亭子，攤	정자, 키오스크	kiosk, booth
退貨	반품	return
退款	환불	refund
· 退款	환불하다	refund
銷售	판매하다	sale

・出售	팔다	sell
・打折銷售	팔려고 내놓다	on sale
・待售	팔려고 내놓다	for sale
・清倉拍賣	바겐세일하다	on liquidation sale
尋找	찾다	look for
樣品	샘플	sample
帳單	명세서	bill
自動扶梯，電扶梯	에스컬레이터	escalator

27.2 文具店

另見42.3。

包裝紙	포장지	wrapping paper
彩色顯示器	컬러 모니터	color monitor
影印機	복사기	photocopying machine
影印社	복사가게	photocopy shop
鋼筆	만년필 , 펜	pen
公告板	게시판	notice board
公文包	서류가방	briefcase
活頁夾	링 바인더	ring binder
相容軟體	호환성 소프트웨어	compatible software
剪刀	가위	scissors
膠水	풀	glue
蠟筆	크레용	crayon
鉛筆刀	연필깎기	pencil sharpener
迴紋針	클립 , 종이끼우개	paper clip
掃描器	스캐너	scanner
文具店	문방구	stationery store
細繩	노끈	string
橡皮擦	지우개	eraser
橡皮筋	고무 밴드	rubber band
信封	봉투	envelope
信紙簿	편지지	writing pad
螢光筆	하이라이터	highlighter
原子筆	볼펜	ballpoint pen
紙	종이	paper

• 一令紙	종이 한 연	a ream of paper
• 一張紙	종이 한 장	a sheet of paper

27.3 服裝

背心	조끼	vest
裁縫	재봉	tailor
襯衣	셔츠	shirt
• 女襯衣	블라우스	blouse
尺碼	사이즈	size
大衣	외투	coat
• 長大衣	오버코트	overcoat
• 毛皮大衣	모피코트	fur coat
方形披肩	숄	shawl
風衣	스프링 코트	wind-breaker
服裝	복장	clothes *(in general)*
服裝店	옷가게	clothing store
• 男裝店	남성의류점	men's clothing store
• 女裝店	여성의류점	women's clothing store
更衣室	피팅룸	dressing room
褲子	바지	pants
• 短褲	반바지	shorts
• 滑雪褲	스키 바지	ski pants
• 緊身連褲襪	팬티 스타킹	pantyhose, tights
內褲	팬츠 , 속바지	underpants, under-wear
領帶	넥타이	tie
(蝶形) 領結	나비넥타이 , 보타이	bow tie
毛衣	스웨터	sweater
內衣	속옷	undershirt
裙子	치마	skirt
• 百褶裙	주름치마	pleated skirt
• 襯裙	속치마	underskirt
• 連衣裙	원피스	dress
三角褲	브리프 , 짧은 팬츠	briefs
上衣	재킷	jacket
• 單排扣上衣	한 줄 단추가 달린 재킷	single-breasted jacket

‧ 雙排扣上衣	두 줄 단추가 달린 재킷	double-breasted jacket
‧ 運動上衣	스포츠 재킷	sports jacket
時裝	패션	fashion
手絹	손수건	handkerchief
手套	장갑	glove
睡衣	파자마 , 잠옷	pajamas, nightdress
T 恤衫，短袖衫	T 셔츠	T-shirt
圍裙	앞치마	apron
西服	양복	suit
‧ 男西服	신사복	men's suit
‧ 女西服	숙녀복	women's suit
‧ 一套西服	양복 한 세트	suit (complete)
新郎禮服	결혼예복	wedding suit
新娘婚紗	웨딩 드레스	wedding dress
胸罩	브라	bra
腰帶	허리띠	belt
衣服	옷	garment, dress
游泳褲	수영 팬티	swimming trunks
游泳帽	수영 모자	swimming cap
游泳衣	수영복	swimming suit
雨衣	레인코트 , 비옷	raincoat
浴衣	목욕가운	bathrobe

27.4 描述服裝

布料	옷감	material
長的	길다	long
沉的	무겁다	heavy
醜的	밉다	ugly
穿，著裝	입다	dress, get dressed
穿戴	입고 쓰다	wear
穿上（衣服）	입어보다	put on (clothes)
搭扣	버클	buckle
大的	크다	big
斑點	반점	spot
訂製的服裝	복장을 주문하여 만 들다	made-to-measure suit
洞，孔	구멍	hole
短的	짧다	short

仿麂皮	스웨드	suede
縫	바느질하다	sew
格子花的	체크무늬의	checkered
光滑的	매끄럽다	smooth
華麗的	화려하다	sporty
化纖	섬유	fiber
加長	길게 하다	lengthen
加大	확대하다, 크게 하다	enlarge
緊的	꼭 끼다	tight
緊身的	몸에 꼭 끼다	tight-fitting
寬鬆的	헐렁하다	loose-fitting
蕾絲，花邊	레이스	lace
領子	칼라, 깃	collar
棉	목화	cotton
免燙	영구 가공	permanent press
尼龍	나일론	nylon
你穿著不好看。	너랑 잘 안 어울려.	It looks bad on you.
你穿著好看。	너랑 잘 어울려.	It looks good on you.
鈕扣	단추	button
皮革	가죽	leather
漂亮的	아름답다	beautiful
輕的	가볍다	light
柔軟的	부드럽다	soft
試穿	입어보다	try on
收緊	팽팽하게 하다	tighten
絲	실크	silk
縮短	짧게 하다	shorten
天鵝絨	벨벳	velvet
條紋的	줄무늬가 있다	striped
脫掉（衣服）	벗어버리다	take off (clothes)
小的	작다	small
袖口鏈扣	커프스 단추	cuff-links
袖子	소매	sleeve
亞麻布	아마포	linen
羊毛的	양털	woolen
髒的	더럽다	dirty
氈	펠트, 모전	felt

針腳	한 바늘	stitch
織物	직물	fabric
最新款式的	최신의 스타일	in the latest style

27.5 鞋帽店

長筒襪	스타킹	stocking
涼鞋	샌들	sandal
帽子	모자	hat
· 便帽，無邊帽	약모	cap
· 草帽	밀짚모자	straw hat
· 風帽	두건	hood
· 氈帽	중절모 , 펠트 모자	felt hat
男鞋	남자용 신발	men's shoes
女鞋	여자용 신발	women's shoes
皮鞋	구두	leather shoes
絨面革皮鞋	스웨드 구두	suede shoes
體操鞋，球鞋	운동화	gym shoes
拖鞋	슬리퍼	slipper
襪子	양말	sock
網球鞋	테니스화	tennis shoes
鞋	신발	shoe
· 穿鞋	신발을 신다	put on shoes
· 脫鞋	신발을 벗다	take off shoes
鞋拔	구둣주걱	shoe horn
鞋帶	신발끈	shoelace
鞋底	신발 밑바닥	sole
鞋店	구둣방	shoe store
鞋跟	힐	heel
· 低跟的	로힐	low-heeled
· 高跟的	하이힐	high-heeled
· 平跟的	굽 낮다	flat-heeled
鞋號	신발의 문수	shoe size
鞋類	신발류	footwear
鞋油	구두약	shoe polish
修鞋店	구두수선집	shoe repair shop
靴子	부츠	boot

27.6 化妝品店

保濕露	보습제	moisturizer
除臭劑	방취제	deodorant
吹風機	헤어 드라이어	hairdryer
髮夾	머리핀	hairpin
髮膠	헤어 스프레이	hairspray
髮乳	헤어 크림	hair cream
髮網	헤어네트	hairnet
古龍香水	콜로뉴	cologne
護手霜	핸드크림	hand cream
化妝	메이크업	makeup
化妝品	화장품	cosmetic, toiletries
香水店	향수점	perfume shop
假髮	가발	wig, hair piece
睫毛膏	마스카라	mascara
捲髮器	컬 클립	curler
抗皺霜	주름개선크림	anti-wrinkle cream
口紅	립스틱	lipstick
美甲，修指甲	네일아트	manicure
面霜	크림	facial cream
鑷子，拔毛鉗	핀셋	tweezers
撲粉	파우더	face powder
染髮劑	머리 염색약	hair-dye
乳液	로션	lotion
腮紅	볼터치	blush, rouge
梳子	빗	comb
刷子	솔	brush
霜	크림	cream
爽身粉	활석가루	talc, talcum powder
刮鬍刀	면도기	razor
• 電動刮鬍刀	전기 면도기	electric razor
刮鬍刀片	면도날	blade
刮鬍膏	면도 크림	shaving cream
脫毛膏	탈모제	hair remover
洗髮精	샴푸	shampoo
洗浴鹽，浴用鹽	목욕소금	bath salts
洗浴油	목욕유	bath oil
香水	향수	perfume
香皂	비누	soap

眼線筆	아이라이너	eyeliner
眼影	아이섀도	eye shadow
指甲刀	손톱깎이	nail clipper
指甲銼刀	손톱줄	nail file
指甲油	매니큐어	nail polish

27.7 首飾店

寶石	보석	gemstone
· 紅寶石	홍옥 , 루비	ruby
· 黃寶石	황옥	topaz
· 藍寶石	사파이어	sapphire
· 綠寶石	에메랄드	emerald
· 貓眼石	묘안석	opal
垂飾，掛件	펜던트	pendant
耳環	귀걸이	earring
貴重的	귀중하다	precious
假的	가짜	false
戒指	반지	ring
· 寶石戒指	보석 반지	jewel ring
· 訂婚戒指	약혼반지	engagement ring
· 結婚戒指	결혼반지	wedding ring
· 金戒指	금반지	gold ring
· 銀戒指	은반지	silver ring
金	금	gold
克拉	캐럿	carat
鏈子	쇠사슬	chain
人造的	인조의 , 인공의	artificial
珊瑚	산호	coral
手鐲	팔찌	bracelet
項鍊	목걸이	necklace
象牙	상아	ivory
胸針	브로치	brooch
修理	수리	fix, repair
銀	은	silver
珍珠	진주	pearl
真的	진짜	true
鐘錶	시계	timepiece
· 錶帶	밴드	band

· 錶盤	문자판	dial
· 彈簧	용수철	spring
· 男錶	남자시계	men's watch
· 鬧鐘	자명종	alarm clock
· 女錶	여자시계	women's watch
· 上弦	태엽감다	wind
· 石英錶	석영시계	quartz watch
· 石英鐘	석영시계	quartz clock
· 手錶	시계	watch
· 腕錶	손목시계	wristwatch
· 指針	바늘	hand
· 鐘	종	clock
· 鐘錶匠	시계사	watchmaker
珠寶	보석	jewel
珠寶店	보석가게	jewelry store
珠寶商	보석상	jeweler
鑽石	다이아몬드	diamond

27.8 煙草店

抽煙	담배를 피우다	smoke
打火機	라이터	lighter
火柴	성냥	match
香煙	담배	cigarette
雪茄	시가	cigar
煙草	연초	tobacco
煙草店	연초점	tobacconist
煙斗	담뱃대	pipe
煙頭	꽁초	cigarette butt

27.9 藥店

阿司匹林	아스피린	aspirin
鎮定劑	진정제	tranquilizer
安眠藥	수면제	sleeping pill
巴比妥類藥物	바르비투르산염	barbiturate
保險套	콘돔	condom
繃帶	붕대	covering, bandage
避孕藥	피임약	contraceptive pill

補藥	보약	tonic
處方	처방전	prescription
滴劑	적제	drop
碘酊，碘酒	옥도정기	tincture of iodine
錠劑	정제	pastille
粉藥	가루약	powder
敷藥	바르는 약, 외용약	dressing
拐杖	지팡이	crutch
急救	응급 치료	first aid
劑量	복용량	dosage
抗生素	항생 물질	antibiotic
可的松	코르티손	cortisone
檸檬酸鈉	구연산나트륨	sodium citrate
青黴素	페니실린	penicillin
祛痰劑	거담제	expectorant
乳膏	연고	cream
紗布	가제	gauze
栓劑	좌제, 좌약	suppository
碳酸氫鈉，小蘇打	중탄산 나트륨	sodium bicarbonate
體溫計	체온계	thermometer
維生素	비타민	vitamin
衛生棉	생리대	sanitary napkins
橡膠手套	고무 장갑	rubber gloves
小藥水瓶	작은 유리병	phial
瀉藥	설사약	laxative
懸帶	삼각건	sling
牙刷	칫솔	toothbrush
牙線	치실	dental floss
眼藥水	안약	eye drop
藥店	약국	pharmacy
藥膏	연고, 고약	ointment
藥劑	약제	medicine
藥劑師	약사	pharmacist
藥片	약	tablet
藥品	약품	medicine
藥丸	알약, 환약	pill
醫用黏著性繃帶	반창고	adhesive bandage
胰島素	인슐린	insulin

鎮定藥	진정제	sedative
止咳糖漿	진해 시럽 , 기침약	cough syrup
止痛劑	진통제	painkiller
治標的	완화하다	palliative
注射劑	주사제	injection

27.10 書局

百科全書	백과 전서	encyclopedia
報紙	신문	newspaper
參考書	참고책	reference book
草草瀏覽	대충 훑어보다	leaf through
暢銷書	베스트셀러	bestseller
出版	출판하다	publish
出版社	출판사	publisher
傳說	전설	legend
詞典	사전	dictionary
地圖	지도	map
讀物	도서	reading
讀者	독자	reader
風格，類型	장르 , 유형	genre
封面	속표지	cover
諷刺	풍자	satire
附錄	부록	appendix
故事	이야기 , 설화	tale
護封	책 커버	dust jacket
回憶錄	회고록 , 회상록	memoirs
集（連續劇的）	회	episode
集（文藝作品等的）	집	collection
技術書籍	기술 서적	technique books
平裝書	페이퍼백 책	paperback book
劇，戲	연극	play
・場（戲劇的）	막 , 신	scene
劇作家	극작가	playwright
卷，冊	권 , 책	volume
課本	교과서	textbook
課文	본문	text
論文	논문	treatise, dissertation

漫畫書	만화책	comic book
目錄	목록 , 차례	table of contents
批評	비평하다	criticism
期刊	정기 간행물	periodical
情節	줄거리 , 플롯	plot
人物	인물	character
日報	일보	daily newspaper
日記	일기	diary
散文	산문	prose
神話	신화	myth
· 神話集	신화집	mythology
詩歌	시가	poetry
· 詩	시	poem
· 詩節	절 , 연	stanza
· 詩人	시인	poet
· 詩行‧韻文	절 , 연	line, verse
· 詩學	시학	poetics
· 十四行詩	소네트	sonnet
· 頌詩	송시	ode
食譜	요리책	recipe book
書局	서점	bookstore
書名	서명	title (of a book)
書目	서목	catalogue
隨筆	수필	essay
索引	인덱스 , 색인	index
童話	동화	fairy tale
圖書	도서	book
圖書館	도서관	library
文盲	문맹	illiterate person
文體	문체	style
· 文體學	문체론	stylistics
文學	문학	literature
喜劇	코미디	comedy
戲劇	연극 , 희곡	drama
小說	소설 , 이야기	novel, fiction
· 短篇小說	단편 소설	short story
· 間諜小說	스파이 소설	spy story
· 驚悚小說	괴기 소설	thriller

・科幻小說	과학공상 소설	science fiction
・探險小說	탐험 소설	adventure story
・懸疑小說	서스펜스 소설	mystery story
・偵探小說	탐정 소설	detective story
小說家	소설가	novelist
序言	서언 , 서문	preface
選集	선집	anthology
寓言	우화	fable
閱讀	열독하다	read
雜誌	잡지	magazine
・插圖雜誌，畫刊	삽화 잡지	illustrated magazine
・兒童雜誌	아동잡지	kids magazine
・黃色雜誌	도색 잡지	pornographic magazine
・女性雜誌	여성 잡지	women's magazine
・青少年雜誌	청소년 잡지	teen magazine
・時裝雜誌	패션잡지	fashion magazine
章	장	chapter
指南書	편람 , 안내서	guidebook
主題	주제	theme
著作	저작	writing
傳記	전기	biography
自傳	자전	autobiography
作家	작가	writer
作者	작자	author

27.11 唱片行

布魯斯	블루스	blues
唱片	음반	record
卡帶	테이프	(cassette) tape
歌劇	오페라	opera
歌曲	가요 , 노래	song
歌手	가수	singer
管弦樂隊	오케스트라	orchestra
管弦樂隊指揮	오케스트라 지휘자	orchestra conductor
光碟	CD	compact disc
節奏	리듬	rhythm
錄影帶	비디오	videocassette

錄影機	비디오 테이프 리코더	video recorder
攝影機	카메라	video camera
DVD 光碟片	DVD	DVD
說唱	랩	rap
舞曲	무도곡 , 무곡	dance music
協奏曲	콘체르토 , 협주곡	concerto
旋律	멜로디	melody
演奏者	연주자	performer
音，調	음 , 음조	tone
音符	음표	note
音樂	음악	music
・古典音樂	클래식 음악	classical music
・交響樂	교향곡	symphony
・爵士樂	재즈	jazz
・民間音樂	포크 음악	folk music
・輕音樂	경음악	light music
・室內樂	실내악	chamber music
・搖滾樂	락 음악	rock music
音樂會	음악회	concert
音樂家	음악가	musician
音樂學院	음악학교	conservatory
詠嘆調	아리아 , 연탄곡	aria
樂隊	밴드	band
樂譜	악보 , 보표 , 총보	score
樂譜架	악보대 , 보면대	music stand
樂器	악기	instrument
樂手	연주자	player
作曲	작곡	composition
作曲家	작곡가	composer

27.12 照相器材店

按鈕，快門	셔터	push button *(on a camera)*
暗房	암실	dark room
充電電池	충전지	rechargeable battery
記憶卡	메모리 카드	memory card
讀卡機	메모리 카드 리더	memory card reader

放大	확대	enlarge
負片	사진의 원판	negative
感光的	감광하다	photo-sensitive
幻燈片	슬라이드	slide
膠捲，軟片	필름	film
• 一卷膠捲	필름 한 통	a roll of film
焦距	초점 거리	focus
• 不聚焦	초점이 맞지 않다	unfocused
• 對焦	초점을 맞추다	focus
鏡頭	렌즈	lens
• 可變焦距鏡頭	줌 렌즈	zoom
拍攝	촬영	photographic shot
螢幕	스크린	screen
清楚	뚜렷하다	clear
取景器	접안 렌즈	viewer *(of a camera)*
三腳架	삼각대	tripod
閃光燈	플래시램프	flash
攝影機	비디오 카메라	video camera
攝影機	촬영기	movie camera
攝影者	카메라맨	photographer
數位攝影	디지털 촬영기	digital photography
數位相機	디지털 카메라	digital camera
數位照片	디지털 사진	digital photograph
物鏡	대물 렌즈	objective lens
洗印	필름 현상, 인화	process
顯影	현상	develop
相片	사진	photograph
• 彩色	컬러	color
• 黑白	흑백	black and white
影碟	비디오 디스크	video disc
影像	이미지	image
照相	사진을 찍다	take a photograph
照相機	카메라	camera

27.13 五金店

另見25.4。

變壓器	트랜스 , 변압기	transformer
插銷	빗장 , 빗장쇠	bolt
鏟鍬	삽	shovel
打孔器	펀치	punch
燈	등 , 등불	lamp
・電燈泡	전구	light bulb
・螢光燈	형광등	fluorescent lamp
・霓虹燈	네온사인	neon lamp
電池	배터리	battery
電的	전자의	electronic
電纜	케이블 , 전기의 코드	cable
電線	전선	wire
十字鎬	괭이	pick
工具	기구	tool
輥子	롤러	roller
機械的	기계적	mechanical
絕緣體	절연체	insulation
五金	철물	hardware
五金店	철물점	hardware store
油漆	페인트	paint

28 · 洗衣

布料	옷감	material
長的	길다	long
尺碼（衣服的）	사이즈	size (of clothes)
粗糙的	거칠다	rough
搭扣	버클	buckle
滌綸，聚酯	폴리에스터	polyester
洞，孔	구멍	hole
短的	짧다	short
法蘭絨	플란넬	flannel
縫補	바느질하다	mend
縫紉	재봉	sew
乾洗	드라이하다	dry cleaning
乾洗店	드라이 클리닝 가게	dry cleaner

光滑的	매끄럽다	smooth
漿	풀	starch
・上漿的	풀을 먹이다	starched
緊的	끼다	tight
緊身的	몸에 꼭 끼다	tight-fitting
寬鬆的	헐렁하다	loose-fitting
拉鎖	지퍼	fly, zipper
蕾絲，花邊	레이스	lace
毛料的	모직의	woolen
尼龍	나일론	nylon
鈕扣	단추	button
・扣眼	단춧구멍	buttonhole
破布	넝마 조각	rag
輕的	가볍다	light
清洗	씻다	clean
柔軟的	부드럽다	delicate, soft
燒焦	그슬리다, 태우다	scorch
條紋的	줄무늬가 있다	striped
透明的	투명하다	transparent
污漬	때	spot, stain
洗	씻다, 빨다	wash
・可洗的	세탁 가능한	washable
洗滌劑	세제	detergent
洗衣店	세탁소	laundry
・自助洗衣店	셀프서비스식 세탁소	launderette
洗衣粉	세제	soap powder
洗衣籃	세탁물 광주리	clothes basket
纖維	섬유	fiber
小的	작다	small
袖子	소매	sleeve
亞麻布的	린넨, 아마포	linen
一對，一雙	쌍	pair
衣兜，口袋	주머니	pocket
衣服	옷	clothes
衣服夾	빨래집게	clothespin
衣領	칼라, 깃	collar
熨	다리다, 다림질하다	iron

熨斗	아이론 , 다리미	iron
熨衣板	다리미 판	ironing board
髒的	더럽다	dirty
織補	깁다 , 꿰매다 , 짜깁다	stitch
織物	직물	fabric
重的	무겁다	heavy

29 · 美容美髮

肥皂	비누	soap
化妝	화장 , 메이크업	makeup
・化妝	화장하다	put on makeup
化妝品	화장품	cosmetic
剪刀	가위	scissors
睫毛膏	마스카라	mascara
捲髮	고수머리 , 파마	curls
捲髮夾	컬 클립	curlers
理髮師	이발사	barber, hairdresser
毛巾	타월 , 수건	towel, hand cloth
美容師	미용사	beautician
弄乾	말리다	dry oneself
清潔的 , 乾淨的	깨끗하다	clean
梳髮	머리를 빗다	comb one's hair
梳子	빗	comb
刷	브러시	brush oneself
刷子	솔	brush
剃 , 刮	깎다	shave
刮鬍刀	면도칼 , 면도날	razor
・電動刮鬍刀	전기면도기 , 세이버	electric razor
衛生	위생	hygiene
・衛生的	위생적이다	hygienic
洗髮	머리를 감다	wash one's hair
洗髮精	샴푸	shampoo
洗	씻다	clean oneself

洗臉	얼굴을 씻다 , 세면하다	wash one's face
洗澡	목욕하다 , 샤워하다	have a bath
香水	향수	perfume
・抹香水	향수를 바르다	put on perfume
牙膏	치약	toothpaste
牙刷	칫솔	toothbrush
髒的	더럽다	dirty
指甲油	매니큐어	nail polish

七、業餘生活

30 · 娛樂與愛好

30.1 業餘愛好

愛好	취미	hobby
編織	짜다	knit
草地滾球，木球	론볼링	lawn bowling
打賭	내기	bet
・打賭	내기하다	bet
打獵	사냥	hunting
・打獵	사냥하다	hunt, go hunting
呼啦圈	굴렁쇠	hoop
彈球機	핀볼기	pinball machine
電視遊戲	전자 게임	video game
釣魚	낚기	fishing
・釣魚	낚다	fish
・繞線輪	릴	reel
・魚餌	미끼	bait
・魚竿	낚싯대	rod
・魚鉤	낚시바늘	hook
・魚線	낚싯줄	line
賭博	도박 , 노름	gambling
放鬆	풀림 , 이완	relaxation
・放鬆	늦추다 , 힘을 빼다	relax, unwind
風箏	연	kite
・放風箏	연을 날리다	fly a kite
縫紉	바느질하다	sew
西洋棋	체스	chess
滑板	스케이트보드	skateboard
畫謎	숨은 그림찾기	rebus
集郵	우표수집	stamp collecting

馬戲團	서커스	circus
慢跑	조깅	jogging
謎語	수수께끼	riddle
魔術	마술	magic tricks
• 魔術師	마술사	magician
木偶劇	인형극	puppet theater
• 牽線木偶	망석중 , 꼭두각시	marionette
平底雪橇	터보건	toboggan, sleigh
翹翹板	시소	seesaw
鞦韆	그네	swings
賽馬	경마	horse-racing
骰子	주사위	die, dice
收藏	수장	collecting
• 收藏者	수장자	collector
輸	지다	lose
撞球	당구	billiards
• 撞球	당구 볼	billiard ball
• 撞球球桿	당구	billiard cue
• 撞球桌	당구대	billiard table
陶藝	도예	pottery
跳棋	다이아몬드 게임	checkers
• 跳棋棋子	다이아몬드 바둑돌	checker piece
投骰遊戲（尤茨）	윷놀이	a game of yut
娃娃	인형	doll
玩（遊戲）	게임하다	play (a game)
• 玩球（踢足球）	축구하다	play football (soccer)
• 玩跳繩	줄넘기를 하다	play skipping rope
玩具	완구 , 장난감	toy
• 電動玩具火車	장난감 기차	electric toy train
• 玩具兵	장난감 병정	toy soldier
• 玩具車	장난감 자동차	toy car
繡花	자수	embroidery
• 繡花	자수하다	embroider
贏	이기다	win
硬幣	동전	coin
• 集硬幣	동전 수집	coin collecting

遊戲	게임	game
娛樂活動	오락 활동	recreational activities
園藝	조원술, 원예	gardening
樂器	악기	musical instrument
・演奏（樂器）	(악기를) 연주하다	play (an instrument)
雜技演員	곡예사	acrobat
・小丑	어릿광대	clown
紙牌，撲克牌	포커하기	playing card
智力玩具	퀴즈	puzzle
捉迷藏	숨바꼭질	hide-and-seek
猜字謎遊戲	제스처 게임	charade
縱橫字謎遊戲	크로스워드 퍼즐	crosswords
走步	걷다	walk
作弊	커닝하다	cheat
・作弊	커닝	cheating
・作弊者	커닝하는 사람	cheater

紙牌遊戲

A 紙牌	에이스	ace
黑桃	스페이드	spade
紅桃	하트	heart
方塊	다이아몬드	diamond
梅花	클럽	club

西洋棋

王	킹	king
后	퀸	queen
象	비숍	bishop
車	루크	rook
馬	나이트	knight
兵	병	pawn
棋盤	체스판	chess board
棋子	바둑돌	chess piece, check
將死	외통 장군	checkmate

30.2 娛樂活動

參觀，拜訪	견학하다	visit

・參觀，拜訪	견학	visit
狄斯可	디스코	disco
電影	영화	movies
返回	돌아오다	return
酒吧	바 , 술집	bar
劇院，戲劇	극장	theater
聚會，聚餐	파티	party, feast
冷飲店	아이스크림 가게	ice cream parlor
・冰淇淋	아이스크림	ice cream
留下	남다	remain
散步	산책	walk, stroll
・散步	산책하다	walk
・閒逛	산책	stroll
射擊練習，打靶練習	사격 연습	target practice
算命先生	점쟁이	fortune teller
跳舞，舞蹈；舞會	댄스	dance
休閒	레저	leisure
邀請	초청	invitation
夜總會	나이트클럽	night club
音樂會	콘서트 , 음악회	concert
娛樂，玩樂	놀다	enjoy oneself, have fun
愉快時光，享受	향수	good time, enjoyment
約會	데이트	date

31 · 體育運動

奧林匹克運動會	올림픽 게임	Olympic Games
棒球	야구	baseball
・棒球場，內場	야구장	baseball diamond
・本壘	홈 베이스 , 본루	home base
・全壘打	홈런	home run; homer
・護胸	프로텍터 , 가슴받이	chest protector
・打擊者	타자	batter

・捕手面罩	포수 마스크	catcher's mask
・跑壘者	주자 , 러너	runner
・球棒	배트 , 타봉	bat
・手套	글러브	gloves
・頭盔	헬멧	helmet
・投球區土堆	마운드	mound
・投手	투수 , 피처	pitcher
・夜場比賽	나이트 게임	night game
保齡球	볼링	bowling
・保齡球	볼링 공	bowling ball
・球道	볼링 레인	bowling alley
・球瓶	볼링 핀	bowling pin
背包	배낭	knapsack
比賽	경기하다	have a match
・比賽	경기	game, match
標槍	투창	javelin
・投擲標槍	투창을 던지다	javelin throwing
冰上滑艇	아이스 요트	ice yacht
裁判	심판원	referee
裁判長	엄파이어 인 치프	umpire-in-chief
參加決賽者	결승전 출전 (자격) 선수	finalist
場地	장소 , 마당	field
衝浪	파도타기	surfing
船	배	boat
創造紀錄	기록을 창조하다	set a record
打破紀錄	세계 기록을 깨다	break a record
短跑	대시	dash
單打比賽	싱글 게임	singles
登山	등산하다	mountain climbing
・登山者	등반자	climber
點	점	point
隊	팀	team
對手	상대 , 호적수	opponent，rival
二連冠	더블 크라운	double crown
帆船運動	범주 , 항해	sailing
分數	점	score

• 打成平局	무승부, 동점	draw
• 丟分	실점	loss
• 結果	결과	outcome
• 勝者	우승자	winner
• 輸球	지다	lose
• 輸者	패배자	loser
• 贏球	이기다	win
• 最後得分	최종 스코어	final score
高爾夫	골프	golf
• 場地租費	그린 피	green fee
• 淨得分	네트스코어	net score
• 高爾夫運動員	골퍼	golfer
更衣室	탈의실	change room
冠軍	우승자, 1등	champion
滑冰	스케이트	skating, ice skating
• 滑冰	스케이트를 타다	skate
• 滑冰者	스케이트를 탄 사람	skater
滑草	초원스키	grass ski
滑水	수상 스키	water skiing
• 滑水板	아쿠아 플레인	aquaplane
滑雪	스키	skiing, ski
• 風鏡	고글	goggle
• 滑雪	스키	ski
• 滑雪者	스키어	skier
• 速降滑雪	활강	downhill skiing
• 越野滑雪	크로스컨트리 스키	cross-country, ski-ing
划船，皮划艇	카누, 통나무배	rowing, canoeing
擊敗；失敗	패배	defeat
• 擊敗；失敗	패배시키다	defeat
擊劍	검술, 펜싱	fencing
• 擊劍服	검술복	fencing suit
• 劍	칼, 검	sword
• 面罩	마스크	mask
紀錄	레코드, 기록	record
季後賽，冠軍賽	플레이오프, 결승시합	playoffs, champi-onship
假動作	더미	dummy

健美操	에어로빅스	aerobics
健身	보디빌딩	body-building
健身房	헬스클럽	health club
舉重	역도하다	lift weights
・舉重	역도	weight lifting
槳	노	oar
獎杯	컵	cup
花式游泳，水上芭蕾	싱크로나이즈드 스위밍	synchronized swimming
教練	감독	coach
金牌	금메달	gold medal
金牌得主	골드 메달리스트	gold medalist
錦標賽	토너먼트	tournament
進球，得分	골	goal, score
・進球無效	노골	no goal
競賽	경기	competition
・競賽	경기하다	compete
競走	경보	foot racing
空手道	가라테 , 공수도	karate
籃球	농구	basketball
・扣籃	덩크 슛	dunk shoot
・籃筐	바스켓	basket
・籃球	농구공	ball
・籃球場	농구장	basketball court
・兩次運球	드블 트리블	double dribble
輪式溜冰	롤러 스케이트 타기	roller skating
美式足球，橄欖球	미식 축구	American football
門票	티켓	ticket
門球	게이트볼	gate ball
名次表	순위표	standings
目標	목표	target
排球	배구	volleyball
跳水	다이빙	diving
・跳水	다이빙하다	dive
・跳水者	다이빙 선수	diver
球	공	ball
・傳（球）	패스하다	pass
・擊（球）	타다	hit

· 接（球）	받다	catch
· 踢（球）	치다	kick
· 擲（球）	던지다	throw
曲棍球；冰球	하키	hockey
· 球	퍽	puck
· 球棍，曲棍	하키용 스틱	hockey stick
· 曲棍球場	하키장	hockey field
拳擊	복싱	boxing
· 次輕量級	페더급	featherweight
· 拳擊場	복싱장	boxing ring
· 拳擊手	권투 선수	boxer
· 拳擊手套	복싱 글러브	boxing glove
· 認輸	기권	give up
· 新手	그린보이	green boy
· 中量級	미들급	middleweight
· 重量級	헤비급	heavyweight
柔道	유도	judo
賽車	자동차 경주하다	car race
· 賽車	자동차 경주	car racing
賽馬	경마하다	horse race
· 沙土跑道	더트 코스	dirt course
· 賽馬	경마	horse racing
· 越野障礙賽馬	그랜드 내셔널	grand national
摩托車賽	오토바이 경기	motorcycling
賽車手	드라이버	driver
賽跑	경주	race, racing
雙打比賽	더블 게임	doubles
射箭	양궁, 궁도	archery
繩子	줄	rope
世界杯	월드컵	World Cup
角力	레슬링	wrestling
夾臂	암로크	arm-lock
· 摔角	레슬링을 하다	wrestle
· 摔角運動員	레슬링 선수	wrestler
水球	수구	water polo
淘汰	제거하다	eliminate
· 淘汰賽	예선전	elimination round

體操	체조	gymnastics
體操選手	체조 선수	gymnast
體育運動	스포츠	sport
・進行體育鍛煉	스포츠를 하다	practice a sport
・體育迷，球迷	스포츠 팬	sports fan
・做運動	운동을 하다	practice a sport
體育場	운동장	stadium
體育館	체육관	gymnasium
體育項目	스포츠 경기 종목	sports event
田徑	육상 경기	track and field
・徑賽	트랙 경기	track
・跑步	달리다	run
・跑步者	달리는 사람, 경주자	runner
跳	뛰다	jump
・跳高	높이뛰기	high jumping
・跳遠	멀리뛰기	long jumping
・跳躍者	뛰는 사람	jumper
跳傘	낙하산	parachuting
跳水	다이브	dive
跳水比賽	다이빙	diving
跳台	다이빙대	diving tower/ platform
鐵餅	원반	disc
頭盔	헬멧	helmet
網球	테니스	tennis
・草地球場	잔디 코트	grass court
・觸網	네트터치	net touch
・大滿貫	그랜드 슬램	grand slam
・戴維斯杯	데이비스 컵	Davis Cup
・換球	어나더 볼	another ball
・平分	듀스	deuce
・網球場	테니스장	tennis court
・網球拍	테니스 라켓	tennis racket
・網球運動員	테니스 선수	tennis player
武術	무술	martial arts
訓練	훈련	training
・訓練	훈련하다	train

· 訓練員，教練	코치	trainer, coach
業餘運動員	아마추어 선수	amateur
一圈	바퀴	lap
羽毛球	배드민턴	badminton
· 輕吊球	네트 플라이트	net flight
游泳	수영	swimming
· 游泳	수영하다	swim
· 游泳池	수영장	swimming pool
· 游泳者	수영자	swimmer
運動的	운동적	sporty, of sports
運動員	운동 선수	athlete, player
在記錄時間內	기록 시간 내	in record time
暫停	데드 타임	dead time
職業的	프로의 , 직업적	professional
自行車賽	자전거 경기	bicycle racing
自行車運動	자전거 운동	cycling
足球	축구	soccer
· 傳	패스	pass
· 得分	득점하다	score
· 點球	벌칙	penalty
· 後衛	가드	guard
· 救球	세이브하다	save
· 射門	슛	shoot, kick
· 守門員	골키퍼	goaltender
· 踢	차다	kick
· 網	네트	net
· 足球	축구공	soccer ball
· 足球運動員	축구 선수	soccer player
· 阻截	태클	tackle

32 · 文化與藝術

32.1 建築、雕塑和攝影

暗部，陰影部分	그늘	shade
暗房	암실	dark room

巴洛克風格	바로크 양식	Baroque
背景	배경	background
壁畫	벽화	mural painting
抽象	추상적	abstract
墊座	받침대 , 대좌	pedestal
雕塑	조각하다	sculpt
・大理石雕塑	대리석 조각	marble sculpture
・雕塑	조각	sculpture
・雕塑家	조각가 , 조각사	sculptor
・女雕塑家	여류 조각가	sculptress
・青銅雕塑	청동 조각	bronze sculpture
雕像	상 , 조각상 , 소상	statue
調色板	팔레트	palette
對焦	초점을 맞추다	focus
對準鏡頭	렌즈를 겨누다	aim the lens
粉筆畫	파스텔화	pastel
風景	풍경	landscape
浮雕	돋을새김	relief
負片	음화	negative
複製品，仿製品	복제품	print, mold
勾出輪廓	윤곽을 그리다	trace
古典主義	고전주의	Classicism
掛毯	태피스트리	tapestry
畫筆	화필	brush
畫布	캔버스 , 화포	canvas
畫家	화가	painter
畫架	화가 , 이젤	easel
幻燈	슬라이드	slide
繪畫	그리다	paint
・繪畫	회화	painting
幾何圖案	기하도형	geometric design
建築	건축	architecture
傑作	걸작	masterpiece
蠟像館	납인상관	wax museum
藍圖	청사진	blueprint
浪漫主義	낭만주의	Romanticism
裸體	누드	nude
洛可可風格	로코코	Rococo

美術品	미술품	fine arts
明暗的配合	명암의 배합	chiaroscuro
模特兒	모델	model
拍照	사진을 찍다	photographic shot
前景	전경	foreground
三脚架	삼각대	tripod
色度	뉘앙스	nuance
攝影	촬영하다	photograph
攝影機	무비카메라	movie camera
攝影者	사진가, 촬영자, 카메라맨	photographer
濕壁畫	프레스코 벽화	fresco painting
蝕刻	에칭	etching
視覺藝術	시각 예술	visual arts
手繪	자재화	freehand drawing
數位攝影	디지털 사진	digital photograph
水彩畫	수채화	water color
・水彩畫家	수채화가	water colorist
素描，速寫	스케치	sketch
現實主義	현실주의	realism
肖像	초상화	portrait
藝廊	미술관, 화랑	art gallery
藝術	예술	art
藝術館	예술관	art museum
藝術家	아티스트, 예술가	artist
藝術品	예술품	work of art
藝術展覽	예술 전시회	art exhibition
印象，意象	이미지	image
印象主義	인상파, 인상주의	impressionism
油畫	유화	oil painting
鑿子	끌	chisel
・鑿	조각하다	chisel
展覽	전시회	exhibition
裝框	틀에 끼우다, 테두리를 붙이다	frame
姿勢	포즈	pose

32.2 電影

編輯	편집	editing
表演者	배우	performer
布景	풍경	scenery
大廳	로비	lobby
導演	감독	director
電影	영화	film, movie
・動作片	액션 영화	action film
・黃色片	도색 영화	pornographic movie
・紀錄片	다큐멘터리	documentary
・間諜片	첩보 영화	spy movie
・驚險片	괴기 영화	thriller
・卡通片	만화 영화	cartoon
・科幻片	과학 공상 영화, SF 영화	science fiction movie
・恐怖片	공포 영화	horror film
・歷險片	모험 영화	adventure film
・美國西部片	서부 영화	cowboy movie
・懸疑片	미스터리 영화	mystery movie
・音樂片	뮤지컬 영화	musical film
・偵探片	탐정 영화	detective movie
・正片，故事片	장편 특작 영화	feature film
電影明星	영화 배우	movie star
電影院	영화관, 극장	cinema
動畫	애니메이션	animation
連續鏡頭	피트길이	footage
樓廳，樓座	박스, 특별석	balcony (of a movie theater)
錄影帶	비디오 카세트	video cassette
慢動作，慢鏡頭	느린 동작, 슬로 모션	slow motion
拍攝	촬영하다	shot
拍攝電影	영화 촬영	shoot a movie
排	행, 줄	row
配音	더빙	dubbing
・配音的	더빙하다	dubbed
票房	박스 오피스	box office
聲軌，音軌	사운드 트랙	sound track
首映	초연	premiere showing

售票處	매표소 , 표 파는 곳	box office
通道	통로	aisle
外景拍攝	야외 촬영	shooting on location
限制級的	제한되다	restricted
演員	배우	actor
・女演員	여배우	actress
音響師	음향 기술자	sound technician
銀幕	은막	screen
電影院	극장	movie theater
製作	제작	production
製作電影	영화 제작	produce a movie
製作人	프로듀서	producer
字幕	자막	subtitle
座位	좌석	seat

32.3 音樂

波爾卡	폴카	polka
彩排	리허설	rehearsal
打擊樂器	타악기	percussion instruments
・大鼓	큰북	bass drum
・定音鼓	팀파니	timpani
・鼓	드럼 , 북	drum
・鼓手	고수	drummer
・鈴鼓	탬버린	tambourine
・鐃鈸	심벌즈	cymbal
打拍子	박자를 맞추다	beat time
低音	저음	bass
調	음 , 음조	tone
・跑調	곡조가 맞지 않다	play out of tune
獨奏 , 獨唱	솔로 , 독주 , 독창	solo
・獨奏演員 , 獨唱演員	독주자 , 독창자	soloist
二重唱 , 二重奏	듀엣 , 이중창 , 이중주	duet
鋼琴	피아노	piano
・大鋼琴	그랜드 피아노	grand piano
・撥弦古鋼琴	하프시코드	harpsichord

· 鋼琴家	피아니스트	pianist
· 豎型鋼琴	직립형 피아노	upright piano
歌唱家，演唱者	가수	singer
歌劇	오페라	opera
歌曲	노래 , 곡	song
古典音樂	고전 음악	classical music
管風琴	오르간	organ
· 管風琴演奏家	오르간 연주자	organist
管樂隊	밴드	band
管樂器，吹奏樂器	관악기	wind instruments
· 巴松	바순	bassoon
· 巴松演奏者	바순 연주자	bassoonist
· 長笛	플루트	flute
· 長笛演奏者者	플루트 연주자	flautist
· 單簧管，黑管	클라리넷	clarinet
· 單簧管演奏者	클라리넷 연주자	clarinetist
· 風笛	풍적	bagpipes
· 薩克斯	색소폰	saxophone
· 薩克斯演奏者	색소폰 연주가	saxophonist
· 雙簧管	오보에	oboe
· 雙簧管演奏者	오보에 연주자	oboist
管弦樂隊	오케스트라	orchestra
管弦樂隊指揮	오케스트라 지휘자	orchestra conductor
合唱	합창	choir
和聲	화성	harmony
和弦	화음 , 화현	chord
伽倻琴	가야금	twelve-stringed Korean harp
鍵盤	키보드	key
交響樂	교향곡	symphony
節奏	리듬	rhythm
爵士樂	재즈	jazz
口琴	하모니카	harmonica
練習	연습하다	practice
流行音樂	팝음악	pop music
六重唱	6 중창	sextet
倫巴	룸바	rumba
民間音樂	포크 음악	folk music

民謠	민요	ballad
牧歌，無伴奏合唱	마드리갈	madrigal
男低音	남성 저음역	bass
男高音	테너	tenor
男中音	바리톤	baritone
女低音	콘트랄토	contralto
女高音	소프라노	soprano
女中音	메조소프라노	mezzo soprano
輕音樂	경음악	light music
三重奏	3중창, 3중주, 트리오	trio
室內樂	실내악	chamber music
手風琴	아코디언	accordion
・手風琴家	아코디언 연주자	accordionist
說唱	랩	rap
四重奏	4중주, 4중창	quartet
調音	조율하다	tune
銅管樂器	금관 악기	brass instruments
・長號	트롬본	trombone
・大號	튜바	tuba
・法國號	호른	horn
・法國號演奏者	호른 연주자	horn player
・小號	트럼펫	trumpet
・小號手	트럼펫 연주자	trumpeter
五重奏	5중주, 5중창	quintet
協奏曲	협주곡, 콘체르토	concerto
弦樂器	현악기	string instruments
・大提琴	첼로	cello
・大提琴家	첼로 연주자	cellist
・低音提琴	콘트라베이스	double bass
・低音提琴演奏者	콘트라베이스 연주자	double bass player
・弓	활	bow
・吉他	기타	guitar
・吉他手	기타 연주자	guitarist
・曼陀林	만돌린	mandolin
・曼陀林演奏者	만돌린 연주자	mandolin player
・豎琴	하프	harp

豎琴演奏者	하프 연주자	harpist
• 弦	현 , 줄	string
• 小提琴	바이올린	violin
• 小提琴家	바이올린 연주자	violinist
• 中提琴	바올라	viola
• 中提琴家	바올라 연주자	viola player
序曲	전주곡 , 서곡	prelude
旋律	멜로디	melody
演出	상영 , 출연	performance
演奏	연주	play
演奏家	연주자	player
搖滾音樂	록 음악	rock music
搖籃曲	자장가	lullaby
音符	악보 , 음표	note
音階	음계	scale
音樂	음악	music
音樂家	음악가	musician
音樂學院	음악학교	conservatory
吟唱	찬송하다	chant
詠嘆調	아리아 , 연탄곡	tune, aria
樂譜	악보	score
樂譜架	악보대 , 보면대	music stand
樂器	악기	instrument
• 演奏樂器	악기 연주	play an instrument
讚美詩	찬송가	hymn
箏	쟁	a kind of 13- stringed musical instrument
指揮棒	지휘봉	baton
作曲	작곡	composition
作曲家	작곡가	composer

32.4 舞蹈

芭蕾	발레	ballet
狄斯可	디스코	disco
華爾滋	왈츠	waltz
假面舞會	가면 무도회	masked ball
探戈	탱고	tango
踢踏舞	탭댄스	tap dancing

舞蹈	춤	dance
• 跳舞	춤을 추다	dance
• 舞蹈家	댄서	dancer
• 舞曲	무도곡 , 무곡	dance music
舞廳	무도실	ballroom

32.5 文學

暗喻	은유 , 암유	metaphor
百科全書	백과전서	encyclopedia
版稅	인세	royalty
悲劇	비극	tragedy
筆名	필명 , 펜네임	pen name
不尋常的	비범하다	unusual
草稿	원고	draft
抄襲	표절 , 도용	plagiarism
衝突	충돌	conflict
出版社	출판사	publishing house
傳說	전설	legend
詞典	사전	dictionary
• 專門詞彙	전문어휘	lexicon
動機	동기	motif
讀書	독서 , 읽기	reading
讀者	독자	reader
短篇小說	단편소설	short story
• 短篇小說作者	단편소설 작자	short-story writer
對比	대비	contrast
對偶，對照	대구	antithesis
發生地點，背景	장소 , 배경	scene
發展	발전하다 , 벌리다	develop
風格，類型	체재 , 장르	genre
風格，文體	스타일	style
諷刺	풍자	irony, satire
諷喻	풍유	allegory
附錄	부록	appendix
故事	이야기 , 고사	tale, story
• 小說	소설	narrative, fiction
• 講述者	나레이터	narrator

構思	구상하다	frame
觀點	관점 , 입장	point of view
滑稽劇	희극 , 코믹	comics
話劇	연극	stage play
回憶錄	회고록 , 회상록	memoirs
混淆的	혼란시키다	confusing
活潑地	활발히	lively
集 , 出	회	episode
簡潔的 , 簡練的	간결하다 , 간명하다	terse, succinct
簡要的	간단명료하다	concise
架構 , 框架	구조 , 구성	framework
解釋	해설하다	explain
警句	경구	epigram
卷 , 冊	권 , 책	volume
開場白	서언 , 머리말	prologue
誇張	과장하다	exaggeration
類比	유추하다 , 아날로지	analogy
歷險	탐험하다	adventure
民謠	민요	ballad
明喻	직유 , 명유	simile
模仿詩文	패러디	parody
目錄	목록	table of contents
擬人	의인화	personification
・擬人化	의인하다	personify
批評	비평	criticism
・批評	비평하다	criticize
評論	평론하다	review
牽強的	억지스럽다	far-fetched
強調	강조	emphasis
・強調	강조하다	highlight
輕鬆的	가볍다 , 홀가분하다	light
情節	줄거리	plot
趣聞軼事	일화	anecdote
人物	인물	character
日記	일기	diary
如實的 , 不誇張的	여실하다	literal
散文	산문	prose

涉及	관련되다, 언급하다	deal with
神話	신화	myth
神話集	신화집	mythology
詩，詩歌	시	poetry, poem
詩人	시인	poet
詩行，韻文	절, 연	line, verse
詩學	시학	poetics
十四行詩	소네트	sonnet
收集	수집	collection
手稿	원고	manuscript
書名	서명	title (of a book)
書目	서목	catalogue
書評	서평	review
雙關	말장난	pun
頌詩	송시	ode
隨筆	수필	essay
· 隨筆寫作	수필 창작	essay-writing
索引	인덱스	index
童話	동화	fairy tale
塗鴉	낙서	doodle
輓詩	애가, 비가	elegy
文體學	문체론	stylistics
文學	문학	literature
文章	글	writing
文字	문자	text
慣用語	관용어	idiom
喜劇	코미디	comedy, play
鮮明的，輕快的	선명하다, 경쾌하다	colorful, vivacious
相聲	의성	onomatopoeia
象徵	상징	symbolism
· 象徵的	상징적	symbolic
懸疑小說	괴기소설	mystery
小說	소설	novel
· 小說家	소설가	novelist
寫出大綱	약술하다, 개설하다	outline
寫作	저작하다, 글을 짓다, 글을 쓰다	write

辛辣	신랄하다	spicy
形象	이미지	image
修辭	수사	rhetoric
虛誇的，浮誇的	과장하다	pompous
序言	서문, 머리말	preface
敘事	서사	narration
選集	선집	anthology
押韻	압운하다	rhyme
嚴肅的，莊重的	엄숙하다	orate
演說	연설	orate
諺語	속어, 속담	proverb
引語	인용어, 인용문	quotation
・引用	인용하다	quote
有爭議的	논쟁적인	controversial
寓言	우화	fable
閱讀	읽다	read
章	장	chapter
偵探小說	탐정소설	detective novel
指出	제시하다, 지적하다	point out
主人公	주인공	hero
・女主人公	여자 주인공	heroine
主題	주제	theme
主要人物	주요 인물	main character
傳記	전기	biography
自傳	자전	autobiography
作家	작가	writer
作品	작품	work
作者	작자	author

32.6 戲劇

悲劇	비극	tragedy
場	장	scene
導演	감독	director
獨白	독백	monologue
對話	대화	dialogue
服裝	복장	costume
鼓掌	박수하다	applaud

• 掌聲	박수	applause
觀眾	관객	audience
化妝	화장하다	make up
話劇	연극	drama
腳燈	각광	footlights
節目單	예정표	program
劇本	대본	script
劇場	극장	theater
劇作家	극작가	playwright
聚光燈	스포트라이트	spotlight
角色	배역	role
• 扮演	역을 맡다	act
• 主角	주인공	main role
明星	스타	star
幕	막	act
幕間休息	휴식 시간	intermission
旁白，獨白	방백，혼잣말	aside
情節	줄거리	plot
人物	인물	character
台詞	대사	line *(verbal)*
提詞員	프롬프터	prompter
帷幕	막	curtain
• 謝幕	커튼콜에 답례하다	respond to a curtain fall
舞台	무대	stage
舞台布景	무대면	scenery
舞台側景	무대 양옆의 빈칸	wings *(of a stage)*
喜劇	코미디	comedy
喜劇演員	코미디언	comedian
戲劇	희극	drama
啞劇	무언극，팬터마임	pantomime
演出	연출	show, performance
演員	배우	actor
• 女演員	여배우	actress
引座員	극장 안내원	usher
幽默小品	촌극	skit
主人公	주인공	hero
• 女主人公	여자 주인공	heroine

33 · 度假

33.1 假日

復活節	부활절	Easter
假期	휴가	vacation
・度假	휴가를 보내다	go on a vacation
節日	명절	holidays
生日	생일	birthday
聖誕節	크리스마스	Christmas
野餐	피크닉	picnic
元旦	원단	New Year's Day
・除夕	설날	New Year's Eve
週年紀念	주년 기념	anniversary

33.2 觀光

博物館	박물관	museum
長方形大教堂	공회당	basilica
城市	도시	city
城市地圖	도시지도	city map
城市居民	도시인	urban dweller
大教堂	대성당	cathedral
道路	도로	road, roadway
地下通道	지하도	underpass
都城	도읍지 , 도성	capital town (of a region)
法庭	법정	law courts
法院大樓	법원	courthouse
各戶有獨立產權的公寓	분양 아파트	condominium
工地	일터 , 직장	worksite
公告	공고	public notice
公園	공원	park
古代遺跡	유적	relic
廣場	광장	square

紀念碑	기념비	monument
紀念品商店	기념품 상점	souvenir shop
建築	건축	building
教堂	성당	church
街道	거리	street, avenue
經常乘公共汽車往返者	정기권 통근자	commuter
警察局	경찰서	police station
居住	거주하다	dwell, live in
路溝，排水溝	도랑	gutter
美術館	미술관	art gallery (museum)
鬧市區，商業區	도심지	downtown
噴泉式飲水器	분수식의 물 마시는 곳	water fountain
橋	다리	bridge
區，地區	지역	district
人行道	인도 , 보도	pavement, sidewalk
人行橫道	횡단보도	pedestrian crossing
十字路口	교차로	intersection
市民	시민	city dweller, citizen
市政廳	시청	city hall
首都	수도	capital (of a country)
塔，樓塔	타워 , 탑	tower
鐵路平交道	철도 건널목	railway crossing
亭子	정자	kiosk
停車計時器	주차 시간 자동 표시기	parking meter
圖書館	도서관	library
小道，公路	도로	bypass, highway
小教堂	예배당	chapel
小巷，胡同	골목	alley, lane
營房	병영	barracks
遊樂園	놀이동산	amusement park
圓形劇場	원형 극장	amphitheater
證券交易所	증권 거래소	stock exchange
植物園	식물원	botanical gardens
指南手冊	안내서	guide-book
鐘樓	종루	bell tower
住，生活	살다	live (in a place)

33.3 郊遊

步道，小路	오솔길	footpath, trail
城（商城）	마트	town *(market-town)*
城鎮	읍	town
船	배	boat
村子	마을	village
大海	바다	sea
登山	등산	mountain climbing
釣魚	낚시	fishing
獨木舟，小划子	카누	canoe
高速路餐館	고속도로 식당	motorway restaurant
公路，大路	공도 , 도로	highway
觀光	관광하다	go sightseeing
海濱	해변 , 해안	beach
河流	강	river
湖	호수	lake
滑雪勝地	스키 명승지	ski resort
甲板椅	갑판 의자	deck chair
郊區	교외	suburb
・ 市郊，近郊	근교 , 교외	suburbs, outskirts
旅遊地	관광지	tourist place, sightseeing place
旅遊咨詢處	관광자문처	tourist information office
曬黑	햇볕에 그을림 , 선텐	suntan
・ 皮膚曬黑	피부가 타다	get a suntan
山地靴，登山鞋	등산화	mountain boots
升降椅	체어리프트	chairlift
手藝	솜씨	crafts
睡袋	침낭	sleeping bag
溪流，小河	계류	brook
鄉村	시골	countryside
巡航，遊弋	순항	cruise
遊覽線路	관광 코스	scenic route
在度假	휴가중	on vacation
在山區	산간 지대에 있다	in the mountains
在鄉村	시골에	in the country
帳篷	텐트 , 천막	tent

33.4 問路

北	북	north
• 向北	북쪽으로	to the north
出去	가로지르다	exit, go out
穿過	관통하다	cross
到處	어디에나	everywhere
東	동	east
• 向東	동쪽으로	to the east
跟著，順著	따르다	follow
橫過	…을 건너서	across
近	가깝다	near
進入	들어가다	enter
南	남	south
• 向南	남쪽으로	to the south
去，走	가다	go
• 往上走	올라가다	go up
• 往下走	내려가다	go down
西	서	west
• 向西	서쪽으로	to the west
向後	뒤로	back
向前	앞으로	ahead
向上	위로	up
向下	밑으로	down
一直往前	앞으로 가다	straight ahead
右	오른쪽	right
• 向右	오른쪽으로	to the right
遠	멀다	far
在…頂端	정상에	at the top of
在…後面	뒤에	behind
在…盡頭	끝에	at the end of
在…前面	앞에	in front of
在裡面	안에	inside
在外面	밖으로	outside
這裡	여기	here
左	왼쪽	left
• 向左	왼쪽으로	to the left

八、旅行與交通

34 · 選擇目的地

34.1 旅行社

巴士旅遊	버스여행	bus tour
包機	전세기	charter plane
保險	보험	insurance
城市	도시	city
大陸	대륙	continent
淡季	비수기	low season
導遊	가이드	tour guide
等級	등급	class
· 經濟艙	일반석	economy class
· 頭等艙	일등석	first class
訂金	계약금	down payment
短途旅行，遊覽	유람 , 소풍	excursion
國家	국가 , 나라	country, nation
海濱	해안쪽	seaside area
假期，休假	휴가	vacation
· 寒假	겨울 방학	winter vacation
· 暑假	여름 방학	summer vacation
郊區，市郊	교외	outskirts, suburbs
看	보다	see
旅途，旅程	여정	trip, journey
· 旅途愉快!	여행 잘 다녀오세요 .	Have a nice trip !
旅行	여행하다	travel
· 去旅行	여행을 가다 , 여행을 떠나다	take a trip
旅行代辦人	여행 안내업자	travel agent
旅行社	여행사	travel agency

旅行指南	여행안내	travel guide
旅遊	여행	tour, tourism
遊覽車	관광버스	touring bus
旅遊者，遊人	관광객	tourist
民族	민족	nation
票	표	ticket
· 乘船	배를 타다, 배로	by boat, by ship
· 乘飛機	비행기를 타다, 비행 기로	by plane
· 乘火車	기차를 타다, 기차로	by train
· 單程票	편도 기차표	one-way ticket
· 回程票	돌아오는 왕복표	return ticket
· 往返票	왕복표	round-trip ticket
世界	세계	world
市中心	시내중심	downtown
首都	수도	capital city
旺季	성수기	high season
小冊子	소책자	brochure
包辦旅行，包價旅遊	패키지 투어	package tour
預訂	예약	reservation
· 網路預訂	온라인 예약	on-line reservation
在國外	외국에서	abroad

34.2 大洲、國家和地區

大洲	대륙	continent
· 大洋洲	오세아니아, 대양주	Oceania
· 非洲	아프리카	Africa
· 美洲	아메리카	America
拉丁美洲	라틴 아메리카	Latin America
北美洲	북아메리카	North America
南美洲	남아메리카	South America
· 南極洲	남극 대륙	Antarctica
· 亞洲	아시아	Asia
· 歐洲	유럽	Europe
阿爾巴尼亞	알바니아	Albania
阿爾及利亞	알제리	Algeria

阿富汗	아프가니스탄	Afghanistan
阿根廷	아르헨티나	Argentina
埃及	이집트	Egypt
衣索比亞	에티오피아	Ethiopia
愛爾蘭	아일랜드	Ireland
愛沙尼亞	에스토니아	Estonia
奧地利	오스트리아	Austria
澳洲	오스트레일리아, 호주	Australia
巴基斯坦	파키스탄	Pakistan
巴拉圭	파라과이	Paraguay
巴西	브라질	Brazil
保加利亞	불가리아	Bulgaria
比利時	벨기에	Belgium
秘魯	페루	Peru
波多黎各	푸에르토리코	Puerto Rico
波蘭	폴란드	Poland
波利尼西亞	폴리네시아	Polynesia
波斯尼亞	보스니아	Bosnia
玻利維亞	볼리비아	Bolivia
朝鮮	조선	North Korea
大不列顛	대브리튼	Great Britain
大洋洲	오세아니아, 대양주	Oceania
丹麥	덴마크	Denmark
德國	독일	Germany
多明尼加共和國	도미니카 공화국	Dominican Republic
俄羅斯	러시아	Russia
厄瓜多爾	에콰도르	Ecuador
厄立特里亞	에리트레아	Eritrea
法國	프랑스	France
菲律賓	필리핀	Philippines
芬蘭	핀란드	Finland
哥倫比亞	콜롬비아	Colombia
哥斯大黎加	코스타리카	Costa Rica
格陵蘭	그린란드	Greenland
喬治亞	그루지야	Georgia
古巴	쿠바	Cuba
韓國	한국	South Korea

荷蘭	네덜란드	Holland
黑山	몬테네그로	Montenegro
宏都拉斯	온두라스	Honduras
加拿大	캐나다	Canada
柬埔寨	캄보디아	Cambodia
捷克共和國	체코 공화국	Czech Republic
近東	근동	Near East
科特迪瓦	코트디부아르	Côte d'Ivoire
科威特	쿠웨이트	Kuwait
克羅地亞	크로아티아	Croatia
肯亞	케냐	Kenya
寮國	라오스	Laos
黎巴嫩	레바논	Lebanon
立陶宛	리투아니아	Lithuania
賴比瑞亞	라이베리아	Liberia
利比亞	리비아	Libya
盧森堡	룩셈부르크	Luxembourg
羅馬尼亞	루마니아	Romania
馬爾他	몰타	Malta
馬來西亞	말레이시아	Malaysia
馬其頓	마케도니아	Macedonia
美國	미국	United States
美拉尼西亞	멜라네시아	Melanesia
蒙古	몽고	Mongolia
孟加拉國	방글라데시	Bangladesh
摩爾達維亞	몰다비아	Moldavia
摩洛哥	모로코	Morocco
摩納哥	모나코	Monaco
墨西哥	멕시코	Mexico
南非	남아프리카공화국	South Africa
尼加拉瓜	니카라과	Nicaragua
奈及利亞	나이지리아	Nigeria
挪威	노르웨이	Norway
葡萄牙	포르투갈	Portugal
日本	일본	Japan
瑞典	스웨덴	Sweden
瑞士	스위스	Switzerland
薩爾瓦多	엘살바도르	El Salvador

塞爾維亞	세르비아	Serbia
塞內加爾	세네갈	Senegal
沙烏地阿拉伯	사우디아라비아	Saudi Arabia
聖馬利諾	산마리노	San Marino
斯堪的納維亞	스칸디나비아	Scandinavia
斯里蘭卡	스리랑카	Sri Lanka
斯洛伐克	슬로바키아 공화국	Slovakia
斯洛文尼亞	슬로베니아	Slovenia
蘇丹	수단	Sudan
蘇格蘭	스코틀랜드	Scotland
索馬利亞	소말리아	Somalia
泰國	태국	Thailand
坦尚尼亞	탄자니아	Tanzania
突尼西亞	튀니지	Tunisia
土耳其	터키	Turkey
瓜地馬拉	과테말라	Guatemala
威爾士	웨일스	Wales
委內瑞拉	베네수엘라	Venezuela
烏干達	우간다	Uganda
烏拉圭	우루과이	Uruguay
西班牙	스페인	Spain
希臘	그리스	Greece
新加坡	싱가포르	Singapore
紐西蘭	뉴질랜드	New Zealand
匈牙利	헝가리	Hungary
敘利亞	시리아	Syria
牙買加	자메이카	Jamaica
亞美尼亞	아르메니아	Armenia
伊拉克	이라크	Iraq
伊朗	이란	Iran
以色列	이스라엘	Israel
義大利	이탈리아	Italy
印度	인도	India
印尼	인도네시아	Indonesia
英國，英格蘭	영국, 잉글랜드	England
約旦	요르단	Jordan
越南	베트남	Viet Nam
尚比亞	잠비아	Zambia

智利	칠레	Chile
中東	중동	Middle East
中國	중국	China

34.3 城市和地理名稱

阿爾卑斯山脈	알프스산맥	Alps
• 阿爾卑斯山的	알프스산맥의	alpine
阿姆斯特丹	암스테르담	Amsterdam
愛丁堡	에든버러	Edinburgh
巴爾幹山脈	발칸 산맥	Balkans
巴黎	파리	Paris
巴塞隆那	바르셀로나	Barcelona
柏林	베를린	Berlin
北京	베이징	Beijing
貝爾格勒	베오그라드	Belgrade
大西洋	대서양	Atlantic
地中海	지중해	Mediterranean
東京	도쿄	Tokyo
高加索	카프카스	Caucasia
開羅	카이로	Cairo
里斯本	리스본	Lisbon
倫敦	런던	London
羅馬	로마	Rome
馬德里	마드리드	Madrid
莫斯科	모스크바	Moscow
墨西哥城	멕시코시티	Mexico City
紐約	뉴욕	New York
日內瓦	제네바	Geneva
斯德哥爾摩	스톡홀름	Stockholm
太平洋	태평양	Pacific Ocean
維也納	비엔나	Vienna
雅典	아테네	Athens
亞得里亞海	아드리아해	Adriatic Sea

34.4 韓國地名

| 大丘 | 대구 | Daegu |

大田	대전	Daejeon
釜山	부산	Busan
光州	광주	Gwangju
江陵	강릉	Gangneung
仁川	인천	Incheon
首爾	서울	Seoul
蔚山	울산	Ulsan
西歸浦	서귀포	Seogwipo
濟州道，濟州島	제주도	Jeju-do
江原道	강원도	Gangwon-do
京畿道	경기도	Gyeonggi-do
慶尙北道	경상북도	Gyeongsangbuk-do
慶尙南道	경상남도	Gyeongsangnam-do
全羅北道	전라북도	Jeollabuk-do
全羅南道	전라남도	Jeollanam-do
忠清北道	충청북도	Chungcheongbuk-do
忠清南道	충청남도	Chungcheongnam-do

35 · 通過海關

背包	배낭	backpack
邊境	변경	border
表格	양식	form (to fill out)
・填寫	써넣다	fill out
公民身分	국민	citizenship
關稅	관세	tariff, duty tax
・繳稅	납세하다	pay duty
國籍	국적	nationality
海關	세관	customs
・海關人員	세관원	customs officer
護照	여권	passport
・護照檢查	여권 심사	passport control

進口	수입	import
簽證	비자	visa
錢包，錢袋	지갑	purse
申報	신고하다	declare
· 沒有申報的東西	신고할 것이 없다	nothing to declare
· 需要申報的東西	신고할 것이 있다	something to declare
身分證件	신분증	identification document
身分證明	신분증명	proof of identity
收據	영수증	receipt
手提箱	여행가방, 슈트케이스	suitcase
提	들다	carry
外幣	외화	foreign currency
外國人	외국인	foreigner
檔案	서류	documents
行李	짐	baggage, luggage
· 手提行李	수하물	hand baggage
原始發票	송장원본	original invoice
重量	중량	weight
· 輕的	가볍다	light
· 重的	무겁다	heavy
· 最大重量	최대중량	maximum

36 · 乘飛機旅行

36.1 在航空站

安全檢查	보안검사	security check
搬運工	운반인	porter
穿梭巴士	셔틀 버스	shuttle bus
登機	탑승하다	board
· 登機	탑승	boarding
· 登機證	탑승 카드	boarding pass
· 登機手續	탑승 수속	check-in
飛機	비행기	airplane

航空公司	항공회사	airline
航站樓	터미널	terminal
候機廳	대합실	waiting room
機場	공항	airport
禁止吸煙	금연	no smoking
・無煙區	금연석	non-smoking section
・吸煙區	흡연석	smoking section
經濟艙	일반석	economy class
聯運，中轉	접속편	connection
・中轉	도중에 갈아 타기	make a connection
領取行李	짐을 수령하다	pick up one's luggage
票	표	ticket
票務員	매표원	ticket agent
失物招領	유실물 취급소	lost and found
頭等艙	일등석	first class
行李檢查	짐검사	luggage inspection
詢問處	안내소	information desk
預訂	예약	reservation

36.2 航班訊息

到達	도착	arrival
登機口	탑승게이트	gate, exit
國際航機	국제선	international flight
國內航機	국내선	national/domestic flight
航機	비행기	flight
離開	출발, 이탈	departure
取消的	취소되다	canceled
時刻表	시각표	schedule, times board
晚點，延誤	지각	late, delayed
早	일찍	early
直達航機	직항 항공편	direct flight
中途不著陸航機	논스톱 비행	non-stop flight
中轉	환승	transit
・中轉乘客	환승객	transit passenger

| 準時 | 제 때에 | on time |

36.3 在飛機上

廁所	화장실	toilet
乘客	승객	passenger
耳機	이어폰	headphones
發動機	발동기 , 엔진 , 모터	motor
飛機副駕駛員	부조종사	copilot
飛機駕駛員，飛行員	조종사	pilot
飛行	비행	fly
飛行時間	비행시간	flying time
高度	고도	altitude
機艙	조종실 , 객실	cabin
機長	기장	captain
機翼	기익	wing
機組人員	승무원 전원	crew
救生衣	구명 재킷	life jacket
空中服務員	객실 승무원	flight attendant
輪子	바퀴	wheel
跑道	활주로	runway
起飛	이륙하다	take off
・起飛	이륙	take-off
起落架	착륙 장치	landing gear
時差	시차	time difference
停	정지하다	make a stop
湍流	기류	turbulent
托盤	쟁반	tray
氧氣	산소	oxygen
應急程序	비상조치	emergency procedure
直升機	헬리콥터	helicopter
中途停留	단기 체류	stopover
著陸，降落	착륙하다	land
・著陸，降落	착륙	landing
坐下	앉다	sit down
座位	자리	seat
・安全帶	안전벨트	safety belt
・窗口	창문	window

· 解開	풀다	unbuckle
· 扣上，繫上	매다	buckle up, fasten
· 通道	통로 , 복도	aisle
· 椅背	의자의 등반이	back of the seat

37 · 乘車旅行

37.1 駕駛

保險卡	보험카드	insurance card
車道	차로	lane (traffic)
闖紅燈	빨간불을 무시하다	go through a red light
城市街區	시구	city block
乘客	승객	passenger
倒車	차를 뒤로 몰다	back up
道路	도로	road
道路交通圖	도로교통도	road map
罰款，罰單	벌금	fine, traffic ticket
尖峰時間	러시아워	rush hour
公路	공로	highway
加油站	주유소	gas station
· 柴油	디젤유	diesel
· 含鉛汽油	납이 함유된 휘발유	leaded gas
· 換油	오일을 바꾸다	change the oil
· 機械人員	기계공	mechanic
· 加油	기름을 넣다	fill up
· 加油員	가스수행원	gas attendant
· 檢查油	석유를 검사하다	check the oil
· 汽油	휘발유 , 가솔린	gasoline
· 無鉛汽油	납을 제거한 가스	unleaded gas
· 修理	수리	fix
駕駛，開車	운전하다	drive
駕駛執照	운전면허증	driver's license
交叉路口	교차로	intersection
交通	교통	traffic

交通信號燈	교통 신호등	traffic lights
交通擁擠，交通阻塞	교통 정체	traffic jam
街角	모퉁이	street corner
警察	경찰	police, policeman
· 交通警察	교통경찰	traffic policeman
· 女交通警察	여자 교통경찰	traffic policewoman
· 女警察	여자 경찰	policewoman
距離	거리	distance
路標	도로 표지	road sign
排擋	변속 기어	gear
· 前行	전진하다	go forward
· 後退	후진하다	back up
· 換擋	변속하다	change gears
啟動車	차를 시동하다	start the car
橋	다리	bridge
人行橫道	횡단 보도	pedestrian crossing
煞車	차에 브레이크를 걸다	brake
煞閘	제동기, 브레이크	brake
上坡	오르막길	uphill
事故	사고	accident
收費	비용	toll
收費站	요금 징수소	toll booth
司機	운전사, 기사	driver
速度	속도	speed
· 加速	가속하다	speed up
· 減速	감속하다	slow down
隧道	터널	tunnel
停車，泊車	차를 멈추다	park
· 公共停車場	공공주차장	public parking
· 停車，泊車	주차	parking
通過	통과	pass
拖車	차를 끌다	tow the car
· 拖車	부수차	towing
下坡	내리막길	downhill
信號	신호	signal
行人	행인	pedestrian

轉彎	모퉁이를 돌다	turn
・ 向右	오른쪽으로	to the right
・ 向左	왼쪽으로	to the left
彎道	만곡부, 커브	curve
自助服務	셀프서비스	self-service

37.2 道路標誌

備用車道	예비차도	Lane reserved
廁所,盥洗室	화장실	Washroom
暢通無阻	장애물이 없다	Open
超車道	추월 차선	Passing lane
出口	출구	Exit
單行道	일방 통행로	One way
地濕路滑	비 올 때는 잘 미끄러짐	Slippery when wet
故障	고장나다	Out of order
匯合	합병하다	Merge
交叉路口	교차로	Intersection
緊急車道	긴급 차로	Emergency lane
禁止出入	출입금지	No entry
禁止停車	주차금지	No stopping
禁止通行	통행금지	Closed/No thoroughfare
禁止吸煙	흡연금지	No smoking
靠右行駛	우측 통행	Keep to the right
慢	서행	Slow
平面交叉路口	평면 교차	Level crossing
橋下通行	지하도	Underpass
讓行	양보	Yield
繞行	유턴	Detour
人行橫道	횡단 보도	Pedestrian crossing
入口	입구	Entrance
速度限制	제한 속도	Speed limit
停車讓行	정차	Stop
通行稅	통행세	Toll
拖吊區	부수차구	Tow-away zone
危險	위험	Danger

危險交叉路口	위험교차로	Dangerous crossing
詢問處	정보 안내대	Information
狹窄橋	좁은 다리	Narrow bridge
嚴禁超車	앞지르기 금지	No passing
嚴禁迴轉	유턴 금지	No U-turn
嚴禁停放	주차 금지	No parking
嚴禁右轉	우회전 금지	No right turn
嚴禁左轉	좌회전 금지	No left turn
正在施工	공사중	Work in progress
注意	주의	Caution
專用停車	주차전용	Limited parking
自行車道	자전거 전용 도로	Bicycle path

37.3 小汽車

安全帶	안전 벨트	seat belt
把手，搖柄	핸들	handle
保險槓	범퍼	bumper
泵，幫浦	펌프	pump
側視鏡	사이드 미러	side mirror
車窗	차창	car window
車頂	차정	car roof
車輪	차바퀴	wheel
・備用輪胎	예비 타이어	spare wheel
車門	차문	car door
車牌	번호판	license plate
車體	차체	car body
車座	자동차 좌석	car seat
儲物槽	도구함	glove compartment
擋泥板	펜더	fender
燈	등불	light
電系統	전기시스템	electrical system
動力制動器	동력 브레이크	power brake
動力轉向	동력 조타 장치	power steering
發電機	발전기 , 제너레이터	generator
發動機	발동기 , 모터	motor
閥，活門	밸브	valve
方向盤	핸들	steering wheel

擋風玻璃	앞유리	windshield
風扇	선풍기	fan
・風扇皮帶	팬 벨트	fan belt
過濾器	여과기	filter
車尾的行李箱	트렁크	trunk
後座	뒷자리	back seat
化油器	기화기	carburetor
變速排檔	변속 기어	gearshift
活塞	피스톤	piston
火星塞	점화전	sparkplug
空調	에어컨	air conditioning
喇叭	나팔	horn
離合器	클러치	clutch
輪胎	타이어	tire
馬力	마력	horse power
汽車商	자동차 판매원	car dealer
千斤頂	잭	jack
前座	앞좌석	front seat
散熱器	라디에이터 , 방열기	radiator
煞車	브레이크	brake
水箱	물 탱크	water tank
速度計 , 里程計	속도계	speedometer
消聲器 , 減音器	머플러	muffler
信號燈	신호등	signal light
行李架	그물 선반	luggage rack
蓄電池	배터리	battery
儀表板	게기반 , 대시보드	dashboard
引擎罩 , 汽車前蓋	보닛	hood
油	기름 , 석유	oil
油泵 , 油幫浦	주유 펌프 , 주유기	gas pump
油門踏板	가속 페달	gas pedal
油箱	가스 탱크	gas tank
雨刷器	와이퍼	wiper
阻塞門 , 阻氣門	폐색부 , 초크	choke

長期票通勤旅客	정기권 통근자	commuter
車輛	차량	vehicle
車站	정거장	station, stop
計程車	택시	taxi
• 計程車司機	택시 운전사	taxi driver
搭車旅行	히치하이크하다	hitchhike
• 搭車旅行的人	자동차 편승 여행자	hitchhiker
等候	기다리다	wait for
地鐵	지하철	subway
地鐵站	지하철역	subway station
地鐵站入口	지하철역의 입구	subway entrance
渡口，渡船	도선장	ferry
筏，木排	뗏목	raft
公共汽車	버스	bus
• 公共汽車司機	버스 운전사	bus driver
• 公共汽車站	버스정거장	bus stop, depot
• 沒趕上公共汽車	버스를 놓치다	miss a bus
火車	기차	train
• 分隔車室	칸막이한 객실	compartment
• 火車頭	기관차	locomotive
• 火車站	기차역	railway station
• 客車	객차	passenger car
• 鐵道，軌道	철도 선로 , 궤도	track
• 鐵路	철도	railway, railroad
• 臥車	침대차	sleeping car
駕駛員	운전사	driver (of a public vehicle)
槳，櫓	노	oar
• 短槳	패들	paddle
交通	교통	transportation
• 公共交通	공공교통	public transportation
救護車	구급차	ambulance
救生衣	구명 재킷	life-jacket
卡車	트럭	truck
• 卡車司機	트럭 운전사	truck driver
開行，離開	떠나다	leave, depart

快遞車，快運車	지급 운송차	courier bus, express
垃圾車	쓰레기차	garbage truck
聯運	연락 운송	connection
螺旋槳，推進器	프로펠러	propeller
麵包車，廂式貨車	유개 자동차	van
摩托車	오토바이	motorcycle
拋錨	고장이 나서 멎다	anchor
跑車	스포츠카	sports car
票	표	ticket
・出票機	표 판매기	ticket machine
・電子票	전자 탑승권	e-ticket
・售票處	매표소	ticket office
・售票員	매표원	ticket agent
汽車	자동차	automobile
汽車渡輪	카페리	car-ferry
時刻表	시각표	schedule
・到達	도착	arrival
・離開	출발	departure
・取消	취소	canceled
售票員，乘務長	차장	conductor
拖車	트레일러	trailer
拖曳車	구난 자동차	tow truck
舷窗	현창	porthole
消防車	소방차	fire truck
小汽車	승용차	car
・小型汽車	소형 승용차	compact car
・租用的小汽車	임대 자동차	rented car
小型貨車	미니밴	minivan
有軌電車	시내 전차	streetcar
站，車站	역	stop
自行車	자전거	bicycle
・車把	핸들바	handle bar
・車帶，內胎	튜브	tube
・車閘，煞車	브레이크	brake
・車座	좌석	saddle
・輻條	스포크	spoke
・腳踏板	페달	pedal

· 鏈盒	체인 케이스	chain case
· 鏈條	체인	chain
· 輪胎	타이어	tire
座位	좌석, 자리	seat

39 · 旅館

39.1 旅館

抱怨，投訴	원망을 품다, 호소하다	complain
· 抱怨，投訴	원망, 호소	complaint
出口	출구	exit
大門	대문	main door
電梯	엘리베이터	elevator
房間	룸	room
· 帶兩張床的	침대 두 개를 가지고 있는	with two beds
· 帶雙人床的	더블베드를 가지고 있다	with double bed
· 單人床	싱글 베드	single bed
· 雙人房	2인용 방	double room
風景	경치	view
服務	서비스	service
價格	가격	price
· 包括一切的價格	포괄적인 가격	all-inclusive price
· 淡季	비수기, 비철	low season
· 收費標準	비용표준	rate
· 旺季	성수기	high season
叫醒電話	모닝 콜	wake-up call
經理	경영자	manager
看門人	도어맨	doorman
樓層	층	floor
樓房底層	1층	ground floor
樓梯	계단	stairs
旅館	호텔	hotel
· 豪華旅館	호화호텔	luxury hotel
· 普通旅館	보통호텔	modest hotel
· 汽車旅館	모텔	motel

· 五星級旅館	특급 호텔	five-star hotel
旅館房間	호텔 방	hotel room
旅館侍者	보이 , 사환	bellhop
門廳，大堂	로비	foyer, lobby
女僕	하녀 , 가정부	maid
入口	입구	entrance
身分證	신분증	identification card
收據	영수증	receipt
午餐	점심	lunch
消息	소식	message
行李架	그물 선반	luggage rack
宴會	연회	banquet
野營	캠프	camping
游泳池	수영장	swimming pool
預訂	예약	reservation
鑰匙	열쇠	key
早餐	아침	breakfast
· 包含早餐	조식 포함	breakfast included
帳單	계산서	bill
招待所	호스텔	hostel
職員	직원	clerk
住宿，膳宿	투숙	lodging, accommodations

39.2 旅館房間

被單，褥單	침대시트	sheets
壁櫥，衣櫥	벽장	closet
窗簾	창문 커튼	curtain
床	침대	bed
床頭櫃	침대의 머릿장	bedside table
燈	램프 , 전등	lamp, light
· 打開	켜다	turn on
· 電流	전류	current
· 關上	끄다	turn off
· 開關	스위치	switch
肥皂	비누	soap
扶手椅子	안락 의자	armchair
俯視，眺望	내려다보다	overlook

恆溫器	서모스탯	thermostat
淋浴	샤워	shower
毛巾	타월	towel
毛毯	담요	blanket
梳妝檯	화장대	dresser
雙人床	더블베드	double bed
水龍頭	물꼭지	faucet
屜櫃	서랍	chest of drawer
推拉門	미닫이 문	sliding door
衛生紙	휴지	toilet paper
洗臉盆	세면대	sink, wash basin
・冷水	냉수	cold water
・熱水	뜨거운 물	hot water
洗髮精	샴푸	shampoo
香皂	세수 비누	toilet soap
陽台	발코니	balcony
衣架	옷걸이	clothes hanger
浴缸	욕조	bath tub
浴室	욕실	bathroom
枕頭	베개	pillow

九、教育

40・學校

40.1 學校類型與基本詞彙

獎學金	장학금	scholarship, grant
・獎學金獲得者	장학금 수상자	scholarship holder
教育	교육	education, instruction
・教育，教授	교육하다 , 교수하다	educate, instruct
教育部	교육부	Ministry of Education
課程	과정	course
・函授課程	통신 교육 과정	correspondence course
・晚間課程	야간 과정	evening course
年級	학년	grade
・一年級	일 학년	first year, grade one
・二年級	이 학년	second year
日間托兒	주간 탁아	daycare
系主任	학부장	dean, chair of a faculty
學年	학년	school year
學校	학교	school
・初中	중학교	junior high school, middle school
・大學	대학교	university
・高中	고등학교	senior high school
・公立學校	공립 학교	public school
・國立學校	국립 학교	state school
・技術學校	진수 학교	technical school
・寄宿學校	기숙 학교	residential school (college)

• 教師培訓學校	교원양성소	teacher training school
• 男女同校的學校	남녀공학학교	coed school
• 商業學校	상업학교	commercial school
• 私立學校	사립 학교	private school
• 小學	초등학교	primary/elementary school
• 夜校	야간학교	evening school
• 職業學校	직업 학교	vocational school
• 中學	중 , 고등학교	high school, secondary school
學院	학원	institute
音樂〔藝術、戲劇〕學院	음악 [예술 , 연극] 학교	conservatory
幼稚園	유치원 , 보육원	kindergarten, nursery school
系	학부	faculty
• 法學系	법학원	law faculty
• 工程學系	공학과	engineering faculty
• 建築系	건축과	architecture faculty
• 商業系	상업학과	business and commerce faculty
• 文科	문과	liberal arts faculty
• 醫學系	의학과	medicine faculty
• 自然科學系	자연과학과	sciences faculty
專業課程	전공과정	specialization course

40.2 教室

百科全書	백과전서	encyclopedia
背包	책가방	knapsack, backpack
筆記本	노트 , 공책	notebook
• 環扣筆記本	고리가 있는 공책	ringed notebook
• 螺旋扣筆記本	나선철로 재봉된 공책	spiral notebook
筆記型電腦	노트북	laptop computer
地圖	지도	map
讀本	독본	reading book

粉筆	분필	chalk
高架的	머리 위의	overhead
・高射投影機	오버헤드 프로젝트	overhead projector
黑板	칠판	blackboard
黑板擦	칠판 지우개	blackboard eraser
幻燈機，投影機	환등기 , 투사기	projector
電腦	컴퓨터	computer
計算機	계산기	calculator
・袖珍計算機	휴대용 계산기	pocket calculator
記號筆	마커펜	marker
膠水	풀	glue, paste
課本	교과서	textbook
課桌	책상	desk
量角器	각도기 , 분도기	protractor
墨水	잉크	ink
手冊	수첩	manual
書	책	book
書包	책가방	school bag
橡皮擦	지우개	eraser
寫字台，書桌	책상	writing desk
螢光筆	형광 칼라펜	highlighter
語法書	문법책	grammar book
圓規	컴퍼스	compasses
原子筆	볼펜	ballpoint pen
紙	종이	paper
・方格紙	방안지 , 그래프 용지	squared paper
・橫格紙	괘선지	lined paper
・繪圖紙	도화지 , 제도 용지	drawing paper
・卡紙	컨트지 , 판지	carton paper
字典	사전	dictionary
作業本	숙제 공책	assignment book

40.3 教師與學生

班，級	반	class (of students), grade
技術員	기술자	technician
看門人，勤雜工	문지기	janitor

老師，教師	교사 , 교원	teacher, instructor
秘書	비서	secretary
特殊教育的老師	특수교육교사	special education teacher
同學，校友	학우 , 동창	schoolmate
圖書管理員	도서관 직원	librarian
校長	총장	principal
・大學校長	대학교 총장	president of a university
・中學校長	중학교 교장	high school principal
學生	학생	student
・小學生	초등학생	elementary school pupil
・中學生	중 , 고등학생	high school student
・大學生	대학생	college student
助教	조교	assistant
自學者	독학생	self-learner

40.4 校園設施

辦公室	사무실	main office
教師辦公室	연구실	office (of an instructor)
教室	교실	classroom
門廳，通道	현관 , 복도	hallway
實驗室	실험실	laboratory
體育館，健身房	체육관	gymnasium
圖書館	도서관	library
校園	캠퍼스	campus
運動場	운동장	sports ground
自助餐廳	카페테리아	cafeteria

40.5 其他相關詞彙

筆記	필기	note
畢業證書	졸업증명서	diploma
・獲得畢業證書	졸업증명서를 받다	get a diploma
擦掉	지우다	erase

草稿	원고	rough copy, draft
測試	시험, 검사, 테스트	test
成績，分數	성적	grade, mark
成績報告單	성적표	report card
出勤率	출석(상황), 출근(상황)	attendance
出席	출석 (하다)	be present
錯誤	실수, 잘못, 틀린 것	error, mistake
點名	출석을 부르다	take attendance
犯錯誤	실수하다	make mistakes
複述	다시 말하다, 복창하다	repeat
副本	부본, 사본	copy
改正	수정하다	correct
幻燈片	슬라이드	slide
回答	대답	answer
・回答	대답하다	answer
・長的	길다	long
・錯誤的	틀리다	wrong
・簡短的	간단하다, 짧다	brief, short
・正確的	정확하다, 맞다	right
繪圖	제도	drawing
・繪圖	제도하다	draw
基礎科目	기초과목	basic subject
集體活動	단체활동	group work
電腦輔助學習	컴퓨터 원용 학습	computer-assisted learning
記分數	득점을 기록하다	mark
教	가르치다	teach
教學輔助	보조 교재	teaching aids
教育	교육	education
教育水準	교육 수준	level of education
考試	고사, 시험	examination
・口試	구술 시험, 구두 시험	oral exam
・入學考試	입학 시험	entrance exam, admission test
・通過考試	시험을 통과하다	pass an exam

課	수업	class, lesson
・功課	수업	class, lesson
・上課	수업하다	have a class
・逃課	무단 결석하다	skip a class
課程	필수과목	curriculum
上，到	오르다, 닿다	attend
領域	분야	field (of study)
論文	논문	thesis
・論文答辯	논문 답변	defend one's thesis
目錄	목록	catalogue
能力	능력	ability
能力傾向測驗	적성 검사	aptitude test
培訓	훈련, 양성	training
平均，一般水準	평균	average
評定等級	등급 매기기	grading
評價	평가	evaluation
曲線圖	그래프	graph
缺勤	결석하다	be absent
上課	수업하다	have a class
升級，通過	통과하다	be promoted, pass
實地作業	실지 견학	field trip
受教育的	교육을 받은	educated
授予	수여	conferral
・授予	수여하다	confer
書簽	서표, 갈피표	bookmark
逃學	학교를 무단결석하다	skip school, play hooky
體育	체육	physical education
聽	듣다	listen to
退學	퇴학하다	drop out
溫習，複習	복습하다	review
・溫習，複習	복습	review
文獻目錄	관계 서적 목록	bibliography
問題	문제	question
・提問	질문을 하다	ask a question
習題	문제	problem
・解題	문제를 풀다	solve a problem
寫	쓰다	write

選修科目	선택과목	optional subject
學費	학비	school fee, tuition
學季	사반기 , 사분기	quarter term
學期	학기	semester
學術報告會	심포지엄 , 토론회	symposium
學位	학위	degree
・獲得學位	학위를 받다	get a degree
學習	학습하다 , 배우다	learn
・學習	학습	learning
學校註冊	등록	school registration
研究	연구하다	study
・研究	연구	study
研討會	세미나 , 토론회	seminar, workshop
影印	사진복사하다	photocopy
・影印本	영인본	photocopy
圓桌	원탁	round table
閱讀	읽다 , 독서하다	read
閱讀，閱讀段落	읽기 , 구절을 읽다	reading, reading passage
中學畢業證書	고등학교 졸업장	high school diploma
終稿	탈고된 원고	good/final copy
註冊	등록	registration
・註冊費	등록금	registration fee
自學	독학	self-taught
作文	작문	composition
作業	숙제	assignment

41 ・學科

科目，學科	과목	subject
地理學	지리학	geography
動物學	동물학	zoology
法 (律) 學	법학	law
工程學	공학	engineering
化學	화학	chemistry
幾何學	기하학	geometry

電腦科學	컴퓨터 과학	computer science
建築	건축학	architecture
解剖學	해부학	anatomy
經濟學	경제학	economics
精神病學	신경정신의학	psychiatry
考古學	고고학	archeology
歷史學	역사학	history
人類學	인류학	anthropology
三角學	삼각학	trigonometry
商業	상업	commerce
設計學	설계학 , 디자인	design
社會學	사회학	sociology
生物學	생물학	biology
數學	수학	mathematics
天文學	천문학	astronomy
通訊科學	통신과학	communication sciences
統計學	통계학	statistics
文科，人文學	문과 , 인문과학	liberal arts, humanity
文學	문학	literature
物理學	물리학	physics
心理學	심리학	psychology
資訊學	정보 과학	informatics
醫學	의학	medicine
藝術	예술	art
音樂	음악	music
語言	언어	language
語言學	언어학	linguistics
哲學	철학	philosophy
政治學	정치학	political science
植物學	식물학	botany
自然科學	자연과학	science

十、工作與商界

42 · 工作

42.1 工作和職業

編輯	편집	editor
補鞋匠	신기료 장수	cobbler, shoe-repairer
部門經理	부장	departmental manager
裁縫	재봉사	tailor
測量員，勘測員	측량자	surveyor
程式設計員	프로그래머	programmer
出納員	출납원	cashier
計程車司機	택시 운전사	taxi driver
廚師	요리사	cook
電工	전공, 전기공	electrician
店員	점원	store clerk
董事長，首席執行官	최고 경영자	director, CEO
法律顧問	법률 고문	legal consultant
房地產經紀人	부동산 매매 중개인, 토지 브로커	real-estate agent
房屋油漆工	집 칠장이, 도장공	house painter
飛行員	비행기 조종사	pilot
服務生	종업원	waiter, waitress
工程師	기사	engineer
工作	일, 작업, 업무	job
公司法律顧問	회사고문 변호사	company lawyer
股票〔證券〕經紀人	주식 (증권) 중개인	stockbroker
顧問	고문	consultant
管子工	배관공	plumber
海關人員	세관 직원	customs officer
海員，水手	해원, 선원	sailor

合伙人	공동 경영자, 조합원	partner
護士	간호사	nurse
花匠	화초 재배사, 꽃장수	florist
會計	회계	accountant
機械工	기계공, 정비사, 수리공	mechanic
電腦科學家	컴퓨터 과학가	computer scientist
技術顧問	기술 고문	technical consultant
建築師	건축사	architect
教師	교사	teacher
街道清潔工	환경미화원	street sweeper
精神病科醫生	정신병 의사	psychiatrist
警察	경찰	policeman, policewoman
警衛	경비원	guard
軍人,士兵	군인	soldier
辦公室人員	회사원, 사무원	office worker
科學家	과학가	scientist
理髮師	이발사	barber, hairdresser
物理治療家	물리 요법사	physical therapist
律師	변호사	lawyer
秘書	비서	secretary
麵包師傅	제빵 업자	baker
木匠	목수	carpenter
泥水匠	미장이, 석고 세공인	plasterer
農場主	농장주	farmer
砌磚工	벽돌공	bricklayer
商人	상인	business person
商務顧問	기업 진단원	business consultant
社會福利工作者	사회 사업가	social worker
審計員,查帳員	회계 검사원	auditor
實業家,企業家	실업가, 기업가	industrialist
室內裝飾商	실내 장식업자	upholsterer
書商	서적상, 책장수	bookseller
水果攤販	과일 장수	fruit vendor
司機	운전사	driver

特許會計師	공인 회계사	chartered accountant
圖書管理員	도서관리원	librarian
屠夫	도살자	butcher
外科醫生	외과 의사	surgeon
消防員	소방대원	firefighter
銷售代表	외판원	sales representative
銷售員	판매원	salesman, saleswoman
心理學家	심리학가	psychologist
新聞工作者	저널리스트 , 보도 기자	journalist
行政	행정	administration
學徒	도제 , 수습생	apprentice
眼科醫生	안과 의사	oculist
藥劑師	약사	pharmacist
醫生	의사	doctor
郵差	우편 집배원	letter carrier
魚販子	생선장수	fishmonger
雜貨商	잡화상	grocer
職業，工作	직업	occupation, profession
職業選手	프로 선수	professional
職員	직원	staff, personnel
珠寶商	보석 상인	jeweler
助產士	조산사	midwife
專門職業者	지적 직업인	professional
總裁，公司總經理	최고 경영자	chief executive
作家	작가	writer

42.2 求職簡歷

姓名	성명	name
· 姓	성	surname
· 名	명	first name
地址	주소	address
· 城市	도시	city
· 街道	거리	street
· 號碼	번호	number
· 郵政編碼	우편번호	postal code

電話號碼	전화번호	telephone number
· 區號	지역번호	area code
電子郵件地址	이메일 주소	e-mail address
出生日期和地點	생년월일 및 장소	date and place of birth
· 日期	기일	date
· 地點	곳	place
年齡	나이	age
性別	성별	sex
· 男	남	male
· 女	녀	female
婚姻狀況	혼인상황	marital status
· 未婚	미혼	single
· 已婚	기혼	married
· 離婚	이혼	divorced
· 喪偶	상우	widowed
國籍	국적	nationality
教育情況	교육상황	education
· 學歷證明	학력 증명	educational qualifications, credentials
· 中學畢業生	고등학교 졸업생	high school graduate
· 大學畢業生	대학교 졸업생	university graduate
職務	직무	profession
個人簡歷	개인 이력	résumé
推薦信	추천서	references
資格證	자격 증명서 , 면허증	qualification

42.3 辦公室

安裝	설치	installation
辦公時間	사무 시간	office hours
辦公室人員	사무 직원	office personnel
辦公室主任	부장	office manager
辦公用品	사무용 소모품	office supplies
筆	붓	pen
筆記型電腦	노트북	laptop computer
便條紙簿	종이철	pad
標籤	라벨	label
病毒	바이러스	virus

佈告牌	게시판	notice board
菜單，選單	식단 , 메뉴	menu
草稿	초안 , 초고	draft
尺	자	ruler
觸控螢幕	터치스크린	touch-screen
傳真	팩스	fax
視窗	창 , 윈도	window
磁碟	디스켓	diskette
存儲器，記憶體	저장장치	memory
打孔器	펀치	punch
打入	입력	type in
列印	프린트	print
印表機	프린터	printer
・雷射印表機	레이저 프린터	laser printer
・墨水盒	카트리지	cartridge
・噴墨印表機	인크젯 프린터	ink-jet printer
・碳粉	토너	toner
檔案	파일	file
・歸檔	철하여 정리 보관하 다	file away
導航	순항하다	navigate
等候室	대합실	waiting room
電話答錄機	전화 자동 응답기	answering machine
電視電話會議	원격지간의 회의	teleconference
電子表格	스프레드시트	spreadsheet
電子郵件	이메일	e-mail
訂書釘	꺽쇠 , U 자못	staple
訂書機	호치키스 , 스테이플 러	stapler
多功能備忘記事簿	개인용 정리 수첩	personal organizer
方便用戶操作的	사용하기 쉬운	user-friendly
複寫	복사	copy
複寫紙	카본지	carbon paper
複製	복사	duplicate
副本	부본 , 사본	copy
格式	포맷	format
・格式化	포맷하다	format
・已格式化的	포맷된	formatted

工作站	워크스테이션	workstation
游標	커서	cursor
光碟唯讀記憶體	씨디롬	CD-ROM
網際網路	인터넷	Internet
電腦	컴퓨터	computer
計算機	계산기	calculator
記號筆	마커펜	marker
鍵盤	키보드	keyboard
交互式的	대화식의	interactive
膠帶	테이프	adhesive tape
卡片	카드	card
密碼	암호	password
蠟筆	크레용	crayon
履歷	이력	record
名片	명함	business card
墨水	잉크	ink
內部通訊系統	인터컴	intercom
鉛筆	연필	pencil
切碎	조각조각으로 찢다	shred
迴紋針	클립	clip
日曆	일력	calendar
軟體	소프트웨어	software
· 相容的軟體	호환성이 있는 소프트웨어	compatible software
輸入	입력	input
滑鼠	마우스	mouse
索引	인덱스, 색인	index
填寫	채우다	fill out
數據機	모뎀	modem
圖釘	납작못	tack
圖符	아이콘	icon
修正液	수정액	whiteout
網路	네트워크	network
網站	사이트	website
微處理器	마이크로프로세서	microprocessor
文檔	문서	document
· 文檔封面	문서 표지	document cover
文件,檔案	파일	file

• 文件櫃	서류 정리용 캐비닛	filing cabinet
• 文件夾	문서철	file folder
• 文件名	파일명	file name
文字處理器	워드 프로세싱	word-processing
系統分析員	시스템 분석가	systems analyst
線，繩子	선 , 줄	string
寫字台	책상	writing desk
信封	봉투	envelope
信箋抬頭	편지지 윗 부분의 인 쇄 문구	letterhead
姓名地址簿	주소 성명록	directory
虛擬的	가상기억의	virtual
影印機	사진 복사기	photocopier
硬體	하드웨어	hardware
硬碟	하드 디스크	hard drive, hard disk
用戶	사용자	user
用品櫃	문구장	supply cupboard
線上	온라인	on-line (online)
終端	단말기 , 터미널	terminal
字紙簍	휴지통	wastebasket
組織系統圖	조직도 , 기구도	organization chart
左右對齊，兩端對齊	자리맞춤	justification

42.4 職場

罷工	파업	strike
• 罷工者	파업자	striker
• 進行罷工	파업하다	go on strike
• 總罷工	총파업	general strike
辦公室	사무실	office
不滿	불만	grievance
倉庫	창고	warehouse
產品	생산품 , 제품	product
廠房，車間	공장	plant
成本價格	원가 , 비용가격	cost price
調查	조사	survey
董事會	이사회	board of directors

多國的	다국적	multinational (company)
分部	분가 , 분관 , 지점	branch
付款	지불하다	pay
工廠	공장	factory
工會	노동조합	labor union
工會會員	노동조합 회원	union member
工會協商	노동조합 협상	union negotiation
工資，薪水	임금, 월급	wage, stipend, pay
・底薪,基本工資	기본급	base salary
・發薪日	봉급날	pay day
・固定工資	정액 임금	fixed wage
・起薪	초임금	starting wage
・實得工資	실수입	take-home pay
・收入	수입 , 소득	income
・加薪	임금 인상	wage increase
・薪金納稅	소득세를 과세하다	tax on salary
工作	작업 , 일	work
・得到一份工作	일자리를 얻다	get a job
・第二職業	부업	second job, moon-lighting
・工作	작업하다 , 일하다	work
・計件工作	삯일 , 청부일	piece work
・加班	시간외 근무	overtime work
・臨時工作	임시직업	temporary work
・輪班工作	교대근무	shift work
・失業	실업	lose one's job
・提供一份工作	직업을 제공하다	offer a job
・夜間工作	야간 작업 , 밤일	night work
工作合約	작업 계약	work contract
工作伙伴，同事	동료	work associate
工作時間	작업 시간	working hours
公共關係部	홍보과	public relations office
公司	회사	firm, company
・股份公司	유한 회사 , 주식회사	stock company, corporation
・公司保全	회사 보안	company police
・子公司	종속 회사 , 자회사	subsidiary

・ 註冊一家公司	회사를 등록하다	register a company
股東	주주	stockholder
顧客	고객	clientele
僱用	고용하다	hire
・ 白領工人	봉급 생활자	white-collar worker
・ 僱用	채용 , 고용	hiring, employment
・ 藍領工人	육체 노동자	blue-collar worker
僱員 , 受僱者	고용인	employee
僱主 , 僱用者	고용주	employer
管理	관리	management
管理委員會	관리위원회	management board
廣告 , 做廣告	광고	advertising
・ 分類廣告	안내 광고 , 3 행 광고	classified ad
合併	합병	merge
合伙公司	합영 회사	partnership
合約	계약	contract
家庭辦公	소호	SOHO
見習期 , 試用期	수습기간	probation period
交貨	납품하다	delivery
收購價	매입가	takeover bid
解僱	해고하다	fire
・ 解僱	해고	firing
經理	경영자	manager
競爭	경쟁	competition
競爭者	경쟁자	competitor
會計部	회계부	accounting department
勞動力短缺	일손 부족	labor shortage
勞動力剩餘	노동력 잉여	labor surplus
理賠	배상수속을 처리하다	pay claim
利潤	이윤	profit
・ 紅利	배당액	dividend
・ 淨利	순이익	net profit
・ 利潤率	이윤율	profit margin
・ 毛利	총이익 , 총수익	gross profit
壟斷	독점 , 전매	monopoly

年假	연차 휴가	annual leave
請假	후사 허가	leave-of-absence
任命，任職	임명	appointment
商品	상품	merchandise
商業，貿易	상업 , 무역	commerce, trade
申請者	신청자	applicant
生產者	생산자	producer
生涯	생애	career
失業	실업	unemployment
失業救濟金	실직 수당	unemployment benefits
市場	시장	market
市場研究	시장 조사	market research
私有化	민영화	privatize
討價還價，議價	흥정하다	bargaining, nego-tiation
特許經營權	독점 판매권	franchise
・特許經營者	독점 판매업자	franchiser
提升，升級	승진	promotion
退休	퇴직하다	retire
退休金	연금	pension, retirement
午餐休息	점심 휴식	lunch break
消費品	소비품	consumer good
消費者	소비자	consumer
消費者保護	소비자 보호	consumer protec-tion
性格測試	성격 검사	personality test
演示	실연	demonstration
預算	예산	budget
預算預測	예산 예측	budget prediction
折扣	할인	discount
掙得，賺得	벌다	earn
職業介紹所	직업소개소	employment agency
職業危險	직업 위험	occupational hazard
中止，歇息	휴식	break
主持會議	회의의 의정을 하다	chair a meeting

主顧，客戶	고객	customer
自己經營	자가 경영을 하다	be self-employed
總社，總店	본점 , 본사	head office

43 · 商業與金融

43.1 金融與保險

保險	보험	insurance
· 保險單	보험 증권	insurance policy
· 保險費	보험료	insurance premium
· 保險公司	보험 회사	insurance company
· 被保險人	피보험자	insured person
· 火險	화재 보험	fire insurance
· 可保險的	보험에 넣을 수 있는	insurable
· 人壽險	생명 보험	life insurance
· 投保險	보험에 들다	insure
· 意外險	상해 보험	accident insurance
保險櫃	금고	safe
· 銀行保險櫃	대여금고	safety deposit box
背書	배서하다	endorse
· 背書	배서	endorsement
· 空白背書	백지식 배서	blank endorsement
比率	비율	rate
貶值	평가절하	devaluation
· 貶值	평가절하를 하다	devalue
表格	양식	form (to fill out)
不動產，房地產	부동산	real estate
鈔票	지폐	bill, banknote
· 大額鈔票	고액 지폐	large bill
· 小額鈔票	소액 지폐	small bill
赤字	적자	deficit
出納	출납 , 출납원	cashier, teller
· 出納窗口	출납 창구	teller's window
儲蓄	저축하다	save
· 儲蓄	저축	savings

・儲蓄銀行	저축 은행	savings bank
存款	예금	deposit
・存款	예금하다	deposit
・存款單	예금 전표	deposit slip
存摺	통장	bank book, savings book
貸款	대출	loan
・償還抵押貸款	저당을 상환하다	pay off a mortgage
・貸款負責人	대출 담당자	loan officer
・提供抵押貸款	저당을 제공하다	open up a mortgage
・獲得貸款	대출을 받다	get a loan
抵押	저당	mortgage
・房屋抵押	집 저당	house mortgage
兌換	환전	exchange
・兌換	환전하다	exchange
・兌換率	환율	rate of exchanging
付，支付	지불하다	pay
・付款	돈을 지불하다	payment
・付現金	현금으로 지불하다	cash
・還債	빚을 갚다	pay off
・貨到付款	현물 상환 지불	payment on delivery
・現金支付	현금 지급	cash payment
負債，債務	부채, 채무	liability, loan
工資	임금	salary
過期日期	유효 기한	expiration date
匯票	환어음	draft
本票	약속 어음	promissory note
貨幣	화폐	currency
・韓元	한화	won
・美元	달러	dollar
・歐元	유로	euro
・人民幣	인민폐	RMB
假幣	위조 화폐	counterfeit money
金融家	금융가	financier
經理	경영자	manager
客戶	손님, 고객	customer
利率	이율	interest rate

· 可變的	가변의	variable
· 固定的	고정된	fixed
利息	이자	interest
· 單利	단리	simple interest
· 複利	복리	compound interest
零錢	용돈	loose change
零售	소매	retail
免稅	면세	tax exemption
年金	연금	annuity
排	줄	line
· 排隊	줄을 서다	line up
批發	도매	wholesale
簽字	서명 , 사인	signature
· 簽署人	서명자	signatory, signer
· 簽字	서명하다	sign
錢	돈	money
欠帳，負債	부채	debit, debt
清算	청산하다	clear
取款	예금 인출	withdrawal
· 取款	예금 인출하다	withdraw
· 取款單	예금 청구서	withdrawal slip
生活費用	생활비	cost of living
收據	영수증	receipt
收入	소득 , 수입	income
衰退	경기 후퇴	recession
稅	세금	tax
· 稅收	세수	taxable income
· 徵稅員	세금 징수원	tax collector
損失	손실	loss
貼現	어음 할인하다	discount
· 貼現率	어음 할인율	discount rate
通貨緊縮	디플레이션	deflation
通貨膨脹	인플레이션	inflation
· 通貨膨脹率	통화팽창률	inflation rate
投資	투자	invest
· 投資	투자하다	investment
外匯	외환	foreign exchange
現金	현금	cash

現金價值	현금 가치	currency value
信用	신용	credit
・信用機構	신용 기구	credit institute
・信用卡	신용 카드	credit card
・信用額度	신용 한도	credit limit
・銀行轉帳	은행 계좌의 대체	credit transfer
銀行	은행	bank
・中國工商銀行	중국공상은행	Industrial and Commercial Bank of China
・中國建設銀行	중국건설은행	China Construction Bank
・中國農業銀行	중국농업은행	Agricultural Bank of China
・中國人民銀行	중국인민은행	People's Bank of China
・中國銀行	중국은행	Bank of China
・城市銀行	씨티은행	Citi Bank
・第一銀行	제일은행	SC First Bank
・國民銀行	국민은행	KB
・韓亞銀行	하나은행	Hana Bank
・匯豐銀行	HSBC 은행	HSBC Bank
・企業銀行	기업은행	IBK
・外換銀行	외환은행	Korea Exchange Bank
・新韓銀行	신한은행	Shinhan Bank
・友利銀行	우리은행	Woori Bank
・信托公司	신탁 회사	trust company
・在銀行工作	은행에서 일하다	work in a bank
・支行	지점	branch
・總行	본점	head office
銀行代碼	은행 코드	bank code
銀行匯票	은행 환어음	bank money order
銀行經理	은행간부	banking executive
銀行收據	은행 영수증	bank receipt
銀行職員	은행원	bank clerk
硬幣	동전	coin
餘額	잔액	surplus
預算，平衡	예산 , 균형	budget, balance

債券	증권	bond
帳戶	계좌	account
・儲蓄帳戶	보통 예금 계좌	savings account
・開立帳戶	계좌를 개설하다	open an account
・往來帳戶	당좌 계좌	current account
・取消帳戶	계좌를 취소하다	close an account
・現金帳戶	현금 계정	cash account
・支票帳戶	당좌 예금 계좌	checking account
證券，股票	증권	stock, share
證券市場	증권 시장	stock market
支票	수표	check
・兌付支票	수표를 현금으로 바꾸다	cash a check
・旅行支票	여행자 수표	traveler's check
・支票簿	수표장	check book
・支票結算	수표결제	check clearing
職員	직원	employee
資本	자본	capital
資助	재물로 돕다	funding
自動提款	자동 예금 인출	automatic withdrawal
自動櫃員機	현금 자동 지급기	automated banking machine

43.2 商業

報價，牌價	시가, 견적	quotation
・報（牌價）	견적하다	quote (stock price)
財務主管	재무장관	treasurer
產生，帶來	생기다	yield
償還	갚다	compensate
沖帳	장부를 결산하다	balancing the books
退場門	출구	export
大額貸款	고액 대출	large loan
貸款人，借貸方	대부자	loaner, creditor
法定貨幣	법화, 법정 화폐	legal tender
費用	비용	expenses *(business)*
個人所得稅	개인소득세	personal income tax
公債	공채	public debt

會計	회계원	accountant
獲利，利潤	이익, 이윤	gains, profits
降價	가격을 인하하다	fall in prices
交易，買賣	거래	deal
進口	수입	import
競爭	경쟁	competition
開支	지출	expenses
扣除	공제	deduction
虧損	결손, 손실	loss
納稅	납세	tax payment
賠償費	배상금	damages
破產	파산	bankruptcy
清償，變賣	청산하다, 갚다	liquidate
· 清償，變賣	청산	liquidation
財政	재정	finance
市場法	시장법	laws of the marketplace
市場價格	시장 가격	market price
數額	액수	amount
稅務所	세무소	taxation office
銷售稅	판매세	sales tax
信用證	신용장	credit letter
要求，索取	요구	claim
營利	이익을 도모하다, 이윤을 추구하다	gain
責任	책임	liability
漲價	가격을 인상하다	rise in prices
總額，一次總付的錢	총액	lump sum

十一、科學技術

44 · 科學技術

44.1 技術和通信

保真度，精確	충실도	fidelity
傳送，發射	전송	transmission
傳真機	팩시밀리 , 송수신기	fax machine
單軌	모노레일 , 단궤 철도	monorail
飛彈	미사일	guided missile
・發射	발사하다	launch
・發射坪，發射台	발사대	launch pad
燈光信號	등불신호	light signal
電視電話，視訊電話	텔레비전 전화	video telephone
電視會議	텔레비전 회의	videoconference
電視電話會議	원격지간 회의	teleconference
電信，遠距離通信	전기 통신	telecommunication
電子遊戲	비디오 게임	video game
訂購，預訂	예약	subscription
・訂金	예약비	subscription fee
放射	방사	emission
費，服務費	요금	fee
干擾	간섭	interference
光筆，光讀出器	광학식 판독 장치	optical reader
光碟	콤팩트 디스크	compact disc
光學	광학	optics
太空船	우주선	spacecraft
・太空梭	우주 왕복선	space shuttle
・登月艙	달 착륙선	lunar module
核工業	핵공업	nuclear industry
・核反應爐	원자로	nuclear reactor
・核能	핵에너지 , 원자력	nuclear energy

中文	韓文	英文
· 核燃料	핵연료	nuclear fuel
· 聚變反應爐	핵융합로	fusion reactor
機器人	로봇	robot
雷射	레이저	laser
· 雷射光束	레이저 광선	laser beam
技術	기술	technology
接收	수신	reception
科學研究	과학연구	scientific research
量子論	양자론	quantum theory
頻率	빈도 , 주파수	frequency
聲音信號	음성신호	sound signal
聲學	음향학	acoustics
失真	일그러짐	distortion
實時，即時	즉시	real time
天線	안테나	antenna
· 圓盤式衛星接收天線，小耳朵	파라볼라 안테나	satellite dish
網路	네트워크	network
微波	마이크로웨이브	microwave
衛星	위성	satellite
· 人造衛星	인공위성	artificial satellite
相對論	상대성 이론	theory of relativity
訊息	정보	message
音頻的，聲頻的	음성의	audio
有線傳送的	유선	by cable
原子	원자	atom
· 電子	일렉트론 , 전자	electronics
· 分子	분자	numerator
· 質子	프로톤	proton
· 中子	중성자	neutron

44.2 電腦與網路

中文	韓文	英文
安裝	설치	installation
安裝程式	설치 프로그램 , 셋업 프로그램	installer
版本	판 , 버전	version
幫助命令	도움명령	help command

儲存	저장	save
備份複製	백업복사	backup copy
筆記型電腦	노트북	laptop, notebook
編輯	편집	editing
病毒	바이러스	virus
彩色顯示器	컬러 모니터	color monitor
選單	메뉴	menu
作業系統	운영체계	operating system
插入空格	스페이스를 넣다	put a space
常見問題	FAQ	FAQ
超文本	하이퍼텍스트	hypertext
程式	프로그램	program
程式編製	프로그래밍	programming
程式命令	프로그램 명령	program instruction
程式語言	프로그램 언어	program language
程式員	프로그래머	programmer
網路隨意搜尋資料	서핑	surf
網路隨意搜尋資料者	서핑하는 사람	surfer
處理器	처리 장치, 프로세서	processor
視窗	윈도	window
存儲	저장하다	store
存儲器，記憶體	메모리	memory
· 光碟只讀存儲器	씨디롬	CD-ROM
· 隨機存取存儲器	랜덤 액세스 메모리, 임의 추출 기억 장 치	RAM
存取，訪問	액세스	access
列印	프린트하다	print
印表機	프린터	printer
· 彩色印表機	컬러 프린터	color printer
· 雷射印表機	레이저 프린터	laser printer
· 噴墨印表機	잉크젯 프린터	ink-jet printer
列印墨水盒	카트리지	print cartridge
導航	순항하다	navigate
盜版程式	해적판 프로그램	pirate program
地址簿	주소록	address book
點擊	클릭	click

電纜	케이블	cable
電源開關	전원 스위치	power switch
電子表格	스프레드시트	spreadsheet
電子記事簿	개인용 정리 수첩	personal organizer
電子垃圾	스팸 메일	spam
電子檔案	전자 파일	electronic file
電子郵件	이메일	e-mail
訂閱	예약 구독하다	subscribe
多媒體	멀티미디어	multimedia
返回	되돌아가다	go back
防火牆	방화벽	firewall
伺服器	서버	server
符號表	부호표	symbols table
附件	첨부파일	accessories
複製	카피	duplicate
格式	포맷	format
・格式化	포맷하다	format
・格式化了的	포맷한	formatted
個人電腦	퍼스널 컴퓨터	personal computer
工作站	워크스테이션	workstation
功能	기능	function
關機	파워 오프	power off
關鍵詞	키워드	keyword
游標	커서	cursor
光讀器	광학식 판독 장치	optical reader
光碟燒錄機	CD 버너	CD burner
光碟機	씨디롬 드라이브	CD drive
光纖電纜	광케이블	fiber optic cable
駭客	해커	hacker
網際網路提供商	인터넷 서비스 공급자	Internet provider
積體電路	집적 회로	integrated circuit
電腦	컴퓨터	computer
電腦化	컴퓨터화	computerization
電腦科學	컴퓨터 과학	computer science
電腦語言	컴퓨터 언어	computer language

技術幫助	기술 지원	technical assistance
加密	부호화하다	encrypted
相容的	호환성이 있다	compatible
監視器	모니터	monitor
剪貼板	클립보드	clipboard
鍵盤	키보드	keyboard
交互式的	대화식의	interactive
界面	인터페이스	interface
晶體管	트랜지스터	transistor
居中	가운데 , 중심	center
開機	파워 온	power on
拷貝，複製	카피하다	copy
空白，欄外	여백 , 난외	margin
空格鍵	스페이스 바	space bar
密碼	암호	password
連接	연결	connect
鏈接	링크	link
兩端對齊	조정	justification
聊天	채팅하다	chat
瀏覽	훑어보다	browse
流程圖	순서도	flow chart
命令	명령	command
模擬的	아날로그	analogue
內存，記憶體	메모리	memory
內存量	메모리용량	memory capacity
磁碟	디스켓	diskette
拼寫檢查	철자 검사	spell check
平面造型設計	그래픽 디자인	graphic design
螢幕	스크린	screen
螢幕保護	화면보호장치	screensaver
啟動	프로그램을 시동하다	boot
清除	삭제 , 삭제하다	clear, erase
取消訂閱	구독취소	unsubscribe from a list
人工智慧	인공지능	artificial intelligence
軟體	소프트웨어	software

軟碟	플로피 디스크	floppy disc
掃描機	스캐너	scanner
刪除	삭제	delete
設定頁面	페이지 설치	set up a page
升級	업그레이드	upgrade
式樣	스타일	style
手冊	수첩	manual
書籤	서표 , 책갈피	bookmark
輸入	입력하다	type in
輸入裝置	입력장치	input device
滑鼠	마우스	mouse
數據	데이터	datum, data
數據處理	데이터 처리	data processing
數據庫	데이터뱅크 , 데이터 베이스	data bank
數據檔案	데이터 파일	data file
數字的	디지털	digital
搜索	검색	search
搜索引擎	검색 엔진	search engine
索引	인덱스	index
鎖定	확정하다	lock
統一資源定位器	유알엘	URL
圖示	아이콘	icon
圖表	도표	graph
圖表界面	그래픽 인터페이스	graphic interface
拖動	끌다	drag
外圍的	주변의	peripheral
· 外圍設備	주변장치	peripherals
網路	네트워킹	networking
網路	네트워크	network
網路禮儀	네티켓	netiquette
網路攝影機	웹캠	webcam
網頁	웹페이지	webpage
網頁瀏覽器	웹 브라우저	web browser
網站	웹 사이트	website
· 安全網站	안전 웹 사이트	secure web site
網站提供者	웹 공급자	web provider

微處理器	마이크로프로세서	microprocessor
微電腦	마이크로 컴퓨터	microcomputer
文檔	문서	document
檔案	파일	file
・解壓檔案	압축된 파일을 풀다	decompress file
・壓縮檔案	파일을 압축하다	compress file
表格	탭	tab
檔案管理員	파일 관리자	file manager
檔案名	파일명	file name
文字處理器	워드 프로세싱	word processing
下載	다운로드	download
向前	앞으로 가다	go forward
晶片	칩	chip
新聞組	뉴스그룹	newsgroup
訊息	메시지	message
訊息，數據	정보	information
資訊技術	정보기술	information technology
虛擬的	가상기억의 , 버추얼	virtual
頁面設定	페이지설치	page set-up
網際網路	인터넷	Internet
網際網路服務供應商	인터넷 서비스 공급자	ISP
硬體	하드웨어	hardware
硬碟	하드 디스크	hard disk
硬驅	하드 디스크 장치	hard drive
用戶	사용자	user
用戶友好的	사용하기 쉬운	user-friendly
遊戲桿	조이스틱	joystick
語法檢查	문법검사	grammar check
線上的	온라인	on-line
掌上電腦	PDA	PDA
兆赫	메가헤르츠	megahertz (MHz)
兆節	메가바이트	megabyte
唯讀記憶體	롬	ROM
標記鍵	탭 키	tab key
終端	터미널	terminal

主頁	홈 페이지	home page
位元組	바이트	byte
自動化	오토메이션	automation
・辦公自動化	사무 자동화	office automation

44.3 電腦功能指令

版面	레이아웃	Layout
儲存	저장하다	Save
編輯	편집	Edit
表格	표	Table
選單	메뉴	Menu
插入	삽입	Insert
查找	검색	Find
視窗	윈도	Window
打開	오픈	Open
列印	프린트	Print
定製	커스터마이즈	Customize
發件	메일 보내기	Outgoing mail
發送	보내기	Send
附件	첨부 파일	Attachment
複製	카피	Copy
格式 (化)	포맷	Format
更新	업데이트	Update
工具	도구	Tools
關閉	닫기	Close
返回	리턴	Return
回覆	댓글	Reply
剪下	자르기	Cut
控制	컨트롤	Control
密碼	패스워드	Password
垃圾郵件	스팸편지	Spam mail
連接	연결	Connect
昵稱	별명 , 닉네임	Nickname
拼寫檢查	철자 검사	Spell check
刪除	삭제	Delete
視圖	뷰	View

收件	편지 받기	Incoming mail
檔案	파일	File
下一個	다음	Next
向前	앞	forward
消除	삭제하다	eliminate
訊息	메시지	Message
選項	옵션	Options
選擇	선택하다	Select
頁面設定	페이지 설치	Page layout
移除	제거하다	Remove
移動	이동	Move
已發郵件	보낸 편지	Sent mail
用戶名	사용자명	User name
優先選擇	편애 , 선호	Preferences
粘貼，貼上	페이스트	Paste
轉發	전달	Forward (e-mail)

十二、政治、法律、宗教與歷史

45・政治

罷工	파업	strike
安全部門	안보기구	security services
保守黨	보수당	conservative party
部	부	ministry
部長	부장	minister
部長委員會	부장위원회	council of ministers
財政部	재무부	treasury
裁減核軍備	핵군축	nuclear disarmament
參議員，委員	의원	councilor
參議院	상원	senate
大使館	대사관	embassy
單方面的	일방적	unilateral
地方機構	지방기구	local agency
地區的，區域的	지역적	regional
帝國主義	제국주의	imperialism
第三世界	제3세계	Third World
調查委員會	조사위원회	commission of inquiry
動議	동의	motion
獨裁者	독재자	dictator
對外事務	외교문제	external affairs
開發中國家	개발 도상국	underdeveloped countries
法令，法規，公告	법령	statute, decree
反對	반대	be against
反叛，暴亂	반란	revolt, riot
分權	분권	decentralization
福利	복지	welfare

改革	개혁	reform
革命	혁명	revolution
工會	노동조합	labor/trade union
工作權	노동권	right to work
公民	공민	citizen
公民表決	국민 투표	referendum
公民權利	시민권	civil right
公民身分	시민의 자격	citizenship
公民義務	시민의 의무	civic duty
共產主義	공산주의	communism
· 共產主義者	공산주의자	communist
共和國	공화국	republic
國家	국가	state
· 國家的	국가의	national
· 國家元首	국가 원수	head of state
和平	평화	peace
會議	회의	council, session
集會	집회	assembly
進步黨	진보당	progressive party
經濟	경제	economy
競選活動	선거활동	electoral campaign
君主立憲制	입헌 군주제	constitutional monarchy
君主政體	군주제	monarchy
· 國王	국왕	king
· 王后	왕후	queen
· 王子	왕자	prince
· 公主	공주	princess
開會	회의하기	sitting (of the house)
抗議	항의	protest
恐怖主義	테러주의	terrorism
立法	입법	legislation
立法的	입법상의	legislative
立法的，法制的	사법상의，법률의	juridical, legal
立法機關	입법기관	legislature
聯合	연합	coalition
聯盟，聯邦	연맹	confederation, federation

聯盟，協會	연맹 , 협회	association
兩院制的	상하 양원제의	bicameral
領事館	영사관	consulate
民意投票	투표	poll
民政事務	민정 , 국사	civil affairs
民主	민주	democracy
・民主黨	민주당	democratic party
・民主黨人	민주당인	democrat
・民主派	민주파	democratic
・民主社會	민주사회	democratic society
內部事務	내부사무	internal affairs
內閣	내각	cabinet
・內閣會議	내각회의	cabinet meeting
・內閣首腦	내각장관	cabinet head
歐元	유로화	euro
歐洲委員會	유럽위원회	Council of Europe
普選權	보통 선거권	universal suffrage
棄權	기권	abstention
權力	권리	power
社會主義	사회주의	socialism
・社會主義黨	사회주의당	socialist party
・社會主義者	사회주의자	socialist
省的	지방의	provincial
市長	시장	mayor
市政的	시의	municipal
示威	시위운동 , 데모	demonstration (public)
示威遊行	시위운동	demonstration
首相，總理	수상 , 총리	prime minister
司法的	사법의	judiciary
司庫，財務主管	출납원 , 회계원	treasurer
通過	통과	passing
通貨膨脹	인플레이션	inflation
統治	통치	govern
投票	투표	ballot, vote
投票，選舉	투표 , 선거	vote
・信任投票	신임투표	confidence vote

・不信任投票	불신임투표	non-confidence vote
投票權，選舉權	투표권 , 선거권	right to vote
投票箱	투표함	ballot box
外國	외국	foreign country
違犯權利	권리를 어기다	violate a right
委員會	위원회	commission, committee
文職公務員	문관	civil servant
席位	의석	seat *(political)*
憲法，政體	헌법	constitution
行政	행정	administration
行政部門	행정부	executive
修正	개정	amendment
選舉	선거	election
・選舉	선거하다	elect
演說，發言	연설	speech
義務	의무	duty
議案，法案	법안	bill (of the legislature)
議會	의회	parliament
議事日程，會議事項	의사일정	agenda (of a meeting)
右翼的，右派的	우익	right-wing
原產國	원산지	country of origin
贊成	찬성	in favor
戰爭	전쟁	war
召集會議	회의를 소집하다	call a meeting
整頓	정돈	rectify
政變	정변 , 쿠데타	coup d'état
政策	정책	policy
政黨	정당	political party
政府	정부	government
・政府的	정부의	governmental
・政府首腦	정부수뇌	head of government
政府債券，公債	국채	government bond
政綱	정강	platform
政權	정권	political power

政治	정치	politics
・政治的	정치적	political
・政治家	정치가	politician
中心	센터	center *(political)*
眾議院	중의원	chamber of representative
主張	주장	representation *(political)*
專制	독재	dictatorship
自由黨	자유당	liberal party
自由主義者	자유주의자	liberal
總統	대통령	president
左翼的，急進的	좌익	left-wing

46 · 法律事務

保釋	보석하다	release on bail
保釋金	보석금	bail
・交保釋金	보석금을 내다	pay bail
被告	피고 , 피고인	accused
辯論	토론 , 변론	debate
・辯論	토론하다 , 변론하다	debate
不法的，非法的	불법의	illegal
承認	승인하다	admit
傳喚，傳票	출두 명령 , 소환장	summons
法官	법관 , 재판관	justice
法律	법률	law
・法律上的	법률상의	legal
法庭	법정	court
・上訴法庭	항소 법원	court of appeal
告發	고발하다	charge
公民權	시민권	civil right
關押，監禁	감옥에 넣다 , 수감하다	imprison
過失	과실	fault

緩刑	집행 유예	probation
監獄，拘留所	감옥	prison
檢察官	검찰관	public prosecutor
抗辯，申訴	항변	plea
控告，起訴	고소, 고발	accusation
• 控告，起訴	고소하다, 고발하다	accuse
口供	증언	deposition
扣留，拘留	유치	detention
• 扣留，拘留	유치하다	detain
律師	변호사	lawyer
• 辯護律師	변호사	attorney
判決	판결	sentence
• 宣布判決	판결을 선포하다	issue a sentence
• 延後判決	선고 유예	deferred sentence
• 執行判決	판결 집행	carry out a sentence
評決，裁決	평결	verdict
起訴	기소하다	sue
審理	공판, 재판, 심리	trial
• 正在審理	심리중	be on trial
審判	재판하다	judge
審判室	법정	courtroom
審判員，法官	재판관, 법관, 판사	judge
審訊	증언 청취	hearing
• 不公開的審訊	비공개 증언 청취	closed-door hearing
• 審判室審訊	법정 심문	courtroom hearing
• 罪犯審訊	범인 심문	criminal hearing
說服，使承認	설득하다	persuade, convince
訴訟	소송	lawsuit
訴諸法律	제소하다, 소송을 제기하다	litigate
討論，辯論	의논하다	discuss
委托書	위임장	power of attorney
無罪，無辜	무죄	innocence
• 無罪的，無辜的	결백하다	innocent
宣判無罪	무죄로 하다	acquit
延期，休庭	연기하다	postpone, adjourn

引渡	인도	extradition
原告	원고인	plaintiff
爭辯	논쟁	controversy
爭執，不同意	의견이 다르다	disagree
證據，物證	증거 , 물증	proof
證據，證詞，證人， 證物	증거 , 증언 , 증인 , 물증	evidence
證據不足	불충분한 증거	insufficient evidence
證明，證實	증명하다	testify
證人	증인	witness
證言	증언	testimony
・目擊證人	목격자	eyewitness
・審問證人	증인을 심문하다	examine the witness
治安法官	치안판사	justice of the peace
終身監禁	종신형 , 무기 금고형	life imprisonment
自衛	자기를 변호하다	defend oneself
最高法院	최고법원	supreme court
罪，罪過	범죄	guilt
・有罪的	유죄의	guilty

47・宗教

按手禮，堅信禮	견진 성사	confirmation
本篤會修士	베네딕토회 회원	Benedictine
不敬，褻瀆	독신	blasphemy
不可知論者	불가지론자	agnostic
布道，說教	설교	sermon, homily
參拜聖地，朝聖	성지 순례	pilgrimage
懺悔	고해하다	confess
・懺悔	고해	Confession
懺悔式	고백 성사	penance
唱詩班	성가 합창단	choir
崇拜	숭배	cult
出埃及記	출애굽기	Exodus

傳教士	선교사	missionary
賜福，祝福	은총, 은혜	blessing
・賜福於	축복하다	bless
大教堂	대성당	cathedral
大主教	대주교	archbishop
道德寓言	우화	parable
德，德行，善	미덕, 덕행	virtue
地獄	지옥	hell
多明我會修士	도미니크회의 수사	Dominican
方濟各會修士	프란체스코회 수사	Franciscan
佛教	불교	Buddhism
・佛教徒	불교도	Buddhist
福音傳教士	복음전도자	evangelist
福音書	복음서	Gospel
復活節	부활절	Easter
古蘭經	코란	Koran
跪下，跪著	무릎 꿇다	kneel
紅衣主教	추기경	cardinal
基督教	기독교	Christianity
・基督教徒	기독교도	Christian
集會，會眾	집회	congregation
講道，說教	설교	preaching, sermon
・講道，說教	설교(하다), 전교(하다)	preach
・講道者，說教者	설교자, 전교자	preacher
講道壇	설교단	pulpit
教皇，主教	교황	pontiff
教派，宗派	교파, 종파	denomination
教區	교구	parish
・教區居民	교구민	parishioner
・教區牧師	교구 목사	parish priest
教士，牧師	성직자	clergy
教堂	성당	church
教團，修道會	교단	order
教義問答集	교리문답서	catechism
戒律	계율	Commandment
禁食，齋戒	금식	fast

禁慾	금욕	abstinence
精神	정신	spirit
・精神上的	정신적	spiritual
拉比，猶太教士	랍비	rabbi
禮拜	예배	worship
禮拜儀式	예배식	liturgy
煉獄	연옥	purgatory
靈魂	영혼	soul
羅馬教皇	로마 교황	pope
・羅馬教皇的職位	로마교황의 직	papacy
禱告，祈禱	기도하다	pray
彌撒	미사	Mass
摩門教徒	모르몬 교도	Mormon
魔鬼	마귀	Devil
牧師	목사	minister, priest
募捐	모금	collection
穆斯林，回教徒	이슬람교도	Muslim
尼姑，修女	수녀	nun, sister
念珠	로사리오, 묵주	rosary
女修道院	수녀원	convent
禱告，祈禱	기도하다	pray
・禱告，祈禱	기도	prayer
・祈求者，禱告者	기도하는 사람	prayer
清真寺	모스크	mosque
虔誠	전념	devotion
・虔誠的	독실하다	devout
人	사람	person
・人類	인간	human (being)
・人們	사람들	people
・人性	인간성	humanity
上帝	하나님	God
神話	신화	myth
神龕，神祠	성물의 함, 성당	shrine, sanctuary
神祕主義	신비주의	mysticism
・神秘主義者	신비주의자	mystic
神聖的	신성한	sacred
神學	신학	theology

・神學家	신학자	theologian
聖餅,聖餐用麵包	성찬식의 빵	host
聖餐	성만찬, 성찬	Eucharist
聖餐杯	성배, 성찬배	chalice
聖餐式	성찬식	Communion
聖誕節	크리스마스	Christmas
聖經	성경	Bible, Sacred Scripture
聖禮	성례전	sacrament
聖靈	성령	Holy Ghost
聖母,童貞修女	성모 마리아	Madonna, Virgin Mary
聖器保管人	성구 보관인	sacristan
聖三一,三一節	성 삼위일체	Holy Trinity
聖壇	제단	altar
・祭壇侍者	복사	altar-boy
・主祭台	주제단	high altar
十字	십자	cross
・用手畫十字	성호를 긋다	cross oneself
誓約	맹세	vow
四旬節的第一天	성회일의 첫날	Ash Wednesday
四旬齋,大齋期	사순절	Lent
寺廟	절	temple
俗人	속인	lay person, secular
天父,上帝	하나님	Our Father
天使	천사	angel
天堂	천국	heaven, paradise
天主教	천주교	Catholicism
・天主教徒	천주교도	Catholic
萬福瑪利亞	아베마리아	Hail Mary
無神論	무신론	atheism
・無神論者	무신론자	atheist
希伯來人	히브리 사람	Hebrew
洗禮,浸禮	세례	baptism
・洗禮盤,聖水器	세례반	baptismal font
・洗禮所,洗禮堂	세례장	baptistery
獻祭,聖餐	제물	sacrifice

香	향기	incense
香客，朝聖者	순례자	pilgrim
小教堂	예배당	chapel
教堂的法衣室	제의실	vestry
褻瀆	신성 모독	sacrilege
新教	신교	Protestantism
· 新教徒	신교도	Protestant
信仰	신앙	belief, faith
· 信徒	신자	believer
· 信仰	신앙하다	believe
· 信教的，虔誠的	충실한	faithful
修道士，僧侶	수도사	monk
修道院	수도원	cloister
修道院，寺院	수도원, 사원	monastery
殉教，殉道	순교	martyrdom
· 殉教者，殉道者	순교자	martyr
耶穌會會士	예수회의 수사	Jesuit
耶穌基督	예수 그리스도	Jesus Christ
耶穌受難日	수난일, 성금요일	Good Friday
耶穌受難像，十字架	십자가	crucifix
伊斯蘭教	이슬람교	Islam
· 伊斯蘭教的	이슬람교의	Islamic
儀式，禮拜式	의식	rite
異教	이교	paganism
· 異教的	이교의	paganist
印度教	힌두교	Hinduism
· 印度教徒	힌두교 신자	Hindu
猶太復國主義	시온주의, 시온니즘	Zionism
· 猶太復國主義者	시온주의자, 시온니스트	Zionist
猶太教	유대교	Judaism
猶太教會堂	유대 회당	synagogue
猶太人	유대인	Jewish
讚美詩，聖歌	찬송가	hymn
長老會教友	장로제주의자	Presbyterian

執事	집사	deacon, deaconess
鐘樓	종루	bell-tower
種族	인종	race
主教	주교	bishop
自豪	자랑	pride
宗教	종교	religion
・宗教的	종교의	religious
宗派，教派	종파, 교파	sect
罪	죄	sin
・不可寬恕的罪	칠대죄악	deadly sin
・贖罪	속죄하다	atone for one's sin
・犯罪	죄를 범하다, 범죄	sin
・罪人	죄인	sinner
罪惡	죄악	vice

48 · 歷史

巴洛克式的	바로크 양식의	baroque
產業革命	산업혁명	Industrial Revolution
檔案保管人	기록 보관인	archivist
防禦	방위	defense
廢除	폐지하다	defeat
封建的	봉건의	feudal
古代，古跡	고대, 고적	antiquity
古典主義	고전주의	Classicism
古羅馬	고대 로마	ancient Rome
古生物學，化石學	고생물학, 화석학	paleontology
古希臘	고대 그리스	ancient Greece
化石	화석	fossil
紀元，時代	기원	era, epoch
歷史	역사	history
羅馬帝國	로마 제국	Roman Empire
內戰	내전	civil war
啟蒙運動	계몽운동	Enlightenment

起義，叛亂	반란 , 폭동 , 봉기	insurrection
十年，十年間	10 년간	decade
時期	시기	period
史前史	유사 이전 , 선사시대	prehistory
・史前的	유사 이전의	prehistoric
史學家	역사가	historian
世紀	세기	century
世界大戰	세계 대전	World War
・第一次世界大戰	제 1 차 세계 대전	First World War
・第二次世界大戰	제 2 차 세계 대전	Second World War
庶民，平民	평민	plebeian
衰落	쇄락하다	decline
同盟，聯盟	동맹	alliance
同盟國	동맹국	ally
瓦解	봉괴하다	ruin
文獻，文件	문헌	document
文藝復興	문예부흥 , 르네상스	Renaissance
希臘的	그리스의	Hellenic
宵禁	소금	curfew
中世紀	중세기	Middle Ages
中世紀的，中古的	중세의	medieval
宗派，小集團	당파	faction

十三、緊急情況

49・緊急情況

49.1 火警

幫助	돕다	help
・幫助	도와 주다	help
・提供幫助	도움을 주다	give help
保護	보호하다	protect
出去	나가다	out
・大家出去！	빨리 나가자！	Everybody out!
放火，縱火	방화	arson
・放火犯，縱火犯	방화범	arsonist
給消防隊打電話	소방서에 신고하다	call the fire department
呼喊	외치다	shout
・呼喊	소리를 치다	shout
護理人員，急救人員	간호사	paramedic
火	불	fire
・火！	불이야！	Fire!
・火警	화재 경보	fire alarm
・救火車，消防車	소방차	fire truck
・滅火器	소화기	fire extinguisher
・起火，著火	불나다	be on fire
・太平梯，安全出口	화재대피로	fire escape
・消防隊員	소방수	firefighter
・消防栓，消防龍頭	소화전	fire hydrant
・消防水帶，水龍	소방용 호스	fire hose
火焰	불길	flame
急救處理	응급치료	first aid
建築	건축	building
緊急出口	긴급출구	emergency exit

警報，警鈴	경보	alarm
救護車	구급차	ambulance
救命！	살려 주세요 !	Help!
耐火的，防火的	내화성의	fireproof
破壞	파괴하다	destroy
汽笛，警報器	사이렌	siren
燒傷，燙傷	(불로) 타다	burn (on body)
受害者	피해자	victim
逃亡，逃脫	도망가다	escape, get out
梯子	사다리	ladder
危險	위험하다	danger
熄滅，撲滅	끄다	extinguish, put out
煙	연기	smoke
援救	구조하다	rescue
著火	불이 붙다	catch fire

49.2 犯罪

保鏢，保衛人員	보디가드	bodyguard
暴力	폭력	violence
辯護律師	변호사	defense lawyer
不法行為	비행 , 범죄	delinquency
步槍	라이플총	rifle
刺，戳，刺傷	찌르다	stab
刺客，兇手	자객	assassin, murderer
打架	싸우다	fight
歹徒，亡命徒	불량배	outlaw
逮捕	체포하다	arrest
・逮捕	체포	arrest
・逮捕令，拘票	체포영장	arrest warrant
刀	칼	knife
調查	조사하다	investigate
・調查者	조사자	investigator
毒品販	마약 밀매자	drug pusher
・毒品販賣	마약 밀매	drug pushing
・毒品交易	마약 거래	drug traffic
・毒品交易者	마약 거래인	drug trafficker
・販毒	마약을 판매하다	push drugs

法律援助	법률 지원	legal assistance
法庭的，法醫的	법정의 , 법의의	forensic
・取證，物證技術	변론술	forensic science
・法醫學	법의학	forensic medicine
法庭指定律師	국선 변호사	court-appointed lawyer
犯罪	범죄	crime
・犯罪率激增	일시적인 범죄의 증가	crime wave
・犯罪記錄	범죄기록	criminal record
・犯罪行為	범죄행위	criminal act
趕緊	빨리	hurry
告密者	밀고자	informant
攻擊，襲擊	공격	assault, attack
・攻擊，襲擊	습격	assault, attack
攻擊者	공격자	assailant
賄賂	뇌물을 주다	bribe
・行賄，受賂	뇌물	bribery
火器，槍枝	화기	firearm
劫持	약탈하다	hijacking
・劫持	강탈하다	hi-jack
警察	경찰	police
・打電話給警察	경찰에게 전화하다	call the police
・警察	경찰	policeman
・警察局	경찰서	police station
・警察局長	경찰서장	chief of police
・警察總部	경찰본부	police headquarter
・警官	경찰관	police officer
・女警察	여자 경찰관	policewoman
快來！	빨리 와 !	Come quickly!
勒索，敲詐	공갈	blackmail
・勒索，敲詐	갈취하다 , 공갈하다	blackmail
描述	묘사하다	description
扭打，混戰	격투하다	scuffle
破門而入	주거 침입	break and enter
欺詐	사기	fraud
槍	총	gun
強姦	강간	rape
・強姦	강간하다	rape

· 強姦犯	강간범	rapist
搶劫	강도질	robbery
· 搶劫	강탈하다	rob
· 搶劫犯	강도	robber
侵吞，挪用	도용	embezzlement
囚車	죄수 호송차	police van
已決犯	죄수	prisoner
扒手	소매치기	pickpocket
· 扒竊	소매치기하다	pocket-picking
人質	인질	hostage
殺人，過失殺人	살인 , 과실 치사	manslaughter
殺人犯，兇手	살인범	murderer
殺死	죽이다	kill
· 殺手	킬러 , 살인자	killer
· 僱用的殺手	청부 살인자	hired killer
少年犯	미성년 범죄자	juvenile delinquent
少年犯罪	미성년 범죄하다	juvenile delinquency
射中，射死，射傷	사살하다	shoot
審問	심문하다	question
手銬	수갑	handcuff
手槍	총	pistol
受害人	피해자	victim
贖取，贖金	몸값	ransom
私人偵探	사설 탐정	private detective
搜查	수사하다	search
· 搜查證	수색 영장	search warrant
受傷，傷害	상처	injure, wound
· 受傷，傷害	다치다	injure, wound
逃亡的	도망치는	fugitive
逃走，逃脫	탈출하다	escape
同犯，幫凶	공범자	accomplice
偷	훔치다	steal
· 小偷	도둑	thief
· 抓小偷！	도둑 잡아라 !	Stop thief!
漏稅	탈세	tax evasion
投案自首	자수하다	give oneself up
脫氧核糖核酸	디옥시리보핵산 , 디 엔에이	DNA

違法，背信	배신하다, 위반하다	infraction
偽誓，偽證	위증	perjury
偽造	위조	forgery
· 偽造者	위조자	forger
武器	무기	weapon
武裝搶劫	무장 강도	armed robbery
武裝襲擊	무장공격	armed assault/attack
線索	단서	clue
凶殺，謀殺	살인, 모살	murder
· 凶殺，謀殺	죽이다, 모살하다	murder
巡邏，巡視	순찰	patrol
· 巡邏，巡視	순찰하다	patrol
驗屍官	검시관	coroner
陰謀，反叛	음모	conspiracy, frame-up
賊，小偷	도둑	thief
爭辯，爭執	논쟁하다	argue
指紋	지문	fingerprint
走私	밀수하다	smuggling
罪犯	범인, 범죄자	criminal
· 預先策劃的犯罪	계획된 범죄	premeditated crime

49.3 交通事故

X 光	엑스선	X-rays
負傷，損害	부상하다	wound, injury
骨折	골절	broken bone
急救處理	응급치료	first aid
· 繃帶	붕대	bandage
· 碘酊	옥도정기	tincture of iodine
· 防腐劑，殺菌劑	방부제	antiseptic
· 夾板	부목	splint
· 紗布	거즈	gauze
緊急情況	비상사태	emergency
警察	경찰	police
· 叫警察	경찰에게 신고하다	call the police
救護車	구급차	ambulance
碰撞	충돌하다	collide, smash
· 碰撞	갈등, 충돌	collision, smash

事故	사고	accident
· 交通事故	교통 사고	traffic accident
· 嚴重事故	중대 사고	serious accident
休克	쇼크	shock
血	피	blood
· 流血	피가 나다, 출혈하다	bleed
醫生	의사	doctor
· 請醫生	병원에 가다	get a doctor
醫院	병원	hospital
撞	부딪치다	bump
墜毀	추락	crash
· 墜毀	추락하다	crash

十四、重點問題

50 · 重點問題

50.1 環境問題

保護	보호	protect
臭氧	오존	ozone
處理	처리	disposal
廢物	폐물 / 폐기물	waste
廢物處理	폐물처리	waste disposal
輻射	방사	radiation
・放射性廢棄物	방사성 폐기물	radioactive waste
回收利用	재생하여 이용하다	recycle
・可被再利用的	재활용	recyclable
礦物燃料	화석 연료	fossil fuel
環境	환경	environment
・環保主義者	환경보호론자	environmentalist
能	에너지	energy
・地熱能	지열에너지	geothermal energy
・核能	핵에너지, 원자력	nuclear energy
・能源保護	에너지 보존	energy conservation
・能源廢棄物	폐기물에너지	energy waste
・能源危機	에너지 위기	energy crisis
・能源需求	에너지 수요	energy needs
・熱能	열능	thermal energy
・太陽能	태양 에너지	solar energy
能進行生物分解的	분해할 수 있는	biodegradable
排污系統	오수시스템	sewage system
汽油	휘발유	gasoline
生態系統	생태계통	ecosystem system
石油	석유	petroleum
食物鏈	먹이사슬, 먹이연쇄	food chain

釋放	방출	discharge
酸雨	산성비	acid rain
太陽能電池	태양전지	solar cell
天然資源	천연자원	natural resources
溫室效應	온실효과	green house effect
污染	오염	pollution
・空氣污染	공기오염	air pollution
・受污染的	오염된	polluted
・水污染	수질 오염	water pollution
污水	오수	sewage
消費	소비	consume
有毒的	유독한	toxic

50.2 社會問題

愛滋病	에이즈	AIDS
安樂死	안락사	euthanasia
避難所	피난처	shelter
不公正的	불공평하다	unjust
不平等	불평등	inequality
傳輸	발송하다	transmit
道德	도덕	morality
毒素	독소	toxin
讀寫能力	읽고 쓰는 능력	literacy
賭博	도박	gambling
法律援助	법적 원조	legal assistance
反核抗議	반핵항의	antinuclear protest
福利改革	보장개혁	welfare reform
公路洩憤	교통 체증으로 인한 운전자의 짜증	road rage
含酒精飲料	알코올 음료	alcohol
黃色製品	포르노	pornography
機場安全	공항안보 , 공항 검색대	airport security
家庭暴力	가정 내 폭력	domestic violence
家中教育	가정교육	home schooling
檢查	검사	censorship
接受救濟金	은혜를 입다	receive benefits

酒精中毒	알코올 중독	alcoholism
克隆，無性繁殖系	클로닝	cloning
恐怖主義	테러리즘	terrorism
・恐怖主義者	테러리스트	terrorist
濫用藥品	마약 남용	drug abuse
零忍耐	제로 용인	zero tolerance
領袖	지도자	leader
流產	유산	abortion
賣淫	매음	prostitution
冒險	모험	risk
女權主義	페미니즘	feminism
權力	권력	power
・女權主義者	페미니스트	feminist
女同性戀	밴대질	lesbianism
・女同性戀者	동성애자	lesbian
虐待兒童	아동 학대	child abuse
叛國	반역	treason
貧民區	빈민가	ghetto
貧窮	가난	poverty
乞丐	거지	beggar
乞討	구걸하다	beg
槍械控制	총포 규제	gun control
人口過剩	인구과잉	overpopulation
人權	인권	civil rights
社會援助，福利	사회복지	social assistance, welfare
生物恐怖主義	생물테러	bioterrorism
死刑	사형	death penalty
胎兒	태아	fetus
炭疽	탄저병	anthrax
同性戀	동성애	homosexuality
・同性戀者	동성애자	homosexual
網路犯罪	컴퓨터 범죄	cybercrime
無家可歸者	집 없는 사람	homeless
細菌	세균	bacteria
蕭條地區	불황 지역, 빈곤 지역	depressed area
性騷擾	성희롱	sexual harassment

誘拐	유괴	kidnap
約會強姦	데이트 상대에 대한 성폭행	date rape
鎮壓	진압하다	oppress
支援	지지	support
制裁	제재	sanctions
自殺	자살	suicide

毒品

安非他命	암페타민	amphetamine
大麻	대마초	marijuana
毒品	마약	drugs
毒品販	마약 밀매자	drug pusher
毒品交易	마약 거래	drug traffic
毒品倚賴，吸毒成癮	마약의존	drug dependency/ addiction
服藥過量	과잉 투여	overdose
海洛因	헤로인	heroin
幻覺	환각	hallucination, high
解毒	해독하다	detoxify oneself
精神恍惚	황홀경	ecstasy
古柯鹼	코카인	cocaine
軟毒品，不易成癮的毒品	중독성이 없는 환각제	soft drug
吸毒	마약 중독	drug addiction
• 服用毒品	마약을 쓰다	take drugs
癮君子	마약 중독자	drug addict
硬毒品，易成癮的烈性毒品	중독성이 강한 환각제	hard drug
針頭	주사바늘, 주사침	needle
注射器	주사기	syringe

50.3 全球問題

裁減軍備	군비 감축	arms reduction
裁軍	군축	disarmament
衝突	충돌	conflict
催淚瓦斯	최루가스	tear gas
導彈，飛彈	미사일	missile

· 彈道導彈	탄도 미사일 , 탄도탄	ballistic missile
飛彈防禦	미사일 방어	missile defense
毒瓦斯	독가스	poison gas
· 神經性毒氣	신경 가스	nerve gas
多種族社會	다종족사회	multiracial society
攻擊	공격	attack
和平	평화	peace
間諜	스파이 , 간첩	spy, espionage
軍隊	군대	army
軍火貿易	무기 무역	arms trade
軍火商	무기 거래상	arms dealer
軍需 , 供應品	군수	supplies
恐怖主義	테러리즘	terrorism
恐怖主義者	테러리스트	terrorist
聯合國	유엔	United Nations
難民 , 避難者	피난자 , 난민	refugee
難民營	난민 수용소	refugee camp
簽證	비자	visa
人權	인권	human rights
人質	인질	hostage
坦克	탱크	tank
停戰 , 停戰協定	휴전	armistice
武器	무기	weapon
· 常規武器	재래식 무기	conventional weapon
· 核武器	핵무기	nuclear weapon
· 化學武器	화학무기	chemical weapon
· 生物武器	생물학 병기	biological weapon
· 自動化武器	자동화 무기	automatic weapon
武裝衝突	무력 충돌	armed conflict
休戰 , 停戰	정전 , 휴전	truce
移居	이주	emigration, immigration
移民	이민	emigrant, immigrant
炸彈	폭탄	bomb
· 燃燒彈	화염병	Molotov cocktail
· 手榴彈	수류탄	grenade
· 煙霧彈	연막탄	smoke bomb

· 原子彈	원자 폭탄	atomic bomb
戰鬥	전투	fight, struggle
戰爭	전쟁	war
· 化學戰爭	화학전	chemical war
· 聖戰	성전	holy war
· 游擊戰爭	게릴라전	guerrilla warfare
戰爭狀態	전쟁 상태	state of war
種族主義	인종주의	racism
· 種族主義者	인종차별주의자	racist
總部	본부	headquarter

50.4 表達觀點

不	아니다	no
除非	다만…함으로써만이 비로소	unless
從我的觀點來看	제가 보기에는	from my point of view
但是	그러나	however
毫無疑問	틀림없이	there's no doubt
很清楚	아주 분명하다	it's clear that
據我看	제 생각에는…	according to me
例如	예를 들면…	for example
事實上	실은…	as a matter of fact
是	네	yes
順便說一句	덧붙여 말하자면…	by the way
似乎…	…ㄹ 것 같습니다.	it seems that…
我不確定…	…걸 확신하지 않습 니다.	I'm not sure that…
我不知道是否…	…는지 모르겠습니 다.	I don't know whether…
我懷疑…	…걸 회의합니다.	I doubt that…
我確定…	…다고 확신합니다.	I'm sure that…
我認為…	…다고 생각합니다.	I think that…
我相信…	… 믿습니다.	I believe that…
我想說的是…	제가 말하자고 하는 건…	I would like to say that…
也就是說	…다시 말하면	that is to say
因此	그래서	therefore
總之	아무튼	in conclusion

韓 - 漢詞彙表

ㄱ

가 邊

가게 商店，商場，店鋪

가게의 진열창 商店櫥窗

가게주인 店主

가격 價格，定價

가격을 인상하다 漲價

가격을 인하하다 降價

가격표 價目表

가공하지 않는 양털 未加工的 羊毛

가구 家具

가구 한 점 一件家具

가구를 갖추다 為家配備家具

가까이 近

가깝다 近

가끔 偶爾

가난 貧窮

가는 막대 모양의 따딱한 빵 麵包棍

가늘고 길다 瘦長的

가늘다 細的

가다 去，走

가드 後衛

가득 滿

가득 차 있다 填滿

가득하다 滿的

가라테 空手道

가려운 癢的，發癢的

가렵다 癢，發癢

가로 좌표 橫坐標

가로지르다 出去

가루약 粉藥

가르치다 教；指出

가르침 指出

가리마 탄 머리 分頭

가면 무도회 假面舞會

가발 假髮

가방 包，袋

가변의 可變的

가볍다 輕的；輕鬆的

가보 家譜

가상기억의 虛擬的

가속 加速；親屬

가속 페달 油門踏板

가속하다 加速

가솔린 汽油

가수 歌手，歌唱家，演唱者

가스 氣體，煤氣

가스 탱크 油箱

가스수행원 加油員

가슴 胸，胸部，胸脯；乳房

가슴받이 護胸

가슴살 胸肉

가슴앓이 肝氣，燒心，心疾

가슴을 태우다 焦慮的

가습기 加濕器

가시 荊棘

가시가 많다 多刺的

가시나무　刺，荊棘
가야금　伽倻琴
가열기　加熱器
가엾다　可憐的
가옥　房屋
가옥 관리인　管家
가요　歌曲
가운데　居中
…가운데에　在…之間，在…當中
가운뎃손가락　中指
가위　剪刀
가을　秋
가이드　導遊
가장　一家之主
가장 긴　最長的
가장자리　邊
가정　家庭
가정 내 폭력　家庭暴力
가정교육　家中教育
가정법　虛擬式
가정부　褓姆，女僕
가정용품　家庭用具
가정의사　家庭醫生
가정친구　家庭朋友
가정하다　假設
가제　紗布
가져오다　拿來，拿回
가죽　皮，皮革
가지　茄子
가지진 뿔　多叉鹿角
가짜　假的
가축　家畜，牲畜
각　角
각광　腳燈
각기둥　棱柱
각도기　量角器
각막　角膜

각뿔　棱錐
각성하다　省悟，覺悟
각오하다　下決心
각주　腳註
각추　棱錐
간　肝，肝臟
간결하다　簡潔的，簡練的，簡要的
간단하다　簡單的，簡短的
간단히 말하자면　簡而言之
간명하다　簡潔的，簡練的
간섭　干擾
간단명료하다　簡要的
간장　醬油
간접 목적어　間接賓語
간접적으로 말하다　間接提到
간접화법　間接引語
간지럽다　養，發養
간질 발작　癲癇發作
간첩　間諜
간통　通姦，私通
간호사　護士，護理人員，急救人員
간혹　不時發生地
갈고리　掛鉤；魚鉤
갈고리쇠　掛鉤
갈기　鬃毛
갈등　碰撞
갈망　渴望
갈매기　海鷗
갈비　排骨
갈비뼈　肋骨
갈색　褐
갈색눈　褐色眼睛
갈색 피부　褐色的皮膚
갈취하다　勒索，敲詐
갈퀴　耙子
갈퀴질하다　用耙子耙

감각 感到，感覺
감격스럽다 感激的
감광하다 感光的
감기 感冒，著涼
감기에 걸리다 受涼
감독 導演；敎練
감법 減法
감사 感謝
감사하다 感謝
감사한 感謝的
감사합니다！謝謝你！
감사합니다, 너무 친절하
　시군요！謝謝，您太好了！
감소 縮減
감소하다 減少
감속하다 減速
감옥 監獄，拘留所
감옥에 넣다 關押，監禁
감자 土豆
감자 껍질을 벗기는 기구 土
　豆去皮刀
감자 으깨는 기구 土豆搗爛
　器
감자튀김 炸薯條
감정이 없다 無情的
감탄문 感嘆句
감히…하다 敢於
갑 盒；海角，岬
갑각류 동물 有殼類水生動物
갑판 의자 甲板椅
값나가다 有價值的，可尊敬
　的
값나가다 值錢的
값지다 值錢的
갓 태어나다 新生的
갓난 新生的
갓난애 嬰兒
강 河，江，河流；鋼

강간 強姦
강간범 強姦犯
강간하다 強姦
강개하다 慷慨
강건하다 精力旺盛的
강기슭 河岸
강낭콩 菜豆
강도 搶劫犯
강도질 搶劫
강렬한 욕망 強烈的慾望
강릉 江陵
강아지 小狗
강원도 江原道
강조 強調
강조하다 強調
강좌 演講，講座
강치 海獅
강탈하다 搶劫，劫持
강판 擦菜板
강한 바람 強風
갖가지 샐러드 什錦沙拉
같이 如同；一起
갚다 償還，淸償，變賣
개 件；狗
개구리 靑蛙
개나리 (꽃) 迎春花
개념 槪念
개똥벌레 螢火蟲
개미 螞蟻
개미흙더미 蟻塚
개발 도상국 發展中國家
개방 開方
개설하다 寫出大綱
개성 個性
개암 榛子
개인 이력 個人簡歷
개인 정보 個人信息
개인소득세 個人所得稅

개인용 정리 수첩　多功能備忘記事簿，電子記事簿

개인주의적이다　個人主義的

개점 시간　營業時間

개정　修正

개집　狗窩

개축하다　翻修，翻新

개펄　環礁湖，潟湖

개혁　改革

객실　機艙

객실 승무원　空中服務員

객차　客車

갸륵하다　值得讚賞的

거기　那裡

거기에　在那邊

거담제　祛痰劑

거래　交易，買賣

거리　街，街道；距離

거리 구경을 하다　逛商店

거만하다　傲慢的

거미　蜘蛛

거미집　蜘蛛網

거북　鱉，龜

거스르다　唐突的

거울　鏡子

거위　鵝

거의　幾乎，差不多，幾乎總是

거의…지 않다　幾乎從不

거주하다　居住

거즈　紗布

거지　乞丐

거짓말　謊言

거짓말을 하다　撒謊

거치다　走過

거친 피부　粗糙的皮膚

거칠다　粗糙的；粗暴的，性情粗暴的

거칠어진 손　皸裂了的手

거품　泡沫

걱정　害怕，擔心，焦慮

걱정스럽다　擔憂的

걱정하다　焦慮的

건　腱

건강　健康

건강식품점　保健食品店

건강하게 보이는 장미빛 빰　紅潤的面頰

건강하고 아름답다　體格健美

건강하다　健康的

건강하세요!　祝你健康!

건강하셨어요?　你身體好嗎?

건달　壞蛋，惡棍

건배　敬酒

건배!　乾杯!

건의　建議

건의하다　建議

건조과　乾果

건조기　乾燥器；衣服烘乾機

건조하다　乾燥的

건초　乾草

건축　建築

건축과　建築系

건축사　建築師

건축하다　建造

건축학　建築

걷다　走，步行

…걸 확신하지 않습니다.　我不確定…

…걸 회의합니다.　我懷疑…

걸다　花 (時間)

걸다　撥號

걸려 넘어지다　落下，跌倒

걸리다　患

걸리다　花費

걸상　凳子

걸어가다 步行去

걸작 傑作

걸쭉한 수프 濃湯

검 劍

검사 檢查，測試

검사하다 校對

검색 查找，搜索

검색 엔진 搜索引擎

검색하다 查詢，搜索

검술 擊劍

검술복 擊劍服

검시관 驗屍

검은딸기 黑莓

검은 머리 黑髮

검찰관 檢察官

겁많다 膽小的

…것 같다 似乎是

게 螃蟹

게릴라전 游擊戰爭

게시판 公告板，布告牌

게으르다 懶惰的

게이트볼 門球

게임 遊戲

게임하다 玩（遊戲）

게자리 巨蟹座

겨드랑이 腋窩

겨우살이 槲寄生

겨울 冬

겨울 방학 寒假

겨자 芥末

격 膈

격노하다 狂怒的

격려를 받다 受鼓勵的

격려하다 鼓勵

격렬하다 激烈的

격정 激情，熱情

격투하다 扭打，混戰

견갑골 肩胛骨

견본 樣品

견적 報價，牌價

견적하다 報（牌價）

견진 성사 按手禮，堅信禮

견치 犬齒

견학 參觀，拜訪

견학하다 參觀，拜訪

결과 結果

결론 結論

결론을 내리다 得出結論

결백하다 無罪的，無辜的

결빙하다 結冰的

결석 結石

결석하다 缺勤

결손 虧損

결승시합 冠軍賽

결승전 출전（자격）선수 參加決賽者

결장염 結腸炎

결코…지 않다 從不

결혼 반지 結婚戒指

결혼 서약 結婚誓言

결혼여부 婚姻狀況

결혼예복 新郎禮服

결혼의 婚姻的

결혼하다 結婚

겸손하다 謙卑的，謙虛的

경감하다 輕鬆，寬慰，放鬆，減輕

경고 警告

경고하다 警告

경구 警句

경기 比賽，競賽

경기 후퇴 衰退

경기도 京畿道

경기하다 比賽，競賽

경도 經度

경련 痙攣，抽搐

경마 賽馬
경마하다 賽馬
경박하다 輕佻的
경보 警報, 警鈴
경보 競走
경비원 警衛
경상남도 慶尚南道
경상북도 慶尚北道
경솔하다 粗心大意的, 考慮
　不周的；魯莽的, 輕率的
경영자 經理
경음악 輕音樂
경작 耕種, 耕作
경작하다 耕種, 翻耕
경쟁 競爭
경쟁자 競爭者
경쟁하다 競爭
경제 經濟
경제학 經濟學
경주 賽跑
경주자 跑步者
경찰 警察
경찰관 警官
경찰본부 警察總部
경찰서 警察局
경찰서장 警察局長
경찰에게 신고하다 叫警察
경찰에게 전화하다 打電話給
　警察
경첩 合頁
경청자 敬啟者
경청자 여러분 敬啟者
경치 風景
경쾌하다 鮮明的, 輕快的
계곡 溝壑, 溪谷
계기반 儀表板
계단 樓梯, 台階
계단통 樓梯間, 樓梯井

계란 蛋
계량숟가락 量勺
계량컵 量杯
계류 溪流, 小河
계모 繼母
계몽운동 啟蒙運動
계부 繼父
계산 計算
계산기 計算機
계산서 帳單
계산하다 付款；計算
계속하다 持續
계속하세요! 請繼續! 請說!
…계십니까? …在嗎?
계약 合同, 合約
계약금 訂金
계율 戒律
계절 季節
계좌 帳户
계좌를 개설하다 開立帳户
계좌를 취소하다 取消帳户
계피 肉桂
계획된 범죄 預先策劃的犯罪
…고 和
…고 싶지 않아요. 我不想…
고개를 젓다 搖頭
고객 顧客, 主顧, 客户
고고학 考古學
고글 風鏡
고기 肉
고기탕 肉湯（稀湯）
고뇌하다 困惱的, 為難的
고대 古代
고대 그리스 古希臘
고대 로마 古羅馬
고도 高度
고등어 鯖魚
고등학교 高中

고등학교 졸업생 中學畢業生
고등학교 졸업증서 中學畢業證書
고등학교 졸업장 中學畢業證書
고래 鯨
고루하다 古板的
고름 膿, 膿液
고리 環, 圈
고리가 있는 공책 環扣筆記本
고릴라 大猩猩
고막 耳鼓
고모 姑母
고모부 姑父
고모할머니 姑婆
고무 橡膠
고무 장갑 橡膠手套
고무 밴드 橡皮筋
고무밴드 皮筋
고문 顧問
고미 다락방 閣樓, 頂樓
고발 控告, 起訴
고발하다 告發, 控告, 起訴
고백 성사 懺悔式
고사 故事; 考試
고상하고 우아하다 文雅, 禮貌
고상하다 高尚的
고상함 合宜, 得體
고생물학 古生物學
고소 控告, 起訴
고소하다 控告, 起訴
고속도로 식당 高速路餐館
고수 鼓手
고수머리 卷髮
고슴도치 刺猬
고아 孤兒

고아원 孤兒院
고액 대출 大額貸款
고액 지폐 大額鈔票
고약 藥膏
고양이 貓
고용 僱用
고용인 僱員, 受僱者
고용주 僱主, 僱用者
고용하다 僱用
고장나다 故障
고장이 나서 멎다 抛錨
고적 古跡
고전 음악 古典音樂
고전주의 古典主義
고정된 固定的
고정장치 固定裝置
고지식하다 過分拘謹的
고지하다 告知
고집불통하다 執迷不悟的
고집스럽다 頑固的
고집하다 頑強的, 固執的
고철 廢鐵
고체 固體
고추 辣椒
고추장 辣椒醬
고치 蠶繭
고치다 醫治, 治癒
고해 懺悔
고해하다 懺悔
고혈압 高血壓
고화질 텔레비전 高清晰電視
곡 歌曲; 谷, 峪
곡물 穀物, 糧食
곡선 曲線
곡식 穀物, 糧食
곡예사 雜技演員
곡조가 맞지 않다 跑調
곡창 穀倉, 糧倉

곤란 困難

곤충 蟲,昆蟲

곧 即將,馬上,片刻

골 進球,得分;谷,峪

골격 骨骼

골동품점 古董店

골드 메달리스트 金牌得主

골머리를 앓다 憂悶的

골목 小巷,胡同

골반 骨盆

골뱅이 在 (@)

골수 骨髓

골절 骨折,挫傷

골키퍼 守門員

골퍼 高爾夫運動員

골프 高爾夫

곰 熊

곱사등이 駝背的

곱셈 乘法

곱하기 乘

곱하다 乘以

곳 地點

곳간 儲藏室,庫房

공 球;零

공간 空間

공갈 勒索,敲詐

공갈하다 勒索,敲詐

공격 攻擊

공격자 攻擊者

공고 公告

공공교통 公共交通

공공주차장 公共停車場

공공채널 公共頻道

공공텔레비전방송 公共電視

공구 工具

공구상자 工具箱

공기 空氣

공기오염 空氣污染

공도 公路,大路

공동 경영자 合伙人

공로 公路

공리 公理

공립 학교 公立學校

공문서 公文紙

공민 公民

공민 신분 公民身份

공범자 共犯,幫凶

공사중 正在施工

공산주의 共產主義

공산주의자 共產主義者

공상과학소설 科幻小說

공손하다 恭敬的

공수도 空手道

공업 工業,產業

공원 公園

공인 회계사 特許會計師

공작 孔雀

공장 工廠,廠房,車間

공제 扣除

공주 公主

공중선 天線

공중전화 公共電話

공채 公債

공책 筆記本

공치는 망치 大頭錘

공판 審理

공포 영화 恐怖片

공학 工程學

공학과 工程學系

공항 機場

공항 검색대 機場安全

공항안보 機場安全

공화국 共和國

공회당 長方形大教堂

곶 海角,岬

⋯과 同,跟

…과 …처럼 如同
과거 過去
과거 시제 過去式
과거완료 시제 過去完成式
과거분사 過去分詞
과목 科目, 學科
과민한 過敏的
과부 寡婦
과수 果樹
과실 過失
과실 치사 殺人, 過失殺人
과일 水果
과일 장수 水果攤販
과일 접시 水果缽
과일바구니 果籃
과잉 투여 服藥過量
과장하다 誇張; 愛炫耀的, 虛誇的, 浮誇的
과정 課程
과테말라 瓜地馬拉
과테말라인 瓜地馬拉人
과학 공상 영화 科幻片
과학가 科學家
과학공상 소설 科幻小說
과학연구 科學研究
관 靈; 棺材
관개 灌溉
관객 觀眾
관계적 關系的
관계 서적 목록 文獻目錄
관계대명사 關系代詞
관계자에게 致負責人
관골 靈
관광 코스 遊覽線路
관광객 旅遊者, 遊人
관광버스 遊覽車
관광자문처 旅遊咨詢處
관광지 旅遊地

관광하다 觀光
관대 寬宏大量
관대하다 寬宏大量的
관련되다 涉及
관리 管理
관리위원회 管理委員會
관목 灌木
관보 公報
관사 冠詞
관세 關稅
관악기 管樂器, 吹奏樂器
관용어 習語, 慣用語
관절 關節
관절염 關節炎
관점 觀點
관통하다 穿過
괄호 括號
광 光
광고 廣告, 做廣告
광고가사 廣告歌詞
광고시간 廣告時間
광고전 廣告攻勢
광고표지 廣告標誌
광고회사 廣告公司
광년 光年
광대뼈 頰骨, 顴骨
광물 礦物
광섬유 光纖
광섬유 케이블 光纜
광장 廣場
광주 光州
광천수 礦泉水
광케이블 光纖電纜
광학 光學
광학식 판독 장치 光筆, 光讀器, 光讀出器
광합성 光合作用
괘선지 橫格紙

괜찮다 感覺良好
괜찮습니다! 沒關係。
괜찮아요. 沒關係。
괜찮으면… 如果你不介意…
괜하다 徒然的
괭이 鋤頭；鎬
괴기소설 驚悚小說，懸疑小說
괴기영화 驚險片
괴혈병 壞血病
교과서 課本
교구 教區
교구 목사 教區牧師
교구민 教區居民
교녀 教女
교단 教團，修道會
교대근무 輪班工作
교류 交際
교류하다 交際
교리문답서 教義問答集
교모 教母
교부 教父
교사 老師，教師
교수 教授
교수하다 教育，教授
교실 教室
교양 있다 有修養的
교외 郊區，市郊，近郊
교외에서 在郊區
교원 老師，教師
교원양성소 教師培訓學校
교육 教育
교육 수준 教育水準
교육부 教育部
교육상황 教育情況
교육을 받은 受教育的
교육하다 教育，教授
교자 教子

교차로 十字路口，交叉路口
교통 交通
교통 사고 交通事故
교통 신호등 交通信號燈
교통 정체 交通擁擠，交通阻
　塞
교통 체증으로 인한 운전자의
　짜증 公路洩憤
교통경찰 交通警察
교파 教派，宗派
교활한 詭計多端的
교향곡 交響樂
교활하다 機敏的，狡猾的
교황 教皇，主教
교훈적이다 說教的
구 九；短語；嘴，口
구강 口腔
구개 腭
구걸하다 乞討
구구표 乘法表
구급차 救護車
구난 자동차 拖曳車
구독취소 取消訂閱
구두 口頭；皮鞋
구두 시험 口試
구두로 口頭地
구두수선집 修鞋店
구두약 鞋油
구두점 標點
구둣방 鞋店
구둣주걱 鞋拔
구름 雲
구매하다 購買
구멍 洞，孔
구멍을 뚫다 打孔
구명 재킷 救生衣
구불구불하다 蜿蜒的，Z字
　形的

구상하다 構思

구성 結構，框架；情節

구술 시험 口試

구십 九十

구역 번호 區號

구연산나트륨 檸檬酸鈉

구연산염 마그네슘 檸檬酸鎂

구운 燒烤的

구월 九月

구월 십오일입니다 九月十五號

구의 평방근은 삼이다 九的
　平方根是三

구입하다 購買

구절을 읽다 閱讀，閱讀段落

구조 布局；結構，框架

구조하다 援救

구진 丘疹

구체 球體

구체적이다 具體的

구토물 嘔吐物

구형의 球形的

구호 口號

국 湯

국가 國家

국가 원수 國家元首

국가의 國家的

국경 邊界，國界

국내선 國內航班

국립 학교 國立學校

국민 公民身份

국민 人民，人們

국민 투표 公民表決

국민은행 國民銀行

국사 民政事務

국선 변호사 法庭指定律師

국수 麵條

국왕 國王

국외 國外

국자 勺子

국적 國籍

국제 전화 國際電話

국제선 國際航班

국채 政府債券，公債

국화 菊花

국화차 菊花茶

군대 軍隊

군도 群島

군비 감축 裁減軍備

군수 軍需，供應品

군인 軍人，士兵

군주제 君主政體

군축 裁軍

굳다 堅定的

굳세다 堅強的

굴 獸穴，地洞，窩；牡蠣

굴뚝 煙囪

굴렁쇠 大圈，呼拉圈

굵고 튼튼하다 強壯結實的

굵은 활자체 黑體

굶다 飢，飢餓

굽 낮다 平跟的

굽다 曲折的，彎曲的；烤的

굽은 烤焙的

궁도 射箭

권 卷，冊

권력 權力

권리 權力

권리를 어기다 違犯權利

권모술수가 많다 詭計多端的

권투 선수 拳擊手

궤도 鐵道，軌道

궤도에 따라 운행하다 沿軌
　道運行

궤양 潰瘍

귀 耳，耳朵

귀걸이 耳環

귀뚜라미 蟋蟀

귀리 燕麥

귀먹다 聾的

귓병 耳病

귀신도 몰라! 誰知道？

귀얄 刷子

귀엽다 迷人的，可愛的；值 得敬慕的

귀중하다 貴重的

귀찮다 厭煩的，令人煩惱的

규율을 준수하다 有節制的， 遵紀守法的

규칙동사 規則動詞

균형 預算，平衡

그 他；這，那；這些，那些

그 남자애 這個男孩

그 남자애들 這些男孩

그 다음에 然後

그 동안 잘 지내셨어요? 近 況怎樣？

그 아저씨 這位叔叔

그 아저씨들 這些叔叔

그 일을 해서 기쁩니다. 很高 興做這件事！

그 자신 他自己

그 중의 조금 其中一些

그 (를) 他

그 / 그녀 他的 / 她的 / 它的

그게 아니라 不是那樣

그냥! 一般。

그네 鞦韆

그녀 她

그녀 자신 她自己

그녀 (를) 她

그녀들 他們，她們，它們

그녀들 자신 他們，她們，它 們，你們，自己

그늘 暗部，陰影部分

그들 他們，她們，它們

그들 자신 他們，她們，它們， 你們，自己

그들의 他們的，她們的，它 們的

그때에 那時

그래서 因此，所以，以便

그래서요? 那又怎麼樣？

그래프 曲線圖

그래프 용지 方格紙

그래픽 디자인 平面造型設計

그래픽 인터페이스 圖表界面

그랜드 내셔널 越野障礙賽馬

그랜드 슬램 大滿貫

그랜드 피아노 大鋼琴

그램 克

그리고 나서 接著，隨後

그러나 但是，然而

그러니까 因此

그런데 然而

그럴 수가 없어요! 不可能。

그럴 리가 없어요! 怎麼可 能！

그렇지만 但是

그레이프프루트 葡萄柚

그루지야 格魯吉亞

그릇 碗

그리다 作畫，繪畫

그리스 希臘

그리스어 希臘語

그리스의 希臘的

그리스인 希臘人

그린 피 場地租費

그린란드 格陵蘭

그린보이 新手

그림 畫

그림 물감 顏料

그림수수께끼 畫謎

그림자 影子

그물 網

그물 선반 行李架

그슬리다 燒焦

그을은 燒烤的

그저께 前天

그전에 之後

극작가 劇作家

극장 戲劇;劇場,劇院,影劇院

극장 안내원 引座員

극지 極,極地

근 根

근교 市郊,近郊

근동 近東

근면하다 勤勉的,勤奮的

근시안적 近視的

근심 焦慮

근심이나 걱정이 없다 無憂無慮的

근엄하다 嚴肅的

근육 肌肉

근육이 억세다 肌肉結實的

글 文章

글라디올러스 劍蘭

글러브 手套

글을 쓰다 寫作

금 金

금고 保險櫃

금관 악기 銅管樂器

금련화 水田芥

금메달 金牌

금반지 金戒指

금붕어 金魚

금색 金色

금성 金星

금속 金屬

금속판 金屬板

금식 禁食,齋戒

금연 禁止吸煙

금연석 禁煙區

금요일 星期五

금욕 禁慾

금융가 金融家

금잔화 金盞花,萬壽菊

금전 등록기 收款機

금혼식 金婚

급사 遞送急件的郵差

급하게 匆忙地

급하다 急躁的

…기 바랍니다. 我希望…

…기 전에 在…之前

기간 期間

기개가 있다 慷慨

기계공 機工,機械人員

기계적 機械的

기관 器官;氣管

기관지염 支氣管炎

기관차 火車頭

기괴하다 古怪的,奇怪的

기구 器皿;工具

기구도 組織機構圖

기구하다 崎嶇的

기권 棄權

기내 통신 內部通話系統

기념비 紀念碑

기념품상점 紀念品商店

기능 功能

기다리다 等待

기대다 倚靠

기대하다 期待

기도 禱告,祈禱

기도자 祈禱人

기도하는 사람 祈求者,禱告者

기도하다 禱告，祈禱

기독교 基督教

기독교도 基督教徒

기둥형 柱形

기록 紀錄

기록 보관인 檔案保管人

기록 시간 내 在記錄時間內

기록을 창조하다 創造紀錄

기류 氣流

…기를 바랍니다! 我希望…

기름 油

기름을 넣다 加油

기린 長頸鹿

기민하다 機警的

기밀이다 機密

기복하다 起伏的

기본급 底薪，基本工資

기부자 捐助人

기분 情緒

기분이 별로이다 情緒低落

기브 업 認輸

기쁘고 즐겁다 輕鬆愉快的

기쁘다 高興的，滿意的

기쁜 얼굴 快樂的面孔

기쁨 快樂

기사 工程師

기상천외 想象，異想天開

기소하다 起訴

기수 基數；奇數

기숙 학교 寄宿學校

기술 技術

기술 고문 技術顧問

기술 서적 技術書籍

기술 지원 技術幫助

기술자 技術員，工程師

기슭 邊，岸

기압계 氣壓表

기어가다 爬行

기억 記憶

기억하다 記憶，記住

기업 진단원 商務顧問

기업가 實業家，企業家

기업은행 企業銀行

기운이 없다 沒精打采的

기울어진 눈 斜眼

기원 紀元，時代

기이하다 古怪的，奇怪的

기익 機翼

기일 日期

기자 記者，採訪記者

기자 회견 新聞發布會

기자실 記者室

기장 機長

기절하다 一陣昏厥

기차 火車

기차를 타다 乘火車

기차역 火車站

기초 地基

기초과목 基礎科目

기초하다 起草

기차로 乘火車

기침 咳嗽

기침약 止咳糖漿

기침하다 咳嗽

기타 吉他

기타 연주자 吉他手

기하 幾何

기하도형 幾何圖形，幾何圖案

기하의 幾何的

기하학 幾何學

기호 符號

기혼 已婚

기혼부부 已婚夫婦

기혼의 已婚的 ·

기혼하다 已婚的

기화기 化油器

기후 氣候

긴 소리로 짖다 嚎，嘷叫

긴급 차로 緊急車道

긴급출구 緊急出口

길게 늘이다 拉直，伸長

길게 하다 加長

길다 長的

길들이다 馴養

길을 비켜 주세요! 借過！

길이 長度

김 紫菜

김 부장님은 계십니까？ 金部
　長在嗎？

김을 매다 鋤（地）

집다 織補

깃 領子，衣領

깃털 羽毛

깊다 深的

깊이 深度

까다롭다 挑剔的，過分講究的

까마귀 鴉

까무잡잡한 피부 黝黑的皮膚

…까지 直到…

까치 鵲

깎다 剃，刮，削

깔개 小地毯

깔끔하지 못하다 邋遢的

깔때기 漏斗

깡통 罐，聽；罐頭

깨끗하다 清潔的，乾淨的

깨다 醒來，弄醒

깨지기 쉽다 脆弱的

꺼풀 膜

꺽쇠 訂書釘

꺾은선 折線

껍질 皮

껍질을 벗기다 削皮

껴안기 擁抱…

꼬리 尾巴

꼭 끼다 緊的

꼭대기 頂，絕頂

꼭두각시 牽線木偶

꽁초 煙頭

꽁하다 心胸狹窄的

꽃 花

꽃가루 花粉

꽃다발 花束

꽃바구니 花籃

꽃박하 牛至

꽃병 花瓶

꽃봉오리 蓓蕾

꽃양배추 菜花

꽃을 따다 摘花

꽃이 피다 開花

꽃잎 花瓣

꽃장수 花匠

꽃집 花床

꿀벌통 蜂巢，蜂房

꿇다 跪下，跪著

꿇어앉다 下跪

꿈 夢想

꿈을 꾸다 夢想

꿋꿋하다 堅強的

꿩 雉，野雞

꿰매다 織補

끄다 熄滅，撲滅；關掉，關上；
　開關

끈기 있다 有耐心的

끈적하다 黏的

끊다 打斷

끌 鑿子

끌다 拉，拖動

끓다 煮

끝 結束

끝나다 結束

끝에 在…盡頭
끼다 緊的
끼악끼악하다 呱呱地叫

ㄴ

나가다 出去
나누기 除
나누다 分享；除以
나눗셈 除法
나는 더운 것을 좋아합니다.
　我喜歡熱。
나는 더위를 참을 수 없다 我
　受不了熱。
나는 추운 것을 좋아합니다.
　我喜歡冷。
나는 추위를 참을 수 없다.
　我受不了冷。
나라 國家
나레이터 講述者
나륵풀 羅勒
나무 木，樹
나무 가지 樹枝
나무 껍질 樹皮
나무 상자 木盒
나무 숟가락 木勺
나무 울타리 樹籬
나무딸기 懸鉤子，覆盆子
나무메 大頭錘
나무줄기 樹幹
나비 蝴蝶
나비넥타이 領結
나빴어요！ 太糟了！
나쁘게 糟糕
나쁘다 壞的
나쁜 기분 壞心情，心情不好
나쁜 날씨 壞天氣
나쁜 말 惡語
나쁜 자식！ 該死！

나사 螺絲
나사돌리개 螺絲刀
나사로 죄다 擰上
나선의 螺旋的
나선철로 재봉된 공책 螺旋
　扣筆記本
나아가다 好轉，恢復，痊愈，
　治愈
나약하다 脆弱的
나이 年齡
나이가 많다 大；年長的
나이지리아 奈及利亞
나이지리아인 奈及利亞人
나이트 馬
나이트 게임 夜場比賽
나이트클럽 夜總會
나이팅게일 夜鶯
나일론 尼龍
나침반 指南針
나태하다 懶惰的
나트륨 鈉
나팔 喇叭
낙관적이다 樂觀的
낙관주의 樂觀主義
낙관주의자 樂觀主義者
낙서 塗鴉
낙심 沮喪，消沉
낙지 章魚
낙타 駱駝
낙하산 跳傘
낚다 捕魚，釣魚
낚시 釣魚
낚시꾼 釣魚者
낚시바늘 魚鉤
낚시질 釣魚，捕魚
낚싯대 魚竿，釣魚竿
낚싯줄 魚線
난간 欄杆，扶手

난민 難民，避難者

난민 수용소 難民營

난방하다 供暖

난외 空白，欄外

난쟁이 矮子

난초 蘭草

난폭하다 放肆的

날개 翼，翅膀

날씨 天氣

날씨 공고 天氣公告

날씨 상태 天氣狀況

날씨가 나쁩니다. 天氣糟透了。

날씨가 덥다 天熱

날씨가 따뜻하다 天氣溫和

날씨가 아주 좋습니다. 天氣很好。

날씨가 어떻습니까？ 天氣怎麼樣？

날씨가 좋습니다. 天氣好。

날씬하다 苗條的

날짜 日期

남 男；南

남극 南極

남극 대륙 南極洲

남극권 南極圈

남녀공학학교 男女同校的學校

남다 留下

남동 東南

남동생 弟弟

남미인 南美人

남방의 南方的

남성 男性

남성의류점 男裝店

남성 저음역 男低音

남성적 男性的

남아메리카 南美洲

남아메리카인 南美人

남아프리카공화국 南非

남아프리카인 南非人

남에게 의지하고 있는 사람 受贍養者

남자 男人

남자시계 男錶

남자아이 男孩

남자용 신발 男鞋

남자친구 男朋友

남쪽으로 向南

남편 丈夫

남회귀선 南回歸線

납득시키다 說服

납세 納稅

납세하다 繳稅

납을 제거한 가스 無鉛汽油

납이 함유된 휘발유 含鉛汽油

납인상관 蠟像館

납작못 圖釘

납품하다 交貨

낫 鐮刀

낭만주의 浪漫主義

낭비하다 揮霍的，浪費的

낭종 囊腫

낮 白天

낮은 이마 低額頭

낯 臉，面孔

낳다 生

내 이름은… 我的名字是…

내각 內閣

내각장관 內閣首腦

내각회의 內閣會議

내기 打賭

내기하다 打賭

내놓다 放下

내려가다 往下走

내려다보다 俯視，眺望

내리다 下；卸下

내리막길 下坡

내부사무 內部事務

내부 통화 설비 內部通話設
備

…내에 在…之內

내용 內容

내일 明天

내일 밤 明天晚上，明天夜裡

내일 뵙겠습니다! 明天見。

내일 아침 明天早晨，明天上
午

내일 오후 明天下午

내장 內臟

내전 內戰

내향적이다 性格內向的

내화성의 耐火的，防火的

냄비 烹飪鍋

냄새 氣味

냅킨 餐巾

냉각장치 散熱器

냉담 冷漠

냉담하다 冷漠的

냉동고 冷凍櫃

냉수 冷水

냉장고 電冰箱

냉정하다 冷靜的，清醒的

너 你

너 미쳤어? 你瘋了嗎?

너 자신 你自己

너도밤나무 山毛欅

너랑 잘 안 어울려. 你穿著不
好看。

너랑 잘 어울려. 你穿著好看。

너무 귀찮아요! 真煩人！

너무 많다 太多

너무 번거롭다! 真累贅！

너비 寬度

넉넉하다 充足

넋나가다 心不在焉的

넓다 寬的，闊的，寬敞的

넘어지다 磕絆

넝마 조각 破布

네 是；你的

네? 什麼?

네 시 이십오 분이에요. 四點
二十五。

네 쌍둥이 四胞胎

네덜란드 荷蘭

네덜란드인 荷蘭人

네덜란드어 荷蘭語

네모진 합 方盒

네온사인 霓虹燈

네일아트 美甲

네트 網

네트 플라이트 輕吊球

네트스코어 淨得分

네트워크 網路

네트워킹 網路

네트터치 觸網

네티켓 網路禮儀

넥타이 領帶

넷 四

넷째 第四

녀 女

년 年

노 槳，櫓

노골 進球無效

노끈 細繩

노동권 工作權

노동력 잉여 勞動力剩餘

노동조합 工會

노동조합 협상 工會協商

노동조합 회원 工會會員

노래 歌曲

노력하다 勤奮的

노르웨이 挪威

노르웨이어 挪威語

노르웨이인 挪威人

노름 賭博

노새 騾子

노여움을 터뜨리다 鬆弛緊張
的情緒，洩怒

노인의 老年的

노크하다 敲

노트 註釋；筆記本

노트북 筆記型電腦

노하다 生氣的

노하다 慍怒的，不寬恕人的

녹다 融化

녹색 綠色

녹음 錄音

녹음기 錄音機

논리 邏輯

논문 論文

논문 답변 論文答辯

논쟁 爭辯

논쟁적인 有爭議的

논쟁하다 爭辯，爭執

놀기를 좋아하다 愛玩耍的

놀다 娛樂，玩樂

놀라게 하다 使驚奇

놀라움 驚奇

놀랍다 驚奇的

놀이동산 遊樂園

농경지 農田

농구 籃球

농구 공 籃球

농구장 籃球場

농담 玩笑；笑話

농담을 하다 講笑話

농담하다 開玩笑；講笑話

농약 殺蟲劑，農藥

농업 農業

농장 飼養場，畜牧場

농장주 農場主

농지 農田

높다 高的

높은 이마 高額頭

높이 高度

높이뛰기 跳高

높히다 提高

놓다 放

뇌 腦

뇌물 行賄，受賂

뇌물을 주다 賄賂

뇌우 雷雨

뇌진탕 腦震蕩

뇨 尿

누구세요? 誰？是哪位？

누나 姐姐

누드 裸體

누에 蠶

눈 雪；眼睛

눈꺼풀 眼瞼

눈꽃 雪花

눈동자 瞳孔

눈뭉치 雪球

눈보라 雪暴

눈부시다 閃亮，閃耀

눈사람 雪人

눈썹 眉毛

눈썹을 찡그리다 愁眉不展的

눈으로 덮인 冰雪覆蓋的

눈을 깜짝거리다 眨眼

눈이 내리고 있습니다. 天在
下雪。

눈이 내리다 下雪

눈치 빠르다 機敏的

눕다 躺下

뉘앙스 色度
뉴스 新聞
뉴스그룹 新聞組
뉴스방송 新聞廣播
뉴스보도 新聞報導
뉴스속보 新聞快報
뉴욕 紐約
뉴질랜드 紐西蘭
뉴질랜드인 紐西蘭人
느끼다 感知，察覺
느낌 感到，感覺
느낌표 嘆號
느릅나무 榆
느리다 慢的
느린 동작 慢動作，慢鏡頭
늑골 肋骨
늑대 狼
는 / ㄴ 적이 없다 從不
는 / 은 / ㄴ 것 같다 好像
…는지 모르겠습니다． 我不
　知道是否…
늘 애수에 잠기고 감상적이다
　多愁善感的
늙다 年老的
늙어지다 變老
늙은이 老年，晚年
능동태 主動態
능력 能力
능력이 없다 無能的
능력이 있다 有能力的
능형 菱形
늦게 晚
늦다 晚，遲
늦추다 慢下來；放鬆
늪 沼澤，濕地
니카라과 尼加拉瓜
니카라과인 尼加拉瓜人
니켈 鎳

닉네임 昵稱
닉네임 昵稱，愛稱

ㄷ

다 순조롭게 진행하다 一切
　如意
…다고 생각합니다． 我認為…
…다고 확신합니다． 我確定…
다국적 多國的
다락방 閣樓，頂樓
다람쥐 松鼠
다랑어 金槍魚
다른 것들 其他的
다른 말로 하면 也就是說
다리 腿；橋
다리 고기 腿肉
다리다 熨
다리미 熨斗
다리미질하다 熨燙
다리미판 燙衣板
다림질하다 熨
다만…함으로써만이 비로소
　除非
다면체 多面體
다변형 多邊形
다섯 五
다섯 시 오십 분이에요． 五點
　五十分。
다섯째 第五
다시 再
다시 말하다 複述
…다시 말하면 也就是說
다시…지 않다 不再
다예하다 多才多藝的
다운로드 下載
다운타운에서 在商業區
다음 下一個
다음에 뵙겠습니다！ 回頭見。

다이브　跳水
다이빙　跳水；跳水比賽
다이빙 선수　跳水者
다이빙대　跳台
다이빙하다　跳水
다이아몬드　鑽石；方片
다이아몬드 게임　跳棋
다이아몬드 바둑돌　跳棋棋子
다이아몬드 혼식　鑽石婚
다이어트　減肥
다재다능하다　多才多藝的
다정하다　多情的
다종족사회　多種族社會
다치다　受傷，傷害
다큐멘터리　紀錄片
다행이에요！謝天謝地！
닥쳐！閉上嘴！
단골　主顧
단궤 철도　單軌
단기 체류　中途停留
단기적　短期的
단기적으로　短期地
단단한 나무　硬木
단단함　僵直，僵硬
단리　單利
단말기　終端
단서　線索
단수　單數
단어　字，詞
단작스럽다　令人不快的
단정하고 장중하다　正派得體，
　端莊穩重
단지　罐子
단체활동　集體活動
단추　鈕扣
단춧구멍　扣眼
단파　短波
단편소설　短篇小說

단편소설 작자　短篇小說作者
단풍나무　楓樹
닫기　關閉
달　月亮
달 착륙선　登月艙
달걀교반기　打蛋器
달다　甜的
달러　美元
달력　日曆
달리는 사람　跑步者
달리다　跑，跑步
달리아　大麗花，天竺牡丹
달빛　月光
달콤하다　甜的，甜蜜的
닭　雞
닭고기　雞肉
담결석　膽結石
담낭　膽，膽囊
담다　盛
담배　香煙
담배를 피우다　抽煙
담뱃대　煙斗
담요　毯子，毛毯
담쟁이덩굴　常春藤
담즙　膽汁
답답하다　鬱悶的
당구　撞球；撞球球桿
당구 볼　撞球
당구대　撞球桌
당근　胡蘿蔔
당나귀　驢子
당뇨병　糖尿病
당신　您，你們
당신 자신　您自己，你們自己
당신 (을) 您
당신들　你們
당신들의　你們的
당신들의 책　你們的書

당신들의 책들 你們的書

당좌 계좌 往來帳戶

당좌 예금 계좌 支票帳戶

당파 宗派，小集團

당황하지 않다 不慌張的

닿다 上，到，達到；觸，碰；擦過，觸及；接觸

대문자 大寫字母

대각 對角

대각선 對角線

대걸레 拖把

대구 鱈魚；大丘

대구치 臼齒

대금상환 貨到付款，貨到收款

대기 大氣

대기압 大氣壓

대기의 大氣的

대기조건 大氣狀況

대기중 隨時待命

대기층 大氣，大氣層

대단해요！ 了不起！

대담하다 大膽的

대답 回答，回覆，解答

대답하다 回答，應答，回覆

대량의 眾多的，許多的

대로 大街

대륙 大陸；大洲

대륙성의 大陸的，大陸性的

대리석 大理石

대리석 무늬의 大理石花紋的

대리석 조각 大理石雕塑

대마초 大麻

대머리의 禿頭的

대명사 代詞

대문 入口，大門

대물 렌즈 物鏡

대본 劇本

대부자 貸款人，借貸方

대브리튼 大不列顛

대비 對比

대사 台詞

대사관 大使館

대상포진 帶狀泡疹，纏腰龍

대서양 大西洋

대성당 大教堂

대소변의 실금 大小便失禁

대수 代數；對數

대수의 代數的；對數的

대시 短跑；破折號

대시보드 儀表板

대양 洋

대양주 大洋洲

대여금고 銀行保險櫃

대전 大田

대좌 墊座

대주교 大主教

대추 棗

대출 貸款

대출 담당자 貸款負責人

대출을 받다 獲得貸款

대충 훑어보다 翻閱，草草瀏覽

대통령 總統

대패 鏟子，鐵鍬；刨子

대학 학위 大學學位

대학교 大學

대학교 졸업생 大學畢業生

대학교 총장 大學校長

대학생 大學生

대합실 等候室；候機廳

대합조개 蛤

대화 對話，會話

대화식의 交互式的

대화하다 對話，交談

대황 大黃

댄서 舞蹈家

댄스 跳舞，舞蹈；舞會

댐 壩，堰；水庫

댓글 回覆

댕그랑 叮噹

더듬거리다 結結巴巴的

더럽다 髒的

더미 堆；假動作

더블 雙倍的

더블 게임 雙打比賽

더블 크라운 二連冠

더블베드 雙人床

더블베드를 가지고 있다 帶雙人床的

더빙 配音

더빙하다 配音的

더위 먹다 中暑

더트 코스 沙土跑道

더하기 加

더하다 加上

덕분에 多虧

덕행 德，德行，善

던지다 投，甩，扔，擲

덜걱덜걱 格格響

덜컥 吱吱嘎嘎

덥다 熱的，感覺熱

덥습니다 天氣熱

덧붙여 말하자면 順便說一句

덧셈 加法

덩굴 葡萄樹，藤

덩크 슛 扣籃

데모 示威

데이비스 컵 戴維斯杯

데이지 雛菊，延命菊

데이터 數據

데이터 처리 數據處理

데이터 파일 數據文件

데이터뱅크 數據庫

데이터 베이스 數據庫

데이트 約會

데이트 상대에 대한 성폭행 約會強姦

데트 타임 暫停

덴마크 丹麥

덴마크어 丹麥語

덴마크인 丹麥人

도 也；度

도…도…아니다 既不…也不…

도구 工具

도구함 儲物槽

도난 경보기 防盜警報器

도덕 道德

도둑 賊，小偷

도둑 잡아라! 抓小偷!

도랑 路溝，水溝，渠

도로 小道，道路，公路，大路

도로 표지 路標

도로교통도 道路交通圖

도마 砧板

도마뱀 蜥蜴

도망가다 逃亡，逃脫

도망치는 逃亡的

도매 批發

도매가격 批發價格

도매하다 批發

도미니카 공화국 多明尼加共和國

도미니카인 多明尼加人

도미니크회의 수사 多明我會修士

도박 賭博

도발하다 挑釁的，煽動的

도살자 屠夫

도색영화 黃色片

도색사건 戀情，風流韻事
도색잡지 黃色雜誌
도서 圖書，讀物；島，島嶼
도서관 圖書館
도서관 직원 圖書館職員
도서관리원 圖書管理員
도선장 渡口，渡船
도성 都城
도시 城市
도시에서 在城裡
도시인 城市居民
도시지도 城市地圖
도심지 鬧市區，商業區
도안 圖案
도어 스코프 門鏡，觀察孔
도어맨 看門人
도예 陶藝
도와 주다 幫助
도용 抄襲；侵吞，挪用
도움명령 幫助命令
도움을 주다 提供幫助
도읍지 都城
도자기 瓷器
도장공 房屋油漆工
도제 學徒
도착 到達
도착하다 到達
도쿄 東京
도토리 櫟子，橡子
도표 圖表
도화지 繪圖紙
독 壜，堰
독가스 毒氣
독감 流感
독기가 서린 얼굴 憔悴的臉
독단적이다 專橫的，自行其
　是的
독립하다 獨立的

독백 獨白
독본 讀本
독서 讀書
독서하다 閱讀
독소 毒素
독수리 鷹；兀鷹，禿鷲
독신 不敬，褻瀆
독신남자 單身漢
독신의 單身的
독실하다 虔誠的
독일 德國
독일 세퍼드 德國牧羊犬，狼
　狗
독일어 德語
독일인 德國人
독자 讀者
독재 專制
독재자 獨裁者
독점 壟斷
독점 판매권 特許經營權
독점 판매업자 特許經營者
독주 獨奏，獨唱
독주자 獨奏演員，獨唱演員
독창 獨奏，獨唱
독창자 獨奏演員，獨唱演員
독창적이다 獨創的
독특하다 有特點的
독학 自學
독학생 自學者
돈 錢
돈을 지불하다 付款
돈을새김 浮雕
돌 石，石頭
돌다 轉
돌아가다 返回，迴轉
돌아오는 왕복표 回程票
돌아오다 返回
돕다 幫助

동 東
동거 同居，同住
동거하다 同居，同住
동공 瞳孔
동굴 洞，穴
동기 動機
동남쪽 東南
동남쪽의 南方的
동네 街區
동력 브레이크 動力制動器
동력 조타 장치 動力轉向
동료 工作伙伴，同事，同行
동맥 動脈
동맥 경화 動脈硬化
동맹 同盟，聯盟
동맹국 同盟國
동명사 動名詞
동물 動物
동물학 動物學
동물학적 動物學的
동방으로 向東方
동방적 東方的
동백나무 山茶花
동봉하다 又及，附言；附有
동북쪽 東北
동사 動詞
동생 弟弟
동성애 同性戀
동성애자 女同性戀者
동성애자 同性戀者
동시 同時地
동시에 同時，同時的；與此
　同時，在同時
동아시아인 東亞人，東方人
…동안 在…期間
동업자 同事，同行
동의 動議
동의하다 同意

동이 罐子
동전 硬幣
동전 수집 集硬幣
동점 打成平手
동정 同情
동정하다 同情的
동쪽으로 向東
동쪽의 東方的
동창 同學，校友
동화 童話
돼지 豬
돼지갈비 豬排骨
돼지고기 豬肉
됐어! 夠了!
됐어요! 夠了!
되돌아가다 返回
되새 蒼頭燕雀
된장찌개 大醬湯
두 부 兩份
두 살입니다. 兩歲。
두 시간 兩個小時的時間
두 시예요. 兩點了。在兩點。
두 줄 단추가 달린 재킷 雙排
　扣上衣
두개골 顱骨，頭骨
두건 風帽
두꺼비 蟾蜍，癩蛤蟆
두꺼움 厚
두껍다 厚的
두께 厚
두더지 鼹鼠
두드리다 敲，拍打
두려워하다 害怕
두번째의 코스 요리 第二道
　菜
두 시 사십오 분이에요. 兩點
　四十五分。
두통 頭痛

두피 頭皮

둔각 鈍角

둔각의 鈍角的

둔부 屁股, 臀部

둔하다 遲鈍的

둘 二

둘러보다 環顧

둘러싸다 環繞

둘러쌈 環繞

둘레 周長

둘째 第二

둥근 얼굴 圓臉

둥근 합 圓盒

둥우리 巢, 窩

둥지 巢, 窩

뒤 後面

뒤로 向後, 向後面

뒤로 가다 往回走

…뒤에 在後面; 在…之後, 在…後面

뒷덜미 頸背, 後頸

뒷자리 後座

듀스 平分

듀엣 二重唱, 二重奏

드라마 系列劇, 連續劇

드라이 클리닝 가게 乾洗店

드라이버 螺絲刀; 賽車手

드라이어 衣服烘乾機

드라이하다 乾洗

드럼 鼓

드릴 鑽頭

드릴의 비트 鑽頭

드물게 很少

드물다 少有的

드블 트리블 兩次運球

드세요! 請享用!

득의양양해하며 스스로 즐거워하다 沾沾自喜, 自鳴得意

득점을 기록하다 記分數

득점하다 得分

듣다 聽, 收聽

들것 擔架

들다 提, 提起

들리다 聽見

들어 주세요! 請聽!

들어가다 進入

들장미 野玫瑰, 野薔薇

들통 桶

들판 田地, 原野

등 燈; 背, 背部

등급 等級

등급 매기기 評定等級

등기메일 掛號郵件

등기우편 掛號信

등나무 紫藤

등록 註冊; 學校註冊

등록금 註冊費

등반하다 攀登

등변의 等邊的

등분선 等分線

등불 燈

등불신호 燈光信號

등뼈 脊骨, 脊柱

등산 登山

등산자 登山者

등산하다 登山

등산화 山地靴, 登山鞋

등식 等式

등심 里脊

디스켓 碟, 磁碟, 數據存儲碟

디스코 迪斯可

디스크 碟片

디엔에이 脫氧核糖核酸

디옥시리보핵산 脫氧核糖核酸

디자인 設計學
디저트 甜食
디저트용 접시 甜食盤
디저트용 포크 甜食叉
디젤유 柴油
디지털 數位的；數位式的
디지털 사진 數位照片；數位攝影
디지털 손목시계 電子手錶
디지털 촬영기 數位攝影
디지털 카메라 數位相機
디지털 캠코더 數位攝影機
디지털화상 數位影像
디플레이션 通貨緊縮
따다 摘取，採集
따뜻하다 溫和
따뜻합니다. 天氣溫和。
따뜻해지다 暖起來
따르다 跟著，順著
따르다 倒，灌
따옴표 引號
딱 세 시예요. 三點整。
딱따구리 啄木鳥
딱딱하다 硬的；死板的
딱딱함 僵直，僵硬
딸 女兒
딸기 草莓
딸꾹질하다 打嗝
땀 汗
땀나다 出汗
땀이 나다 出汗
땅딸막하다 矮胖的
땅콩 花生
때 污漬
…때까지 直到
때때로 일어나는 不時發生的
때리다 打
…때문에 因為

떠나다 走開；開行，離開
떡 打糕
떡국 年糕湯
떡볶이 炒年糕
떨어지기 離；落下，下落
떼다 卸下
뗏목 筏，木排
또 又，再
또 만나요! 再見!
또 봐요! 再見!
또 뵙겠습니다! 後會有期。
똑똑하다 聰明的
똥거름 糞肥
뚜껑 蓋子，罩
뚜렷하다 清楚
뚱뚱하다 胖的，肥胖的
뛰는 사람 跳躍者
뛰다 跳，跑
뛰어 다니다 跑來跑去
뛰어가다 跑開
뛰어오르다 跳躍
뜨거운 물 熱水
뜨겁다 熱的
뜻 意思
뜻하다 意指

ㄹ

…ㄹ 것 같습니다. 似乎…
ㄹ 때 當…時
…라고 느끼다 覺得
라디에이터 散熱器
라디오 收音機；廣播，播送
라디오 광고 電台廣告
라디오 뉴스 電台新聞
라디오 방송 無線電廣播
라디오 방송망 電台廣播網
라디오 주파수 電台頻率

라면 泡麵，方便麵
라벨 標籤
라오스 老撾，寮國
라오스어 老撾語，寮國語
라오스인 老撾人，寮國人
라운지체어 躺椅
라이베리아 利比亞
라이베리아인 利比里亞人
라이터 打火機
라이플총 步槍
라틴 아메리카 拉丁美洲
랍비 拉比
랜덤 액세스 메모리 隨機存取儲器
램프 燈
랩 說唱
러너 跑壘者
러시아 俄羅斯
러시아어 俄語
러시아워 高峰時間
러시아인 俄羅斯人
런던 倫敦
레모네이드 檸檬水
레몬 檸檬
레몬나무 檸檬樹
레몬색 檸檬黃
레바논 黎巴嫩
레바논인 黎巴嫩人
레스토랑 餐廳
레슬링 摔角
레슬링 선수 摔角運動員
레슬링을 하다 摔角
레이스 蕾絲，花邊，飾邊
레이아웃 版面
레이저 雷射
레이저 광선 雷射光束
레이저 프린터 雷射印表機

레인지 廚灶，爐灶
레인코트 雨衣
레저 休閒
레코드 紀錄
렌즈 鏡頭；隱形眼鏡
렌즈를 겨누다 對準鏡頭
렌즈콩 小扁豆
렌치 扳手
…로 向，朝
…로 가다 走向
로고 標誌
로마 羅馬
로마 교황 羅馬教皇
로마 숫자 羅馬數字
로마 제국 羅馬帝國
로마교황의 직 羅馬教皇的職位
로맨틱소설 浪漫小說
로봇 機器人
로비 門廳，大堂，大廳
로션 乳液
로사리오 念珠
로즈메리 迷迭香
로직 邏輯
로코코 洛可可風格
로힐 低跟的
록 음악 搖滾音樂，搖滾樂
룩셈부르크 盧森堡
론볼링 草地滾球，木球
롤러 輥子
롤러 輥子
롤러 스케이트 타기 滑輪溜冰
롬 只讀記憶存儲器
루마니아 羅馬尼亞
루마니아어 羅馬尼亞語
루마니아인 羅馬尼亞人
루비 紅寶石
루크 車
룩셈부르크인 盧森堡人

룸 房間

룸바 倫巴

류 硫磺

류머티즘 風濕病

르네상스 文藝復興

…를 알게 되다 認識某人

…를 / 을 꿰뚫고 穿過

…를 / 을 한눈 훑어 보다 撇
　一眼某人

리넨 亞麻布的

리듬 節奏

리마콩 雪豆

리모컨 遙控器

리모콘 遙控器

리모트 콘트롤 遙控器

리본 色帶

리비아 利比亞

리비야인 利比亞人

리스본 里斯本

리큐어 烈酒

리터 升

리턴 返回

리투아니아 立陶宛

리투아니아어 立陶宛語

리투아니아인 立陶宛人

리튬 배터리 鋰電池

리포터 採訪記者

리허설 彩排

릴 繞線輪

림프 계통 淋巴系統

립스틱 口紅

링바인더 活頁本，活頁夾

링크 鏈接

ㅁ

마귀 魔鬼

마그네슘 鎂

마늘 蒜，大蒜

마다 (N+ ~) 每個

마당 場地

마대 麻袋

마드리갈 牧歌，無伴奏合唱

마드리드 馬德里

마력 馬力

마루 地板

마르다 乾的；瘦的，皮包骨
　的

마른 피부 乾燥的皮膚

마름모 菱形

마멀레이드 果醬

마멋 土撥鼠，旱獺

마무리용 광택 도료 亮光漆

마분지 硬紙板，卡紙

마비 麻醉；麻痹，癱瘓

마비된 麻醉的

마술 魔術

마술사 魔術師

마스카라 睫毛膏

마스크 面罩

마스킹 테이프 遮蔽膠帶

마시다 喝，飲

마약 毒品

마약 거래 毒品交易

마약 거래인 毒品交易者

마약 남용 濫用藥品

마약 밀매 毒品販賣

마약 밀매자 毒品販

마약 중독 吸毒

마약 중독자 癮君子

마약을 쓰다 服用毒品

마약을 판매하다 販毒

마약의존 毒品依賴，吸毒成
　癮

마약중독 吸毒成癮

마요네즈 蛋黃醬，美乃滋

마우스 游標，鼠標

마운드 投球區土堆

마을 村子

마음을 사로잡다 迷人的

마음이 넓다 氣量大的

마이너스 부호 負號

마이크로 컴퓨터 微型計算機，微型電腦

마이크로웨이브 微波

마이크로폰 話筒

마이크로프로세서 微處理器

마일 英里

마취약 麻醉藥

마취의 麻醉的

마침표 句號

마카로니 通心麵

마커펜 記號筆

마케도니아 馬其頓

마케도니아어 馬其頓語

마케도니아인 馬其頓人

마크 펜 記號筆

마트 城（商城）

마호가니 紅木，桃花心木

마흔 四十

마흔둘 四十二

마흔셋 四十三

마흔하나 四十一

막 膜；幕，帷幕；場（戲劇的）

만 一萬，萬；滿，達到；海灣

만곡부 彎道

만나게 되어 반갑습니다! 幸會。

만나다 遇見

만나서 반갑습니다! 認識你很高興。很高興認識你。

만년필 鋼筆

만돌린 曼陀林

만돌린 연주자 曼陀林演奏者

만들다 烹飪

만수국 金盞花，萬壽菊

만약에 萬一，一旦

만족 滿意

만족시키다 滿足

만족하다 滿意的

만지다 撫摸

만화영화 卡通片

만화책 漫畫書

많은 許多

맏이 頭胎的，最長的

말 言語，談話；馬

말다툼 爭論

말다툼을 좋아하다 好爭吵的

말다툼하다 爭論

말레이시아 馬來西亞

말레이시아어 馬來語

말레이시아인 馬來西亞人

말리다 弄乾

말린 대구 鱈魚乾

말린 자두 李脯，梅干

말벌 大黃蜂

말속에 가시가 돋치다 含沙射影地說

말썽꾸러기 惹麻煩的人

말의 뜻은 무엇입니까? 怎麼說…?

말장난 雙關

말재간 좋다 雄辯的，口才流利的

말하기 講話，發言

말하다 講，談；講述，說出

말하지 마! 別說了!

맑다 晴朗的

맑다 陽光明媚

맑습니다. 陽光明媚。

맛 味道，滋味

맛없다 没有味道的，不好吃的

맛있다 可口的，美味的，鮮美的

망석중 牽線木偶

망설이다 猶豫；猶豫的

망쳤어! 太糟了！

망치 錘子

맞다 正確的

맞먹다 相等

맞아요 有理，對

맞은편에 在對面

맡다 聞，嗅

매끄럽다 光滑的

매끄러운 피부 光潔的皮膚

매년 每年

매니큐어 指甲油

매다 扣上，繫上

매달의 每月的

매독 梅毒

매듭 結，繩結

매듭이 있는 有節的，有結的

매력적이다 迷人的，可愛的，吸引人的，有吸引力的

매부 妹夫

매섭다 嚴厲的

매셔 搗碎器

매월 每月

매음 賣淫

매일 每天

매입가 收購價

매주일 每星期

매진 缺貨

매트리스 床墊

매표소 售票處

매표원 售票員，票務員

맥박 脈搏

맥주 啤酒

맵다 辣的，辛辣的

맹금 猛禽

맹세 誓約

맹세하다 發誓，起誓

맹장염 闌尾炎，盲腸炎

머리 頭

머리 염색약 染髮劑

머리 위의 高架的

머리가 곱슬곱슬하다 卷髮的

머리를 감다 洗髮

머리를 끄덕이다 點頭

머리를 빗다 梳髮

머리말 序言，開場白

머리카락 頭髮

머리카락을 염색하다 染髮

머리카락이 없다 禿頭的

머리털이 빠지다 脫髮，掉髮

머리핀 髮夾

머릿가죽 頭皮

머플러 消聲器，減音器

먹 墨水

먹다 吃

먹이사슬 食物鏈

먹이연쇄 食物鏈

먼저 首先

먼지 청소기 吸塵器

멀다 遠

멀리뛰기 跳遠

멀티미디어 多媒體

멈추다 停

멋있다 英俊的

멍멍하다 傻，傻的

메가바이트 兆節

메가헤르츠 兆赫

메뉴 菜單，菜譜

메뚜기 蚱蜢，蝗蟲

메리 크리스마스! 聖誕節快樂！

메모리 內存，存儲器

메모리 카드 儲存卡

메모리 카드 리더 讀卡器

메모리용량 內存量

메스꺼움 噁心

메스껍다 令人作嘔的

메시지 口信，信息

메아리 回響，發出回聲

메우다 填塞

메이크업 化妝

메일 郵件

메일 보내기 發件

메일트럭 郵政車

메조소프라노 女中音

메탄 甲烷，沼氣

멕시코 墨西哥

멕시코시티 墨西哥城

멕시코인 墨西哥人

멜라네시아 美拉尼西亞

멜로디 旋律

멧돼지 野豬

며느리 兒媳婦

멱 冪

…면 假設，如果

면도 크림 刮鬍膏

면도기 刮鬍刀

면도날 刮鬍刀，刮鬍刀片

면도칼 刮鬍刀

면봉 棉花棒

면사포 面紗

면세 免稅

면양 綿羊

면역 계통 免疫系統

면적 面積

면허장 資格證

멸치 鯷魚，鳳尾魚

명 名

명령 命令

명령법 命令式

명령하다 命令

명사 名詞

명세서 帳單

명암의 배합 明暗的配合

명예롭다 光榮的，體面的

명유 明喻

명절 節日

명절과 휴가 節假日

명제 命題

지혜 明智

명태 明太魚

명함 名片

몇 살이에요？ 你多大了？

몇 시예요？ 幾点了？

모공 毛孔

모금 募捐

모기 蚊子

모나코 摩納哥

모노레일 單軌

모니터 監視器

모닝 콜 叫醒電話

모델 模特兒

모뎀 調制解調器，數據機

모든 所有，一切

모든 것 每件事

모란 牡丹

모래 沙

모래와 자갈 砂石，礫

모래톱 海灘，沙灘

모레 後天

모로코 摩洛哥

모로코인 摩洛哥人

모르몬 교도 摩門教徒

모르타르 臼，搗缽

모살 凶殺，謀殺

모살하다 凶殺，謀殺
모스크 清真寺
모스크바 莫斯科
모음 元音
모자 帽子
모전 毛氈
모전 氈
모직의 毛料的
모충 毛蟲
모친 媽媽
모터 發動機
모텔 汽車旅館
모퉁이 街角
모퉁이를 돌다 轉彎
모피코트 毛皮大衣
모험 冒險
모험 소설 探險小說
모험 영화 歷險片
목 頸，脖子
목 타다 感覺渴
목걸이 項鏈
목격자 目擊證人
목구멍 喉嚨，咽喉
목덜미 頸背，後頸
목도리뇌조 鷓鴣
목뒤 頸背，後頸
목란 木蘭
목록 目錄
목마르다 渴，感覺渴
목사 牧師
목성 木星
목소리를 높이다 提高嗓門
목수 木匠
목에 걸리다 噎，哽
목이 메다 噎，哽
목요일 星期四
목욕가운 浴衣
목욕기 淋浴器

목욕소금 洗浴鹽
목욕유 洗浴油
목욕탕 浴室
목욕하다 洗澡
목이 아프다 嗓子疼
목적격대명사 賓格代詞
목적어 賓語，受詞
목표 目標
목화 棉
몫 份
몬테네그로 黑山
몰다비아 摩爾達維亞
몰타 馬耳他
몰타어 馬耳他語
몰타인 馬耳他人
몸 身體
몸값 贖取，贖金
몸에 꼭 끼다 緊身的
몸이 건강하다 身體健康
몸이 아프다 不舒服
몸통 軀幹，身軀
몹 拖把
몹시 야위다 憔悴的
못 釘子；水池，池塘
못을 박다 釘
몽고 蒙古
몽고어 蒙古語
몽골인 蒙古人
몽상 夢想
묘 墓
묘목 樹苗，幼樹
묘비 墓石，墓碑
묘사 品質
묘사하다 描述
묘안석 貓眼石
묘포 苗床，苗圃
무 小蘿蔔
무겁다 重的，沉的

무게 重量
무게를 달다 稱重
무고하다 無辜的
무곡 舞曲
무관심하다 漢不關心的，不感興趣的
무궁화 無窮花
무궁화색 木槿紫
무기 武器
무기 거래상 軍火商
무기 금고형 終身監禁
무기 무역 軍火貿易
무기의 無機的
무너져 내리다 塌落
무능하다 無能的
무늬가 있는 有圖案的
무늬가 있다 有紋理的
무단 결석하다 逃課
무당벌레 瓢蟲
무대 舞台
무대 양옆의 빈칸 舞台側景
무대면 舞台布景
무더운 悶熱的
무덥고 습기가 많습니다. 天氣悶熱潮濕。
무덥다 悶熱
무도곡 舞曲
무도실 舞廳
무디다 遲鈍的，感覺遲鈍的
무력 충돌 武裝衝突
무뢰하다 無賴的
무료 免費的
무료 견품 免費樣品
무료 전화 免費電話
무리수 無理數
무명지 無名指
무비카메라 攝影機
무서워하다 害怕

무선 無線的
무선 전화기 無繩電話
무선전화 無線電話
무섭다 擔心，害怕
무술 武術
무슨 뜻이에요？ 它是什麼意思？
무승부 打成平手
무식하다 無知的
무신론 無神論
무신론자 無神論者
무언극 啞劇
무엄하다 放肆的
무역 商業，貿易
무장 강도 武裝搶劫
무장공격 武裝襲擊
무정하다 無情的
무좀 足癬
무죄 無罪，無辜
무죄로 하다 宣判無罪
무지하다 無知
무착륙 비행 中途不著陸航班
무책임하다 不負責任的
무화과 無花果
무화과나무 無花果樹
묵히다 荒廢（田地）
문 門
문과 文科
문관 文職公務員
문구장 用品櫃
문맹 文盲
문방구 文具店
문법 語法
문법검사 語法檢查
문법책 語法書
문서 文檔
문서 표지 文檔封面
문서작성기 文字處理器

문서철 文件夾
문설주 門邊框
문예부흥 文藝復興
문을 닫다 停止營業
문을 열다 開始營業
문자 文字，字母
문자판 錶盤
문장 句子
문제 問題；習題
문제가 없다 沒問題。
문제를 풀다 解題
문제를 해결하다 解決問題
문지기 看門人，勤雜工
문체 文體
문체론 文體學
문치 門齒
문학 文學
문헌 文獻，文件
묻다 下葬
묻힘 下葬
물 水
물고기 魚
물굽이 河灣，小海灣
물꼭지 水龍頭
물다 咬，叮，螫
물렁뼈 軟骨
물려받다 繼承
물로 씻어 내다 沖洗
물리 요법사 物理治療家
물리학 物理學
물만두 餃子
물망초 勿忘我
물병 水瓶
물병자리 寶瓶座
물뿌리개 噴壺，洒水裝置
물소 水牛
물음표 問號
물잔 水杯

물증 證據，證詞，證人，證物，
　物證
물질 物質
물질적 物理的，物質的
물총새 翠鳥
물통 盆，缸；水桶
묽은 수프 肉湯（稀湯）
뮤지컬 영화 音樂片
미각 味覺
미국 美國
미국너구리 浣熊
미국인 美國人
미궁 迷宮
미끄러지다 滑動
미끄럽다 滑的
미끼 魚餌
미니밴 小型貨車
미닫이 문 推拉門
미덕 德，德行，善
미들급 中量級
미래 未來
미래 시제 未來式
밀리미터 毫米
미망인 寡婦
미분학 微分
미불임대료 逾期房租費
미사 彌撒
미사일 導彈
미사일 방어 導彈防禦
미생물 有機體，微生物
미성년 범죄자 少年犯
미성년 범죄하다 少年犯罪
미소 微笑
미소짓다 微笑
미소하다 微笑
미술관 美術館，藝廊
미술품 美術品
미스 小姐

미스터 先生
미스터리 懸疑小說
미스터리 영화 懸疑片
미식 축구 美式足球，橄欖球
미신적이다 迷信的
미안합니다. 對不起。
미안해요! 對不起!
미안해요, 잘못 걸었어요! 對
　不起，號碼撥錯了!
미용사 美容師
미인 美女
미장이 泥水匠
미적분학 微積分
미지수 未知數
미치다 極度激動的，發狂的，
　瘋狂的
미터 米
미터자 捲尺
미혼 未婚
미혼의 未婚的
미혼하다 未婚的
믹서 攪拌器
민감 敏感
민감하다 敏感的
민들레 蒲公英
민영화 私有化
민요 民謠
민정 民政事務
민족 民族，國家
민족의 民族的，國家的
민주 民主
민주당 民主黨
민주당인 民主黨人
민주사회 民主社會
민주파 民主派
민첩하다 敏捷的
믿다 相信，信任
…믿습니다. 我相信…

믿을 수 없어요! 難以置信!
믿을 수가 없어요! 難以置信
　! 我不相信這事!
믿음 信任
밀 小麥
밀가루 麵粉
밀가루 체 麵粉過濾器
밀고자 告密者
밀다 推
밀도 密度
밀림 叢林，密林
밀사 遞送急件的信差
밀수하다 走私
밀짚 稻草，麥稈
밀짚모자 草帽
밀크커피 加奶咖啡
밀폐적 封閉的，圍住的
밉다 醜的
밉살스럽다 可恨的
밍크 水貂
밑 底部
…밑에 在底部；在…下面
밑으로 向下
밑줄 下劃線

ㅂ

바 酒吧
바겐세일하다 清倉大拍賣
바구니 籃，籃子
바꾸다 更換
바나나 香蕉
바느질하다 縫，縫補，縫紉
바늘 指針
바닐라 香草
바다 海，大海
바다의 海的，海上的
바다코끼리 海象

바다표범　海豹
바닷가의 오두막　海濱小屋
바닷가재　大螯蝦，龍蝦
바닷물　海水
바둑돌　棋子
바둑판 무늬　格子圖案
바둑판 무늬가 있다　有格子
　圖案的
바람　風
바람이 불고 있습니다．天在
　颱風。
바람이 불다　颱風
바로크 양식　巴洛克風格
바로크 양식의　巴洛克式的
바르는 약　敷藥
바르비투르산염　巴比妥類藥
　物
바르셀로나　巴塞隆那
바리톤　男中音
바보야！真傻！
바삭　沙沙
바순　巴松
바순 연주자　巴松演奏者
바스켓　籃筐
바야흐로…한 때에 이르다
　正當…時
바올라　中提琴
바올라 연주자　中提琴家
바위　岩，岩石
바이러스　病毒
바이러스 감염　病毒感染
바이올린　小提琴
바이올린 연주자　小提琴家
바이트　字節
바지　褲子
바짝 붙어 있다　緊靠
바코드　條碼

바코드 판독기　條碼掃讀器
바퀴　輪子；一圈；蟑螂
바퀴 자국　犁溝，車轍
바텐더　酒吧服務員
박물관　博物館
박사　博士
박수　掌聲
박수하다　鼓掌
박스　樓廳，樓座
박스 오피스　票房
박식하다　博學的
박자를 맞추다　打拍子
박쥐　蝙蝠
박하　薄荷
박학하다　博學的
…밖에　在外面，在…外面
밖으로　在外面
반　半；班，級
반경　半徑
반구　半球
반구의　半球的
반대　反對，不同意
반대편에　在對面
반대하다　反對，不同意
반도　半島
반드시 해야 하다　不得不
반란　反叛，暴亂
반문구　修辭問句，反問句
반바지　短褲
반박하다　反駁
반백 머리　灰白頭髮
반복하다　重覆
반사하다　反射
반성　反思
반역　叛國
반역하다　反叛的；反映
반점　斑點
반점이 있다　有點子的

반죽하다 攪拌

반지 戒指

반짝이다 閃爍

반찬 配菜

반창고 膠帶;醫用橡皮膏

반품 退貨

반하다 愛上

반핵항의 反核抗議

받다 接,接收,接受

받아들이다 容納

받아쓰기 口述,聽寫

받을 메일 待取郵件

받을 수가 없다 不可接受的

받을 수가 있다 可接受的

받침 접시 茶碟

받침대 墊座

발 腳,足

발가락 腳趾

발광하다 發光,發亮;極度
　激動的,發狂的

발굽 蹄

발꿈치 腳跟

발끝으로 걷다 踮腳尖走

발동기 發動機

발레 芭蕾

발목이 삐다 腳踝扭傷

발바닥 腳底,腳掌

발사대 發射坪,發射台

발사하다 發射

발생하다 發生

발송하다 傳輸

발신자 寄信人

발신자 주소 回信地址

발음 發音

발작 發作

발전기 發電機

발전하다 發展

발칸 산맥 巴爾幹山脈

발코니 陽台

발효 發酵

밝다 亮,光;光明的,明亮的;
　鮮亮的

밤 晚上,夜裡;栗子

밤나무 栗樹

밤에 在晚上,在夜裡

밤 열 시예요. 二十二點（晚
　上十點）。

밤일 夜間工作

밥 米飯

밥하다 做飯

방 房間

방광 膀胱

방글라데시 孟加拉國

방목하다 喂草,放牧

방백 旁白,獨白

방부제 防腐劑,殺菌劑

방사 放射,輻射

방사선 사진 放射照片

방사성 폐기물 放射性廢棄物

방사하다 放射性的

방석 坐墊

방송 廣播,播放

방송국 電台

방송중이다 正在廣播

방송하기 시작하다 開始廣播

방송하다 廣播

방안지 方格紙

방울 滴

방울뱀 響尾蛇

방위 防禦

방자하다 放肆的,驕傲的

방정식 方程式

방직품 紡織品

방출 釋放

방취제 除臭劑

방탕하다 浪蕩的

방탕하다 放縱的，放蕩的

방학을 잘 보내세요! 假期愉快！

방해하다 打斷

방향 方向；芳香，香味

방화 放火，縱火

방화범 放火犯，縱火犯

방화벽 防火牆

방황 猶豫

밭을 갈다 犁，耕

배 梨；船；肚子，腹

배가하다 加倍

배경 背景

배경 發生地點，背景

배고프다 餓，感覺餓

배관 管線系統

배관공 管子工

배구 排球

배꼽 肚臍

배나무 梨樹

배낭 背包

배뇨하다 小便，排尿

배달 送貨

배달하다 外帶，外賣

배당액 紅利

배드민턴 羽毛球

배로 乘船

배를 타다 乘船

배변하다 排便

배상금 賠償費

배상수속을 처리하다 理賠

배서하다 背書；違法，背信

배역 角色

배우 演員，表演者

배우다 學習

배우자 配偶

배은망덕하다 不感恩的，忘恩負義的

배터리 電池，蓄電池

배트 球棒

백 白；包，袋；一百

백과사전 百科全書

백과전서 百科全書

백금 鉑，白金

백내장 白內障

백만 一百萬

백만째 第一百萬

백모 伯母

백분율 百分比，百分數

백업복사 備份複製

백이 一百零二

백일 一百零一

백일해 百日咳

백조 天鵝

백지식 배서 空白背書

백(번)째 第一百

백합꽃 百合花

백혈병 白血病

백화점 百貨商店

밴대질 女同性戀

밴드 樂隊，管樂隊；錶帶

밸브 閥，活門

뱀 蛇

뱀장어 鰻魚，鱔魚

버드나무 柳，垂柳

버라이어티 쇼 綜藝節目

버섯 蘑菇

버스 公共汽車

버스 운전사 公共汽車司機

버스를 놓치다 没趕上公共汽車

버스여행 巴士旅遊

버스정거장 公共汽車站

버전 版本

버클 搭扣

버킷 桶

버터 黃油
번개 閃電
번개치고 있습니다. 天在閃電
번개치다 閃電
번데기 蝶蛹
번식 孵化, 繁育, 生殖, 繁殖
번식하다 生殖, 繁殖
번역 翻譯
번역하다 翻譯
번호 號碼
번호판 車牌
벌 蜜蜂
벌금 罰款, 罰單
벌꿀 蜂蜜
벌다 掙得
벌떼 蜂群
벌레 蠕蟲
벌리다 發展
벌써 삼일 已經三天
벌칙 點球
범인 罪犯
범인 신문 罪犯審訊
범죄 罪, 罪過; 犯罪, 不法行為
범죄 리포트 犯罪報導
범죄기록 犯罪記錄
범죄자 罪犯
범죄행위 犯罪行為
범주 帆船運動
범퍼 保險槓
범하다 冒犯, 衝撞
법 式
법관 審判員, 法官
법랑 搪瓷, 琺瑯
법령 法令, 法規, 公告
법률 法律

법률 고문 法律顧問
법률 지원 法律援助
법률상의 法律上的
법률의 立法的, 法制的
법안 議案, 法案
법원 法院大樓
법의의 法醫的
법의학 法庭的, 法醫的
법의학 法醫學
법적 원조 法律援助
법정 法庭, 審判室
법정 신문 審判室審訊
법정 화폐 法定貨幣
법정의 法庭的
법학 法學
법학원 法學系
법화 法定貨幣
벗기다 卸下
벗어버리다 脫掉（衣服）
벚꽃 櫻花
베개 枕頭
베갯잇 枕套
베껴쓰다 抄寫
베끼다 抄寫
베네딕토회 회원 本篤會修士
베네수엘라 委內瑞拉
베네수엘라인 委內瑞拉人
베란다 遊廊, 走廊
베란다 陽台
베를린 柏林
베스트셀러 暢銷書
베오그라드 貝爾格萊德
베이징 北京
베이컨 培根
베일 面紗
베트남 越南
베트남인 越南人
벡터 矢量

벨기에 比利時

벨기에인 比利時人

벨벳 絲絨，天鵝絨

벼룩 跳蚤

벼룩시장 跳蚤市場

벽 牆

벽걸이텔레비전 壁掛電視

벽돌 磚

벽돌공 砌磚工

벽돌을 쌓는 사람 砌磚工

벽장 壁櫥，衣櫥

벽지 壁紙

벽화 壁畫

변 邊

변경 邊境，邊界，國界

변기 馬桶

변덕스럽다 易變的，變化無常的，情緒不穩的，鬱鬱寡歡的

변량 變量

변론 辯論

변론술 取證，物證技術

변론하다 辯論

변명하다 辯解

변비 便秘

변속 기어 排擋，排擋桿

변속하다 換擋

변수 變量

변압기 變壓器

변호사 律師，辯護律師

별 星，星星；星號

별거 分居

별거의 分居的

별거하다 分居，分居的

별똥별 流星

별명 昵稱

별자리 星座

별장 別墅

별표 星號

볏 雞冠

볏짚 稻草

병 兵；瓶，瓶子；大壺，罐

병 든 사람 病人

병따개 開瓶器

병리학자 病理學家

병마개 瓶蓋子

병아리 小雞，小鳥

병아리콩 鷹嘴豆

병에 걸리다 有病的

병에 담은 瓶裝的

병에 든 瓶裝的

병역 兵役；營房

병원 醫院

병원에 가다 請醫生

병위하다 病危

보각 補角

보고 匯報

보고하다 報告

보내기 發送

보내다 寄

보낸 편지 已發郵件

보닛 引擎罩，汽車前蓋

보다 看，收看；看見

…보다 작다 小於

…보다 크다 大於

보도 人行道

보도 기자 新聞工作者

보도하다 報導

보디가드 保鏢，保衛人員

보디빌딩 健身

보름달 滿月

보리 大麥

보면대 樂譜架

보복심리가 강하다 報復心強的

보살피다 照管

보석 寶石, 珠寶
보석 반지 寶石戒指
보석 상인 珠寶商
보석가게 珠寶店
보석금 保釋金
보석금을 내다 交保釋金
보석상 珠寶商
보석하다 保釋
보수당 保守黨
보수적 保守的
보스니아 波斯尼亞
보스니아인 波斯尼亞人
보습제 保濕露
보안검사 安全檢查
보약 補藥
보육원 幼稚園
보이 旅館侍者
보이다 看見
보장개혁 福利改革
보조 교재 教學輔助
보조개 酒窩, 靨
보증하다 保證
보청기 助聽器
보충 增補
보타이 領結
보통 通常
보통 사람이 짐작할 수 없을 만큼 기발 (奇拔) 하다 異想天開的
보통 선거권 普選權
보통 예금 계좌 儲蓄帳戶
보통우편 普通平郵, 平信
보통호텔 普通旅館
보표 樂譜
보험 保險
보험 증권 保險單
보험 회사 保險公司
보험료 保險費

보험에 넣을 수 있는 可保險的
보험에 들다 投保險
보험을 든 保償的
보험카드 保險卡
보호 保護
보호하다 保護
복도 門廳, 過道, 通道, 走廊
복리 複利
복사 複製, 拷貝, 複寫; 輻射; 祭壇侍者
복사가게 影印社
복사기 影印機
복사뼈 腳踝
복살무사 蝮蛇
복수 複數
복숭아 桃
복숭아나무 桃樹
복습 溫習, 複習
복습하다 溫習, 複習
복싱 拳擊
복싱 글러브 拳擊手套
복싱장 拳擊場
복용량 劑量, 服用量
복음서 福音書
복음전도자 福音傳教士
복잡하다 複雜
복장 服裝
복장을 주문하여 만들다 訂製的服裝
복제품 複製品, 仿製品
복제하다 複製
복지 福利
복창하다 複述
볶다 炸, 煎, 炒
본루 本壘
본문 課文

본부 總部

본사 總社，總店

본의 本義

본점 總行，總社，總店

본지뉴스 本地新聞

본초 자오선 本初子午線

볼 臉頰，面頰

볼다비아인 摩爾達維亞人

볼드체 黑體

볼리비아인 玻利維亞人

볼링 保齡球

볼링 공 保齡球

볼링 레인 球道

볼링 핀 球瓶

볼터치 腮紅

볼펜 原子筆

봄 春

봉건의 封建的

봉급 생활자 白領工人

봉급날 發薪日

봉기 起義，叛亂

봉지 包，袋

봉투 信封

부 部

부고 訃告

부끄러움 羞恥，臉紅，害臊

부끄러워하다 感到羞愧

부끄럽다 羞怯的，羞恥的

부도덕하다 道德敗壞的，不道德的

부동산 不動産，房地産

부동산 매매 중개인 房地産經紀人

부드럽다 溫柔，溫柔的；軟的，柔軟的

부등변의 不等邊的

부딪치다 撞，碰撞，撞到

부록 附錄

부르다 喊，叫

부리 嘴，喙

부모 父母

부목 夾板

부본 副本

부분 部分

부분의 部分的

부사 副詞

부산 釜山

부상 傷，負傷

부상하다 負傷，損害

부서 副署，會簽

부서지다 猛撞

부서하다 副署，會簽

부수차 拖車

부수차구 拖車區

부싯돌 燧石，打火石

부양비 贍養費，撫養費

부어오르다 腫的

부업 第二職業

부엉부엉 嗡嗡

부엌 廚房

부엌 저울 廚房秤

부유하다 富有的，富裕的

부인 太太，夫人

부장 部長，部門經理，辦公室主任

부장위원회 部長委員會

부정 意見不一

부정 관사 不定冠詞

부정사 不定式

부정하다 否認，不同意

부조 浮雕

부조종사 飛機副駕駛員

부채 欠帳，負債，債務

부추 韭菜

부츠 靴子

부치다 寄

부친 父親

…부터 從

부패타락하다 腐化的，道德
　敗壞的

부활절 축하해요! 復活節快樂!

부호 符號

부호표 符號表

부호화하다 加密

부활절 復活節

북 北；鼓

북극 北極

북극곰 北極熊，白熊

북극권 北極圈

북극해 北冰洋

북동 東北

북미인 北美人

북방의 北方的

북아메리카 北美洲

북아메리카인 北美人

북쪽 北

북쪽으로 向北，向北方

북쪽의 北方的

북회귀선 北回歸線

분 分鐘；份

분가 分部

분관 分部

분권 分權

분당 每分鐘

분도기 量角器

…분명하다 顯然…

분문 正文

분사 分詞；噴射

분수 分數

분수식의 물 마시는 곳 噴泉
　式飲水器

분야 領域

분양 아파트 各户有獨立產權
　的公寓

분양 아파트 公寓套房

분자 分子

분자식 分子式

분자의 分子的

분지 盆地

분출하다 噴發

분필 白堊，粉筆

분해할 수 있는 能進行生物
　分解的

분호 分號

분홍색 粉紅

불 火

불가리아 保加利亞

불가리아어 保加利亞語

불가리아인 保加利亞人

불가지론자 不可知論者

불결하다 邋遢的

불경기 不景氣

불경하다 不敬的

불공평하다 不公正的

불교 佛教

불교도 佛教徒

불규칙동사 不規則動詞

불규칙적 不規則的

불균형 失調

불길 火焰

불나다 起火，著火

불독 惡犬，鬥犬

불량배 歹徒，亡命徒

(불로) 타다 燒傷，燙傷

불리비아 玻利維亞

불만 不滿，不滿意

불만족하다 不滿意的

불만하다 不滿意的

불면증 失眠

불법의 不法的，非法的

불성실하다 不誠實的

불신임투표 不信任投票

불쌍하다 可憐的

불쌍해요! 遺憾! 真不幸!

불안하다 焦慮的，緊張不安的

불안함 焦慮

불어 法語

불에 굽다 烤

불이 붙다 著火

불이야! 火!

불충분한 증거 證據不足

불투명하다 不透明的

불평등 不平等

불행하게 不幸地

불황 지역 蕭條地區

붉은 머리 紅髮

붓 筆，毛筆

붓다 倒，灌；腫大

붕괴하다 崩潰

붕대 繃帶

붙잡고 기어 오르다 攀爬，上

뷔페 自助餐廳

뷰 視圖

브라 胸罩

브라질 巴西

브라질인 巴西人

브랜드 品牌，標誌

브러시 刷；漆刷

브레이크 煞車，煞閘

브로치 胸針

브로콜리 西藍花

브리프 三角褲

블라우스 女襯衣

블라인드 百葉窗

블랙홀 黑洞

블록 街區

블루베리 藍莓

블루스 布魯斯

비 雨

비 올 때는 잘 미끄러짐 地濕路滑

비가 挽詩

비가 내리고 있습니다. 天在下雨。

비가 오다 下雨

비가 있는 有雨的

비겁하다 怯懦的

비공개 증언 청취 不公開的審訊

비관적이다 悲觀的

비관주의 悲觀主義

비관주의자 悲觀主義者

비교 比較

비교급 比較級

비교하다 比較

비굴감 自卑感

비굴하게 남에게 아첨하다 卑躬屈膝的，奉承拍馬的

비굴하다 卑屈的，屈從的

비극 悲劇

비뇨기 계통 泌尿系統

비뇨기과 의사 泌尿科醫師

비누 香皂，肥皂

비눗갑 肥皂盒

비늘 鱗，魚鱗

비다 空的

비둘기 鴿

비듬 頭皮屑

비등점 沸點

비디오 錄影帶

비디오 게임 電視遊戲，電子遊戲

비디오 디스크 影碟

비디오 카메라 攝影機

비디오 카세트 錄影帶

비디오 카세트 녹화기 錄影機

비디오 테이프 錄影帶
비디오 테이프 리코더 錄影機
비례 比，比例
비록…더라도 即便是
비록…아 / 어도 盡管
비료 肥料
비버 海狸，海獺
비범하다 不尋常的
비비 狒狒
비상사태 緊急情況
비상조치 應急程序
비서 秘書
비소설 非小說
비슷 象
비수기 淡季
비스킷 餅乾
비싸다 貴的
비알콜성 음료 碳酸飲料
비엔나 維也納
비열하다 卑鄙，惡劣；粗俗，下流
비옷 雨衣
비완료 시제 未完成式
비용 收費，費用
비용가격 成本價格
비용표준 收費標準
비유 比喩
비유의 喩義
비유클리드 기하 非歐幾里德幾何
비율 比率
비자 簽證
비장 脾，脾臟
비정상적이다 反常的
비정식의 칭호 非正式的稱呼
비즈니스 편지 商務信函
비추다 照明，光照

비치 海灘，沙灘
비타민 維生素
비탄산 非碳酸的
비탈 坡
비트 甜菜
비틀다 擰，轉動
비평 批評
비평가 批評家
비평하다 批評
비행 飛行；不法行為
비행기 飛機；航班
비행기 조종사 飛行員
비행기로 乘飛機
비행기를 타다 乘飛機
비행시간 飛行時間
빅뉴스 重大新聞
빈곤 지역 蕭條地區
빈대 臭蟲
빈도 頻率
빈민가 貧民區
빈번하다 頻繁的
빈혈증 貧血症
빈혈하다 貧血的
빌딩 樓房
빌딩의 정문 樓房正門
빗 梳子
빗변 弦，斜邊
빗자루 掃帚
빗장 插銷
빗장쇠 插銷
빙점 冰點
빚을 갚다 還債
빛 光
빛나다 發光，發亮
빠르다 快的
빠른우편 서비스 快遞
빨 수 있다 可洗的
빨간불을 무시하다 闖紅燈

빨다 洗
빨래 광주리 洗衣籃
빨래집게 衣服夾
빨래하다 洗
빨리 快地；趕緊
빨리 나가자! 大家出去!
빨리 와! 快來!
빳빳함 僵直，僵硬
빵 麵包
빵 바구니 麵包籃
빵집 麵包店，麵包房
빼기 減
빼다 減去
빼앗다 搶
빽빽하다 密的
뺄셈 減法
뺨 臉頰，面頰
뻐꾸기 杜鵑，布穀鳥
뼈 骨，骨頭
뽑다 摘取，採集
뾰루지 丘疹
뿌리 根
뿔 角
삐다 扭傷
삐삐 BP 機，B.B. Call 傳呼機

人

사 四
사격 연습 射擊練習，打靶練習
사고 事故
사고하다 思考
사과 蘋果
사과나무 蘋果樹
사교적이다 愛社交的
사기 詐欺
사냥 打獵

사냥개 獵狗
사냥꾼 獵人
사냥하다 打獵，追獵，獵取
사다 買
사다리 梯子
사라지다 消失
사람 人
사람들 人們
사람마다 每個人
사람을 미혹시키다 迷人的，吸引人的
사랑 愛，愛情
사랑니 智齒
사랑스럽다 可愛的
사랑하는 鐘愛的
사랑하는 … 親愛的…，我親愛的…，最親愛的…
사랑하다 愛，愛慕
사료 飼料
사리에 밝다 明理的
사립 학교 私立學校
사막 沙漠，荒漠
사망 진단서 死亡證書
사망통지 訃告
사망한 已故的
사면체 四面體
사모 太太
사무 시간 辦公時間
사무 자동화 辦公自動化
사무 직원 辦公室人員
사무실 辦公室
사무용 소모품 辦公用品
사무용 테이블 寫字台
사무원 科室人員
사반기 學季
사법상의 立法的，法制的
사법의 司法的
사변형 四邊形

사본 副本

사분기 學季

사분의 일 四分之一

사살하다 射中，射死，射傷

사상 思想

사선 斜線

사설 社論

사설 탐정 私人偵探

사수자리 射手座

사순절 四旬齋，大齋期

사슴 鹿

사시 斜視

사실 事實上，實際上

사실상 事實上

사실은 事實上

사실이 아니에요. 這不是真的。

사십 四十

사십삼 四十三

사십이 四十二

사십일 四十一

사영 기하 射影幾何

사용자 用戶

사용자명 用戶名

사용하기 쉬운 用戶友好的，方便用戶操作的

사용하기 쉽다 用戶友好的

사우디아라비아 沙烏地阿拉伯

사우디인 阿拉伯人

사운드 트랙 聲軌，音軌

사원 修道院，寺院

사월 四月

사위 女婿

사이가 좋다 友善的

사이다 雪碧

사이드 미러 側視鏡

사이렌 汽笛，警報器

…사이에 在…之間

사이즈 尺寸，尺碼，大小

사이트 網站

사이프러스 柏樹

사인 簽名，簽字；正弦

사인하다 簽；簽名

사자 獅子

사자자리 獅子座

사전 字典，詞典

사지 四肢

사진 相片，照片

사진복사기 影印機

사진가 攝影者

사진복사하다 影印

사진사 攝影師

사진을 찍다 照相，拍照

사진의 원판 負片

사천 四千

사촌 堂〔表〕兄弟，堂〔表〕姊妹

사춘기 青年期，青春期

사칙산 算術運算

사파이어 藍寶石

사형 死刑

사환 旅館服務生

사회 사업가 社會福利工作者

사회복지 社會援助，福利

사회주의 社會主義

사회주의당 社會主義黨

사회주의자 社會主義者

사회학 社會學

삭제 刪除，清除

삭제하다 刪除，消除，清除

삯일 計件工作

산 山，山岳

산간 지대에 있다 在山區

산돼지 野豬

산마리노 聖馬力諾

산만하다 懶散的

산맥 山系，山脈
산문 散文
산법 算法
산봉 山峰
산봉우리 山峰
산부인과 婦產科
산부인과 의사 產科醫生，婦產科醫生
산성비 酸雨
산소 氧，氧氣
산수 算數
산수의 算數的
산술 算法
산악 山，山岳
산업혁명 產業革命
산이 많다 山多的
산책 散步，閒逛
산책하다 散步
산토끼 野兔
산호 珊瑚
살 빼다 變瘦，減輕體重
살 찌다 變胖
살구 杏
살다 住，居住，生活
살려 주세요! 救命!
살바도르인 薩爾瓦多人
살인 殺人，過失殺人；凶殺，謀殺
살인범 殺人犯，凶手
살인자 殺手
삶 生命，生活
삼 三
삼 곱하기 이는 육 三乘以二等於六
삼 빼기 이는 일 三減二等於一
삼각건 懸帶
삼각기하 三角幾何

삼각기하의 三角幾何的
삼각대 三腳架
삼각학 三角學
삼각형의 三角形的
삼림 森林
삼백 三百
삼백만 三百萬
삼분의 이 三分之二
삼분의 일 三分之一
삼승 立方
삼십 三十
삼십삼 三十三
삼십이 三十二
삼십일 三十一
삼월 三月
삼인칭 第三人稱
삼차원 공간 三度空間
삼천 三千
삼촌 叔父
삽 鏟鍬
삽입 插入
삽화 插圖
삽화 잡지 插圖雜誌，畫刊
삽화가 들어있는 잡지 插圖雜誌
상 雕像；商
상냥하다 和藹的
상당히 相當
상대 對手
상대성 이론 相對論
상록수 常綠樹
상복을 입다，상중 戴孝
상상적이다 想象的
상상하다 想象
상속인 繼承人
상수 常數
상수리 櫟子，橡子
상심하다 悲哀的；感到傷心

상아 象牙
상아백 象牙白
상어 鯊魚
상업 商業，貿易
상업광고 商業廣告
상업채널 商業頻道
상업학과 商業系
상업학교 商業學校
상연 종목 節目單
상영 演出
상우 喪偶
상원 參議院
상인 商人
상자 箱，盒
상점 商店，商場，店鋪
상징 象徵
상징적 象徵的
상처 受傷，傷害
상추 生菜，萵苣
상품 商品
상품권 禮券，購物優惠券
상품부 商品部
상하 양원제의 兩院制的
상해 보험 意外險
새 鳥，禽
새끼고양이 小貓
새끼손가락 小指
새끼양 羔羊，小羊
새벽 黎明
새벽 다섯 시예요. 五點（凌晨五點）。
새우 蝦
새장 鳥籠
새해 新年
새해 복 많이 받으세요! 新年快樂！
새해에 복 많이 받으세요! 新年快樂！

색 顏色
색소폰 薩克斯
색소폰 연주가 薩克斯演奏者
색안경 太陽眼鏡
색인 索引
색전증 栓塞
색조 色澤
샌드위치 三明治
샌드페이퍼 砂紙
샌들 涼鞋
샐러드 沙拉
샐러드용 접시 沙拉碗
샘플 樣品
생각 想法，主張
생강 薑
생기다 產生，帶來
생년월일 出生日期
생년월일 및 장소 出生日期和地點
생략법 縮寫
생리대 衛生巾
생맥주 散裝啤酒，鮮啤酒
생머리 直髮
생명 보험 人壽險
생물테러 生物恐怖主義
생물학 生物學
생물학 병기 生物武器
생방송 實況節目
생산자 生產者
생산품 產品
생선 魚
생선가게 魚店
생선장수 魚販子
생애 生涯
생일 生日
생일 축하합니다! 生日快樂！
생일 축하해요! 生日快樂！
생일을 쇠다 過生日

생질 外甥
생질녀 外甥女
생태계통 生態系統
생활비 生活費用
샤베트 果汁牛奶凍
샤워 淋浴
샤워하다 洗澡
샴푸 洗髮精，洗髮劑
서 西；背書
서가 書架
서곡 序曲
서구인 西歐人
서귀포 西歸浦
서남 西南
서늘하다 涼的；天涼
서대기 鰈魚，比目魚
서둘러 가다 匆忙去
서랍 抽屜；屜櫃
서류 文件
서류 정리용 캐비닛 文件櫃
서류가방 公文包
서른셋 三十三
서리 霜
서명 書名；簽字
서명자 簽署人
서명하다 簽字
서모스탯 恆溫器
서목 書目
서문 序言
서방의 西方的
서버 服務器
서법 情態動詞
서부 영화 美國西部片
서북 西北
서비스 服務
서비스료 服務費
서비스하다 服務
서사 敘事

서수 序數
서술 描述
서술어 謂語
서술하다 描述
서스펜스 소설 懸疑小說
서언 序言，開場白
서울 首爾
서유럽인 西歐人
서적상 書商
서점 書店
서쪽 西
서쪽으로 向西
서쪽의 西方的
서커스 馬戲團
서평 書評
서표 書籤
서핑 網路隨意搜尋資料
서핑하는 사람 網路隨意搜尋
　資料者
서행 慢
서른 三十
서른둘 三十二
서른셋째 第三十三
서른하나 三十一
석고 石膏
석고 세공인 泥水匠
석고붕대 石膏繃帶
석면 石綿
석영시계 石英錶，石英鐘
석유 石油，油
석유를 검사하다 檢查油
석탄 煤
석탄 채굴 採煤
석호 環礁湖，潟湖
선 線，線條；繩子；腺
선거 投票，選舉
선거 選舉
선거권 投票權，選舉權

선거하다 選舉
선거활동 競選活動
선고 유예 延後判決
선교사 傳教士
선글라스 太陽眼鏡
선명하다 鮮艷的；鮮明的，輕快的
선명하지 않다 不鮮明的，無光澤的
선물 禮物，禮品
선물을 주다 送禮物
선반 架子
선분 線段
선사시대 史前史
선생 先生
선원 海員，水手
선인장 仙人掌
선집 選集
선택과목 選修科目
선택하다 選擇
선텐 曬黑
선포하다 宣布
선풍기 電扇，風扇
선형대수 線性代數
선호 優先選擇
섣달 그믐날 除夕
설거지하다 洗碗
설계학 設計學
설교 布道，說教
설교 (하다) 講道，說教
설교단 講道壇
설교자 講道者，說教者
설날 元旦
설득하다 勸說，說服，使承認
설명서 說明書
설명하다 演示

설복하다 說服
설비 設備
설사약 瀉藥
설사하다 腹瀉
설익다 煎得嫩的，三分熟的
설치 安裝
설치 프로그램 安裝程序
설치류의 동물 嚙齒動物
설탕 糖
설탕그릇 糖碗
설화 故事
섬 島，島嶼
섬돌 台階
섬세하다 細緻的
섬약하다 纖弱的
섬유 纖維，化纖
섭씨 攝氏
성 姓；性；星；省
성 삼위일체 聖三一，三一節
성가 합창단 唱詩班
성격 검사 性格測試
성경 聖經
성구 보관인 聖器保管人
성금요일 耶穌受難日
성급하다 好發脾氣的
성냥 火柴
성년 成年
성당 教堂；神龕，神祠
성대 聲帶
성령 聖靈
성례전 聖禮
성만찬 聖餐
성명 姓名，公報
성모 마리아 聖母，童貞修女
성물의 함 神龕，神祠
성배 聖餐杯
성별 性別

성병 性病
성상 星象
성수기 旺季
성숙하다 成熟，成熟的
성숙한 사람 成熟的人
성실 誠摯
성실하고 진지하다 誠摯的
성실하다 誠實的，正直的；
　認真負責的
성실하지 않다 不正直的，不
　忠誠的
성애의 色情的，性愛的
성장 增長
성장하다 增長
성적 成績，分數
성적표 成績報告單
성전 聖戰
성좌 黃道十二宮
성지 순례 參拜聖地，朝聖
성직자 教士，牧師
성질이 더럽다 壞脾氣的
성찬 聖餐
성찬배 聖餐杯
성찬식 聖餐式
성찬식의 빵 聖餅，聖餐用麵
　包
성함이 어떻게 되세요? 你叫
　什麼名字？您貴姓？
성형외과 整形外科
성형외과 의사 整形外科醫生
성호를 긋다 用手畫十字
성홍열 猩紅熱
성회일의 첫날 四旬節的第一天
성희롱 性騷擾
세 든 사람 房客，承租人
세 시예요. 三點了。在三點。
세 쌍둥이 三胞胎
세계 世界

세계 기록을 깨다 打破紀錄
세계 대전 世界大戰
세관 海關
세관 직원 海關人員
세관원 海關人員
세균 細菌，病菌
세금 稅
세금 징수원 徵稅員
세기 世紀
세네갈 塞內加爾
세네갈인 塞內加爾人
세례 洗禮，浸禮
세례반 洗禮盤，聖水器
세례장 洗禮所，洗禮堂
세로 좌표 縱坐標
세르비아 塞爾維亞
세르비아어 塞爾維亞語
세르비아인 塞爾維亞人
세를 놓다 出租
세면기 洗手池
세면대 洗臉池
세면하다 洗臉
세무소 稅務所
세미나 研討會
세배의 三倍的
세상에! 天哪！
세수 稅收
세수 비누 香皂
세숫대야 洗手池
세 시 반이에요. 三點半。
세 시 십오 분이에요. 三點
　十五分。
세심하다 注意的，細緻的
세이브하다 救球
세제 洗滌劑，洗衣粉
세제곱 立方
세주다 出租
세척포 清潔布

세크 正割
세탁기 洗衣機
세탁물 付洗衣物
세탁물 광주리 洗衣籃
세탁소 洗衣房，洗衣店
세탁장 洗衣房
세탁하다 洗
세포 細胞
세포핵 細胞核
섹시하다 性感的
센터 中心
센티미터 厘米
셀러리 芹菜
셀룰라이트 脂肪團
셀프서비스 自助服務
셀프서비스식 세탁소 自助洗
　衣房
셋 三
셋업 프로그램 安裝程序
셋째 第三
셔츠 襯衣
셔터 按鈕，快門
셔틀 버스 穿梭巴士
셰이버 電動刮鬍刀
소 牛
소갈비 牛排
소개 介紹
소개하다 介紹
…소개해 드릴까요? 請允許
　給您介紹…。
소고기 牛肉
소금 宵禁
소금 鹽
소금 병 鹽瓶
소나기 陣雨
소나무 松樹
소네트 十四行詩
소득 收入

소득세를 과세하다 薪金納稅
소량 少數，少量，一把
소리 聲音
소리가 귀에 거슬리다 聲音
　刺耳
소리를 치다 呼喊
소말리아 索馬里
소말리아어 索馬里語
소말리아인 索馬里人
소매 小麥；袖子；零售
소매가격 零售價格
소매치기 扒手
소매치기하다 扒竊
소문자 小寫字母
소방대원 消防員
소방서에 신고하다 給消防隊
　打電話
소방수 消防隊員
소방용 호스 消防水帶，水龍
소방차 救火車，消防車
소비 消費
소비자 消費者
소비자 보호 消費者保護
소비품 消費品
소비하다 花費
소상 雕像
소설 小說
소설가 小說家
소송 訴訟
소송을 제기하다 訴諸法律
소송하기 좋아하다 好爭論
　的，好打官司的
소수 素數；小數；少量，少量，
　一把
소스 醬汁
소스 냄비 淺碟
소시지 香腸
소식 消息

소심하다 膽小的
소아과 의사 兒科醫生
소액 지폐 小額鈔票
소용돌이 漩渦
소유 物主
소유격대명사 物主代詞
소유욕이 강하다 占有慾強的
소음 噪音
소주 燒酒
소책자 小冊子
소침 沮喪，消沉
소켓 插座
소택 沼澤，濕地
소택지 沼澤地
소파 沙發
소포 包裹
소풍 短途旅行，遊覽
소프라노 女高音
소프트웨어 軟件，軟體
소형 금고 保險箱
소형 라디오 袖珍收音機
소형 승용차 小型汽車
소호 家庭辦公
소화계통 消化系統
소화관 消化管
소화기 滅火器
소화불량 消化不良
소화전 消防栓，消防龍頭
소화하다 消化
소환장 傳喚，傳票
속눈썹 眼睫毛
속달 特別專遞
속담 諺語
속도 速度，速率
속도계 速度計，里程計
속물적이다 勢利的
속바지 內褲
속삭이다 低語

속어 諺語
속옷 內衣
속이 메스껍다 感覺噁心
속인 俗人
속임을 당하기 쉽다 易受騙
  的
속죄하다 贖罪
속치마 襯裙
속표지 封面
손 手
손가락 指頭，手指
손가방 手袋
손녀 孫女
손님 客戶
손목 腕
손목시계 手錶，腕錶
손바닥 手掌，手心
손수건 手絹
손수레 手推車，活動車
손실 虧損，損失
손을 잡다 握住手
손자 孫子
손잡이 把手；門把手；欄杆，
  扶手（樓梯等的）
손전등 手電筒
손톱 指甲
손톱깎이 指甲刀
손톱줄 指甲銼刀
솔 刷子
솔로 獨奏，獨唱
솔직하다 直率的，直言不諱
솜 棉，棉花
솜씨 手藝
송골매 隼
송시 頌詩
송아지 小牛
송아지 고기 小牛肉
송어 鱒魚

송장원본 原始發票

송편 鬆餅

쇄락하다 衰落

쇠사슬 鏈子

쇼 演出，節目

쇼크 休克

쇼핑백 購物袋

쇼핑하다 購物

숄 方形披肩

수감하다 關押，監禁

수갑 手銬

수건 毛巾

수건걸이 毛巾架

수구 水球

수국 繡球花

수난일 耶穌受難日

수납 收銀員

수녀 尼姑，修女

수녀원 女修道院

수다 嫌言怨語，嘮叨

수다스럽다 多話的，健談的

수단 蘇丹

수단인 蘇丹人

수달 水獺

수닭 雄雞

수도 首都；水路，渠

수도 꼭지 水龍頭

수도사 修道士，僧侶

수도원 修道院

수두 水痘

수량 數量

수량은…와 같다 和…一樣多

수레국화 矢車菊

수류탄 手榴彈

수를 세다 計數

수리 修理

수리공 機工

수리하다 修理

수많은 眾多的

수면제 安眠藥

수박 西瓜

수분이 많은 多汁的

수사 修辭；數詞

수사방법 修辭格

수사적 修辭的

수사하다 搜查

수상 首相，總理

수상 스키 滑水

수색 영장 搜查證

수선 垂線

수선화 水仙

수성 水星

수소 公牛；氫

수수께끼 謎語

수술 手術

수술기구 外科手術器械

수술실 手術室

수술하다 動手術，開刀

수습기간 見習期，試用期

수습생 學徒

수신 接收

수신자 收件人

수양 있다 有修養的

수업 課，功課

수업하다 上課

수여 授予

수여하다 授予

수염 鬍子

수영 游泳

수영 모자 游泳帽

수영 팬티 游泳褲

수영복 游泳衣

수영자 游泳者

수영장 游泳池

수영하다 游泳

수요일 星期三

수용하다 容納

수은 水銀，汞

수입 進口；收入

수장 收藏

수장자 收藏者

수정액 修正液

수정체 晶狀体

수정하다 改正

수증기 汽，水蒸氣

수지 樹脂，松脂

수직선 豎線

수직적 垂直的

수질 오염 水污染

수집 收集

수채 水彩

수채화 水彩畫

수채화가 水彩畫家

수첩 手冊

수치를 모르다 沒有羞恥的

수캐 公狗

수평적 水平的

수포 水疱，水腫

수표 支票

수표결제 支票結算

수표를 현금으로 바꾸다 兌付支票

수표장 支票簿

수프 湯

수필 隨筆

수필 창작 隨筆寫作

수하물 手提行李

수학 數學

수학가 數學家

수혈하다 輸血

수화기 聽筒

수확 收獲，收割

수확하다 收獲，收割

숙녀 女士

숙녀복 女西服

숙모 嬸母

숙제 作業

숙제 공책 作業本

순교 殉教，殉道

순교자 殉教者，殉道者

순대 米腸

순례자 香客，朝聖者

순록 馴鹿

순색 純色

순서도 流程圖

순수하다 純粹的

순위표 名次表

순응적이다 墨守成規的

순이익 淨利

순종적이다 服從的，順從的

순찰 巡邏，巡視

순찰하다 巡邏，巡視

순항 巡航，巡弋

순항하다 導航

순환 계통 循環系統

숟가락 湯匙

술단지 酒罐

술잔 酒杯

술통 酒桶

숨바꼭질 捉迷藏

숨쉬다 呼吸

숨을 내쉬다 呼氣

숨을 들이쉬다 吸氣

숨차다 氣喘

숫양 公羊

숫자 數，數目，數字

숭배 崇拜

숭어 鯔魚

숲 樹林，森林

쉬다 休息，放鬆

쉬에드프 구두 絨面革皮鞋

쉰 五十

쉰둘 五十二

쉰셋 五十三

쉰하나 五十一

쉼표 逗號

쉽게 화내다 易怒的

쉽다 容易

슈트케이스 手提箱

슈퍼마켓 超級市場

슛 射門

스낵 快餐

스낵을 먹다 吃快餐

스노드롭 雪花蓮

스리랑카 斯里蘭卡

스무 살입니다. 二十歲。

스물 二十

스물넷 二十四

스물다섯 二十五

스물둘 二十二

스물셋 二十三

스물셋째 第二十三

스물아홉 二十九

스물여덟 二十八

스물여섯 二十七

스물하 二十六

스물일곱나 二十一

스스로 즐기다 自我娛樂

스와힐리어 斯瓦希里語

스웨덴어 瑞典語

스웨덴인 瑞典人

스웨드 仿麂皮

스웨터 毛衣

스웨덴 瑞典

스위스 瑞士

스위스어 瑞士語

스위스인 瑞士人

스위치 開關

스칸디나비아 斯堪的納維亞

스칸디나비아어 斯堪的納維

亞語

스칸디나비아인 斯堪的納維
亞人

스캐너 掃描器

스컹크 臭鼬

스케이트 滑冰

스케이트를 타다 滑冰

스케이트를 탄 사람 滑冰者

스케이트보드 滑板

스케치 素描，速寫

스코틀랜드 蘇格蘭

스코틀랜드어 蘇格蘭語

스코틀랜드인 蘇格蘭人

스크린 屛幕，螢幕

스키 滑雪

스키 명승지 滑雪勝地

스키 바지 滑雪褲

스키어 滑雪者

스타 明星

스타일 風格，文體，式樣

스타킹 長筒襪

스테레오 장치 立體聲裝置

스테이크 牛排

스테이플 訂書釘

스테이플러 訂書機

스테인리스강 不鏽鋼

스톡홀름 斯德哥爾摩

스트레스 壓力，緊張

스파게티 義大利麵

스파이 間諜

스파이 소설 間諜小說

스팸 메일 電子垃圾

스팸편지 垃圾郵件

스페이드 黑桃

스페이스 바 空格鍵

스페이스 셔틀 太空梭

스페이스를 넣다 插入空格

스페이스바 空格鍵

스페인 西班牙
스페인어 西班牙語
스페인인 西班牙人
스포츠 體育運動
스포츠 경기 종목 體育項目
스포츠 재킷 運動上衣
스포츠 팬 體育迷，球迷
스포츠 프로그램 體育節目
스포츠를 하다 進行體育鍛煉
스포츠카 跑車
스포크 輻條
스포트라이트 聚光燈
스푼 湯匙
스프레드시트 電子表格
스프링 코트 風衣
스피커 揚聲器，播音喇叭
슬기 智慧
슬기롭다 機靈，足智多謀，聰慧的，機智的
슬라브어 斯拉夫語
슬라브인 斯拉夫人
슬라이드 幻燈，幻燈片
슬라이드기 幻燈片機
슬로 모션 慢動作，慢鏡頭
슬로건 口號
슬로바키아 공화국 斯洛伐克
슬로바키아어 斯洛伐克語
슬로바키아인 斯洛伐克人
슬로베니아 斯洛文尼亞
슬로베니아어 斯洛文尼亞語
슬로베니아인 斯洛文尼亞人
슬리 懸帶
슬리퍼 拖鞋
슬퍼하다 感到傷心
슬프다 悲哀的，悲傷的
습격 攻擊，襲擊
습기 潮濕
습기가 있습니다. 天氣潮濕。

습지 沼澤，濕地
승강기 電梯
승객 乘客
승낙 承諾，諾言
승낙하다 承諾
승무원 전원 機組人員
승법 乘法
승용차 小汽車
승인하다 同意
승인하다 承認
승진 提升，升級
시 時；詩，詩歌
시가 詩歌；報價，牌價；雪茄
시각 時刻；視覺
시각 예술 視覺藝術
시각표 時刻表
시간 小時，時間
시간당 每小時
시간외 근무 加班
시간을 지키다 守時
시간이 짧게 短暫地
시간이 짧다 短暫的
시간표 時間表
시계 錶，手錶，鐘錶
시계 배터리 手錶電池
시계가 느리다. 錶慢了。
시계가 빠르다. 錶快了。
시계사 鐘錶匠
시계줄 錶帶
시골 鄉村
시골에 在鄉村
시골에서 在鄉下
시구 城市街區
시금치 菠菜
시기 時期
시끄럽다 嘈雜的，喧鬧的，吵鬧的

시내 전차　有軌電車

시내 통화　本地電話

시내중심　市中心

시다　酸的

시동생　小叔子

시든 꽃　枯萎的花

시들다　枯萎，凋謝

시들먹하다　不感興趣的

씨디　光碟

씨디 플레이어　便攜式 CD 播放器

씨디롬　光碟只讀存儲器

씨디롬 드라이브　光碟機

시력　視力，視界

시력 검사　視力測試

시력 측정사　驗光配鏡師

시력을 잃다　失明的，瞎的

시리아　敘利亞

시리아인　敘利亞人

시멘트　混凝土

시민　市民

시민권　公民權，公民權利

시민의 의무　公民義務

시민의 자격　公民身份

시범을 보이다　演示

시베리아인　西伯利亞人

시소　翹翹板

시스템 분석가　系統分析員

시신　屍體

시아버지　公公

시아주버니　大伯子

시어머니　婆婆

시온니스트　猶太復國主義者

시온니즘　猶太復國主義

시온주의　猶太復國主義

시온주의자　猶太復國主義者

시월　十月

시월 일 일입니다　十月一號

시위운동　示威，示威遊行

시의　市政的

시인　詩人

시장　市場

시장　市長

시장 가격　市場價格

시장 조사　市場研究

시장법　市場法

시제　時態

시차　時差

시청　市政廳

시청자　觀眾

시컨트　正割

시클라멘　仙客來

시키다　點餐

시트　床單

시티네트워크　電視網絡

시학　詩學

시험　考試，測試

시험관　試管

시험관 아기　試管嬰兒

시험을 통과하다　通過考試

식　食

식기　餐具

식기실　餐具室，配餐室

식기장　碗櫥，碗櫃

식단　菜單

식당　餐館，餐室

식도　食道

식물　植被，植物

식물원　植物園

식물중독　食物中毒

식물학　植物學

식물학적　植物學的

식사를 챙기다　擺放餐桌

식사용 높은 의자　高腳椅

식생　植被，植物

식욕을 돋우다　開胃

식지 食指
식초 醋
식탁 餐桌
식탁보 桌布
식탁을 차리다 擺桌子
식탁을 치우다 收拾桌子
식품점 食品店
신 場 (戲劇的)
신경 神經
신경 가스 神經性毒氣
신경 계통 神經系統
신경정신의학 精神病學
신고하다 申報
신고할 것이 없다 没有申報的東西
신고할 것이 있다 需要申報的東西
신교 新教
신교도 新教徒
신기료 장수 補鞋匠
신념 信念
신랄하다 辛辣
신랑 新郎
신랑 들러리 伴郎
신문 報紙
신문 가판대 報攤
신발 鞋
신발 밑바닥 鞋底
신발끈 鞋带
신발류 鞋類
신발을 벗다 脱鞋
신발을 신다 穿鞋
신발의 문수 鞋號
신부 新娘
신부 들러리 伴娘
신분 身份
신분증 身份證，身份證件
신분증명 身份證明

신비주의 神秘主義
신비주의자 神秘主義者
신사 先生，紳士
신사복 男西服
신성 모독 褻瀆
신성한 神聖的
신앙 信仰
신앙하다 信仰
신용 信用
신용 기구 信用機構
신용 한도 信用限制
신용장 信用證
신용카드 信用卡
신의를 저버리다 背信棄義，不忠貞的
신임 信任
신임투표 信任投票
신임하다 信任
신자 信徒
신장 身高
신장 腎，腎臟
신장 결석 腎結石
신정 元旦
신중하다 慎重的；謹慎的，小心的，細心的
신청자 申請者
신체 軀幹，身軀
신체검사 體格檢查
신체적 장애가 있다 殘疾的
신탁 회사 信託公司
신학 神學
신학자 神學家
신한은행 新韓銀行
신호 信號
신호등 信號燈
신혼 여행 蜜月
신혼부부 新婚夫婦
신화 神話

신화집 神話集

실 絲，綢；線，繩子

실내 장식업자 室內裝飾商

실내 장식품 沙發被覆材料

실내악 室內樂

실례적이다 失禮的

실례합니다! 勞駕! 對不起！

실루엣 剪影

실망적이다 失望的

실망하다 失望，失望的

실명하다 失明的，瞎的

실수 錯誤；實數

실수입 實得工資

실수하다 犯錯誤

실업 失業

실업가 實業家，企業家

실연 演示

실은… 事實上

실점 丟分

실지 견학 實地作業

실직 수당 失業救濟金

실크 絲

실험실 實驗室，化驗室

싫어하다 不喜歡，討厭，厭
　　惡

심다 種植

심리 審理

심리중 正在審理

심리학 心理學

심리학가 心理學家

심문하다 審問

심박 불규칙 心律不整

심벌즈 鏡鈸

심사 審查

심사하다 審查

심장 心，心臟

심장 발작 心力衰竭，心臟病
　　發作

심장의 고동 心跳

심전도 心電圖

심지어…아니다 甚至不

심판원 裁判

심포지엄 學術報告會

십 十

십각형 十邊形

십구 十九

십년 十年

십만 十萬

십변형 十邊形

십사 十四

십삼 十三

십억 十億

십억째 第十億

십오 十五

십육 十六

십이 十二

십이면체 十二面體

십이월 十二月

십일 十一

십일분의 삼 十一分之三

십일월 十一月

십자 十字

십자가 耶穌受難像，十字架

십진수 十進小數

십칠 十七

십팔 十八

싱가포르 新加坡

싱가포르인 新加坡人

싱겁다 味淡的

싱글 게임 單打比賽

싱글 베드 單人床

싱싱하다 新鮮的

싱크대 水池子

싱크로나이즈드 스위밍 花式
　　游泳，水上芭蕾

싸다 便宜的
싸매다 包紮
싸우다 打架
쌀 大米
쌀쌀하다 感覺涼
쌀쌀합니다. 天氣涼。
쌍 對，雙，一對，一雙
쌍고기자리 雙魚座
쌍동이 雙胞胎
쌍동이자리 雙子座
쌍방향의 交互式的
쌍점 冒號
쌍턱 雙下巴
써넣다 填寫
썩다 腐爛的
썩어 문드러지다 腐爛的
썰다 切成片
쏟다 倒，灌；濺，潑
쐐기풀 蕁麻
쓰다 寫；花費；苦的，苦澀
　的
쓰레기차 垃圾車
쓰레기통 廢紙簍；垃圾桶，垃
　圾箱
쓰레받기 畚箕
씨 種子
씨를 뿌리다 播種
씨티은행 城市銀行
씻다 洗，清洗

ㅇ

아！ 呀！嗬！
아가미 魚鰓
아가씨 小姐
아나운서 播音員
아날로그 模擬的
아날로지 類比

아내 妻子
아네모네 雪花蓮
아니다 不
아니스 大茴香
…아니예요？ 不是這樣嗎？
아동 프로그램 兒童節目
아동 학대 虐待兒童
아동잡지 兒童雜誌
아드레날린 腎上腺素
아드리아해 亞得里亞海
아들 兒子
아라비아어 阿拉伯語
아라비아 숫자 阿拉伯數字
아라비아인 阿拉伯人
아래로 往下
…아래에 在下面，在…下面
아래턱뼈 頜骨
아로마 芳香，香味
아르메니아 亞美尼亞
아르메니아어 亞美尼亞語
아르메니아인 亞美尼亞人
아르헨티나 阿根廷
아르헨티나인 阿根廷人
아름답다 優美的，漂亮的
아리아 詠嘆調
아마추어 선수 業餘運動員
아마포 亞麻布，亞麻線
아메리카 美洲
아메리카인 美國人
아무 데도…없다 沒有任何地
　方
아무(것)도 없다 沒有一個，
　沒有任何
아무튼 總之
아버지 爸爸，父親
아베마리아 萬福瑪利亞
아부 奉承

아부하다 奉承
…아서 因為
아스파라거스 蘆筍
아스팔트 瀝青，柏油
아스피린 阿司匹林
아시아 亞洲
아이 孩子
아이고! 哎喲！
아이들 孩子們
아이라이너 眼線筆
아이론 熨斗
아이를 낳다 分娩，生孩子
아이섀도 眼影
아이스 冰塊
아이스 요르 冰上滑艇
아이스크림 冰淇淋
아이스크림 가게 冰淇淋屋，
　冷飲店
아이콘 圖符，圖標
아이티인 海地人
아일랜드 愛爾蘭
아일랜드인 愛爾蘭人
아주 덥습니다. 天氣很熱。
아주 분명하다 很清楚
아주 사랑하는 十分愛你的…
아주 잘 됐네요! 太棒了！
아주 잘 지냈어요. 很好。
아주 잘 했어요! 做得好極
　了！
아주 재미있어요! 太精彩
　了！
아주 좋아요! 好極了！
아주 춥습니다. 天氣很冷。
아주머니 阿姨
아직 仍然，還
아직 피지 않다 含苞未放
아첨 奉承
아첨하다 奉承

아치 拱門
아치길 拱道
아침 早晨，上午；早餐
아침 열시예요. 十點（上午
　十點）。
아침에 在早晨，在上午
아침을 먹다 吃早餐
아코디언 手風琴
아코디언 연주자 手風琴家
아쿠아플레인 滑水板
아크릴성의 丙烯酸的
아킬레스건 跟腱
아테네 雅典
아티스트 藝術家
아티초크 洋薊
아파트 單元房，公寓
아파트 빌딩 公寓樓
아포스트로피 省文撇
아프가니스탄 阿富汗
아프다 病的，生病的；感覺
　不適；疼，痛
아프리카 非洲
아프리카인 非洲人
아픔 疼痛
아홉 九
아홉째 第九
아흔 九十
아흔셋째 第四十三
악기 樂器
악기를 연주하다 演奏樂器
악기 연주 演奏樂器
악보 樂譜；音符
악보대 樂譜架
악성적 惡性的
악센트 重音
악수 握手
악수하다 握手
악어 鱷魚

악의적이다 惡意的

악취 惡臭, 臭氣

악취가 나다 發臭的, 腐臭的

악취를 풍기다 發出惡臭

악취적 臭的, 有臭味的

악화하다 惡化

안 돼! 門都沒有！不行！

안개 霧

안개가 있다 有霧的

안경 眼鏡

안과 의사 眼科醫生

안내 광고 分類廣告

안내서 指南書, 指南手冊

안내소 詢問處

안녕! 你好！再見！

안녕하세요! 你好！

안녕히 가세요! 再見！

안녕히 주무세요! 晚安！

안다 擁抱

안뜰 院子, 天井

안락사 安樂死

안락의자 扶手椅

안보기구 保安部門

안색 面色, 膚色

안약 眼藥水

…안에 在裡面, 在…裡

안전 웹 사이트 安全網站

안전벨트 安全帶

안절부절하다 坐臥不寧的

안주 開胃品

안짱다리 蘿蔔腿

안테나 天線

앉다 坐下

앉아! 坐下！

앉으세요! 請坐！

알다 明白, 認識, 知道

알레르기 過敏

…알려 주실 수 있나요? 你

（您）能告訴我…？

알리다 說, 告訴

알맞게 正好, 剛好

알맞다 正確的, 合適的, 適中的

알바니아 阿爾巴尼亞

알바니아어 阿爾巴尼亞語

알바니아인 阿爾巴尼亞人

알뿌리 球根

알약 藥丸

알제리 阿爾及利亞

알제리인 阿爾及利亞人

알코올 음료 含酒精飲料

알코올 중독 酒精中毒

알파벳 字母表

알프스산맥 阿爾卑斯山脈

알프스산맥의 阿爾卑斯山的

앓다 生病

암 癌症；岩, 岩石

암로크 夾臂

암퇘지 母豬

암말 母馬

암모니아 氨

암사자 攻擊, 襲擊

암소 母牛

암스테르담 阿姆斯特丹

암시하는 뜻을 이해하다 領會言外之意

암시하다 暗含

암실 暗室

암유 暗喻

암초 暗礁

암캐 母狗

암페타민 安非他命

암호 口令

압력 壓力, 壓強

압력 솥 壓力鍋, 蒸鍋

압운하다 押韻

압정 圖釘
압축된 파일을 풀다 解壓縮
  文件
앙상하다 骨瘦如柴
앞 前面；向前
앞 좌석 前座
앞니 門齒
앞마당 前院
앞에 在前面；在…前面
앞유리 擋風玻璃
앞으로 向前
앞으로 가다 向前，往前走，
  一直往前
앞으로 넘어가다 往前邁
앞지르기 금지 嚴禁超車
앞치마 圍裙
앞표지 封面，護封
애가 挽詩
애니메이션 動畫
애로 困難
애완동물 寵物
애정이 깊다 感情深厚的
애칭 昵稱，愛稱
액세스 存取，訪問
액션 영화 動作片
액수 數額
액체 液體
앰프 放大器，擴音器
앵두 櫻桃
앵두나무 櫻桃樹
앵무새 鸚鵡，虎皮鸚鵡
앵초 櫻草花
야! 嗨！
야간 과정 晚間課程
야간 작업 夜間工作
야간학교 夜校
야구 棒球
야구장 棒球場，內場

야심을 품다 野心勃勃的
야옹하고 울다 喵喵地叫
야외 촬영 外景拍攝
야채 蔬菜
약 藥片
약간의 一點
약간의 물 一點水
약간의 버터 一點黃油
약간의 설탕 一點糖
약간의 케이크 一點蛋糕
약국 藥店
약도 略圖
약모 便帽
약물 藥物
약병 藥瓶
약사 藥劑師
약속 어음 本票
약술하다 寫出大綱
약제 藥劑
약탈하다 劫持
약품 藥品
약하다 柔弱的，虛弱的，軟
  弱的
약혼 訂婚
약혼녀 未婚妻
약혼반지 訂婚戒指
약혼자 未婚夫
약혼하다 訂婚
약혼한 남자 未婚夫
얄밉다 令人厭煩的
얇게 저며 익힌 냉육 冷切肉
얇다 薄的
양 羊
양고기 羊肉
양궁 射箭
양귀비 罌粟
양념 香料，調味品
양말 襪子

양배추 卷心菜，圓白菜	어려움 困難
양보 讓行	어른 成年人
양복 西服	어리석다 傻的，愚蠢的
양복 한 세트 一套西服	어린 시절 童年
양성 培訓	어릿광대 小丑
양성 陽性	어머니 媽媽
양성적 良性的	어미 詞尾
양수 正數	…어서 因為
양식 樣式，方式	어서 오세요! 請進!
양자로 삼기 繼嗣，過繼	어울리다 正確的，合適的
양자로 삼다 收養，過繼	어음 할인율 貼現率
양자론 量子論	어음 할인하다 貼現
양자리 白羊座	어제 昨天
양쪽 兩者	어제 아침 昨天早晨，昨天上午
양철통 罐子	어제 오후 昨天下午
양치질하다 漱口	어제부터 從昨天
양털 羊毛	어젯밤 昨天夜裡
양파 洋蔥，蔥頭	어지럽다 頭暈
어깨 肩，肩膀	어휘 詞匯
어깨뼈 肩胛骨	억 一億
어나더 볼 換球	억수 大暴雨
어느 것입니까? 哪個?	억수로 쏟아지는 비 傾盆大雨
어댑터 適配器，轉接器	억지스럽다 牽強的
어도 盡管	언급하다 涉及
어둡다 暗的，黑暗的，陰暗的	언니 姐姐
어디 哪裡	언덕 山，小山；斜坡
어디에나 到處	언변이 뛰어나다 有口才的
어디예요? 哪裡?	언어 語言
어딘가 某地	언어 치료 전문가 言語治療專家
어떤 某個	언어학 語言學
어떤 것 某事，某物	언제 태어났어요? 你什麼時候出生的?
어떤 사람 某人，某些人	
어떤 一些	언제? 몇 시예요? 在幾點?
어떻게 된 거에요? 怎麼會?	언제요? 什麼時候?
어떻게 생각하세요? 你怎麼認為?	얼굴 臉，面孔
어떻게? 怎麼樣?	

얼굴을 붉히기 臉紅，害臊

얼굴을 씻다 洗臉

얼룩말 斑馬

얼마 多少

얼마 안 되다 持續短時間

얼마간 一些

얼마예요? 多少錢?

얼음 冰

얼음덩이 冰塊

얼음이 얼다 結冰

엄격하다 嚴格的

엄마 媽媽

엄숙하다 嚴肅的，莊重的

엄지 拇指

엄지손가락 拇指

엄청나다 巨大的

엄파이어인치프 裁判長

엄하다 嚴格的，嚴屬的

업그레이드 升級

업데이트 更新

업무 工作

…없이 沒有

엉덩이 屁股，臀部

엉망이다 心緒煩亂的

엉망이다! 真是一團糟!

엉터리로 말하지 마! 別胡說
　　八道!

엉터리예요! 多荒謬啊!

…에 向，去，在

…에 관심이 있다 對…感興趣

…에 무늬를 넣다 用圖案裝飾

…에 살다 住在某處

…에 위치하다 位於

…에게 對於

…에게 전화를 바꿔 주세요!
　　我想請…接電話。

…에게 가다 到某人處

…에게 안부를 드리다 代

問…好，問候…

…에게 안부를 전해주세요!
　　請代我向…問好。

…에게 인사하다 向…打招呼

에고이즘 自我主義

이기적이다 自我主義的

이기주의자 自我主義者

에나멜 搪瓷，琺琅

에너지 能，能量

에너지 보존 能源保護

에너지 수요 能源需求

에너지 위기 能源危機

…에도 불구하고 哪怕

에든버러 愛丁堡

에리트레아 厄立特里亞

에메랄드 綠寶石

…에서 在

…에서 살다 住在

…에서 오다 來自於

에스컬레이터 自動扶梯

에스토니아 愛沙尼亞

에스토니아어 愛沙尼亞語

에스토니아인 愛沙尼亞人

에스트로겐 雌性激素

에스프레소 커피 蒸餾咖啡

에어로빅스 健美操

에어컨 空調

에이스 A 紙牌

에이즈 愛滋病

에칭 蝕刻

에코 發出回聲

에콰도르 厄瓜多爾

에콰도르인 厄瓜多爾人

에테르 以太，能媒

에티오피아 埃塞俄比亞

에티오피아인 埃塞俄比亞人

엑스레이 X 光

엑스선 X 光

엑스선학 전문가　放射學家
엔지니어　工程師
엔진　發動機
엘리베이터　電梯
엘살바도르　薩爾瓦多
여각　餘角
여과기　過濾器，濾器，漏勺，
　濾紙
여권　護照
여권 심사　護照檢查
여기　這裡
여기는…예요　這裡是…
여기저기 다니다　四處走
여덟　八
여덟째　第八
여동생　妹妹
여드름　丘疹，粉刺，痤瘡
여든　八十
여러　幾個，一些
여러 남자애　一些男孩
여러 아저씨　一些叔叔
여러 여자애　一些女孩
여러 친구　一些朋友
여류 조각가　女雕塑家
여름　夏
여름 방학　暑假
여배우　女演員
여백　空白
여보세요!　喂!
여사　女士
…여서　因為，由於
여섯　六
여섯째　第六
여성　女性
여성의류점　女裝店
여성 잡지　女性雜誌
여성잡지　婦女雜誌
여성적　女性的

여실하다　如實的，不誇張的
여자　女人，婦女
여자 경찰　女警察
여자 경찰관　女警察
여자 교통경찰　女交通警察
여자 주인공　女主人公
여자시계　女錶
여자아이　女孩
여자용 신발　女鞋
여자친구　女朋友
여전히　仍然
여정　旅途，旅程
여행　旅遊
여행 안내업자　旅行代辦人
여행 잘 다녀오세요.　旅途愉
　快!
여행가방　手提箱
여행사　旅行社
여행안내　旅行指南
여행을 가다　去旅行
여행을 떠나다　去旅行
여행자 수표　旅行支票
여행하다　旅行
여현　餘弦
역　站，車站
역겹다　厭惡的
역도　舉重
역도하다　舉重
역사　歷史
역사가　史學家
역사학　歷史學
역수　倒數
역을 맡다　扮演
연　詩節，詩行，韻文；風箏；
　鉛
연남색　淡藍
연결　連接
연고　軟膏，藥膏，乳膏

연골 軟骨
연구 研究
연구실 教師辦公室
연구하다 研究
연극 劇, 戲, 話劇, 戲劇
연극학교 戲劇學院
연금 年金；退休金
연기 煙
연기하다 延期, 休庭
연락 운송 聯運
연령 年齡
연료 燃料
연막탄 煙霧彈
연맥 燕麥
연맹 聯盟, 聯邦
연서 副署, 會簽
연서하다 副署, 會簽
연설 演說, 發言
연설하다 演講, 做講座
연세가 어떻게 되십니까? 您
　高壽啊?
연속 홈 드라마 肥皂劇
연습하다 練習
연애 戀情, 風流韻事
연애하다 相愛, 戀愛
연약하다 體格文弱, 脆弱的
연어 鮭魚, 三文魚
연옥 煉獄
연을 날리다 放風箏
연인 情侶, 情人
연장 코드 延長線路
연장자 年長者
연접하다 連接, 接通
연주 演奏
연주자 演奏家, 演奏者, 樂
　手
연차 휴가 年假
연철 鍛鐵, 熟鐵

연체 동물 軟體動物
연초 煙草
연초점 煙草店
연출 演出
연탄곡 詠嘆調
연필 鉛筆
연필깎기 削鉛筆刀
연합 聯合
연회 宴會
열 十；排；熱
열각 劣角
열광적이다 瘋狂的, 狂熱的
열넷 十四
열둘 十二
열능 熱能
열대우림 熱帶雨林
열대의 熱帶的
열독하다 閱讀
엘두째 第十二
열등감 自卑感
열성적이다 熱誠的
열아홉 十九
열여덟 十八
열여섯 十六
열일곱 十七
열하나 十一
열다섯 十五
열셋 十三
열셋째 第十三
열쇠 鑰匙
열정적이다 熱心的
열이 나다 發燒
열정 激情, 熱情
열째 第十
열한째 第十一
얇게 뜬 고급 안피 薄紗, 羅
　紗布
염색하다 著色

염소 山羊；氣
염소자리 摩羯座
염오 厭惡
염오하다 厭惡
염증 紅腫，炎症
염증이 나다 紅腫的，發炎的
엽록소 葉綠素
엽서 明信片
영 零
영광스럽다 光榮的，體面的
영광입니다. 這是我的榮幸。
영구 가공 免燙
영국 英國，英格蘭
영국인 英國人
영리하다 機靈，足智多謀，
　有知識的，精明的
영사관 領事館
영상 零上
영수증 收據，發票
영아 嬰兒
영아기 嬰兒期
영아기의 嬰兒期的
영양 羚羊
영어 英語
영업 시간 營業時間
영업중 正在營業
영인본 影印本
영토 領土
영하 零下
영혼 靈魂
영화 電影
영화 배우 電影明星
영화 제작 製作電影
영화 촬영 拍攝電影
영화 평론가 影評人
영화관 電影院
열다 淡的，淺的
…옆에 在…旁邊，靠近

예각 銳角
예각의 銳角的
예금 存款
예금 인출 取款
예금 인출하다 取款
예금 전표 存款單
예금 청구서 取款單
예금하다 存款
예를 들면… 例如
예민하다 敏感的
예방 접종 接種
예방 접종하다 接種
예배 禮拜
예배당 小教堂
예배식 禮拜儀式
예보 預言，預報
예비 타이어 備用輪胎
예비차도 備用車道
예쁘다 英俊的，漂亮的
예산 預算，平衡
예산 예측 預算預測
예선전 淘汰賽
예수 그리스도 耶穌基督
예수회의 수사 耶穌會會士
예순 六十
예술 藝術
예술 전시회 藝術展覽
예술가 藝術家
예술관 藝術館
예술적이다 藝術的
예술품 藝術品
예술학교 藝術學院
예약 訂購，預訂
예약 구독하기 訂閱
예약 구독하다 訂閱
예약비 訂金
예약을 취소하다 取消訂閱
예약하다 預約，預訂的

예의 바르다 禮貌的，講究禮
　節的
예의를 모르다 沒禮貌的
예절바른 合宜的，得體的
예정표 節目單
예후 預後
오 五
오늘 今天
오늘 밤 今天晚上，今天夜裡
오늘 밤에 今天晚上
오늘 아침 今天早晨，今天上
　午
오늘 아침에 今天早上
오늘 오후 今天下午
오늘은 며칠입니까？ 今天是
　幾號？
오늘은 무슨 요일입니까？ 今
　天星期幾？
오늘은 휴일이에요. 今天是
　假日。
오다 來
오동통하다 圓胖的
오두막 小屋
오디오 기기 音響設備
오락 作樂，玩樂
오락 활동 娛樂活動
오래 사세요！ 長命百歲！
오래되다 持續長時間
오레가노 牛至
오렌지 柳橙
오렌지 주스 柳橙汁
오렌지나무 柳橙樹
오르간 管風琴
오르간 연주자 管風琴演奏家
오르다 上，到
오르막길 上坡
오른쪽 右
오른쪽으로 在右邊，向右

오른쪽으로 돌다 向右轉
오리 鴨
오만하다 傲慢的
오믈렛 煎蛋餅，煎蛋卷
오버코트 長大衣
오버헤드 프로젝트 高射投影
　機
오변형 五邊形
오보에 雙簧管
오보에 연주자 雙簧管演奏者
오분의 이 五分之二
오븐 烤箱
오빠 哥哥
오세아니아 大洋洲
오소리 獾
오솔길 步道，小路
오수 污水
오수시스템 排污系統
오스트레일리아 澳大利亞
오스트리아 奧地利
오스트리아인 奧地利人
오십 五十
오십삼 五十三
오십이 五十二
오십일 五十一
오염 污染
오염된 受污染的
오염시키다 污染
오염하다 污染
오월 五月
오이 黃瓜
오일을 바꾸다 換油
오존 臭氧
오줌 尿
오징어 魷魚
오천 五千
오케스트라 管弦樂隊
오케스트라 지휘자 管弦樂隊

指揮

오크 櫟樹，橡樹

오토메이션 自動化

오토바이 摩托車

오토바이 경기 摩托車賽

오페라 歌劇

오픈 打開

오해 誤解

오후 下午

오후 다섯 시예요. 十七點(下午五點)。

오후에 在下午

오히려 反而

옥도정기 碘酊，碘酒

옥수수 玉米

온도계 溫度計，體溫計

온돌 暖炕

온두라스 洪都拉斯

온두라스인 洪都拉斯人

온라인 在線的，在線上

온라인 예약 在線預訂

온수기 熱水器

온순하다 溫順的，順從的，馴服的，聽話的

온실 溫室

온실효과 溫室效應

온종일 整天

온화하다 溫和的

올라가다 往上走

올리브 橄欖

올리브 피부 橄欖色皮膚

올리브나무 橄欖樹

올림픽 게임 奧林匹克運動會

올빼미 貓頭鷹

올챙이 蝌蚪

올챙이배 大腹便便的

올해는 몇년도이예요? 今年是哪年?

옮기다 搬，移動

옳다 正確

옵션 選項

옷 衣服

옷가게 服裝店

옷감 布料

옷걸이 衣架

옷장 衣櫃

…와 如同，同，跟

…와 같다 等於，相當於

…와 비슷하다 近似於

…와 악수하다 與…握手

…와 통화를 할 수 있어요? 我可以同…通話嗎?

…와 / 과 결혼하다 和…結婚

…와 / 과 이혼하다 與…離婚

와이퍼 雨刷器

와인 葡萄酒

와인 리스트 酒水單

완고하다 頑固的

완고함 僵直，僵硬

완구 玩具

완두 豌豆

완료 시제 完成式

완벽하다 完美的

완하제 瀉藥

완화하다 治標的

왈츠 華爾茲

왔다갔다하다 來回

왕뱀 蟒蛇

왕복표 往返票，來回票

왕자 王子

왕진 出診

왕후 王后

왜요? 為什麼?

외과 수술 外科，外科手術

외과 의사 外科醫生

외교문제 對外事務

외교적 수완이 있다　有外交手腕的

외국　外國

외국에서　在國外

외국인　外國人

외모　外貌

외삼촌　舅父

외상　損害（機體、器官等的）

외설적이다　淫穢的

외손녀　外孫女

외손자　外孫

외숙모　舅母

…외에　除了

외용약　敷藥

외위　外圍，四周

외증손녀　曾外孫女

외증손자　曾外孫

외증조모　曾外祖母

외증조부　曾外祖父

외치다　呼喊，叫喊

외통 장군　將死

외투　大衣

외판원　銷售代表

외할머니　外祖母

외할아버지　外祖父

외향적이다　性格外向的，開朗的

외화　外幣

외환　外匯

외환은행　外換銀行

왼쪽　左

왼쪽으로　在左邊，向左

왼쪽으로 돌다　向左轉

요구　要求，索取

요구르트　酸奶

요구하다　要求

요금　費，服務費

요금 수신인 지급 통화　對方付費電話

요금 징수소　收費站

요오드　碘

요르단　約旦

요르단인　約旦人

요리　烹調

요리사　廚師

요리책　食譜，菜譜

요리하다　烹飪

요법　療法，療效

요법학자　治療學家

요일　星期

요즈음　現如今

욕실　浴室

（욕실에 놓는）체중계　浴室秤

욕심스럽다　貪心的

욕조　浴缸

용감하다　勇敢的

용기　容器

용기 있다　勇敢的

용돈　零錢

용량　容量

용맹스럽다　勇猛的，無畏的

용서　容忍

용속　平庸

용속하다　平庸的

용수철　彈簧

용암　熔岩，火山岩

용이하다　容易

용적　容積

용해점　熔點

용해하다　熔化

우각　優角

우간다　烏干達

우간다인　烏干達人

우루과이　烏拉圭

우루과이인　烏拉圭人

우르두어	烏爾都語
우르르	格格響
우리	我們
우리 자신	我們自己
우리 (를)	我們
우리은행	友利銀行
우리의	我們的
우리의 책	我們的書
우리의 책들	我們的書
우물 정자	#號
우미하다	優美的
우박	冰雹
우박이 내리다	下冰雹
우송	郵遞
우송하다	郵寄
우수	偶數
우승자	勝者
우아	優雅
우아하게	優雅地
우아하다	優雅的
우아하지 않다	不優雅的
우악스럽다	粗魯
우연히	偶然
우울증	機能降低，抑鬱症
우울하다	抑鬱的
우울함	心情不好
우유	牛奶
우유 단지	牛奶罐
우유병	奶瓶
우유부단하다	優柔寡斷的
우익	右翼的，右派的
우정	友誼
우주	宇宙
우주 공간	太空，空間
우주 왕복선	太空梭
우주선	太空船
우체국	郵局
우체국 직원	郵局職員
우체통	信箱
우체통에 넣다	投入信箱
우측 통행	靠右行駛
우편 배송 주소	寄送地址
우편 집배원	郵差
우편번호	郵政編碼
우편소포	郵包
우편요금	郵費
우편함	信箱
우편환어음	匯票，郵政匯票
우표	郵票
우표수집	集郵
우호적인 얼굴	和藹的面孔
우호적이다	友好的
우화	寓言，道德寓言
우회전금지	嚴禁右轉
운동 선수	運動員
운동을 하다	做運動
운동장	運動場，體育場
운동적	運動的
운동하기	運動
운동화	體操鞋，球鞋
운반인	搬運工
운영체계	操作系統
운이 얼마나 좋았는지 몰라요!	多幸運哪！
운전면허증	駕駛執照
운전사	司機，駕駛員
운전하다	駕駛，開車
운하	運河
울다	哭
울리다	鳴，響
울산	蔚山
울새	知更鳥
울음	哭
울타리	圍欄，柵欄，籬笆
웃기다	開心的
웃다	笑

웃음 笑
웃음소리 笑聲
워드 프로세싱 文字處理器
워드프로세스 文字處理
워크스테이션 工作站
원 圓
원가 成本價格
원격지간 회의 電視電話會議
원격지간의 회의 電視電話會議
원고 草稿，手稿
원고인 原告
원기둥 柱體
원단 元旦
원료 材料，原料
원망 抱怨
원망을 품다 抱怨，投訴
원반 圓盤；鐵餅
원뿔체 錐體
원산지 原產國
원소 元素
원숭이 猿，猴子
원시안적 遠視的
원심 圓心
원예 園藝
원인 原因
원자 原子
원자 폭탄 原子彈
원자력 核能
원자로 核反應爐
원주 圓周
원주형의 圓柱形的
원추형 錐形
원탁 圓桌
원피스 連身裙
원형 극장 圓形劇場
원형의 環形的，圓形的
월 月

월경 月經
월급 工資，薪水
월드컵 世界杯
월식 月食
월요일 星期一
월요일마다 每星期一
월요일부터 從星期一
윙윙거리다 嗡嗡叫
웨딩 드레스 結婚禮服，新娘婚紗
웨이터 服務員
웨이트리스 女服務員
웨일스 威爾士
웰시어 威爾士語
웰시인 威爾士人
웹 공급자 網站提供者
웹 브라우저 網頁瀏覽器
웹 사이트 網站
웹사이트 網站
웹캠 網路攝影機
웹페이지 網頁
위 胃
위가 아프다 胃痛，肚子痛
위도 緯度
위로 往上，向上
위로하다 安慰
위반하다 違法，背信
위상 기하학 拓撲學
위생 衛生
위생적이다 衛生的
위선 虛偽
위선적이다 虛偽的
위성 衛星
위성 안테나 衛星天線
위성 중계방송 衛星轉播
위성텔레비전 衛星電視
위스키 威士忌
···위에 在上面，在···上面／

上方
위원회 委員會
위임장 委托書
위조 偽造
위조 화폐 假幣
위조자 偽造者
위증 偽誓，偽證
위치 位置，地點
위치 기하학 拓撲學
위치하다 確定…的位置
위통 胃疼
위험 危險
위험교차로 危險交叉路口
위험하다 危險
위협 威脅
위협하다 威脅
윈도 窗口
유개 자동차 麵包車，庙式貨車
유괴 誘拐
유기적 有機的
유능하다 有能力的
유대 회당 猶太教會堂
유대교 猶太教
유대인 猶太人
유도 柔道
유도하다 導航
유독한 有毒的
유두 乳頭
유람 短途旅行，遊覽
유럽 歐洲
유럽위원회 歐洲委員會
유럽인 歐洲人
유로 歐元
유로화 歐元
유리 玻璃
유리 섬유 玻璃纖維
유리병 長頸大肚瓶

유리수 有理數
유리잔 玻璃杯
유리장 玻璃櫃
유머 幽默
유머감 幽默感
유머러스하다 幽默的
유머러스한 幽默的
유머스럽다 幽默的
유방 乳房
유사 요법 順勢療法
유사 이전 史前史
유사 이전의 史前的
유산 流產；遺產
유산하다 流產
유선 有線傳送的
유선 텔레비전 電纜電視
유성 流星
유실물 취급소 失物招領
유알엘 統一資源定位器
유언 遺囑
유엔 聯合國
유월 六月
유월 이십삼일입니다. 六月二十三號
유자 柚子
유전 遺傳；古代遺跡
유제품 牛奶製品
유제품을 파는 집 乳品店
유죄의 有罪的
유창하다 流利的
유추 類比
유추하다 類比
유치 扣留，拘留
유치원 幼稚園
유치하다 扣留，拘留
유쾌하다 愉快
유쾌하지 않다 不愉快
유클리드 기하 歐幾里德幾何

유턴 繞行
유턴금지 嚴禁迴轉
유한 회사 股份公司
유혹적이다 誘惑的
유혹하다 引誘的
유화 油畫
유황 硫磺
유황 산 硫磺酸
유효 기한 過期日期
유효하다 有效的
육 六
육각형 六邊形
육계피 肉桂
육변형 六邊形
육상 경기 田徑
육십 六十
육을 삼으로 나누면 이가 된다
　六除以三等於二
육지 陸地
육질의 多肉的
육체 肉體，肌膚
육체 노동자 藍領工人
육체적이다 感官的
윤곽 輪廓
윤곽을 그리다 勾出輪廓
윤년 閏年
융단 小地毯
융해 融化
윷놀이 投骰遊戲
…(으)니까 既然
…(으)ㄹ 때 正當
은 銀
은기 銀器
은막 銀幕
은박지 錫箔紙
은반지 銀戒指
은색 銀色

은유 暗喻
은제품 銀器
은총 賜福，祝福
은하계 銀河系
은행 銀行
은행 계좌의 대체 銀行轉帳
은행 영수증 銀行收據
은행 코드 銀行代碼
은행 환어음 銀行匯票
은행간부 銀行經理
은행에서 일하다 在銀行工作
은행원 銀行職員
은혜 賜福，祝福
은혜를 입다 接受救濟金
은혼식 銀婚
…을 건너서 橫過
을/를 사랑하는… 愛你的…
…을/를 좋아하다 喜歡（某
　事物）
음 音，調
음계 音階
음란하다 淫穢的
음료수 飲料
음매하고 울다 哞哞地叫
음모 陰謀，反叛
음반 唱片
음성 語音
음성 陰性
음성신호 聲音信號
음성의 音頻的，聲頻的
음수 負數
음식 飯菜
음식점 餐館
음악 音樂
음악가 音樂家
음악학교 音樂學院
음악회 音樂會
음운론 語音學

음조 音，調

음탕하다 好色，淫蕩，下流

음표 音符

음향 기술자 音響師

음향학 聲學

음화 負片

읍 城鎮

응급치료 急救處理

응접실 起居室

…의 的

…의 가운데에 在…中心

…의 네제곱 …的四次方

…의 맞은편에 在…對面

…의 사승 …的四次方

…의 인수를 나누다 分解…
　的因子

…의 n승 …的n次方

…의 n제곱 …的n次方

의견 想法，主張

의견이 다르다 爭執，不同意

의기가 소침하다 沮喪的，消
　沉的

의논하다 討論，辯論

의무 義務

의문 疑問

의문대명사 疑問代詞

의문문 疑問句

의붓딸 繼女

의붓아들 繼子

의사 醫生，大夫

의사일정 議事日程，會議事
　項

의석 席位

의성 相聲

의식 思想

의식 意識

의식 儀式，禮拜式

의식을 잃다 失去知覺

의식적이다 有意識的

의식하다 明白的

의심하다 懷疑

의약함 醫藥箱

의원 參議員，委員

의인하다 擬人化

의인화 擬人

의자 椅子

의자의 등받이 椅背

의존적 從屬的

의학 醫學

의학과 醫學系

의회 議會

이 二；這，那；這些，那些；
　虱子

이 년전 兩年前

이 더하기 이는 사 二加二等
　於四

이 여자애 這個女孩

이 여자애들 這些女孩

이 친구 這位朋友

이 친구들 這些朋友

이 학년 二年級

이가 없다 無齒的

이것은 무슨 색입니까？ 這是
　什麼顏色？

이게 얼마예요？ 這個要花多
　少錢？，這個值多少錢？

이교 異教

이교의 異教的

이기다 贏；贏球

이기적이다 自私自利的

이뇨제 利尿劑

이동 移動

이동하다 移動

이등변의 等腰的

이라크 伊拉克

이라크인 伊拉克人

이란 伊朗
이란인 伊朗人
…이래 自從
이력 履歷
이륙 起飛
이륙하다 起飛
이를 빼다 拔牙
이를 뽑다 拔牙
이를 해 넣다 補牙
이름 名
이리 狼
이마 額，額頭
이메일 電子郵件
이메일 주소 電子郵件地址
이모 姨母
이모부 姨父
이미 已經
이미지 影像；形象；印象，意象
이민 移民
이발사 理髮師
이백 二百
이백만 二百萬
이백일 二百零一
이분의 일 二分之一
이불 被子
이사하다 搬家
이사회 董事會
이삭 穗
이상주의 理想主義
이상주의자 理想主義者
이상주의적 理想主義的
이상하다 古怪的，異常的
이성적이다 理智的
이스라엘 以色列
이스라엘인 以色列人
이슬 露水
이슬람교 伊斯蘭教

이슬람교도 穆斯林
이슬람교의 伊斯蘭教的
이슬비 小雨
이슬비가 오다 下毛毛雨的
이식하다 移植，移接
이십 二十
이십구 二十九
이십만 二十萬
이십면체 二十面體
이십사 二十四
이십삼 二十三
이십억 二十億
이십오 二十五
이십오분의 삼 二十五分之三
이십육 二十六
이십이 二十二
이십일 二十一
이십칠 二十七
이십팔 二十八
이쑤시개 牙籤
이야기 故事，小說
이야기를 퍼뜨리다 傳閒話
이야기하다 講故事；閒談
이어폰 聽筒，耳機
이완 放鬆
이월 二月
이윤 獲利，利潤
이윤율 利潤率
이윤을 추구하다 營利
이율 利率
이윽고 很快
이의 제곱은 사이다 二的平方是四
이익 獲利，利潤
이익을 도모하다 營利
이인칭 第二人稱
이자 利息
이전 以前

이전에 曾經

이제 現如今

이주 移居

이중주 二重奏

이중창 二重唱

이집트 埃及

이집트인 埃及人

이집트콩 鷹嘴豆

이천 二千

이천일 二千零一

이천팔년입니다. 2008年。

이타적이다 利他主義的

이타주의 利他主義

이타주의자 利他主義者

이탈 離開

이탈리아 義大利

이탈리아어 義大利語

이탈리아인 義大利人

이탤릭체 斜體

이틀동안에 在兩天之內

이하선염 流行性腮腺炎

이해가 안 갑니다. 我不明白。

이해하다 知道，了解，明白

이해할 수 없어요. 我不明白。

이혼 離婚

이혼하다 離婚的

익다 熟的，成熟的

인간 人類

인간성 人性

인격 人格

인공수정 人工授精

인공위성 人造衛星

인공의 人造的

인공지능 人工智能

인구 통계학의 人口統計（學）
　的

인구과잉 人口過剩

인권 人權

인내성 耐心

인내심이 있다 有耐心的

인덱스 索引

인도 印度

인도 引渡

인도 人行道

인도네시아 印尼

인도네시아어 印尼語

인도네시아인 印尼人

인도양 印度洋

인도인 印度人

인력 地心引力

인류학 人類學

인문과학 文科，人文學

인물 人物

인민폐 人民幣

인사 問候

인사말 問候語

인사하다 打招呼

인산 염 磷酸鹽

인상주의 印象主義

인상파 印象主義

인색하다 吝嗇的，小氣的

인세 版稅

인쇄 印刷

인쇄 부수 印量

인쇄물 印刷品

인수 因子

인수분해 因子分解

인슐린 胰島素

인용문 引語

인용부호 引號

인용어 引語

인용하다 引用

인자 仁慈

인자하다 樂善好施的，仁慈
　的

인접각 鄰角

인정하다 承認
인조의 人造的
인종 種族
인종주의 種族主義
인종차별주의자 種族主義者
인질 人質
인천 仁川
인치 英寸
인칭 人稱
인칭대명사 人稱代詞
인크젯 프린터 噴墨印表機
인터넷 網際網路
인터넷 網路
인터넷 서비스 공급자 網際網路供應商
인터뷰 訪問，採訪
인터뷰하다 採訪
인터콤 內部通訊系統
인터페이스 界面
인플레이션 通貨膨脹
인형 娃娃
인형극 木偶劇
인화 沖印
인후 喉嚨，咽喉
일 一；天，日；工作
일 학년 一年級
일곱 七
일곱째 第七
일광욕 日光浴
일그러짐 失真
일기 日記
일기예보 天氣預報
일등석 頭等艙
일렉트론 電子
일력 日曆
일몰 日落
일반 사회 규범에 따르지 않다 不墨守成規的

일반석 經濟艙
일방 통행로 單行線，單行道
일방적 單方面的
일보 日報
일본 日本
일본어 日語
일본인 日本人
일손 부족 勞動力短缺
일시적인 범죄의 증가 犯罪率激增
일식 日食
일어나다 站立，起來，起床
일요일 星期日
일원일차 방정식 一元一次方程
일월 一月
일을 하기를 청하다 請求做某事
일인분 一份
일인칭 第一人稱
일자리를 얻다 得到一份工作
일찍 早
일찍하다 早
일출 日出
일터 工地
일하다 工作
일화 趣聞軼事
일흔 七十
읽고쓰는 능력 讀寫能力
읽기 讀書；閱讀，閱讀段落
읽다 閱讀
임금 工資，薪水
임금 인상 加薪
임대 자동차 租用的小汽車
임대하다 租
임명 任命，任職
임시직업 臨時工作
임신 懷孕

자랑하다 自豪的
자르기 剪切
자르다 切，剁
자리 座位
자리맞춤 左右對齊，兩端對齊
…자마자 一…就
자막 字幕
자메이카 牙買加
자메이카인 牙買加人
자명종 鬧鐘
자모 字母
자발성 自發性
자발적이다 自發的，不由自主的
자본 資本
자부하다 自負的
자살 自殺
자선 慈善
자세 姿勢
자수 繡花
자수하다 投案自首
자수하다 繡花
자신의 감정을 표현하다 表達自己
자신있다 自信的
자연 自然
자연 자원 自然資源
자연과학 自然科學
자연과학과 自然科學系
자연적 自然的
자오선 子午線
자외선 紫外線
자유당 自由黨
자유스럽다 自由的
자유주의자 自由主義者
자음 輔音
자작나무 樺，白樺

자장가 搖籃曲
자재화 手繪
자전 自傳
자전거 自行車
자전거 경기 自行車賽
자전거 운동 自行車運動
자전거 전용 도로 自行車道
자주 經常
자칼 狐狼
자폐증 孤獨症
자홍색 紫紅色
자회사 子公司
작가 作者
작고 가냘프다 弱小的
작고 정교하다 小巧的
작곡 作曲
작곡가 作曲家
작년 去年
작다 小的，矮的
작문 作文
작아지다 變小
작약 芍藥
작업 工作
작업 계약 工作合約
작업 시간 工作時間
작업일 工作日
작업하다 工作
작은 별장 小別墅
작은 유리병 小藥水瓶
작은 정원 小園子
작은할머니 叔祖母
작은할아버지 叔祖
작자 作者
작품 作品
잔 杯，杯子
잔돈 零錢
잔디밭 草地，草坪
잔디 코트 草地球場

잔액 餘額

잔인하다 殘忍的

잔지러지다 尖叫

잔혹하다 殘忍的，殘酷的

잘 됐다! 謝天謝地!

잘 안 됐어요. 不好。

잘 익다 全熟的

잘 주무셨어요? 早安!

잘 지냈어요. 好。

잘게 써는 기계 絞肉機

잘게 써는 식칼 砍刀

잘못 錯誤

잘 아는 사람 熟人

잠깐 一會兒

잠들다 入睡

잠비아 贊比亞

잠비아인 贊比亞人

잠옷 睡衣

잠자다 睡覺

잠자리 蜻蜓

잠잠하다 沉默的

잡다 抓住

잡담 閒話

잡담하다 說閒話

잡지 雜誌

잡초 雜草

잡화상 雜貨商

장 箱，櫃；章；場；腸

장갑 手套

장거리 전화 長途電話

장기적 長期的

장기적으로 長期地

장난감 玩具

장난감 기차 電動玩具火車

장난감 병정 玩具兵

장난감 상자 玩具盒

장난감 자동차 玩具車

장난이 심하다 頑皮的，淘氣

的

장도 長度

장도리 錘子

장딴지 小腿

장례식 葬禮

장로제주의자 長老會教友

장르 風格，類型

장모 岳母

장미꽃 薔薇，玫瑰

장방형 矩形

장방형적 長方形的

장부를 결산하다 沖帳

장소 地點；場地；發生地點，

背景

장수말벌 黃蜂

장식 裝飾

장애물이 없다 暢通無阻

장원 莊園

장인 岳父

장편 특작 영화 正片，故事片

장학금 獎學金

장학금 수상자 獎學金獲得者

잦다 頻繁的

재귀대명사 反身代詞

재귀동사 自反動詞

재래식 무기 常規武器

재료 材料，原料

재무부 財政部

재무장관 財務主管

재물로 돕다 資助

재미 有趣

재미있게 노세요! 玩得愉快!

재미있는 幽默的，說話風趣

的

재미있다 有趣的；開心的

재미있어요! 有意思!

재봉 裁縫，縫紉

재봉사 裁縫

재봉틀 縫紉機
재빠르다 靈活的
재산 財產，房地產
재생하여 이용하다 回收利用
재수가 아주 좋아요! 太幸運
　了！
재수없어요! 倒霉！
재정 財政
재즈 爵士樂
재채기 噴嚏
재채기하다 打噴嚏
재킷 上衣
재판 審理
재판관 審判員，法官
재판하다 審判
재혼 再婚
재활용 可被再利用的
잭 千斤頂
잼 果醬
쟁 箏
쟁기 犁
쟁반 茶杯托；托盤，(用來送
　食物的) 小台
저 我，這，那；這些，那些
저 (를) 我
저기 那裡
저널리스트 新聞工作者
저녁을 먹다 吃晚餐
저는 …확실해요. 我確定…
저는 오십오 살이에요. 我 55
　歲。
저는 …살입니다. 我…歲了。
저는 …예요. 我是…
저당 抵押
저당을 상환하다 償還抵押貸
　款
저당을 제공하다 提供抵押貸
　款

저도 동감이에요! 同樣。
저렴하다 便宜的
저수지 水池，水庫
저에게 좀 주세요. 我要一些。
저음 低音
저작 著作
저작하다 寫作
저장 保存
저장장치 儲存器
저장하다 保存，儲存
저장함 貯藏櫃
저주하다 詛咒
저쪽의 您的
저축 儲蓄
저축 은행 儲蓄銀行
저축하다 儲蓄
적 敵人；積
적극적이다 積極的
적다 少的
적도 赤道
적분학 積分
적성 검사 能力傾向測驗
적외선 紅外線
적응할 수 있다 能適應的
적자 赤字
적제 滴劑
전갈 蠍子
전갈자리 天蠍座
전개 擴散，展開
전경 前景
전공 電工
전공과정 專業課程
전교 (하다) 講道，說教
전교자 講道者，說教者
전구 燈泡，電燈泡
전국 간행물 全國性報刊
전기 電；傳記
전기 면도기 電動刮鬍刀

전기 통신　電信，遠距離通信

전기공　電工

전기면도기　電動刮鬍刀

전기시스템　電系統

전기의　電的

전기의 코드　電纜

전나무　冷杉

전념　虔誠

전단지　小廣告傳單

전달　轉發

전등　燈

전라남도　全羅南道

전라북도　全羅北道

전류　電流

전매　壟斷

전문어휘　專門詞彙

전보　電報

전서 비둘기　信鴿

전선　金屬絲，電線

전설　傳說

전세기　包機

전송　傳送，發射

전송하다　傳送

전수 학교　技術學校

전시하다　陳列，展示

전시회　展覽

전에　之前，先前

전염　傳染，感染

전염병　流行病，傳染病

전원 스위치　電源開關

전자　電子

전자 게임　電子遊戲

전자 레인지　微波爐

전자 파일　電子文件

전자 탑승권　電子票

전자의　電的

전자파　電波

전쟁　戰爭

전주곡　序曲

전 지구 (全地球) 위치 확인
　시스템　全球定位系統

전지하다　修剪

전진하다　前行

전채　開胃品

전체의　整個的

전치사　介詞

전통적이다　傳統的

전투　戰鬥

전파　電波

전파 송신 매체　廣播，播送

전하　電荷

전행하다　前行，推進

전화　電話

전화 교환원　接線員，話務員

전화 라인　電話線

전화 부스　電話亭

전화 자동 응답 장치　電話答
　錄機

전화 자동 응답기　電話答錄
　機

전화를 걸다　撥電話號碼

전화를 끊다　掛機，掛電話

전화를 하다　打一個電話

전화번호　電話號碼

전화벨이 울리다　鈴響

전화부　電話簿

전화요금명세표　電話帳單

전화카드　電話卡

전화키보드　電話按鍵

전화하기　打電話

절　段；詩節，詩行，韻文；
　寺廟

절교하다　斷絕友誼

절망　絕望，沮喪，消沉

절망적인　絕望的

절벽　懸崖，絕壁，峭壁

절연 絕緣
절연체 絕緣體
절판되다 絕版
젊다 年輕的，年紀小的
젊은 숙녀 小姑娘
젊은이 年輕人
젊음 青春
점 點；分數
점막염 黏膜炎
점심 中午；午餐
점심 휴식 午餐休息
점심에 在中午
점심을 먹다 吃午餐
점원 售貨員，店員
점쟁이 算命先生
점토 膠泥，灰泥，黏土，泥土
점화전 火星塞
접근하다 接近，靠近
접선 切線
접속 소켓 轉接器，適配器
접속사 連接詞
접속편 聯運，中轉
접시 盤子，淺碟
접시 닦는 기계 洗碗機
접시걸이 放盤架
접안 렌즈 取景器
접의자 折疊椅
접착 테이프 膠帶
접촉하다 接觸，觸摸
젓갈 魚子醬
정 鑿子
정가 定價
정가표 價籤，標籤
정강 政綱
정강이 脛
정거장 車站
정관 절제 輸精管切除

정관사 定冠詞
정권 政權
정극 正劇
정기 간행물 期刊
정기권 통근자 長期票通勤旅
　　客，經常乘公車往返者
정기적 定期的
정기적으로 定期地
정당 政黨
정도에 지나치게 자신을 갖다
　　過於自信的
정돈 整頓
정력이 넘치다 精力充沛的
정말 가여운 사람이네요! 可
　　憐的人！
정말 가여운 여자이네요! 可
　　憐的女人！
정말 감사합니다! 十分感謝
정말 싫어! 真討厭！
정말요? 真的？
정말이에요. 這是真的。
정맥 静脈
정맥노장 静脈曲張
정맥두염 實炎
정면 正面
정문 正門
정방형 正方形
정변 政變
정보 信息，消息，數據
정보 안내대 問訊處，服務台
정보 과학 資訊學
정보기술 資訊技術
정부 政府
정부수뇌 政府首腦
정부의 政府的
정사각형 正方形
정상 頂，頂部，絕頂
정상에 在頂部；在……頂端

정서 情緒

정서가 앙양하다 情緒高昂

정수 整數；正數

정시에 準時

정식의 칭호 正式的稱呼

정신 精神

정신 신체증 心身的，身心失調的

정신 차려! 你別傻了！

정신 차리세요! 您別傻了！

정신병 의사 精神病科醫生

정신을 차리다 恢復精力

정신적 精神上的

정신치료학자 心理治療學家

정액 임금 固定工資

정어리 沙丁魚

정열 激情，熱情

정열적이다 熱誠的

정원 庭園，園子

정원 장의자 庭園座椅

정원사 園丁，花匠

정육점 肉店

정의 定義

정의하다 定義

정자 亭子

정전 休戰，停戰

정점 頂點

정제 錠劑

정중하다 恭敬的

정지하다 停

정직하다 正直的

정차 停車讓行

정찬 正餐

정찬을 먹다 吃正餐

정책 政策

정치 政治

정치가 政治家

정치적 政治的

정치학 政治學

정할 正割

정확하게 말하다 發音清晰地說

정확하다 正確

젖꼭지 乳頭

젖병 奶瓶

젖을 먹이다 母乳喂養

제 我的

제 1 차 세계 대전 第一次世界大戰

제 2 차 세계 대전 第二次世界大戰

제 3 세계 第三世界

제 때에 準時

제 사진 我自己

제 생각에는 按我自己的看法

제 생각에는… 據我看

제 신장은… 我身高…

제 이름은…예요. 我叫…

제 이름을 소개해 드릴까요? 請允許我介紹一下自己。

제 책 我的書

제 책들 我的書

제 체중은… 我的體重是…

(제)1면 頭版

제가 …를 소개해드려도 될까요? 請允許我給你（您）介紹…

제가 …를 소개해드릴게요. 我來給你（您）介紹…。

제가 더 이상 그를 참을 수가 없어요! 我不能忍受他！

제가 도와 줄 수 있어요? 我能幫忙嗎？

제가 들어가도 되나요? 我可以進來嗎？

제가 말하자고 하는 건… 我

想說的是…
제가 보기에 依我看
제가 보기에는 依我看，從我的觀點來看
제가 지금 농담하는 것이 아니예요! 我是認真的。
제가 할 수 있어요? 我可以嗎？
제거하다 淘汰，移除
제곱 平方
제곱 平方數
제곱하다 乘方
제구 第九
제국주의 帝國主義
제네바 日內瓦
제단 聖壇
제도 製圖
제도 용지 繪圖紙
제도의 製圖儀
제도하다 繪圖
제동기 煞閘，煞車
제때에 及時
제라늄 天竺葵，香葉
제로 용인 零忍耐
제멋대로 하다 放肆的，驕傲的
제목 標題，頭版頭條新聞
제물 獻祭，聖餐
제법 除法
제비 燕子
제비꽃 紫羅蘭
제빵 업자 麵包師傅
제사 第四
제사십삼 第四十三
제삼 第三
제삼십삼 第三十三
제소하다 訴諸法律
제수씨 弟媳

제스처 게임 字謎遊戲
제시하다 指出
제십 第十
제십삼 第十三
제십이 第十二
제십일 第十一
제오 第五
제육 第六
제의 提議
제의실 教堂的法衣室
제이 第二
제이십삼 第二十三
제일 第一
제일은행 第一銀行
제작 製作
제재 制裁
제주도 濟州道，濟州島
제초기 割草機
제출하다 提出，提及
제칠 第七
제팔 第八
제품 產品
제품 범위 產品範圍
제한 속도 速度限制
제한되다 限制級的
제형 梯形
조각 雕塑；片
조각가 雕塑家
조각상 雕像
조각조각으로 찢다 切碎
조각하다 雕塑，鑿
조개 甲殼，貝，貝類
조건법 條件式
조교 助教
조금 一點
조급하다 急躁不安的
조깅 慢跑
조끼 背心

조립식 가옥　預製裝配式房屋，組合屋

조만간　早晚

조미료　調味汁

조사　調查

조사위원회　調查委員會

조사자　調查者

조사하다　調查

조산　早產

조산사　助產士

조상　祖先，祖宗

조석　潮，潮汐

조선　朝鮮

조선어　朝鮮語

조선인　朝鮮人

조소하다　嘲笑的

조수　潮，潮汐

조식 포함　包含早餐

조심스럽다　小心謹慎的

조심하세요!　小心!

조야하다　粗俗的，下流的

조약돌　卵石

조용히 좀 해주세요!　安靜!

조용히하세요!　安靜!靜一靜!保持安靜!

조원술　園藝

조율하다　調音

조이스틱　遊戲桿

조정　兩端對齊

조제 식품 판매점　熟食店

조종사　飛機駕駛員，飛行員

조종실　機艙

조직　組織

조직도　組織機構圖

조직의 규율을 무시하다　無組織性的

조카　侄子，外甥；外甥女

조카딸　侄女

조판과 인쇄 실수　排印錯誤

조합원　合伙人

족하다　足夠

존경을 받다　尊敬的

존경하는 숙녀　尊敬的女士

존경하는 신사　尊敬的先生

존경할 만하다　有價值的，可尊敬的，值得敬重的

존재하다　存在

졸다　打瞌睡

졸업생　畢業生

졸업증명서　畢業證書

졸업증명서를 받다　獲得畢業證書

졸업증서　畢業證書

졸열하다　卑鄙，惡劣

졸음　昏昏欲睡

좀 덥습니다.　天氣有點熱。

좀 많다　較多

좀 적다　較少

좀 춥습니다.　天氣有點冷。

좁다　窄的

좁은 다리　狹窄橋

종　鐘，物種

종결　結尾

종교　宗教

종교의　宗教的

종다리　雲雀

종려나무　棕櫚樹

종루　鐘樓

종속 회사　子公司

종속절　分句，從句

종신형　終身監禁

종양　腫瘤

종업원　服務員

종이　紙

종이 집게　紙夾，迴紋針

종이 한 연　一令紙

종이 한 장 一張紙
종이끼우개 迴紋針
종이철 便箋，便條本子
종이컵 紙杯
종파 教派，宗派
좋다 好的；感覺良好
좋아요! 好！
좋아하는 你的親愛的…
좋아하다 喜歡
좋았어요! 不錯。
좋은 기분 好心情，心情好
좋은 날씨 好天氣
좋은 몸매 好身材
좋은 안색 好氣色
좌골 신경 坐骨神經
좌석 座位，車座
좌약 坐藥，栓劑，塞劑
좌익 左翼的，急進的
좌제 栓劑
좌표 坐標
좌회전금지 嚴禁左轉
죄 罪
죄를 범하다 犯罪
죄송합니다. 對不起。
죄수 囚犯
죄수 호송차 囚車
죄악 罪惡
죄인 罪人
주 州
주간 탁아 日間托兒
주거 침입 破門而入
주격대명사 主格代詞
주교 主教
주근깨 雀斑
주근깨가 있다 有雀斑的
주년 기념 週年紀念
주년제 週年紀念
주름 皺紋

주름개선크림 抗皺霜
주름치마 百褶裙
주말 週末
주말에 뵙겠습니다! 週日見。
주머니 衣兜，口袋
주먹 拳，拳頭
주면체 柱體
주방 도구 灶具
주방 선반 廚房架
주변의 外圍的
주변장치 外圍設備
주사 注射
주사기 注射器
주사바늘 針頭
주사위 骰子
주사제 注射劑
주사침 針頭
주석 註釋
주석 錫
주소 地址
주소 성명록 姓名地址簿
주소록 地址簿
주스 果汁
주시하다 盯視
주식 主食
주식중개인 股票經紀人
주식회사 股份公司
주야 평분시 二分點，晝夜平
　分時
주어 主語
주요 인물 主要人物
주요이야기 主要情節
주위 外圍，四周
주유 펌프 油泵，油幫浦
주유기 油泵，油幫浦
주유소 加油站
주의 注意
주의 깊다 注意的

주의 하세요! 注意了!

주인공 主人公；主角

주일 星期

주자 跑壘者

주장 想法，主張

주적 主要的

주전자 水壺；大壺，罐

주제 主題

주제단 主祭台

주제와 멀다 離題

주주 股東

주차 停車，泊車

주차 시간 자동 표시기 停車計時器

주차금지 禁止停車，嚴禁停放

주차전용 專用停車

주철 鑄鐵

주최하다 主辦

주키니 西葫蘆

주택 住宅

주택 번호 門牌號

주파수 頻率

주혼인 主婚人

죽다 死

죽음 死亡

죽이다 凶殺，謀殺；殺死

줄 行，排，隊列；線，繩子；弦；銼

줄거리 情節

줄곧 總是，一直

줄기 莖，幹

줄넘기를 하다 玩跳繩

줄다 縮減

줄무늬 條紋

줄무늬 있는 有條紋的

줄무늬가 있다 條紋的

줄을 서다 排隊

줄을 친 劃線的

줄이다 減少

줌 렌즈 可變焦距鏡頭

중, 고등학교 中學

중, 고등학생 中學生

중간 中等的

중간 中間

중간에 在中間

중간정도 中等個的

중국 中國

중국 오렌지 中國柑橘

중국건설은행 中國建設銀行

중국공상은행 中國工商銀行

중국농업은행 中國農業銀行

중국어 漢語

중국은행 中國銀行

중국인 中國人

중국인민은행 中國人民銀行

중년 中年

중대 사고 嚴重事故

중독 癮

중독성이 강한 환각제 硬毒品，易成癮的烈性毒品

중독성이 없는 환각제 軟毒品，不易成癮的毒品

중동 中東

중동인 中東人

중등 中等的

중량 重量

중력 重力

중복 重覆

중상하다 誹謗，中傷

중성자 中子

중세기 中世紀

중세의 中世紀的，中古的

중심 居中

중심에 두다 居中

중얼거리다 嘀咕著說，喃喃

細語，咕嚕咕嚕地説
중요하다 要緊，有重大關系
중요한 기사 要聞
중의원 眾議院
중절모 氈帽
중지 中指
중탄산 나트륨 碳酸氫鈉，小
　蘇打
중풍 中風
중학교 初中
중학교 교장 中學校長
쥐 鼠
쥐다 握，甩
즉각 即刻
즉시 實時，立即
즐거움 樂趣，享受
즐겁다 高興的，愉快的，快
　活的
즙 많은 多汁的
증가 增加
증가하다 增加
증거 證據，證詞，證人，證物，
　物證
증권 債券；證券，股票
증권 시장 證券市場
증권중개인 證券經紀人
증기 다리미 蒸汽熨斗
증명하다 證明，證實
증보 增補
증세 症狀，徵候
증손녀 曾孫女
증손자 曾孫
증언 口供，證據，證詞，證人，
　證物，物證
증언 證言
증언 청취 審訊
증오 恨
증오하다 恨

증인 證據，證詞，證人，證物，
　物證
증인을 신문하다 審問證人
증조모 曾祖母
증조부 曾祖父
증폭기 擴音器
지일 至日，至點
…지 않으면 除非
지각 晚點，延誤
지갑 錢包，錢袋
지구 地球；地區，地帶
지구의 地球儀
지그재그 Z字形的
지금 現在，目前
지금 농담 하고 있어요？ 你
　在開玩笑嗎？
지금 몇 월입니까？ 現在是幾
　月份？
지금까지 直到今天，直到現
　在
지금부터 從現在起
지급 운송차 快遞車
지급편 特別專送
지나다 經過
지난 上一個的
지난 달 上個月
지남침 指南針
지느러미 鰭，闊鰭
지다 輸；輸球
지대 帶，地區，地帶
지도 地圖
지도자 領袖
지도책 地圖集
지도첩 地圖集
지력 智力
지루하다 感到厭煩
지루함 厭煩
지류 支流

지리 地理

지리적 地理的

지리학 地理學

지문 指紋

지방 地方，地域

지방기구 地方機構

지방의 省的

지불하다 付，付款，支付

지붕 房頂

지수 指數

지시 指示

지시대명사 指示代詞

지시하다 指示

지식 知識

지역 區，地區

지역번호 區號

지역적 地區的，區域的

지열에너지 地熱能

지옥 地獄

지우개 橡皮擦

지우다 擦掉，清除，刪除

지적 직업인 專門職業者

지적하다 指出；指責

지점 支行，分部；至日，至
點

지중해 地中海

지중해성 地中海式

지지 支持

지진 地震

지출 開支

지층 層，地層

지침 指針

지키다 堅持，捍衛

지팡이 拐杖

지퍼 拉鎖

지폐 鈔票

지하도 地下通道，橋下通行

지하실 地下室

지하철 地鐵

지하철역 地鐵站

지하철역의 입구 地鐵站入口

지혈기 止血帶，壓脈器

지혜 智慧

지혜가 풍부하고 계략이 많다
足智多謀的

지혜롭다 聰慧的

지휘봉 指揮棒

직각 直角

직각뿔 正棱柱

직각의 直角的

직경 直徑

직립형 피아노 立式鋼琴

직명 稱呼，職稱，頭銜

직무 職務

직물 織物，布類

직사각형 矩形

직선 直線

직설법 陳述式

직업 職業，工作

직업 생애 職業生涯

직업 위험 職業危險

직업 학교 職業學校

직업별 페이지 黃頁電話簿

직업부스 業務窗口

직업소개소 職業介紹所

직업을 제공하다 提供一份工
作

직업적 職業的

직원 職員

직유 明喻

직장 工地

직접 목적어 直接賓語

직접적 直截的

직접화법 直接引語

직통 直撥

직통 전화 直撥電話

직통으로 다이얼을 돌리다 直接撥號

직항 항공편 直達航班

진공 청소기 吸塵器

진눈깨비 雨夾雪

진단 診斷

진단하다 診斷

진달래 (꽃) 金達萊

진드기 壁虱

진료시간 就診時間

진보당 進步黨

진술 陳述

진술하다 陳述，講述，肯定

진심으로 드림 您真誠的 / 誠摯的

진심으로 안부를 드리다 致以誠摯的問候

진심으로 원하다 情願的

진압하다 鎮壓

진정제 安定藥，鎮定藥，鎮靜劑

진주 珍珠

진주회색 珍珠灰

진지 誠摯

진지하다 真摯的，誠懇的

진짜 真的

진짜 믿을 수 없어요! 太讓人吃驚了！

진짜예요! 沒錯！的確！可不！

진짜요? 真的？

진통약 止痛藥

진통제 止痛劑

진해 陣咳

진해시럽 止咳糖漿

진흙 泥，泥沙，黏土

진흙투성이의 泥濘的

진녀 侄女

질문 詢問

질문을 하다 提問

질문하다 詢問

질병 病，疾病

질소 氮

질의하다 質疑

질투하다 嫉妒的

짐 行李

짐검사 行李檢查

짐을 수령하다 領取行李

집 房屋；(文藝作品等的) 集

집 없는 사람 無家可歸者

집 저당 房屋抵押

집 칠장이 房屋油漆工

집게 鉗子

집게손가락 食指

집사 執事

집세 房租

집에 있다 在家

집적 회로 集成電路，積體電路

집주인 住戶，屋主，房東

집중 치료실 重症監護室

집파리 家蠅

집합 集合

집합대수 集合代數

집행 유예 緩刑

집회 集會，會眾

짓다 建造

짖다 吠，叫

짙다 深的

짙은 남색 深藍

짜깁다 織補

짜다 鹹的

짜다 編織

짝 對，雙

짝수 偶數

짝짝 噼噼啪啪

짧게 하다 縮短
짧다 短的，簡短的
짧아지다 縮短，使變短
쪼그리고 앉다 蹲
쪽 邊
쫓다 追
쫓아냄 驅逐（租户等的）
찌르다 螫，叮；刺，戳，刺傷
찐빵 饅頭
찢다 切碎

ㅊ

차 茶
차 差
차고 車庫
차다 冷的
차다 踢
차량 車輛
차례 目錄
차로 車道
차를 끌다 拖車
차를 뒤로 몰다 倒車
차를 멈추다 停車，泊車
차를 시동하다 啟動車
차문 車門
차바퀴 車輪
차반 托盤
차분하다 沉著的，平靜的
차에 브레이크를 걸다 煞車
차원 維
차장 售票員，乘務長
차정 車頂
차창 車窗
차체 車體
착륙 著陸
착륙 장치 起落架
착륙하다 著陸

착색하다 上色
착하다 善良的
찬동 贊同
찬동하다 贊同
찬바람을 맞다 受寒，發冷
찬성 贊成
찬성하다 同意
찬송가 贊美詩，聖歌
찬송하다 吟唱
찬장 碗櫥，碗櫃
참견 잘하다 愛打聽的，好管閒事的
참고 용서하다 容忍
참고서 參考書
참고책 參考書
참고하다 參考
참새 麻雀
참새우 무리 明蝦，對蝦，河蝦
참외 甜瓜
참을 수가 없다 無法忍受的
참을성 耐心
참을성이 없다 没耐心的
참을성이 있다 有耐心
참치 金槍魚
찻숟가락 茶匙
찻잔 茶杯，缸子
찻주전자 茶壺
창 窗口
창고 儲藏室，倉庫
창문 窗戶，窗口
창문 커튼 窗簾
창백한 빰 蒼白的臉頰
창조력 創造力
창조적이다 有創造性的，有創造力的
창턱 窗台
창틀 窗框

찾다 尋找

채널 頻道

채무 負債，債務

채색 彩色的

채색 유리창 彩色玻璃窗

채소밭 菜園

채용 僱用

채우다 填寫

채취 수확하다 收割，採收

채팅하다 聊天

책 書，卷，冊

책 이름 書名

책 커버 護封

책가방 背包，書包

책갈피 書簽

책꽂이 書架

책상 寫字台，書桌，課桌

책임 責任

책임감 있다 認真負責的

책장 書櫃

책장수 書商

책표지 封面，護封

처녀자리 處女座

처리 處理

처리 장치 處理器

처리하다 處理

처방을 내다 開藥，處方

처방전 藥方，處方

척추골 脊骨，脊柱，脊椎

천 一千

천국 天堂

천년 千年

천둥 雷

천둥치고 있습니다. 天在打雷。

천둥치다 打雷

천만이에요！ 不客氣！

천문학 天文學

천사 天使

천수국 金盞花，萬壽菊

천식 氣喘

천연 가스 天然氣

천연자원 天然資源

천왕성 天王星

천일 一千零一

천장 天花板

천주교 天主教

천주교도 天主教徒

천진난만하다 天真的

천째 第一千

천천히 慢慢地

천체 天體，星球

천칭자리 天秤座

천평 天秤，秤

철 鐵

철 깡통 鐵盒

철도 鐵路

철도 건널목 鐵路平交道

철도 선로 鐵道，軌道

철물 五金，金屬器具

철물점 五金店

철사 金屬絲，電線

철새 候鳥

철자 검사 拼寫檢查

철자법 拼寫

철자 拼寫

철하여 정리 보관하다 歸檔

철학 哲學

첨부파일 附件

첩보 영화 間諜片

첫번째의 코스 요리 第一道菜

첫째 第一

청각 聽覺

청년 青年

청동 青銅

청동 조각　青銅雕塑
청렴하다　廉潔的
청록색　青綠色
청부 살인자　僱用的殺手
청부일　計件工作
청사진　藍圖
청산　清償，變賣
청산하다　清算；清償，變賣
청소년　青少年
청소년 잡지　青少年雜誌
청소하다　打掃，清洗
청어　鯡魚
체격　體格
체격이 크다　強健的
체면을 잃다　不光彩的
체스　西洋棋
체스판　棋盤
체어리프트　升降椅
체언　體詞
체온　體溫
체온계　體溫計
체온을 재다　量體溫
체온제　體溫計
체육　體育
체육 기자　體育記者
체육관　體育館，健身房
체인　鏈條
체인 스토어　連鎖店
체인 케이스　鏈盒
체재　風格，類型
체적　體積，容積
체조　體操
체조 선수　體操選手
체중　體重
체중을 재다　稱體重
체중이 얼마예요?　你有多重?
체코 공화국　捷克共和國
체코어　捷克語

체코인　捷克人
체크　格子圖案
체크무늬의　格子花的
체크하다　校對
체포　逮捕
체포영장　逮捕令，拘票
체포하다　逮捕
첼로　大提琴
첼로 연주자　大提琴家
쳐다보다　盯視
초　秒；蠟；草
초고　草稿
초당　每秒
초대장　邀請函
초대회　招待會
초등학교　小學
초등학생　小學生
초상화　肖像
초석　地基
초승달　新月
초안　草稿
초안을 잡다　起草
초연　首映
초원　草場，草地，草原
초원스키　滑草
초음파　超音波
초인종　門鈴
초임금　起薪
초점 거리　焦距
초점을 맞추다　對焦
초점이 맞지 않다　不聚焦
초조하다　急躁不安的
초청　邀請
초청하다　邀請
초콜릿색　巧克力色
초콜릿 캔디　巧克力糖
초크　葡萄樹，藤
초파　乾草叉，草耙

촉각 觸覺

촌극 幽默小品

총 槍，手槍；總的

총각 小伙子

총괄 總結

총괄하다 總結

총리 首相，總理

총명하고 영리하다 聰明伶俐
  的

총명하다 機靈，足智多謀，
  聰明的，有知識的，精明的

총보 總譜

총수익 毛利

총액 總額，一次總付的錢

총이익 毛利

총장 校長

총파업 總罷工

총포 규제 槍械控制

촬영 拍攝

촬영기 攝影機

촬영자 攝影者

촬영하다 攝影，拍攝

최고 最高

최고 경영자 董事長，首席執
  行官，總裁，公司總經理

최고 기온 最高氣溫

최고법원 最高法院

최근 最近的

최근에 最近

최대 最大的

최대중량 最大重量

최루가스 催淚瓦斯

최소 最小的

최신의 스타일 最新款式的

최저 最低

최저 기온 最低氣溫

최종 스코어 最後得分

추기경 紅衣主教

추락 墜毀

추락하다 墜毀

추리하다 推理

추상적 抽象

추석 中秋

추위서 떨다 發冷，發抖

추월 차선 超車道

추진하다 前行，推進

추천서 推薦信

추천하다 推薦

축 軸

축구 足球

축구 공 足球

축구 선수 足球運動員

축구하다 玩球 (踢足球)

축배 敬酒

축배를 들다 敬酒

축배사 敬酒辭

축복하다 賜福於

축축하다 潮濕的，濕潤的

축출 驅逐 (租户等的)

축하 祝賀

축하하다 祝賀

축하해요! 恭喜!

춘분히 요리하다 全熟的

출구 出口

출근 (상황) 出勤率

출납 出納

출납 창구 出納窗口

출납원 出納，出納員；司庫

출두 명령 傳喚，傳票

출발 離開

출발하다 出發

출생 出生

출생 증명 出生證明

출생지 出生地點

출석 (상황) 出勤率

출석 (하다) 出席

출석을 부르다　點名

출신　出身，血統

출신이다　出身於

출애굽기　出埃及記

출연　演出

출입금지　禁止出入

출판　出版

출판사　出版社

출판상　出版商

출판하다　出版

출혈하다　流血

춤　舞蹈

춤을 추다　跳舞

춥다　冷的；感覺冷；天冷

춥습니다. 天氣冷。

충고하다　勸說

충고하며 그만두게 하다　勸阻

충돌　碰撞，衝突

충돌하다　碰撞

충동적이다　衝動的

충분하다　足夠

충분히　足夠

충실도　保真度，準確

충실하다　守信的

충실한　信教的，虔誠的

충전기　充電器

충전제　補牙填料

충전지　充電電池

충족　充足

충족하다　充足

충청남도　忠清南道

충청북도　忠清北道

충치　牙洞

췌장　胰腺

취미　興趣，愛好

취소　取消

취소되다　取消的

취직 경험　工作經歷

측량　測量，度量

측량자　測量員，勘測員

층　樓層；層，地層

층계참　樓梯平台

층수　樓層

치과병원　牙醫診所

치과의사　牙醫

치과의사 조수　牙醫助理

치근　牙根

치아　牙齒

치료　治癒，醫治

치료실　醫生診療室

치료하다　治療，醫治

치마　裙子

치석　牙垢

치수　尺寸，尺碼，大小

치실　牙線

치안판사　治安法官

치약　牙膏

치열 교정기　牙齒矯正器

치열 교정의　牙齒矯正醫師

치우다　收拾桌子

치즈　奶酪

치통　牙痛

치통에 걸리다　患牙痛

친구　朋友

친구 사이　朋友之間

친구가 되다　成為朋友

친척　親戚，親屬

친한 벗　親密朋友

친한 친구　親密朋友

칠　七

칠 주의!　油漆未乾

칠각형　七邊形

칠대죄악　不可寬恕的罪

칠레　智利

칠레인　智利人

칠면조 火雞
칠면조 고기 火雞
칠변형 七邊形
칠십 七十
칠월 七月
칠판 黑板
칠판 지우개 黑板擦
칠흑색 黑
침 一針，縫線
침 唾液，涎
침구 寢具
침낭 睡袋
침대 床
침대 덮개 床罩
침대 두개 가지고 있다 帶兩
　　張床的
침대시트 被單，褥單
침대의 머릿장 床頭櫃
침대차 臥車
침략적이다 好鬥的
침묵 沉默
침묵을 지키다 保持沉默
침실 臥室
침울하다 情緒不穩的，鬱鬱
　　寡歡的
침착하다 沉著的，不慌張的；
　　冷靜的，清醒的
침치료 針刺
칩 芯片，晶片
칫솔 牙刷
칭찬하다 稱讚，誇獎，讚揚
칭찬할 만하다 值得讚賞的
칭호 稱呼，職稱，頭銜

ㅋ

카나리아 金絲雀
카네이션 康乃馨

카누 獨木舟，小划子，划船，
　　皮划艇
카드 卡，卡片
카라디오 汽車收音機
카리브인 加勒比人
카메라 照相機，攝影機
카메라맨 攝影者，攝影師
카본지 複寫紙
카운터 櫃台
카이로 開羅
카트리지 墨盒，墨水匣
카페리 汽車渡輪
카페테리아 自助餐廳
카푸치노 卡布奇諾咖啡
카프카스 高加索
카피 拷貝，複製
카피하다 拷貝，複製
칸막이 隔牆，隔板
칸막이한 객실 分隔車室
칼 刀，劍
칼 몸 刀身
칼날 刀刃
칼라 領子，衣領
칼럼 欄目，專欄
칼붙이 刀具
칼슘 鈣
칼자루 刀把
캄보디아 柬埔寨
캄보디아인 柬埔寨人
캐나다 加拿大
캐나다인 加拿大人
캐럿 克拉
캐리지 滑架，托架
캐서롤 砂鍋
캔디 糖果
캔버스 畫布
캠퍼스 校園
캠프 野營

콩고인 剛果人

콩나물 豆芽

콜로뉴 古龍香水

쾅 咚咚，嘡嘡

쿠데타 政變

쿠바 古巴

쿠바인 古巴人

쿠웨이트 科威特

쿠웨이트인 科威特人

쿠키 曲奇，小餅乾

쿠폰 禮券，購物優惠券

쿵 咚咚，嘡嘡

퀴트 夸脫

퀴즈 智力玩具，益智玩具

퀸 皇后

크게 웃다 大笑

크게 하다 加大

크기 尺寸，尺碼，大小

크다 大的

크래커 薄脆餅乾

크레용 蠟筆

크로스워드 퍼즐 縱橫字謎遊戲

크로스컨트리 스키 越野滑雪

크로아티아 克羅地亞

크로아티아어 克羅地亞語

크로아티아인 克羅地亞人

크리스마스 聖誕節

크림 霜，面霜，乳劑；奶油

크메르어 高棉語

큰북 大鼓

큰 소리 喊，叫

큰 접시 大淺盤

큰 컵 大口酒杯

큰길 大街

큰비 내리다 下大雨

큰아버지 伯父，大伯

큰어머니 伯母

큰할머니 伯祖母

큰할아버지 伯祖

클라리넷 單簧管，黑管

클라리넷 연주자 單簧管演奏者

클래식 음악 古典音樂

클러치 離合器

클럽 梅花

클레마티스 鐵線蓮

클로닝 克隆

클릭 點擊

클릭하다 點擊

클립 紙夾，迴紋針

클립보드 剪貼板

키 身高

키가 얼마나 되세요? 你有多高?

키가 작다 矮個子

키가 크다 高個子

키보드 鍵盤

키스 親吻，吻

키스하다 接吻，親吻

키오스크 亭子，攤

키우다 撫養

키워드 關鍵詞

킬러 殺手

킬로그램 千克（公斤）

킬로미터 千米

킹 王

E

타갈로그어 他加祿語

타동사 及物動詞

타락하다 墮落的

타르 焦油，柏油

타박상 青腫，擦傷

타봉 球棒
타악기 打擊樂器
타액 唾液, 涎
타워 塔, 樓塔
타월 毛巾
타이어 泰語
타이르다 勸說
타이어 輪胎
타이프라이터 打字機
타자 擊球手, 打者
타자기 打字機
타조 鴕鳥
탁상 스탠드 台燈
탁월하다 卓越的
탄 碳
탄광 煤礦
탄도 미사일 彈道導彈
탄도탄 彈道導彈
탄력성이 있다 有彈力的
탄산 碳酸的
탄자니아 坦桑尼亞
탄저병 炭疽
탄젠트 正切
탈고된 원고 終稿
탈곡하다 脫粒, 打穀
탈구 脫位, 脫臼
탈구하다 脫位的, 脫臼的
탈모제 脫毛膏
탈세 偸稅, 逃稅
탈수 脫水
탈수하다 脫水的
탈의실 更衣室
탈출하다 逃走, 逃脫
탐방하다 採訪
탐욕적이다 貪婪的
탐정 소설 偵探小說
탐정 영화 偵探片
탐침 針探

탐험 소설 探險小說
탐험하다 歷險
탑 塔, 樓塔
탑승 登機
탑승 수속 登機手續
탑승 카드 登機牌
탑승게이트 登機口
탑승하다 登機
태국 泰國
태국인 泰國人
태도 態度
태아 胎兒
태양 太陽
태양 광선 太陽光線
태양 에너지 太陽能
태양계 太陽系
태양전지 太陽能電池
태어나다 出生
태엽을 감다 上弦
태우다 燒焦
태클 阻截
태평양 太平洋
태풍 颱風
태피스트리 掛毯
택배 送貨上門
택시 出租車
택시 운전사 出租車司機
탬버린 鈴鼓
탭 表格
탭댄스 踢踏舞
탭키 表格鍵
탱고 探戈舞
탱크 坦克
터널 隧道
터미널 航站樓；終端
터보건 平底雪橇
터지다 爆炸
터치스크린 觸控螢幕

터키　土耳其
터키어　土耳其語
터키색　綠松石色
터키인　土耳其人
턱　下巴，頰，領
털　毛
털구멍　毛孔
털이 많다　多毛的
텁수룩한 머리　亂蓬蓬的頭髮
테너　男高音
테니스　網球
테니스 라켓　網球拍
테니스 선수　網球運動員
테니스장　網球場
테니스화　網球鞋
테두리를 붙이다　裝框
테라스　台，露台
테러리스트　恐怖主義者
테러리즘　恐怖主義
테러주의　恐怖主義
테스트　測試
테이프　帶子，卡帶，磁帶；
　膠帶
테이프 플레이어　錄音機
텐트　帳篷
텔레비전　電視
텔레비전 광고　電視廣告
텔레비전 보도　電視報導
텔레비전 전화　電視電話，可
　視電話
텔레비전 회의　電視會議
토끼　兔，家兔
토너　碳粉
토너먼트　錦標賽
토네이도　龍捲風
토대　地基
토론　討論
토론하다　討論

토론회　研討會，學術報告會
토마토　蕃茄
토성　土星
토스터　烤麵包機
토요일　星期六
토요일마다　每星期六
토지 브로커　房地產經紀人
토크쇼　脫口秀
토큰　代幣
토하다　嘔吐
톤　噸
톱　鋸子
통　桶
통계의　統計的
통계학　統計學
통과　通過
통과하다　升級，通過
통나무배　划船，皮划艇
통로　通道
통밀빵　全麥麵包
통신　通信
통신 교육 과정　函授課程
통신과학　通訊科學
통신사　通訊社
통신위성　通信衛星
통신의　通信的
통역　口譯，翻譯
통역하다　翻譯
통장　存摺
통지　通告
통지하다　通告
통치　統治
통풍기　換氣扇，排風扇
통행금지　禁止通行
통행세　通行稅
통화를 할 수 있어요.　電話通
　了。
통화중이에요.　電話不通。

통화팽창률　通貨膨脹率

퇴직하다　退休

퇴학하다　退學

툇마루　遊廊，走廊

투구벌레　甲蟲

투명하다　透明的

투사기　幻燈機，投影機

투수　投手

투숙　住宿，膳宿

투입구　投幣孔

투자　投資

투자하다　投資

투창　標槍

투창을 던지다　投擲標槍

투표　投票，民意投票，民意測驗

투표권　投票權，選舉權

투표함　投票箱

툴박스　工具箱

튀기다　炸，煎，炒；炸的

튀긴　炸的，煎的，炒的

튀니지　突尼斯

튀니지인　突尼斯人

튀다　濺，潑

튜너　調音器

튜바　大號

튜브　車帶

튤립　鬱金香

트랙 경기　徑賽

트랜스　變壓器

트랜지스터　晶體管

트럭　卡車

트럭 운전사　卡車司機

트럼펫　小號

트럼펫 연주자　小號手

트렁크　大箱子，旅行箱；後備箱

트레일러　拖車

트롬본　長號

트리오　三重奏

트림하다　打嗝

특급 호텔　五星級旅館

특별란　欄目，專欄

특별란 집필자　專欄作家，記者

특별석　樓廳，樓座

특사　遞送急件的郵差

특성　特性

특수교육교사　特殊教育的老師

특점　特點

특파원　特派記者

튼튼하다　體格強健，強壯的，肌肉發達的

틀　框架

틀니　假牙

틀렸습니다　沒理，錯

틀리다　錯誤，錯誤的

틀린 것　錯誤

틀린 번호　錯號

틀림없이　毫無疑問

틀에 끼우다　裝框

틈　裂隙

티눈　雞眼

티비 스튜디오　電視演播室

티비 오락 프로그램　電視遊戲節目

티비기자　電視記者

티비뉴스　電視新聞

티비방송　電視廣播

티비영화　電視電影

티비카메라　電視攝影機

티켓　門票

팀　隊

팀파니　定音鼓

팁　小費

팁을 주다 付小費

ㅍ

파 蔥
파괴하다 破壞
파나마인 巴拿馬人
파다 挖，掘，鑿
파도 波浪
파도타기 衝浪
파라과이 巴拉圭
파라과이인 巴拉圭人
파라볼라 안테나 圓盤式衛星
　接收天線，小耳朵
파렴치하다 毫無顧忌的
파리 巴黎
파마 卷髮
파산 破產
파상풍 破傷風
파스타 義大利式麵條
파스텔화 粉筆畫
파슬리 荷蘭芹，歐芹
파업 罷工
파업자 罷工者
파업하다 進行罷工
파우더 撲粉
파운드 磅
파워 오프 關機
파워 온 開機
파이 派
파인애플 鳳梨
파일 文件，檔案
파일 관리자 文件管理員
파일명 文件名
파일을 압축하다 壓縮文件
파자마 睡衣
파충류 爬行動物
파키스탄 巴基斯坦

파키스탄인 巴基斯坦人
파티 聚會，聚餐
파티오 院子，天井
판 版本
판결 判決
판결 집행 執行判決
판결을 선포하다 宣布判決
판다 熊貓
판단 判斷
판단하다 判斷
판매세 銷售稅
판매원 銷售員
판매하다 銷售
판별하다 辨別
판사 審判員，法官
판상 표층 板塊
판식 版式
판지 卡紙
판지갑 紙板盒
팔 八；臂
팔각 大茴香
팔각형 八邊形
팔걸이 붕대 懸帶
팔꿈치 肘
팔다 賣，出售
팔뚝 前臂
팔레스타인인 巴勒斯坦人
팔레트 調色板
팔려고 내놓다 待售
팔면체 八面體
팔목 腕
팔변형 八邊形
팔십 八十
팔월 八月
팔찌 手鐲
팝음악 流行音樂
패널 鑲板
패들 短槳

패러디　模仿詩文

패배　擊敗；失敗

패배시키다　擊敗；失敗

패배자　輸者

패션　時裝

패션 잡지　時裝雜誌

패스　傳

패스워드　口令

패스트푸드점　快餐店

패스하다　傳（球）

패키지 투어　旅行團

팩스　傳真

팩시　傳真

팩시밀리 송수신 장치　傳真機

팩시밀리 송수신기　傳真機

팬　平底鍋

팬 벨트　風扇皮帶

팬지　三色堇，三色紫羅蘭

팬츠　內褲

팬터마임　啞劇

팬티 스타킹　緊身連褲襪

팽팽하게 하다　收緊

퍼센트　百分之

퍼스널 컴퓨터　個人電腦

퍽　球

펀치　打孔器

펌프　泵，幫浦

페니실린　青霉素

페달　腳蹬子

페더급　次輕量級

페루　秘魯

페루인　秘魯人

페르시아어　波斯語

페미니스트　女權主義者

페미니즘　女權主義

페이스트　粘貼

페이지　頁

페이지 설치　頁面設置，設置頁面

페이퍼백 책　簡裝書，平裝書

페인트　漆，油漆

페인트를 칠하다　刷漆

펜　筆，鋼筆

펜네임　筆名

펜더　擋泥板

펜던트　垂飾，掛件

펜싱　擊劍

펜치　打孔器；鉗子，夾鉗

펠리컨　鵜鶘

펠트　氈

펠트 모자　氈帽

펠트 펜　氈筆

펭귄　企鵝

편도 기차표　單程票

편도선　扁桃腺

편도선염　扁桃腺炎

편람　指南書

편애　優先選擇

편애하다　偏愛

편지　信

편지 따위에 동봉하다　隨信附有

편지 받기　收件

편지지　信紙簿

편지지 위쪽의 인쇄문구　信頭

편지지 윗 부분의 인쇄 문구　信箋抬頭

편집　編輯

편집부　編輯部

편집실　新聞編輯室

편집자　編輯，編者

편집하다　編輯

편찮다　感覺不適

편하게 하세요!　請別客氣!

（招待客人用語）

편형동물 扁蟲

평가 評價

평가절하 貶值

평가절하를 하다 貶值

평각 平角

평결 評決，裁決

평균 平均，一般水平；平均數

평균 키 平均身高

평론하다 評論

평면 平面

평면 교차 平面交叉路口

평면도형 平面圖形

평민 庶民，平民

평방 平方，平方數

평방 밀리미터 平方毫米

평방 킬로미터 平方千米

평방근 平方根

평방미터 平方米

평방 센티미터 平方厘米

평방호 方括號

평범 平庸

평범하다 普普通通的，中等的，平庸的

평서문 陳述句

평안하고 고요하다 恬靜的

평원 平原

평탄하다 平的

평탄하지 않다 不平的

평평하다 平的

평행 사변형 平行四邊形

평행 육면체 平行六面體

평행선 平行線

평화 和平

평활하다 滑溜的，平滑的

폐 肺，肺臟

폐경 停經，絕經

폐기 처분 廢物處理

폐기물 廢物

폐기물 처리 廢物處理

폐기물에너지 能源廢棄物

폐물 廢物

폐물처리 廢物處理

폐병 肺病

폐색부 阻塞門，阻氣門

폐쇄 회로 텔레비전 閉路電視

폐렴 肺炎

폐점시간 打烊時間

폐지하다 廢除

포괄적인 가격 包括一切的價格

포도 葡萄

포도나무 葡萄樹，藤

포도주 잔 葡萄酒杯

포도주 저장실 酒窖

포도주 전문 술집 酒店

포르노 黃色製品

포르투갈 葡萄牙

포르투갈어 葡萄牙語

포르투갈인 葡萄牙人

포맷 格式

포맷된 已格式化的

포맷하다 格式化

포맷한 格式化了的

포물선 拋物線

포수 마스크 接手面罩

포스터 海報

포유동물 哺乳動物

포장 包裝

포장용 상자 包裝箱

포장지 包裝紙

포즈 姿勢

포진 疱疹

포치 門廊

포커하기 紙牌，撲克牌

포크 叉，叉子

포크 음악 民間音樂

포플러 白楊

포효하다 吼，咆哮

폭 寬度

폭동 起義，叛亂

폭력 暴力

폭발하다 爆炸

폭이 넓은 어깨 寬肩的

폭이 넓은 이마 寬額頭

폭이 넓은 턱 寬下巴

폭탄 炸彈

폭포 瀑布

폭풍 風暴

폴란드 波蘭

폴란드 말 波蘭語

폴란드어 波蘭人

폴리네시아 波利尼西亞

폴리에스터 滌綸

폴카 波爾卡

표 票；表格

표 파는 곳 售票處

표 판매기 出票機

표기 符號

표면 表面

표범 豹

표절 抄襲

표정 表情

표제 標題，頭版頭條新聞

표지 標誌

표현하다 表達

푸들 長卷毛狗

푸딩 布丁

푸에르토리코 波多黎各

푸에르토리코인 波多黎各人

풀 草；漿；膠水

풀다 解開

풀림 放鬆

풀밭 草地

풀을 먹이다 上漿的

품위를 지켜 조심하다 矜持的

품질 品質

풍경 風格，類型；風景；布景

풍만하다 豐滿的

풍유 諷喩

풍자 諷刺

풍자적이다 冷嘲的，譏諷的，挖苦的

풍자하다 諷刺的

풍적 風笛

퓨즈 保險絲

퓨즈가 타서 끊어지다 燒斷保險絲

프라이팬 烤盤，煎鍋

프라이한 炸的，煎的，炒的

프란체스코회 수사 方濟各會修士

프랑스 法國

프랑스 어 法語

프랑스인 法國人

프레스코 벽화 濕壁畫

프로 선수 職業選手

프로그래머 程式設計員

프로그래밍 程式編制

프로그램 程式

프로그램 명령 程式命令

프로그램 언어 程式語言

프로그램을 시동하다 啟動

프로듀서 製作人

프로세서 處理器

프로의 職業的

프로젝터 投影機

프로텍터 護胸

프로톤 質子

프로펠러 螺旋槳, 推進器

프롬프터 提詞員

프리패브 주택 預製裝配式房屋, 組合屋

프린터 印表機

프린트 列印

프린트하다 列印

플라스틱 塑料

플라그 牙斑

플란넬 法蘭絨

플랑드르어 佛拉芒語

플래시램프 閃光燈

플러그 插頭

플러스 부호 正號

플레이오프 季後賽

플로피 디스크 軟碟

플롯 情節

플루트 長笛

플루트 연주자 長笛演奏者

피 血, 血液

피가 나다 流血

피고 被告

피고인 被告

피곤하다 疲乏, 感覺疲乏

피난자 難民, 避難者

피난처 避難所

피동태 被動態

피라밋의 稜錐的, 金字塔形的

피망 青椒

피보험자 被保險人

피부 皮, 皮膚

피부가 타다 皮膚曬黑

피부염 皮炎

피스타치오 開心果

피스톤 活塞

피아노 鋼琴

피아니스트 鋼琴家

피임약 避孕藥

피임용 避孕的

피자점 披薩餅店

피진 皮疹

피처 投手

피크닉 野餐

피타고라스 법칙 勾股定理

피튜니아 牽牛花

피트 英尺

피트길이 連續鏡頭

피팅룸 更衣室

피하다 避開, 躲避

피해자 受害者, 受害人

핀란드 芬蘭

핀란드인 芬蘭人

핀볼기 彈球機

핀셋 鑷子

필 筆

필기 筆記

필기하다 記筆記

필름 膠卷, 底片

필름 한 통 一卷膠卷, 一卷底片

필름 현상 沖印

필리핀 菲律賓

필리핀인 菲律賓人

필명 筆名

필수과목 課程

필요 需要

필요하다 需要

…필요하다 有必要…

필획 筆畫

ㅎ

…하고 同, 跟

하구 關口, 河口

하나 一
하나도 없다 沒有一個
하나은행 韓亞銀行
하녀 女僕
하느님 天父，上帝
하늘 天空
하늘이 맑다 天氣晴朗
하드 드라이브 硬碟
하드 디스크 硬碟
하드 디스크 장치 硬碟
하드웨어 硬體
…하려고 하다 想要
하마 河馬
하만 河灣，小海灣
하모니카 口琴
…하세요！請…
하악골 頷骨
하이라이트 精彩，頂峰
하이에나 鬣狗
하이퍼마켓 超大型自助商場
하이퍼텍스트 超文本
하이픈 連字號
하이힐 高跟的
하찮은 일에 지나치게 놀라다
　大驚小怪的
하키 曲棍球；冰球
하키용 스틱 球棍，曲棍
하키장 曲棍球場
하트 紅桃
하품 哈欠
하품하다 打哈欠
하프 豎琴
하프 연주자 豎琴演奏者
하프시코드 撥弦古鋼琴
학교 學校
학교를 무단결석하다 逃學
학기 學期
학년 年級；學年

학력 증명 學歷證明
학부 系
학부장 系主任
학비 學費
학생 學生
학습 學習
학습하다 學習
학업을 마치다 完成學業
학우 同學，校友
학원 學院
학위 學位
학위를 받다 獲得學位
한 一，一個；約，大約
한 끼니 一餐
한 남자애 一個男孩
한 바늘 針腳
한 배 새끼 一窩
한 시 십 분이에요. 一點十分。
한 시간 一個小時的時間
한 시예요. 一點了。在一點。
한 아저씨 一位叔叔在一點。
한 여자애 一個女孩
한 접시 (의 요리) 一道菜
한 줄 단추가 달린 재킷 單排
　扣上衣
한 찻숟가락의 一茶匙
한 친구 一個朋友
한 페이지 一頁紙
한가하다 懶散的
한계 邊界，界限
한국 韓國
한국어 韓國語
한국어로 뭐라고 해요? …用
　韓國語怎麼說？
한국인 韓國人
한눈 훑어 보다 瞥一眼
한담 閒話
한담하다 說閒話

한마디로 말하면 總而言之
한밤중 半夜
한밤중에 在半夜
한줌 少數，少量，一把
한화 韓元
…할 수 있다 能夠
할머니 祖母
할아버지 祖父
할인 減價，折扣
함 盒子
함께 一起
함수 函數
함정 捕獸機，陷阱
합 和，和數
합리적이다 合情合理的
합병 合併
합병하다 匯合
합성 섬유 合成纖維
합영 회사 合伙公司
합창 合唱
항공우편 航空郵件
항공회사 航空公司
항목 項目
항문 肛門
항변 抗辯，申訴
항생 물질 抗生素
항생제 抗生素
항소 법원 上訴法庭
항아리 罐子
항온기 恆溫器
항의 抗議
항해 航海
항해할 수 있다 可航行的，可
　通船的
해 太陽
해각 海角，岬
해고 解僱
해고하다 解僱

해군 녹색 海軍綠
해답 解答
해답하다 解答
해독하다 解毒
해리 海狸，海獺
해말 海馬
해바라기 向日葵
해변 海濱
해부학 解剖學
해빛 日光
해산물 海鮮
해상의 海的，海上的
해석 解釋
해석 기하 解析幾何
해설하다 解釋，解析
해수 海水
해시계 日晷
해안 海濱，海岸，海岸線
해안에 밀려드는 파도 激浪
해안쪽 海濱
해양 洋
해왕성 海王星
해원 海員，水手
해저 海底
해적판 프로그램 盜版程式
해제 要解的題
해충 害蟲
해커 駭客
해파리 水母，海蜇
해협 海峽
핵 核
핵공업 核工業
핵군축 裁減核軍備
핵무기 核武器
핵에너지 核能
핵연로 核燃料
핵융합로 聚變反應爐
핵의 核的，核子的

핸드크림 護手霜

핸드폰 手機

핸들 方向盤;把手,搖柄

핸들바 車把

핸즈프리이어폰 帶麥克風的
　耳機（手機用）

핼쓱하다 蒼白的

햄 火腿

햄버거 漢堡

햄스터 倉鼠

햇볕에 그을림 曬黑

햇빛 陽光，日光

행 排

행동 行動

행동하다 行動

행복 幸福

행복하다 快樂的，幸福的

행성 行星

행운을 빌어요! 一切如意!祝
　你好運!

행인 行人

행정 行政

행정부 行政部門

행주 洗碟布

행진하다 行進

향기 香

향기롭다 馥郁的，芳香的

향수 愉快時光，享受;香水

향수를 바르다 抹香水

향수점 香水店

허리 腰，腰部

허리 아픔 背痛，腰痛

허리 품 腰圍

허리가 가늘다 腰身纖細

허리띠 腰帶

허리를 굽혀 절하다 鞠躬

허리를 굽혀 하는 절 鞠躬

허리를 굽히다 彎腰，屈身

허리케인 颶風

허벅지 大腿

허수 虛數

허약하다 脆弱的

허풍을 떨다 誇口的

허풍치다 愛炫耀的,虛誇的

헌법 憲法,政體

헐뜯다 貶低

헐링하다 寬鬆的

험준하다 峻峭的，險峻的

헛간 厩，穀倉

헛소문 謠傳

…헛소문이 떠돌다 謠傳說…

헝가리 匈牙利

헝가리어 匈牙利語

헝가리인 匈牙利人

헤로인 海洛因

헤르니아 疝，突出

헤매다 漫遊

헤비급 重量級

헤아리다 計數

헤어 드라이어 吹風機

헤어 스타일 髮型

헤어 스프레이 髮膠

헤어 크림 髮乳，染髮膏

헤어네트 髮網

헥타아르 公頃

헥토그램 百克

헬리콥터 直升機

헬멧 頭盔

헬스클럽 健身房

혀 舌，舌頭

혀가자미 鰨魚

혁명 革命

현 弦，斜邊

현관 門廳，走道

（현관의）구두 흙털개 門墊

현금 現金

현금 가치 現金價值
현금 계정 現金帳戶
현금 자동 지급기 自動櫃員機
현금 지급 現金支付
현금으로 지불하다 付現金
현물 상환 지불 貨到付款
현미경 顯微鏡
현상 顯影
현실적이다 現實的
현실주의 現實主義
현악기 弦樂器
현애 懸崖, 絕壁
현재 시제 現在式
현재분사 現在分詞
현재완료 시제 現在完成式
현창 舷窗
혈관 血管
혈압 血壓
혈액 血
혈액검사 驗血
혈액형 血型
혈종 血腫
협주곡 協奏曲
협탁 床頭櫃
협회 聯盟, 協會
형 哥哥
형광 컬러펜 螢光筆
형광등 螢光燈
형부 姐夫
형상 形狀
형수 嫂子
형용사 形容詞
형판 模板
혜성 彗星
호 弧
호기적이다 好奇的
호도애 斑鳩

호두 核桃
(호두 까는) 집게 堅果鉗
호두나무 核桃樹
호랑이 虎
호르몬 荷爾蒙, 內分泌
호른 法國號
호른 연주자 法國號演奏者
호박 南瓜
호색 好色, 性慾
호소 抱怨, 投訴
호소하다 抱怨, 投訴
호수 湖
호스 水龍帶, 軟管
호스텔 招待所
호우 大暴雨
호저 豪豬, 箭豬
호적수 對手
호주 澳大利亞
호주인 澳大利亞人
호치키스 訂書機
호칭 稱謂, 頭銜
호텔 旅館
호텔 방 旅館房間
호화호텔 豪華旅館
호환성 소프트웨어 相容軟體
호환성이 있는 소프트웨어 相容的軟體
호환성이 있다 相容的
호흡기 계통 呼吸系統
호흡하다 呼吸
혹 疣, 肉贅
혼돈자 餛飩
혼란시키다 混淆的
혼례식 婚禮
혼란하다 混亂
혼미하다 頭暈, 昏過去
혼수 嫁妝
혼인 婚姻

혼인상황　婚姻狀況

혼잣말　旁白，獨白

혼합 비료　混合肥料

홀가분하다　輕鬆的

홀수　奇數

홀아비　鰥夫

홈 베이스　本壘

홈 시추에이션 잡지　肥皂劇
雜誌

홈 텔레비전　家用電視

홈 페이지　主頁

홈런　本壘打

홍보과　公共關系部，公關部

홍색　紅

홍수　洪水

홍역　麻疹，痧子

홍옥　紅寶石

홍차　茶

홍학　火烈鳥

홍합　蛤貝，貽貝

화가　畫家

화가　畫架

화가 나다　生氣的，繃著臉的

화기　火器，槍械

화내다　生氣的，慍怒的，不寬
恕人的

화랑　藝廊

화려하다　華麗的

화로　廚灶，爐灶

화면보호장치　螢幕保護

화법　引語

화법 기하　畫法幾何

화산　火山

화석　化石

화석 연료　礦物燃料

화석학　化石學

화성　火星

화성　和聲

화씨　華氏

화염병　燃燒彈

화요일　星期二

화원　花園，花床

화음　和弦

화장　火葬

화장　化妝

화장대　梳妝台

화장실　廁所，盥洗室

화장품　化妝品

화장하다　化妝

화재 경보　火警

화재 보험　火險

화재 비상구　緊急出口

화재대피로　太平梯，安全出
口

화제를 바꾸다　改變話題

화초 재배사　花匠

화폐　貨幣

화포　畫布

화필　畫筆

화학　化學

화학 비료　化肥

화학무기　化學武器

화학의　化學的

화학전　化學戰爭

화합물　化合物

화현　和弦

화환　花環

화강석　花崗岩，花崗石

확고하다　堅定的，堅信的

확대　放大

확대하다　放大，加大

확산　擴散，展開

확성기　揚聲器，播音喇叭，
話筒

확실하다　確信

확인하다　確認

확장 擴展

확장 카드 轉接器，適配器

확장하다 擴展；鎖定；確定的，肯定的

환각 幻覺

환경 環境

환경미화원 街道淸潔工

환경보호론자 環保主義者

환기용 선풍기 換氣扇，排風扇

환기팬 換氣扇，排風扇

환등기 幻燈機，投影機

환불하다 退款

환승 中轉，轉機

환승객 中轉乘客，轉機乘客

환약 藥丸

환어음 匯票

환율 兌換率

환자 患者

환자 면회 시간 探視時間

환전 兌換

환전하다 兌換

환호하다 歡呼，喝彩

활 弓

활강 速降滑雪

활발하다 活潑的，精力充沛的

활발히 活潑地

활석가루 爽身粉

활용형 變位

활주로 跑道

황 硫

황도대 黃道帶

황동 黃銅

황새 鸛

황새치 箭魚，旗魚

황소자리 金牛座

황옥 黃寶石

황혼 黃昏

황홀경 精神恍惚

회 (連續劇的) 集，出；灰

회계 會計，會計學

회계 검사원 會計師

회계부 會計部

회계사 會計

회계원 司庫，出納

회계원 會計

회고록 回憶錄

회귀선 回歸線

회답하다 回覆

회랑 走廊

회로 環形；線路

회복하다 康復，恢復

회사 公司

회사 보안 公司保全

회사고문 변호사 公司法律顧問

회사를 등록하다 註冊一家公司

회사원 辦公室人員

회상록 回憶錄

회의 會議；懷疑

회의를 소집하다 召集會議

회의의 의정을 하다 主持會議

회의하기 開會

회의하다 懷疑

회피적이다 推托的，逃避的

회향 茴香

회화 繪畫

횟수 次數

횡경막 橫膈膜

횡단 보도 人行道

횡선 橫線

효력이 있다 有效的

효율이 높다 有效率的

후각 嗅覺	흐립니다 天陰
후두염 喉炎	흑단 烏木，黑檀
후사 허가 請假	흑발 黑髮
후식 甜食	흑백 黑白
후원자 贊助人	흑색 黑
후진실 候診室	흔들의자 搖椅
후진하다 後退	흙덩이 土塊
후추 胡椒	흙손 泥刀，泥鏟子
후추병 胡椒瓶	흡연금지 禁止吸煙
훈계 說教，講道	흡연석 吸煙區
훈계하다 說教	흥정하다 討價還價，議價
훈련 訓練，培訓	희극 戲劇；喜劇；滑稽劇
훈련하다 訓練	희망 希望
훌륭하다 值得讚賞的	희망하다 希望
훑어보다 瀏覽	흰 머리 花白的頭髮
훔쳐보다 偷看，窺視	흰개미 白蟻
훔치다 偷	흰서리 白霜
휘파람을 불다 吹口哨	히브리어 希伯來語
휘발유 汽油	히브리 사람 希伯來人
휘장 徽章	히아신스 風信子
휘젓다 攪拌	히치하이크하다 搭車旅行
휘핑 크림 攪奶油	히터 加熱器
휠체어 輪椅	힌두교 印度教
휴가 假期，休假	힌두교 신자 印度教徒
휴가를 보내다 度假	힌디어 印地語
휴가중 在度假	힐 鞋跟
휴대용 계산기 袖珍電腦	힐끗 보다 瞥視
휴대전화기 手機	힘들다 疲乏
휴식 中止，歇息	힘세다 強壯的，有力的，肌
휴식 시간 幕間休息	肉發達的
휴일 節假日	힘을 빼다 放鬆
휴전 休戰，停戰；停戰協定	힘줄 腱
휴지 衛生紙	CD CD光碟片
휴지통 字紙簍	CD 버너 光碟燒錄機
흉부 胸，胸部，胸脯	DJ DJ
흉터 傷痕，疤	DVD DVD光碟片
흐르다 流，流過	DVD 플레이어 DVD播放機
흐리다 有雲的，陰天的	FAQ 常見問題

HIV 양성의　愛滋病病毒檢驗
　呈陽性的
HSBC 은행　匯豐銀行
mp3 플레이어　MP3 播放機
n 방근　n 次方根
PDA　掌上電腦
SF 소설　科幻小說
SF 영화　科幻片
T 셔츠　T 恤，短袖衫
U 자못　訂書釘

10 년간　十年，十年間
1994 년에 태어났어요.　我出
　生於 1994 年。

1 등　冠軍
1 층　一樓，樓房底層
2 인용 방　雙人房
3 중주　三重奏
3 중창　三重奏
3 행 광고　分類廣告
4 중주　四重奏
4 중창　四重奏　　　.
5 중주　五重奏
5 중창　五重奏
6 중창　六重唱

國家圖書館出版品預行編目 (CIP) 資料

韓國語詞彙分類學習小詞典 / 楊磊, 李光雨 作 . -- 初版 . --

新北市 : 智寬文化 , 民 100.2

面 ; 公分

ISBN 978-986-86763-4-3(平裝)

1. 韓語 2. 詞典

803.239   100002566

韓語學習系列 K004

韓國語詞彙分類學習小詞典

2011年3月 初版第1刷

編譯	楊磊
審校	李光雨
出版者	智寬文化事業有限公司
地址	新北市235中和區中山路二段409號5樓
E-mail	john620220@hotmail.com
電話	02-77312238・02-82215078
傳真	02-82215075
印刷者	永光彩色印刷廠
總經銷	紅螞蟻圖書有限公司
地址	台北市內湖區舊宗路二段121巷28號4樓
電話	02-27953656
傳真	02-27954100
定價	台幣350元
郵政劃撥・戶名	50173486・智寬文化事業有限公司

版權所有・侵權必究

版權聲明

原著作名	原出版社	編譯	審校
韓國語詞彙 分類學習小詞典	北京語言大學出版社	楊磊	李光雨

本書經由 北京語言大學出版社 正式授權，同意經由
智寬文化事業有限公司 出版中文繁體字版本。非經
書面同意，不得以任何形式任意重製、轉載。

北京語言大學出版社
BEIJING LANGUAGE AND CULTURE
UNIVERSITY PRESS